EMMA SCOTT

A WHISPER AROUND YOUR NAME

Roman

Ins Deutsche übertragen
von Inka Marter

LYX

LYX in der Bastei Lübbe AG

Die Bastei Lübbe AG verfolgt eine nachhaltige Buchproduktion. Wir verwenden Papiere aus nachhaltiger Forstwirtschaft und verzichten darauf, Bücher einzeln in Folie zu verpacken. Wir stellen unsere Bücher in Deutschland und Europa (EU) her und arbeiten mit den Druckereien kontinuierlich an einer positiven Ökobilanz.

MIX
Papier | Fördert gute Waldnutzung
FSC® C014496

Die Originalausgabe erschien 2016 unter dem Titel
»How to Save a Life«

Textredaktion: Uta Dahnke
Umschlaggestaltung: © Jeannine Schmelzer unter Verwendung von Motiven von © Greens and Blues / Shutterstock, mythja / Shutterstock, Nechitayka / Shutterstock, grafius / Shutterstock
Satz: Greiner & Reichel, Köln
Gesetzt aus der Adobe Caslon
Druck und Verarbeitung: GGP Media GmbH, Pößneck

Printed in Germany
ISBN 978-3-7363-1978-3
3 5 7 6 4 2

Weitere Informationen unter:
lyx-verlag.de
luebbe.de | lesejury.de

VORSCHLAG FÜR EINEN SOUNDTRACK:

Concrete Blonde: *Everybody Knows*
Martha and the Vandellas: *Heat Wave*
Radiohead: *Creep*
Christina Aguilera: *Hurt*
The Robins: *Smokey Joe's Café*
The Wallflowers: *Josephine*
Brandi Carlile: *The Story*
Tori Amos: *Silent all These Years*
Fastball: *The Way*
Adele: *All I Ask*
Patsy Cline: *Crazy*
The Fray: *How to Save a Life*

Liebe Leser:innen,
dieses Buch enthält potenziell triggernde Inhalte.
Deshalb findet ihr auf Seite 381
eine Triggerwarnung.

Für Mom,
die wusste, dass ich schreiben will,
bevor ich es wusste, und die an mich geglaubt hat,
bevor das erste Wort dastand.
Mit all meiner Liebe
J.

1. TEIL

Schlafwandler

Doch gerade in unserer Muße,
in unseren Träumen geschieht es zuweilen,
dass die untergründige Wahrheit
an die Oberfläche dringt.

Virginia Woolf

1. KAPITEL

Jo

Guten Morgen, Karn County! Auch heute wird wieder ein heißer Tag werden mit Temperaturen bis 35 Grad. Die Hitzewelle lässt nicht locker, es wird auch nächste Woche und noch länger so heiß bleiben. Passend dazu jetzt eine kleine »Heat Wave« von Martha and the Vandellas und eurem Oldie-Sender KNOL.

Hitzewelle traf es absolut. Es war höllisch heiß, seit wir gestern von Missouri hier hochgefahren waren, und im Führerhäuschen des Sattelschleppers war es stickig. Gerry ließ die Klimaanlage ungern länger an, weil er Angst hatte, den Motor zu überhitzen. Ich hatte die nackten Füße auf das Armaturenbrett gestützt und ließ wie ein Hund den Kopf aus dem Fenster hängen, um ein bisschen Fahrtwind abzukriegen.

Ich war kein Fan von der Musik, die im Radio lief, aber hier in der Gegend gab es nur Oldies, Gott oder Country. Da waren Oldies eindeutig die beste Wahl, und alles war besser als Stille. Gerry redete nicht viel, wenn er hinterm Steuer saß, antwortete höchstens ab und zu einem anderen Trucker über CB-Funk. Meistens steuerte er den Truck einfach stumm über die fast schnurgerade Straße durch die flache Landschaft von Iowa.

Martha und ihre Vandellas fragten sich, wie Liebe sein sollte. Ich fragte mich, ob das alles war, was Iowa sein sollte: meilenweit nur Mais. Als hätte man aus einem riesigen Ozean das Wasser abgelassen, bis man nur noch wogendes Seegras sah. Wir kamen an ein paar Farmen vorbei – Satelliten, die um Kleinstädte kreisten – und an Telefonmasten, die sich alle zwanzig Meter entlang des Highways in den wolkenlosen Himmel reckten. Ich starrte auf das eintönige Grün unten und nach oben ins Blau auf der Suche nach irgendetwas, was interessant genug war, um meinen Blick zu fesseln. Dann kam auf meiner Seite ein Schild.

Planerville
1341 Ew.

»Das ist es?«, fragte ich.

»Jepp«, erwiderte Gerry, den Blick auf die Straße geheftet. Sein Bauch wölbte sich so, dass er fast unten ans Lenkrad stieß.

Das war mehr, als wir in der ganzen letzten Stunde geredet hatten. Nicht, dass wir uns überhaupt irgendwas zu sagen gehabt hätten. Nichts zu sagen. Nichts zu sehen. Auf dem Weg nach Nirgendwo. Noch eine winzige Stadt, noch eine Highschool – meine dritte allein in diesem Jahr. *Und meine letzte*, betete ich. Bestimmt würde Gerry vor Juni nicht noch einmal versetzt werden. Es waren nur noch ein paar Wochen bis zum Ende des Schuljahrs, und dann wäre ich endlich nicht mehr ständig »die Neue«.

Gerry Ramirez war der Cousin meiner Mutter. Der einzige Verwandte auf ihrer Seite, den ich kannte. Als meine Mutter sich vor fünf Jahren umgebracht hatte, war er die ganze Strecke aus Florida gekommen, um sich um mich zu kümmern.

Er war Fernfahrer, süchtig nach der Straße und nicht dafür gemacht, Kinder großzuziehen, erst recht keine Teenagerin. Um meiner Mutter willen sorgte er dafür, dass ich ein Dach über dem Kopf hatte, auch wenn er sich selbst nur wenige Tage im Monat darunter aufhielt.

Ich war das ultimative Schlüsselkind. Wenn irgendeine meiner ständig wechselnden Schulen erfahren hätte, wie viel Zeit ich allein verbrachte, hätte Gerry wahrscheinlich wegen Kindesvernachlässigung Probleme gekriegt. Aber ich verriet nichts über meine Situation. Warum sollte ich auch?

Ich konnte entweder bei Gerry wohnen oder bei der Familie meines Dads in Fayetteville, North Carolina. Und die hätte mich ziemlich schnell vor die Tür gesetzt. Als rausgekommen war, was Onkel Jasper mit mir gemacht hatte, als ich dreizehn war, hatte es ihre verlogene scheißglückliche Welt wie eine Bombe explodieren lassen. Meine Mutter hatte ihr Leben beendet, Jasper war in den Knast gekommen, und die Clarks hatten mir beides nie verziehen. Und mein Dad war nicht da und konnte mich nicht verteidigen. Oder von vornherein vor seinem kranken Bruder beschützen.

Mein Dad hieß Vincent, und das war so ziemlich alles, was ich von ihm wusste. Seinen Namen und dass er in Afghanistan in Ausübung seines Dienstes gestorben war, als ich zwei war. Ich wusste nicht, was für eine Art Vater er gewesen wäre, wenn er überlebt hätte. Vielleicht total scheiße. Vielleicht okay. Und vielleicht wäre er auch der beste Vater aller Zeiten gewesen. Wenn nicht so ein mieser Kämpfer meinem Vater auf seiner Patrouille eine Sprengladung vor die Füße geworfen hätte, wäre unsere Familie vielleicht noch ganz, Mama würde noch leben, und ich hätte weder innerliche noch äußerliche Narben.

Egal ob Sprengladungen in entfernten Wüstenkriegsgebieten oder in Kleinstädten in North Carolina explodieren, es ist immer ein Blutbad. Shit Happens. Manchmal ziemlich viel Shit. Manchmal mehr, als ein Mädchen aushalten kann. Die ganze Umzieherei, von Wohnung zu Wohnung, von Stadt zu Stadt. Es fühlte sich an, als würde ich weglaufen, obwohl ich eigentlich irgendwo Wurzeln schlagen und mich erholen wollte. Genesen.

Hinter dem dichten Vorhang aus dunklen Haaren strich ich mir über die linke Wange. Die Beschaffenheit der Haut unter meinen Fingerspitzen veränderte sich.

Planerville, Iowa, Einwohnerzahl vernachlässigbar, tauchte am Horizont auf.

»Sieht gar nicht schlecht aus«, sagte Gerry.

»Sieht super aus«, sagte ich. Wenigstens für ein paar Wochen. Wenn ich im Juni achtzehn wurde, hätte Gerry seine Pflicht meiner Mutter gegenüber erfüllt. Ich würde von da an auf mich allein gestellt sein, und was dann?

Manchmal lachen Leute über etwas, was ihnen passiert, und sagen: »Die Geschichte meines Lebens.« Ich hatte keine Geschichte. Nur eine Frage.

Und was dann?

Wir kamen an einem Samstag in Planerville an, ich hatte also zwei Tage, um mich umzusehen, bevor ich am Montag mit der Schule anfing. Das schmuddelige kleine Dreizimmerhaus, das Gerry gemietet hatte, war wie jedes Haus, in dem wir gewohnt hatten. Man hätte es direkt aus der letzten Stadt einfliegen können: weiße Wände, die nach frischer Farbe rochen, Teppich, der nach Zigaretten roch, und quadratische Zimmer. Keine Persönlichkeit. Gerry hatte nicht die Absicht, sich einzurichten und sich die Wohnung zu eigen zu machen. In einem früheren Leben war er wahrscheinlich ein sadistischer Gärtner gewesen, der einfach alles mit der Wurzel ausriss, damit nichts jemals die Chance bekam zu wachsen. Nach unserer vierten Stadt packte ich nicht mal mehr die Koffer aus.

Sonntagnachmittag, die Sonne im Rücken, radelte ich ins Zentrum von Planerville. Eine Bank. Eine Autowerkstatt. Ein

Supermarkt. Eine Pizzeria und ein Sportgeschäft. Das war's. Ich würde später herausfinden, dass alles andere in Halston stattfand, etwa zehn Minuten Autofahrt Richtung Norden. Ich verstand warum.

Ich schrieb Gedichte, und normalerweise schrieb ich über jede neue Stadt, in die Gerry mich schleifte, ein paar Verse, um meinen ersten Eindruck festzuhalten. Für Planerville hätte ein einfaches weißes Blatt genügt.

Es gab eine einzige Sehenswürdigkeit: Die Stadt hatte letztes Jahr ein neues Erlebnisbad gebaut. Ich fuhr mit dem Fahrrad vorbei, und es reichte eindeutig nicht an Raging Waters heran, die spektakulären Wasserparks in Kalifornien. Es gab nur drei Wasserrutschen – keine besonders groß und furchteinflößend –, einen Lazy River und einen Pool. Und natürlich einen flachen Bereich mit Wassersprengern und Minirutschen, in dem Kleinkinder nach Herzenslust ins Chlorwasser pinkelten. Hohe Zäune sorgten dafür, dass die Leute nach fünf Uhr abends, wenn das Bad seine Tore schloss, draußen blieben, und im Winter war es komplett geschlossen.

Obwohl ich auf keinen Fall die Absicht hatte, jemals dort zu den Öffnungszeiten zu baden, sah es aus, als könnte man da gut nachts abhängen und die Füße ins Wasser halten. Vielleicht ein Gedicht entwerfen. Ich nahm mir vor, schon bald die Sicherheitsvorkehrungen des Funtown Water Park auszutesten.

Als die Sonne allmählich sank und die Insekten mit ihrer Dämmerungssymphonie anfingen, radelte ich zur Wilson Highschool. Es war sofort klar, dass hier Umstände herrschten wie in *Friday Night Lights*. In Planerville bestand das Leben aus Football. Der Platz war gute zehn Jahre neuer und besser gepflegt als das schäbige Backsteingebäude der Schule selbst. Ich sah Bilder von tobenden Pep Rallys, von Spielmannszügen, die Kampflieder schmetterten, und wie die komplette beschissene Stadt sich auf der perfekt instand gehaltenen Tribüne drängelte. Sportler waren Könige, Cheerleaderinnen Königinnen.

Da die Footballsaison längst vorbei war, warteten die paar Schülerinnen und Schüler sicher verzweifelt auf die nächste große Zerstreuung, und da wir Ende Mai hatten, war das wahrscheinlich die Prom.

Oder vielleicht die Neue in Schwarz, die sich hinter einem Vorhang aus Haaren versteckte und die Tendenz hatte, mit Jungs zu vögeln, die ihr komplett egal waren und denen sie komplett egal war. Seit Onkel Jasper war ich beschädigte Ware. Kein Typ würde mich je als Freundin in Betracht ziehen. Das waren die Karten, die man mir ausgeteilt hatte, und ich spielte sie so, wie ich konnte. Zu *meinen* Bedingungen.

Ich wappnete mich mental für den ersten Tag an der Wilson Highschool (Schüler*innenzahl: 311), bereit, als Klassenschlampe oder als Freak aufzutreten.

Es stellte sich heraus, dass »Schlampe« noch verfügbar war. Der Titel »Freak« war schon an jemand anderen vergeben.

Ich schaffte es nicht mal bis zum Mittagessen, ohne einen Haufen Dreck über einen armen Trottel namens Evan Salinger zu hören. Ohne direkt mit jemandem zu reden, erfuhr ich, dass Evan ein Pflegekind war. Ein Spinner. Ein Einzelgänger. Es hatte vor drei Jahren hier an der Schule einen Vorfall gegeben. Irgendwie hatte er in Mathe einen Nervenzusammenbruch gehabt. Ich kannte keine Details, aber nach diesem Zusammenbruch wurde Evan Salinger in ein Irrenhaus eingewiesen und dauerhaft »Freak« genannt.

Da mir die Bezeichnung selbst nicht fremd war, erwartete ich halb, dass Evan den Titel so trug, wie ich es tun würde: dunkle Kleidung, lange Haare, hinter denen man sich verstecken und andere beobachten konnte, vielleicht ein Emo-Lidstrich, wenn man richtig Bock hatte.

Und dann stellte sich heraus, dass ich in Politik und Gesellschaft, meinem letzten Kurs an dem Tag, neben Evan saß. Ich merkte es nicht mal, bis der Lehrer ihn aufrief. Er saß links von mir, und die Haare, die die Seite meines Gesichts verdeckten, hatten ihn vor meinem Blick verborgen. Ich wandte mich ihm zu und wäre fast an meinem heimlich gekauten Kaugummi erstickt. Keine schwarzen Klamotten oder Emo-Make-up oder strähniges Haar. Oh nein. Evan Salinger sah, milde ausgedrückt, einfach nur wahnsinnig gut aus.

Er trug sein blondes Haar ein bisschen länger, wie Leo Di Caprio zu seiner *Titanic*-Zeit, wobei Evan stämmiger war als der junge Leo. Ich sah ihn nur im Profil, aber Evans T-Shirt dehnte sich ziemlich nett um seinen Bizeps, und seine Schultern waren breit und sahen kräftig aus, obwohl sie nichts taten, als seinen Kopf über dem Buch zu halten. Er war groß – seine Knie stießen unten an sein Pult –, und als er aufsah, um auf die Frage des Lehrers zu antworten, erhaschte ich einen Blick auf eindrucksvolle himmelblaue Augen.

Umwerfend.

Dieser Typ, dachte ich, konnte unmöglich der berüchtigte Freak sein, über den die Schule den Mund nicht halten konnte. Ich hätte ihn für den Quarterback der Wilson Wildcats gehalten. Leiter der örtlichen Landjugend. Klassensprecher. Dieser Typ war Prom King, kein Freak.

Geschützt hinter meinem Vorhang aus Haaren, betrachtete ich Evans Kleidung, suchte nach Hinweisen, fand jedoch nichts, was der Gerüchteküche Recht gegeben hätte. Er trug ausgeblichene Jeans, ein schlichtes T-Shirt und Arbeitsstiefel. Auf den Jeans waren Flecken, die aussahen wie ausgewaschenes Motoröl. Wenigstens das ergab Sinn – ich hatte gehört, dass er der Adoptivsohn von Harris Salinger war, dem Besitzer der Autoreparaturwerkstatt der Stadt. Die Salingers wohnten in einem großen weißen Haus in der Peachtree Lane, und Mrs. S fuhr einen Lexus.

Evans Adoptivfamilie hatte Geld – noch ein Plus für ihn. Offensichtlich konnte sein Platz auf der untersten Sprosse der sozialen Leiter nur durch seinen Aufenthalt in der Woodside-Klinik kommen. Ich hoffte, dass das nicht der Fall war, aber was sollte es sonst sein? In einer Schule mit nur dreihundert Kids hätte Evan bei einer derartigen Vergangenheit keine Chance, jemals etwas anderes zu sein als der hauseigene Irre, und Prom King schon mal gar nicht.

Die Wilson High, folgerte ich schnell, war total ab vom Schuss. Die Kids waren so gelangweilt, man konnte nicht mal einen Furz lassen, ohne dass alle darüber tuschelten.

Und über Evan Salinger tuschelten sie so dermaßen.

Als Mr. Albertine Evan aufrief, um eine Frage über das Kolosseum in Rom zu beantworten, schien die ganze Klasse gleichzeitig zusammenzuzucken. Die Luft verdichtete sich, und dann drehten sich alle – und ich meine wirklich *alle* – auf ihren Stühlen um, um Evans Antwort zu hören.

Ich erwartete, dass er mindestens ’ne Opernarie schmettern würde. Oder vielleicht aufstehen und Mr. Albertine beide Mittelfinger entgegenstrecken und ihm sagen würde, dass er sich sein Kolosseum in den Arsch schieben könne. Ich hoffte irgendwie, er würde das tun. Ich meine, wenn man schon einen beschissenen Ruf hatte, warum nicht alles rausholen, was ging?

Evan, über sein Buch gebeugt, beantwortete die Frage korrekt mit einer total normalen, irgendwie tiefen, irgendwie rauen (okay, irgendwie sexy) Stimme. Die anderen Schüler starrten ihn kurz an, manche kniffen die Augen zusammen, alle argwöhnisch, als wollten sie sagen: »Was hast du vor, Salinger?« Dann kümmerten sie sich, einer nach dem anderen, langsam wieder um ihren eigenen Kram.

Ich nicht. Ich hörte nicht auf zu glotzen. Bei all den harten Kanten und der schroffen Männlichkeit war auch eine irgendwie nicht greifbare Sanftheit an ihm. Ich weiß nicht, wie oder warum ich das auf den ersten Blick dachte, aber für mich sah Evan wie jemand aus, der dem erstbesten Menschen, der ein bisschen nett zu ihm war, die tiefsten Geheimnisse seines Herzens anvertrauen würde.

Er ist irgendwie schön, dachte ich.

Ich wurde aus meinem Tagtraum gerissen, als Albertine mich aufrief, damit ich die nächste Frage beantwortete. Ich schob das Kaugummi in meine Backentasche. »Sorry, ich hab das grad nicht mitgekriegt.«

Wieder drehte sich die ganze Klasse um, diesmal, um sich die Neue in zerrissener schwarzer Strumpfhose, lila Rock, schwarzem T-Shirt und Stiefeln genau anzusehen. Ich hörte Gekicher. Der *wirkliche* Quarterback der Wildcats, Jared Piltcher, blickte mich aus der Reihe vor mir abschätzend an.

Albertine wiederholte die Frage, und ich schummelte mir eine Antwort zurecht und spürte immer noch Jareds Blick auf mir. Er entsprach ebenfalls den Anforderungen, um als Mann als sexy zu gelten, aber ihm fehlte diese nicht greifbare Qualität, die mir an Evan aufgefallen war. Jared verbarrikadierte sich hinter seiner Beliebtheit und dem guten Aussehen und dem Star-Status. Man konnte wahrscheinlich tagelang mit ihm reden, ohne je durch all das Gepose zu seinem wahren Ich durchzudringen.

Weshalb er für meine Zwecke der perfekte Kandidat war.

Ich fing Jareds Blick mit dem Auge auf, das nicht hinter den Haaren versteckt war, und fuhr mir mit der Zunge über die Unterlippe. Langsam, als würde etwas gut schmecken. Er zog die Augenbrauen hoch, dann lachte er leise bei sich und schüttelte den Kopf. Er warf mir einen letzten, fragenden Blick zu. Ich nickte einmal. Dann hustete er und drehte sich wieder nach vorn um. Hat er seinen Schritt zurechtgerückt, um einen beginnenden Ständer zu unterdrücken, Ladies und Gentlemen? Ich denke schon. Wir würden uns unter der Tribüne oder hinter der Turnhalle oder in irgendeiner verlassenen Ecke der Bibliothek treffen, und ich würde mir einen Ruf erarbeiten.

Ich beugte mich wieder über den Tisch, achtete darauf, dass sich die Wand aus Haaren vor meiner linken Gesichtshälfte nicht bewegt hatte, und die Stunde schleppte sich weiter voran. Dann spürte ich eine Wärme, als würde ein Sonnenstrahl durchs Fenster fallen. Nur saß ich nicht am Fenster.

Ich blickte zu Evan Salinger. Er sah mich nicht an; sein Kopf war gesenkt, sein Blick auf das Buch gerichtet, aber trotzdem. *Er* war das. Ich spürte ihn, wenn das irgendeinen Sinn ergibt. Was es nicht tut. Ich weiß, dass es das nicht tut, und damals wusste ich es auch. Aber es fühlte sich an, als würde Evan Salinger mich beobachten, ohne hinzugucken.

»Lass das«, flüsterte ich.

»Sorry«, flüsterte er sofort zurück. Meine Bitte hatte ihn nicht verwirrt. Er wusste, was ich meinte, was verdammt komisch war, da nicht mal *ich* wusste, was ich meinte. Und dann war es, als würde plötzlich etwas abgestellt. Wie ein Lichtstrahl von einer vorbeiziehenden Wolke verdunkelt wird. Ich erschauderte, und das Gefühl, dass Evans Aufmerksamkeit auf mich gerichtet war, verschwand.

Okay, das war echt komisch.

Rührte sein Ruf als Freak teils daher? Da war ohne Zweifel etwas seltsam an ihm. Man konnte es nicht erklären, und es war höchstwahrscheinlich ein Produkt meiner Fantasie. Aber nicht schrecklich. Nicht, wenn ich wirklich darüber nachdachte.

Überhaupt nicht schrecklich.

2. KAPITEL

Jo

Am nächsten Morgen lockte ich Jared Piltcher vor dem zweiten Klingeln zu der Tribüne hinter der Turnhalle und erlaubte ihm, mir unters T-Shirt zu fassen, bis sein offensichtlicher Ständer gegen meinen Oberschenkel drückte. Er küsste, als wollte er meine Mandeln essen, aber ich schaffte es, meine Haare über meiner linken Wange zu behalten. An meinem Gesicht war er sowieso nicht interessiert.

»Ich hab eine Freundin«, sagte er, als es klingelte. »Ich geh mit ihr zur Prom. Nur dass du Bescheid weißt.«

Ich zuckte die Achseln. »Alles cool. Unser kleines Geheimnis.«

»Cool. Also … nach dem Mittagessen?«

Ich zuckte wieder die Achseln. »Gucken wir mal.«

Die erste Regel im Showbiz: Sorg immer dafür, dass sie mehr wollen. Und das hier war alles nur Show. *Ich* war nur Show. Die naturgetreue Nachbildung eines menschlichen Wesens, das die Rolle eines siebzehnjährigen Schulmädchens spielte. Und da meine Rolle es erforderte, suchte ich an jenem Tag beim Mittagessen meine Leute auf. Ich fand den Tisch, an dem die Jungs und Mädels in Schwarz saßen, mit Emo-Haaren und Make-up, und ich setzte mich dazu, als hätte ich das seit Beginn des Schuljahrs jeden Tag so gemacht.

Ich ließ mich neben Marnie Krauss auf einen Stuhl fallen, die Alpha-Bitch der Außenseiter, schräg gegenüber von ihrem Stellvertreter, Adam Lopez. Adam war der einzige offen schwule Junge an der ganzen Schule, vielleicht in der ganzen Stadt.

Adam stieß ein beleidigtes Schnauben aus und zog die Augenbrauen hoch. »Äh, sorry, kennen wir uns?«

»Nett, dass du dich zu uns setzt«, sagte Marnie gedehnt. Der Blick, den sie und Adam wechselten, war so beredt, dass ich ihre Gedanken praktisch hören konnte.

Meint die das ernst?

Ja, oder?

»Jo Clark«, sagte ich. »Ich bin neu.«

»Offensichtlich.« Marnie sah mich aus schmalen Augen an. »Wie bist du hier gelandet?«

»Ich hab gehört, ihr macht so 'ne Underground-Zeitschrift.«

Marnie wurde sofort munter, ihre Miene erhellte sich kurz, bevor sie sich bemühte, wieder auf blasiert zu machen. Sie war die Chefredakteurin von *Mo Vay Goo*, einer der monatlichen Publikationen an der Schule. Ich hatte vor etwa zehn Minuten eine Ausgabe aus dem Papierkorb im Flur geborgen.

Mo Vay Goo spielte mit dem französischen »mauvais goût«, was »schlechter Geschmack« bedeutete. Es war ein kleines Heft voll existentialistischer Meinungsartikel und wütender Tiraden gegen die da oben. Ich hatte erwartet, dass es kindisch und irgendwie dumm sei, aber es war in Wirklichkeit ziemlich gut. Außerdem war ich kein Fan davon, in der Mittagspause allein rumzusitzen.

»Ja, ich bin die Herausgeberin«, sagte Marnie. »Warum?«

»Ich würd gern was dazu beitragen«, sagte ich. »Ich schreibe Gedichte.«

Adam Lopez zog die Nase hoch. »Schätzchen, wir sind eine *ernstzunehmende* Zeitschrift.«

»Ich schreib keinen sentimentalen Scheiß.« Ich wandte mich Marnie zu. »Wenn du erst was lesen willst, gern.«

Adam sah aus, als wollte er protestieren, aber Marnie betrachtete mich und die Haare, die vor meiner linken Gesichtshälfte hingen. Sie klopfte sich mit einem Fingernagel, von dem schwarzer Lack abblätterte, gegen die Zähne. »Neue Inhalte können nie schaden.«

»Woher wollen wir wissen, dass sie sich nicht bei uns einschleichen will, um uns fertigzumachen?«, fragte Adam.

Ich schnaubte. Es war süß, dass die dachten, jemand wäre hinreichend an ihrem Heft interessiert, um ihnen die Party verderben zu wollen. »Seh ich aus, als wär ich undercover für die Cheerleader hier? Ich hab gesagt, ich schreibe Gedichte. Und die sind ziemlich ›schlechter Geschmack‹.«

Marnie verschränkte die Arme. »Das ist cool. Aber wir haben kein Interesse an lila Wolken der Trauer oder dass dein Leben ein dunkles Haus ohne Türen ist.«

»Wir wollen Kunst«, sagte Adam. »Keine nachgemachten Nick-Cave-Texte.«

Das war ermutigend. Vielleicht war *Mo Vay Goo* tatsächlich was für mich. Ich sah mich am Tisch um. Sechs weitere Kids in Schwarz mit gezackten Haarschnitten und teils bunten Strähnen starrten mich an. Meine Leute. Wären sie jedenfalls, sobald ich mich in ihren Kreis einführte. *Tu's einfach*, dachte ich. *Als würdest du ein Pflaster abreißen.*

Ich setzte mich gerade hin und hob die Haare hoch, die die Hälfte meines Gesichts verdeckten. Ich spürte kühle Luft auf meiner Wange und fühlte mich nackt. Entblößt. Mein linkes Auge blinzelte wegen der plötzlichen Helligkeit. Der ganze Tisch bekam für drei unerträgliche Sekunden einen guten Blick drauf, dann ließ ich den Vorhang wieder runter.

Adam pfiff leise durch die Zähne. »Gott. Was ist passiert?«

»Autounfall«, sagte ich. »Ich war dreizehn. Meine Mutter ist dabei umgekommen, ich hab dieses schöne Souvenir behalten. Ich rede nicht drüber. Ich schreib Gedichte.« Ich sah zu Marnie. »Keinen sentimentalen Scheiß.«

»Klar.« Sie nickte, guckte mit geweiteten Augen zu meiner Gesichtshälfte mit der Narbe, die jetzt nicht mehr zu sehen war. »Kein sentimentaler Scheiß.«

Ich war drin. Pack einfach 'ne Tragödie drauf, und schon hast du Freunde.

An dem Abend aß ich mein Abendessen im Schneidersitz auf einem der alten Liegesessel, die vor dem Fernseher standen. Gerry saß in dem anderen und guckte Baseball mit einem KFC-Bucket auf dem Schoß. Er hatte mir etwas angeboten – und war so seinen Vormundspflichten für den Abend nachgekommen –, aber ich war kein Fan von dem fettigen Kram. Für mich nur die besten Ramen-Nudeln voller Bisphenol A und eine Diet Coke.

»Ich hab demnächst eine längere Tour«, sagte Gerry, ohne den Blick auch nur eine Sekunde von der Glotze zu lösen. »Anderthalb Wochen. Vielleicht zwei.«

»Okay.«

»Du kriegst das hin?«

»Klar.«

Als hätte ich eine Wahl.

An diesem Abend stand ich vor dem Spiegel meines Badezimmers und band mir die Haare zurück. In dem scheußlichen Neonlicht setzte die Narbe sich glänzend ab. Eine gezackte Naht, die unter meinem linken Auge anfing und sich in einer ungeraden Linie bis zu meinem Kiefer hinunterzog. Ein strahlend weißer Blitz.

Ich hatte in der Schule erzählt, dass es ein Autounfall gewesen sei, und sie hatten es mir abgekauft. Und warum auch nicht? Ich hatte ihnen keinen Grund gegeben, daran zu zweifeln. Und »Autounfall« war so viel menschlicher, als ihnen die Wahrheit zu sagen: dass ich eine sieben Zentimeter lange Schraube genommen und mir die Verletzung selbst beigebracht hatte. Damit mein Onkel aufhörte, drei Mal in der Woche nachts zu mir zu kommen.

Jasper hatte gesagt, ich sollte es nicht weitersagen – niemandem –, also hatte ich es stattdessen gezeigt.

Ein schrecklicher Fehler. Es hatte Jasper aufgehalten, aber meine Mutter umgebracht. Ich hatte mir mit dieser Schraube die Wange aufgeschlitzt, aber ich hätte meiner Mom damit auch gleich die Pulsadern aufschneiden können. Sie warf nur einen Blick auf die blutige Wunde auf meiner Wange, hörte, warum ich sie mir zugefügt hatte, und drehte durch. Sie war ohnehin psychisch nicht so stabil gewesen. Drei Tage hielt sie durch, heulte und schrie hinter der geschlossenen Schlafzimmertür, bis mein Onkel Jasper ins Gefängnis verfrachtet wurde. Dann checkte meine Mutter aus.

Ich rieb die Narbe mit Cold Cream ein, so wie früher mit allen möglichen narbenreduzierenden oder Hautfehler abschwächenden Cremes, die in nächtlichen Dauerwerbesendungen verscheuert wurden. Nichts half, und solange ich nicht im Lotto gewann und mir eine Schönheits-OP leisten könnte, würde auch nichts helfen. Ich hatte gründliche Arbeit geleistet, als ich mein Gesicht verschandelt hatte. Meine Mutter kaputt gemacht hatte. Und mein Leben ruiniert. Alles auf einmal.

Hässliche Gedanken und Erinnerungen. Sie kamen immer hoch, wenn ich die Narbe jemandem zeigte. Eine Folgeerscheinung oder PTBS oder so was. Nachdem ich mir das Gesicht gewaschen und die Zähne geputzt hatte, zitterten meine Hände.

Ich legte mich aufs Bett und tat so, als würde ich irgendwo weit weg auf einem See treiben, das Wasser, das friedlich wie Eis war, von schönen, zerklüfteten Bergen umgeben. Es funktionierte; meine schwarzen und blutigen Gedanken trieben auseinander wie Öl auf Wasser und nahmen mich mit in den Schlaf.

Kurz bevor ich weg war, dachte ich an Evan Salinger.

Wir waren wieder in Politik und Gesellschaft, und er machte wieder diese Sache, die sich anfühlte, als würde ein warmer Lichtstrahl auf mich fallen. Ich wollte ihm schon sagen, dass er aufhören sollte, aber er wandte sich mir zu und sah mich direkt mit diesen himmelblauen Augen an. Mir stockte der Atem, und plötzlich wollte ich, dass er mich mit diesem warmherzigen, klaren Blick betrachtete.

Er lächelte mich an, als wäre ich nicht hässlich und aufgeschlitzt und von meinem Arschloch von Onkel benutzt worden.

»Gute Nacht, Jo.«

Ich wollte auch gute Nacht sagen, aber ich war schon in den Schlaf geglitten.

3. KAPITEL

Jo

Es klingelte, und der Englisch-AP-Kurs stand auf, um rauszugehen. Ms. Politano rief mich zurück. Sie war eine junge Lehrerin. Die Haare trug sie immer in einem lockeren Knoten, und ihre Klamotten waren hippiemäßiger, als ich mir bei einer Lehrerin im Mittleren Westen vorgestellt hatte. Sie sah eher aus, als gehörte sie in eine Bücherei in Seattle, immer mit einem Buch unter dem Arm und einer Lesebrille, die ihr die Nase runterrutschte.

»Also, Jo«, sagte sie und lächelte strahlend. »Kurz für Josephine. Wie Jo March in *Little Women*.«

Ich nickte. »Es war das Lieblingsbuch meiner Mutter.«

»Meins auch«, sagte Ms. P. »Sie könnten keine bessere Namensvetterin haben, meiner bescheidenen Meinung nach.«

Meine Lippen zuckten, als ich höflich zu lächeln versuchte und es nicht gelang. Ms. P ließ sich von meiner fehlenden Antwort nicht aus der Ruhe bringen.

»Da das Schuljahr beinahe um ist, fällt es mir schwer, Ihre Fortschritte zu beurteilen«, sagte sie und lächelte freundlich. »Ich habe Ihre Arbeiten von einer der beiden Schulen, die Sie vor uns besucht haben, erhalten, aber das genügt nicht, um mir wirklich ein Bild zu machen, wo Sie stehen. In schulischer Hinsicht.«

Ich zuckte die Achseln, obwohl mein Magen in Aufruhr geriet. »Okay. Und das heißt?«

Ms. P saß auf der Ecke ihres Schreibtischs. Ich konnte sehen, wie sie mich auf sich wirken ließ: die Haare vor dem Gesicht, die dunklen Klamotten, der herausfordernde Blick. Ihr Lächeln wurde geduldig. »Ohne einen breiteren Einblick in Ihre Arbeit weiß ich wirklich nicht, wie ich Sie benoten soll.«

»Ich muss den Abschluss machen. Unbedingt.«

»Natürlich«, sagte Ms. P. »Aber die Zeit läuft uns davon. Ich kann Sie nicht einfach abfragen. Wir machen Literaturanalyse und sind schon zur Hälfte durch mit *Als ich im Sterben lag*.«

Als ich im Sterben lag. Das hatte ich gelesen. Ich hatte viel gelesen unterwegs. Das war ein Roman, in dem die Hauptfigur eine tote Mutter ist. Man könnte sagen, dass mir das Thema aufs Engste vertraut war.

»Ich kann aufholen.«

Ms. Ps warmes Lächeln ging mir langsam auf die Nerven. »Daran zweifle ich gar nicht«, sagte sie. »Aber das plus die Hausaufgaben für den Rest des Schuljahrs werden nicht reichen. Es gibt einfach zu viele Lücken in Ihrem Schuljahr.«

»Was wollen Sie mir damit sagen? Dass ich im Sommer zur Schule gehen und die Nachholprüfung machen muss?«

»Ich wüsste nicht, wie wir das vermeiden können.«

Ms. P strich ihren knielangen Strickrock glatt, als wären wir Freundinnen und würden ein bisschen plaudern. Ich hasste es, wenn Lehrer so taten, als stünden wir auf einer Stufe, vor allem, wenn sie meine komplette Zukunft – die ohnehin schon zerbrechlich war – in den Händen hielten.

Ms. Politano schien eigentlich okay zu sein, aber sie könnte mir gründlich das Leben versauen, wenn sie mich den Abschluss nicht machen ließ.

Ich kaute auf meiner Lippe. »Und wenn ich ein besonderes Projekt abgebe? Für Extra-Punkte?«

»Das hatte ich auch schon überlegt. Aber das müsste schon ziemlich spektakulär sein.«

Ich hatte zu Hause eine Sammlung von dreißig Gedichten. Zwanzig waren okay, zehn ziemlich gut. Ich hatte nicht vorgehabt, sie für etwas so Blödes wie Schule zu benutzen, aber wenn es darum ging, den Abschluss machen zu können, würde ich sie eben dafür opfern müssen.

»Wie wäre ein Poesie-Projekt? Ich hab ein paar Gedichte, die ich Ihnen zeigen könnte, und vielleicht können Sie mir ein paar mehr aufgeben?«

Ms. Ps Gesicht erhellte sich. »Sie schreiben Gedichte? Wunderbar. Früher in diesem Schuljahr haben wir eine ganze Unterrichtseinheit über Liebesgedichte und Sonette gemacht. Keats, Shakespeare, Elizabeth Barrett Browning ... Vielleicht könnten wir Ihr Projekt darauf konzentrieren.«

Ich bemühte mich, nicht abfällig die Lippe hochzuziehen. »Liebesgedichte sind nicht wirklich mein Ding.«

Ms. P lachte. »Nun, es darf auch nicht zu leicht sein, nicht wahr? Bringen Sie mir morgen, was Sie haben, und wir sehen, was wir daraus machen können. Klingt das gut?«

Es klang besser, als den Abschluss nicht zu machen, aber ich hatte nicht viel Hoffnung, dass das Projekt Ms. P zufriedenstellen würde. Sie war eine verträumte Romantikerin. Bestimmt wäre sie nicht begeistert von meinen Sachen über selbstmörderische Mütter, tote Väter und perverse Onkel. Und dann wäre ich komplett am Arsch.

Was wusste ich über Liebe? Einen Scheißdreck. Das bisschen, das ich gewusst hatte, war mir entrissen worden und hatte nur einen grauen Nebel ferner Erinnerungen hinterlassen, die täglich mehr verblassten. Meine Mutter ... war meine ganze Welt gewesen, lebendig und in Farbe, und jetzt konnte ich kaum noch ihr Gesicht vor mir sehen.

Ich rieb mir über das schmerzende Herz, als ich den Klassenraum verließ, und machte mich innerlich schon mal darauf gefasst, auch im Sommer noch Kurse zu machen.

Später am Tag ging ich mit Marnie und Adam einen Flur entlang. Evan Salinger ging vor uns, die Nase in ein Buch gesteckt. Er trug ein blau-schwarz kariertes Flanellhemd über einem abgetragenen T-Shirt, Jeans und seine Arbeitsstiefel. Auf den Jeans waren Streifen von Motorschmiere, aber sein Arsch sah verdammt gut darin aus.

Jared Piltcher, jetzt mein Pausenknutschkumpel, lehnte mit ein paar Freunden aus dem Footballteam an seinem Schließfach – eine Muskelwand in Jeans und Letterman-Jacken. Als Evan näher kam, stießen sie sich gegenseitig in die Rippen und schubsten sich.

»Oh, oh. Warte«, sagte Adam und zog mich beiseite.

Marnie schürzte die Lippen. »In fünf, vier, drei …«

Kaum dass Evan an den Jungs vorbeiging, schlug Jared ihm das Buch aus der Hand.

»Und *Boom*«, murmelte Marnie.

»Bücher aus der Hand schlagen«, sagte Adam. »Wie originell.«

Weder er noch Marnie machten irgendwelche Anstalten, Evan zu helfen. Sie sahen nur zu. Wie der Rest der Leute im Flur. Wie ich.

Evan bückte sich, um sein Buch aufzuheben. »Verpiss dich, Jared.«

»Es lebt! Es lebt!« Jared lachte, während Matt King, ein Linebacker, die Arme ausstreckte wie ein schlechtes Frankensteinmonster, stöhnte und im Stechschritt vorwärtsging. Ein anderer aus dem Team legte sich die Finger an die Schläfen, machte ein surrendes Geräusch und zuckte dann, als würde er einen Stromschlag kriegen.

Ich beugte mich zu Marnie. »Was soll diese Scheiße?«

»Evan war mal in Woodside«, flüsterte sie, »der Psychoklinik oben in Halston.«

»Ja, hab ich gehört. Und?«

»Siehst du den Fiesling, der mit den Football-Jungs abhängt?«

Ich sah mich um und bemerkte einen dürren Typen mit verkniffenem Gesicht, der den gebogenen Griff eines Gehstocks in den knochigen Händen hielt.

»Seh ich.«

»Das ist Shane Salinger. Er ist wie Evan in der Oberstufe. Er hat überall erzählt, Evan habe in Woodside 'ne Elektrokonvulsionstherapie gekriegt.«

»Elektrokonvulsions... Du meinst Elektroschocks?«

Marnie nickte.

»Stimmt das?«, fragte ich.

Sie zuckte die Achseln und lächelte trocken. »Nun, das ist die schreckliche, erhabene Schönheit eines Gerüchts. Es muss nicht wahr sein, um sich rumzusprechen.«

Evan verließ mit erhobenem Kopf und nach vorn gerichtetem Blick den Flur. Shane Salinger lachte doppelt so laut wie die anderen. »Ha! Der war gut, Jungs!«

Die Footballspieler ignorierten ihn, und Shane – so ausgemergelt, dass es offensichtlich war, dass er an irgendeiner degenerativen Krankheit litt – rückte näher an den großen Jungen neben ihm, als würde er Schutz suchen. Der war genauso strohblond wie Shane, aber zehn Mal so kräftig, hatte Pickel im Gesicht und einen stumpfen Blick.

Ich deutete mit dem Kinn auf ihn. »Und wer ist das?«

»Auch ein Salinger-Bruder. Merle«, sagte Adam. »Ist noch in der Mittelstufe. Shane ist ein Mitläufer, der versucht, sich an die großen Jungs zu halten, und Merle *ist* einer von den großen Jungs, weil er Football spielen kann.«

Marnie nickte, als wir weitergingen. »Nur wegen Merle gehört Shane nicht wie wir zum unteren Ende der Nahrungskette. Und wegen der Gerüchte, die er über Evan ausspuckt. Bringt die Dumpfbacken zum Lachen.«

Ich runzelte die Stirn. »Warum redet Shane schlecht über Evan? Er ist doch sein Bruder?«

»Adoptiert.« Adam zuckte die Achseln. »Tja. Ist eben kein richtiger Bruder. Shane hasst Evan. Ich meine, er hasst ihn wirklich.«

»Geht anscheinend ziemlich vielen so«, murmelte ich vor mich hin. Ich ging noch einen Schritt und bemerkte, dass Marnie und Adam beide stehengeblieben waren und mich leicht alarmiert anstarrten. Ich sah wütend zurück. »Was?«

»*Lass* es«, sagte Adam. »Evan Salinger ist sexy, das geb ich zu. Ein starker, ruhiger Typ. Aber wenn man in seine Nähe kommt ...« Er schüttelte sich theatralisch.

»Er ist wirklich heiß«, stimmte Marnie zu. »Wenn auch ein bisschen konventionell für meinen Geschmack, aber ... irgendwas stimmt nicht mit ihm.«

»Ist das nicht bei uns allen so?«, murmelte ich.

Marnie schien mich nicht gehört zu haben. »Bist du je unter einer Hochspannungsleitung durchgegangen? Wo man es surren hört und sich dir die Härchen auf den Armen aufstellen?«

Ich sah sie beide skeptisch aus einem Auge an. »Ja?«

»Stell dich mal neben Evan«, sagte Adam.

Marnie nickte. »Er ist mir echt nicht geheuer. Und außerdem ist er soziales Gift, um es milde auszudrücken.«

»Warum?«, erwiderte ich scharf. »Weil er mal in einer psychiatrischen Klinik war? Ist diese gesamte Scheißschule so rückständig, dass deswegen alle auf ihm herumhacken? Noch Jahre später?«

Adam legte mir die Hand auf die Schulter und sagte ernst: »Deine Sorge ist süß. Aber unangebracht.«

Ich schüttelte ihn ab.

»Es ist was ziemlich Heftiges passiert, bevor er da gelandet ist«, erklärte Marnie.

»Was denn?«, fragte ich ungeduldig. »Irgendwas mit einem Zusammenbruch im Unterricht?«

Sie tauschten Blicke.

»So in der Richtung«, sagte Marnie.

»Wenn es nur so einfach wäre«, sagte Adam mit einem dramatischen Seufzer.

Ich bemühte mich, nicht ungeduldig die Augen zu verdrehen. Es würde jetzt jede Sekunde klingeln, und sie würden mich mit einem verdammten Cliffhanger stehen lassen. »Jetzt sagt endlich, was *passiert* ist!«

»Ein paar Monate, nachdem die Salingers Evan offiziell adoptiert hatten – etwa vor drei Jahren –, hat jemand in einer Fabrik bei Jefferson auf Leute geschossen. Sechs Leute waren tot, dreizehn verletzt.«

Ich riss die Augen auf. »Evan war darin verwickelt?« *Das würde einen bleibenden schlechten Ruf durchaus erklären und noch einiges mehr.*

»Nicht direkt«, sagte Marnie. »Aber an demselben Morgen ist Evan total durchgedreht, er hat um Hilfe geschrien und rumgebrüllt; er hat irgendjemanden angeschrien, dass er aufhören solle mit was auch immer für schrecklichen Dingen. Jemanden, den nur er sehen konnte. Und zwar exakt zur selben Zeit wie das Blutbad in Jefferson.«

Jetzt verdrehte ich wirklich die Augen. »Ernsthaft? Das ist doch nur Zufall …«

»Sollte man denken. Aber Evan schien zu wissen, dass das passierte, bevor irgendjemand anders etwas von dem Vorfall in Jefferson gehört hatte. War ja nicht so, dass die Nachrichten liefen. Keiner hatte 'ne Ahnung. Außer Evan. Er *wusste* es.«

Ich verschränkte die Arme. Das roch total nach Gerüchteküche, aber ich spielte mit. »Dann ist er ein Medium oder was? Woher wusste er das?«

»Tja, das ist der Punkt«, sagte Marnie. »Die haben Evan hundertmal gefragt, und er hat immer wieder geantwortet, er hätte es *in einem Traum* gesehen.«

Adam schüttelte den Kopf. »Die Bullen sind gekommen und haben ihn zu einem Arzt gebracht, und dem hat Evan dann offensichtlich noch viel mehr Sachen erzählt, die er ›im Traum‹ gesehen hatte. Sachen, von denen er nichts wissen konnte.«

»Was für Sachen?«

Erstes Klingeln.

»Fortsetzung folgt«, sagte Marnie und legte ihre Hand auf meinen Arm. »Und bis dahin denk dran: soziales Gift. Wenn du mit Evan Salinger Umgang pflegst, sind selbst wir gegen die Konsequenzen machtlos.«

Adam nickte feierlich, und die beiden machten sich auf den Weg zu ihren Kursen und ließen mich mit hundert weiteren Fragen stehen.

Ich seufzte. Ich hasste Cliffhanger.

Ich ging zu meiner nächsten Unterrichtsstunde und dachte daran, wie Marnie das Gefühl beschrieben hatte, neben Evan zu stehen. Wie unter einer Hochspannungsleitung.

Es ist ganz anders, dachte ich. *Kein kribbeliges Surren, sondern ein warmer Lichtstrahl … obwohl er dich nicht einmal ansieht.*

4. KAPITEL

Jo

Während der kompletten Mathestunde musste ich an Evan denken. Seit ich dreizehn war, war ich richtig gut darin geworden, mich einen Dreck um andere Leute zu scheren. Aber er tat mir irgendwie leid. Nicht weil er in der Klapse gewesen war, sondern weil er es nötig gehabt hatte. Wahrscheinlich war er an eine Art Belastungsgrenze gestoßen. Ich konnte das verstehen. War mir auch schon passiert, und zum Beweis dafür hatte ich eine Narbe.

An dem Nachmittag, während Jared sich hinter der Tribüne unter meinem Rock hocharbeitete, fragte ich ihn nach Evan.

»Was?« Jared hörte auf, sah mich blinzelnd an. »Was soll mit ihm sein?«

»Warum zieht ihr so übel über ihn her?«

»Weil er 'n Freak ist, deshalb.«

»Mir kommt er ziemlich normal vor.«

»Er ist verrückt, und es sollte nicht mal erlaubt sein, dass er in die Schule geht.« Jared wollte seine Belohnung, wie ein kleiner Junge, der in einer Keksdose wühlt. »Er ist ein Lügner und komplett geistesgestört.«

Jared wurde in seinem Eifer langsam grob, und das weckte ein Gefühl von Übelkeit in meinem Bauch.

»Was kümmert dich das überhaupt?«, fragte Jared und packte mich fest.

»Tut es nicht«, sagte ich und biss ihn noch fester in den Hals.

Jared riss sich von mir los. »Aua, was soll der Scheiß?«

Meine Bedingungen. Meine Entscheidung. Nur meine Entscheidung.

Ich wiederholte das Mantra in meinem Kopf, und dann griff *ich* nach Jared, nicht andersrum.

»Beruhig dich mal«, sagte ich und packte seinen Reißverschluss. *Ich.* Weil es *meine* verdammte Entscheidung war.

Jared kam langsam wieder näher. »Ich will nur keinen Knutschfleck. Den würde Laney sehen.«

Ich griff in seine Hose. »Ich versuche, sanfter zu sein.«

»Gut.«

Er versuchte, mich auf die Knie runterzudrücken, aber ich war schon auf dem Weg.

Um Viertel vor vier verließ ich den Footballplatz. Die Sonne wanderte auf den Horizont zu, und die Schule war leer, als ich zum Fahrradständer ging. Mein Fahrrad war das einzige, abgesehen von einer verrosteten Gurke, die wahrscheinlich jemand aufgegeben hatte.

Ich schloss mein Fahrrad auf und wollte mich gerade draufsetzen, als sich mir plötzlich der Magen umdrehte. Fast hätte ich an Ort und Stelle gekotzt.

Mein Gott, beruhig dich.

Das war mir vorher noch nie passiert, und es hatte im Lauf der Jahre viel *vorher* gegeben. Viele Heimlichkeiten, Tribünen oder Abstellkammern oder Rücksitze von Autos. Warum also protestierte mein Körper plötzlich?

Ich atmete ein paar Mal tief ein und erinnerte mich daran, warum ich diesen Scheiß mit Typen wie Jared Piltcher überhaupt machte: Weil ich kein Opfer war. Ich sagte, wer und wann und wie viel. Genau wie die verdammte *Pretty Woman.*

Ich radelte zum nächsten kleinen Laden und kaufte mir Gatorade und eine Dose Altoids. Ich trank die halbe Flasche und kaute drei von den Minzbonbons, bevor ich nach Hause weiterfuhr. Inzwischen war ich ruhiger, die Übelkeit hatte sich gelegt.

Gerry war bei der Arbeit; das Haus war still. Ich schlängelte mich zwischen den unausgepackten Kartons mit unseren wenigen Besitztümern durch in mein Zimmer. Ich machte die Tür zu, setzte mich an meinen Schreibtisch, von dem aus ich den eingezäunten Hof des Nachbarn sehen konnte, und holte mein Notizbuch heraus.

Ich hatte eine Idee für ein Gedicht. Ein paar Sätze, aus denen ich etwas machen könnte. Ich musste sie aufschreiben, bevor sie aus meinem Gehirn flohen oder in peinlichen Erinnerungen verbrannten.

Mein Körper gehört nicht mir
Das hat er mir gezeigt
In den heimlichen Nächten
Intimbereich
jetzt
öffentliches Eigentum
Und eine Lektion:
Verschenk ihn, bevor sie ihn
dir nehmen
dann kannst du so tun
als täte es nicht
weh.

5. KAPITEL

Evan

Hätte ich niemals das Geräusch von Löffeln und Gabeln hören müssen, die über Schüsseln und Teller kratzen, würde ich glücklich sterben. Das war die Hintergrundmusik bei fast jedem Frühstück, Mittag- und Abendessen bei den Salingers. Jede Mahlzeit, kratz, kratz, kratz. Der Soundtrack einer Familie, die sich nichts zu sagen hatte. Bis auf den kleinen Garrett. Seine kleine Stimme war wie eine Flöte, die sich zwischen dem Gekratze zu Wort meldete. Heute Abend war es nicht anders.

Norma saß an einem Ende, überblickte mit geschürzten Lippen den Tisch und aß schweigend. Harris saß am anderen Ende, schaufelte Essen in sich rein wie Kohle in einen Ofen: lediglich als Energielieferant. Neben seinem Teller lag eine Zeitung aufgeschlagen. An den Seiten des Tisches saßen auf einer Seite Merle und Shane, ihnen gegenüber Garrett und ich.

»Hey Evan, spielst du morgen nach der Schule mit mir Ball?«, fragte Garrett, das süße runde Gesicht mit unerschrockener Zuneigung zu mir emporgewandt. Mir tat die Brust weh. Mein neunjähriger Bruder war das einzige menschliche Wesen in Planerville, das mich nicht ansah wie einen Aussätzigen.

»Klar, Kumpel. Machen wir.«

»Ich brauch dich in der Werkstatt«, sagte Harris, ohne von seinem Geschnetzelten oder seiner Zeitung aufzusehen. »Sofort nach der Schule.«

Shane saß mir gegenüber und warf mir einen Todesblick zu, dann drehte er sich jammernd zu seinem Dad um. »Ich dachte, ich wär dran, eine Schicht zu arbeiten. Das hast du letzte Woche gesagt.«

Harris' Blick schoss zwischen mir und Shane hin und her, dann wieder zu seinem Essen. »Diese Woche ist viel los. Ich brauch Evan.«

»Ja, klar«, sagte ich.

Shanes stummer Wutsturm wehte mich an. Ich konnte nichts tun. Harris' Regeln waren Gesetz, aber das würde Shane nicht davon abhalten, Rache zu üben.

Neben mir ließ Garrett die Schultern hängen. Ich wollte ihm durch das hellblonde Haar wuscheln. »Nächstes Mal, Kumpel, okay?«

Seine Miene erhellte sich sofort. »Okay«, sagte er und fing an, über die Wissenschaftsausstellung an seiner Grundschule zu plappern.

Shane schmollte stumm, die Arme wie ein bockiges Kleinkind vor der schmalen Brust gekreuzt. Er hatte Multiple Sklerose, die Form, bei der man Schübe und dann längere Zeit Ruhe hatte, und jetzt war gerade eine Ruhephase. Es machte ihn dünn und schwach, und er lebte in ständiger Angst vor dem nächsten Schub.

Es war schrecklich anzusehen, wie die Krankheit ihren psychischen und körperlichen Tribut von meinem Adoptivbruder forderte, und es machte mich stinksauer, dass unsere Eltern nur die körperlichen Symptome behandeln ließen. Shane ließ seine unkontrollierte Wut und Angst an mir aus, sah mich als einen Eindringling, der ihm durch seine Kraft und Gesundheit seine Zukunft in der Werkstatt stahl. Und, was schlimmer war, er machte mir das Leben in der Schule zur Hölle. Ich rief mir ins Gedächtnis, welche Angst er haben musste. Er führte einen Kampf, den er nicht gewinnen konnte, und ich fand es schrecklich, dass er das durchmachen musste. Aber nach den Auswirkungen meines kleinen Aufenthalts in der Woodside-Klinik wollten die Salingers wahrscheinlich nicht noch ein zweites Kind, das eine psychiatrische Behandlung brauchte.

Als wäre es seit Woodside nicht schon hart genug für mich, nahm Shane sich Merle als Bodyguard und Kampfhund. Shane übertrug seinen Zorn direkt auf ihn. Merle – ein Jahr jünger als wir, aber vom Kopf her gute fünf Jahre zurück – tat ihm den Gefallen nur allzu gern. Was ihm an Denkvermögen fehlte, machte er durch Muskelkraft wett. Shane hetzte Merle gern kurz vor der Schule auf mich oder kurz danach. Vor der Arbeit in der Werkstatt, sodass ich mit einem blutigen T-Shirt auftauchte oder einem Veilchen, das vor den Kunden keinen guten Eindruck machte. Harris hasste das.

Shane stieß Merle in die Rippen, und der nickte und schaufelte sich den Rest seines Essens in den riesigen Körper. Mir sträubten sich die Nackenhaare.

»Jungs. Geschirr«, sagte Norma.

Auf dieses Zeichen standen wir alle auf. Die Eltern gingen ins Fernsehzimmer und ließen uns Jungs abräumen.

Sobald Norma außer Sicht war, drückte Merle mich gegen die Tür zur Speisekammer. Er rammte mir den dicken Unterarm unters Kinn und presste ihn gegen meine Kehle. Shane sah mich über Merles Schulter an und lachte höhnisch.

»Glaubst du, ich bin blind? Glaubst du, ich seh nicht, was du machst? Die verdammte Werkstatt gehört *mir*. Und Merle. Wir sind die *Söhne* auf dem Schild, nicht du.«

Ich schubste Merle weg und wappnete mich, jeder Muskel und jeder Nerv angespannt, bereit, mich zu verteidigen.

»Lass es, Shane«, sagte ich. »Hör endlich auf mit der Scheiße.«

Ich versuchte, mich an ihnen vorbeizudrängeln, um das zu beenden, aber Merle packte mich vorn am T-Shirt und schubste mich zurück. Ich riss ihm das Shirt aus der Hand, und wir starrten uns an. Da war nichts in Merles Schweinsäuglein als der dumpfe Hass, den Shane ihm eingetrichtert hatte. Garrett stand hinter uns, in der Mitte der von gelbem Neonlicht erhellten Küche, trat von einem Fuß auf den anderen und kaute auf seiner Unterlippe.

»Ich will keinen Streit«, sagte ich zu Shane. »Und ich will auch die Werkstatt nicht. Nach dem Schulabschluss bin ich hier weg.«

»Das will ich schwer hoffen«, stieß Shane hervor. »Ich zähle die Sekunden.«

Er drehte sich um und stützte sich schwer auf seinen Stock, als er ging und mich und Garrett die Küche aufräumen ließ. Merle folgte ihm langsam, enttäuscht, dass die Sache unblutig geblieben war.

Sie hatten mich zu leicht davonkommen lassen. Normalerweise musste ich mich mit Merle prügeln. Er war wie ein Hund, der an seiner Leine zerrte. Als würde nur Shanes Wort ihn daran hindern, mich umzubringen.

Das klang lächerlich, aber es fühlte sich nicht lächerlich an. Nicht, wenn Merle und ich miteinander kämpften. Es fühlte sich nicht an wie eine Rauferei unter Brüdern, sondern als ginge es um Leben und Tod.

»Willst du wissen, was ich denke?«, fragte Garrett, der die Teller wegstellte, die ich abgetrocknet hatte. »Shane hat Angst.«

»Wovor?«, fragte ich.

»Vor dir.«

Ich war sofort angespannt und fragte mich, ob er über den Amokschützen in der Fabrik reden würde. Ich sprach es nie aus, wie Voldemorts Namen; ich wagte nicht einmal, zu viel darüber nachzudenken. Aber wie sehr ich auch versuchte, so zu tun, als wäre es nie passiert, oder wie viele Jahre auch vergingen und Abstand schafften zwischen diesen schrecklichen Tagen und jetzt, es war immer noch *da*. Direkt vor meiner Nase und in den Köpfen und dem Gerede aller anderen in dieser beschissenen Stadt.

»Er hat Angst, dass Dad dir die Werkstatt gibt«, sagte Garrett. »Sie dir überschreibt.«

»Sag so was nicht«, warnte ich ihn und sah mich um. »Wenn Shane das hört, macht er dir das Leben zur Hölle.« Mir wurde schon schlecht, wenn ich nur daran dachte. Das Einzige, was schlimmer war, als dass Shane mir Merle auf den Hals hetzte, war die Vorstellung, er könnte dasselbe mit Garrett tun.

Der kleine Junge nickte. »Mein Lehrer sagt, Raufbolde haben Angst. Wenn sie Angst haben, werden sie gemein.«

»Sie sind sowieso gemein.« Ich wollte die Arme nach Garrett ausstrecken. Ihn in den Arm nehmen. Aber ich hielt mich zurück. Seit Woodside berührte mich niemand, und ich berührte auch niemanden, als wären emotionale Zusammenbrüche ansteckend.

Sobald die Küche sauber und aufgeräumt war, ging Garrett zu Harris und Norma fernsehen. Man hörte das aufgezeichnete Gelächter irgendeiner Sitcom. Merle war in seinem Zimmer und spielte wahrscheinlich Grand Theft Auto. Shane war in seinem Zimmer und machte, was auch immer er vor dem Schlafengehen tat. Wahrscheinlich lag er herum und hasste das Leben. Er war klug, hatte aber aufgehört zu lernen. Wahrscheinlich dachte er, dass es ohnehin sinnlos war – die Krankheit würde immer schlimmer werden. Aber es war schrecklich, wenn man daran dachte, dass er jetzt schon aufgab. Auf dem Weg in mein Zimmer ertappte ich mich dabei, stehen bleiben und mit Shane reden zu wollen. Um wenigstens Waffenstillstand zu schließen. Oder ihm zu sagen, dass er mich nicht hassen musste.

Einen kurzen Moment lang blieb ich wirklich vor seiner Tür stehen, dann ging ich weiter. Vielleicht brauchte er es, mich zu hassen. Auf mich loszugehen war vielleicht besser, als es in sich zu behalten, wo es an ihm fraß wie die Krankheit. Ich ging hoch in mein Zimmer, das zur Straße hin lag. Ich musste mich an hohen Bücherstapeln vorbeischlängeln, um mich auf mein Bett unter dem Fenster zu legen. Mein Zimmer war meine Zuflucht. Bett, Schreibtisch, Stuhl und Kommode. Überall gestapelte Bücher. Bücher waren mein Ausweg, bis Geld und Zeit einen realen Ausweg möglich machten.

Bücher und das Erlebnisbad, das sie letzten Sommer gebaut hatten.

Wir waren zur Eröffnung mit der Familie hingegangen, und ich hatte es gehasst. Der Lärm, die vielen Leute, das aufgewühlte Wasser. Ich war mit fünfzig anderen Leuten in dem eher kleinen Becken geschwommen und hatte gedacht, ich würde ertrinken. Aber nachts, allein, wenn das Wasser still und ruhig war … dann war es perfekt. Ich weiß nicht, was mich zuerst dort hingelockt hatte, aber nachdem ich einmal angefangen hatte, mich nachts rüberzuschleichen, konnte ich nicht mehr aufhören.

Durch das Fenster sah ich, wie der Abend dunkler wurde. Ich wartete.

Gegen neun war das Haus still. Norma und Harris waren Frühaufsteher. Sie sahen nie nach mir. Ich schlich mich nach unten und zur Hintertür hinaus. An der freistehenden Garage vorbei, die Einfahrt hinunter und auf die Straße.

Halb ging, halb joggte ich durch die schwüle, erdrückende Hitze der Nacht zum Funtown Water Park. Ich kletterte problemlos über den Zaun, nachdem ich das in den letzten vier Monaten jede Nacht getan hatte.

Das Bad war leer. Die drei Rutschen – kurz, mittel und lang – waren gesperrt. Der Bereich mit den Wasserkanonen und -sprengern lag ruhig da. All die gelangweilten Teenager, die da arbeiteten, waren weg. Im Winter würden sie permanent schließen und den Zugang vielleicht besser sichern. Bei dem Gedanken verkrampfte sich mein Magen, bis mir wieder einfiel, dass ich im Winter längst weg sein würde.

Ich ging in die nordöstliche Ecke zu dem rechteckigen Becken für Erwachsene, wo manchmal privater Schwimmunterricht stattfand. Es war nur fünfzehn Meter lang und an der tiefsten Stelle drei Meter tief, aber das genügte mir. Ich zog mir Stiefel, Socken und Jeans aus. Dann sprang ich nur in Boxershorts und T-Shirt hinein.

Das kühle Wasser glitt über meine Haut. Ich fühlte mich ruhiger, friedlich. Schwerelos schwamm ich zum tiefen Ende. Ich hielt ganz still und ließ alle Gedanken los, während ich ein paar tiefe Atemzüge tat, die Luft tiefer und tiefer einsog. Als nichts mehr reinging, tauchte ich unter.

Die Unterwasserbeleuchtung glomm schwach, färbte das Wasser grünlich.

Ich hielt den Atem tief in meinen Lungen, wo mein Körper sich nahm, was er brauchte; jeweils nur wenige Moleküle. Ich blieb fast reglos am Grund, bewegte nur die Arme, um unten zu bleiben.

Dann schloss ich die Lider.

Ich weiß nicht, was der Auslöser war, aber eine alte Erinnerung – meine älteste Erinnerung – lief nun vor meinem geistigen Auge ab wie eine Wochenschau oder ein Amateurfilm.

Der Mann war groß, so groß wie der höchste Baum. Der Junge war klein, vielleicht drei Jahre alt, und sah unverwandt zu dem Mann hoch.

Der Mann legte die Hände auf die Knie und beugte sich vor, ein verwirrtes Lächeln im Gesicht. »Wo bist du denn hergekommen, kleiner Mann?«

Die Worte des Jungen platzten zusammen mit einem kaum zurückgehaltenen Schluchzen aus ihm heraus. »Bist du Feuerwehrmann? Mama hat gesagt, ich soll zu einem Feuerwehrmann gehen. Wenn du mal Hilfe brauchst, musst du den fragen.«

»Ich bin ein Feuerwehrmann. Ich hab nur meine Uniform noch nicht an.« Der Mann betrachtete die schmutzige Latzhose des Jungen, seine zerzausten Haare und den Zettel, der an seinem T-Shirt hing. Er hoffte, dass es nicht war, was er dachte. »Wo ist denn deine Mama?«

Der Junge brach in Tränen aus, nachdem er versucht hatte, sie zurückzuhalten. »Weiß ich nicht. Sie ist weggegangen.«

Der Mann richtete sich auf und sah sich um, betete, dass das nicht gerade passierte; dass die Mom des Jungen herbeigelaufen kommen, nach ihm rufen und Gott danken würde, dass es ihm gut ging, sie hätte sich solche Sorgen gemacht …

Der Mann löste den Zettel vom T-Shirt des Jungen.

Kümmern Sie sich um ihn, bitte. Bitte.

Ihm sank der Mut. Er rief über die Schulter nach hinten. »Harry? Ruf bitte Gloria vom Jugendamt an. Hier hat jemand ein Kind ausgesetzt.«

Ein zweiter, größerer Mann kam aus der Garage, seine Miene alarmiert. »Kein Witz?«

»Kein Witz«, sagte der erste Mann. Er gab Harry den Zettel und ging dann vor dem Jungen in die Hocke. Er wollte ihn umarmen und ihm sagen, dass alles gut werden würde, aber das wäre eine Lüge gewesen. Er legte die schwere, große Hand auf die Schul-

ter des Jungen. »Hast du schon mal eine richtige Feuerwache gesehen, Junge?«

»Nein«, sagte der Junge und wischte sich mit dem Handrücken die Nase.

»Dann komm mit, ich zeig sie dir. Große Führung. Dann wird dir auch warm. Willst du was essen?«

Der Junge nickte und ergriff seine Hand.

Der Mann hielt die Hand des Jungen fest und wartete, bis er wieder sprechen konnte. »Wie heißt du, Kleiner?«

»Evan.«

Meine Brust zog sich zusammen, und mein Mund öffnete sich, bereit, eine Lunge voll Wasser einzuatmen. Ich stieß mich vom Boden ab und kam keuchend an die Oberfläche. Bis ich mir das Wasser aus dem Gesicht gewischt hatte, war die Erinnerung zurückgewichen. Der tiefe, hohle Schmerz blieb.

Ich atmete weiter, meine Lungen gierig. Wenigstens das war ein gutes Zeichen. *Es muss länger gewesen sein als drei Minuten. Muss es einfach.*

Ich hatte keine Möglichkeit, meine Zeit zu stoppen. Mein Handy war alt, und ich war zu paranoid, um es an den Rand des Beckens mitzunehmen. Wenn es kaputtginge, würde ich ein neues kaufen müssen, und ich brauchte jeden Penny, um endlich aus Planerville zu verschwinden.

Ich atmete ein und ließ die Erinnerung an die Feuerwache weiter verblassen. Ich konnte nicht zurückblicken. Nur nach vorn.

Nur noch ein paar Wochen, dann würde ich dieser Stadt und jedem, der mich kannte, den Rücken kehren. Ich würde woanders hingehen und an einem See, am Meer oder an einem Fluss wohnen, ganz allein, und mich nie wieder so fühlen wie jetzt. Niemand würde mich kennen. Ich würde neu anfangen.

Kein Ruf, ein Freak zu sein, keine Aufenthalte im örtlichen Irrenhaus, keine anklagenden, misstrauischen oder hasserfüllten Blicke. Ich würde neu anfangen. Ich würde jemand Neues sein, an einem anderen Ort.

Ich würde frei sein.

6. KAPITEL

Jo

Gleich morgens gab ich meine Gedichte bei Ms. Politano ab und ging dann kurz vor dem Mittagessen in ihren Klassenraum, um ihr Urteil zu hören. Sie sah auf, als ich eintrat, und lächelte auf eine Art, die mich wahnsinnig machte. Ich konnte damit umgehen – und erwartete es sogar –, wenn Lehrer sich auf den Inhalt meiner Gedichte konzentrierten und weniger auf mein tatsächliches Talent oder ob ich überhaupt welches hatte. Wenn ein Verdacht auf Kindesmissbrauch besteht, sind Lehrer gesetzlich verpflichtet, das anzuzeigen. Ich musste immer erklären, dass es fünf Jahre her war und die Schlüsselfiguren alle tot und begraben waren.

Ms. P bat mich, mir einen Stuhl zu holen und mich zu ihr ans Lehrerpult vorn in der Klasse zu setzen. Die Gedichte hatte sie vor sich aufgefächert. Manche Seiten waren zerknittert und fleckig von Alter und Tränen. Manche waren neuer. »Die Guillotine« – eine Ode auf meine Narbe – lag oben in der Mitte.

»Jo«, sagte sie mit leiser Stimme, »ich habe Ihre Gedichte gelesen, und ich bin beeindruckt. Sehr beeindruckt. Überlebende verdienen große Bewunderung, und Sie haben meine.«

Ich wollte mich zurücklehnen und seufzen und die Augen verdrehen, aber sie hob eine Hand.

»Sie haben meine Bewunderung, weil Ihre Gedichte hervorragende Fenster auf die Vorfälle in Ihrer Vergangenheit sind. Ihre Wildheit, die …« Sie rang um die richtigen Worte. »Ihr beharrlicher Geist. Es ist alles da. Ich habe alles gefühlt, was Sie eine Leserin mit Ihren Worten fühlen lassen wollten, und das ist – meiner Meinung nach – das Kennzeichen großer Dichtkunst.«

Ich schob mir das Haar hinter das rechte Ohr. »Oh, okay. Danke. Heißt das, ich kann den Abschluss machen?«

Den Schulabschluss brauchte ich dringender als Komplimente. Aber ich musste zugeben, dass es ziemlich nett war zu hören, dass meine Gedichte nicht scheiße waren.

Ms. P lehnte sich zurück und faltete die Hände auf dem Tisch. »Nun, das heißt, ich habe ein Projekt für Sie, das die Lücken in Ihren schulischen Leistungen füllen wird. Früher im Jahr haben wir romantische Lyrik durchgenommen. Keats, Browning.«

»Ja, das haben Sie schon gesagt«, sagte ich, wahrscheinlich zickiger, als ich wollte.

Ms. P lächelte nur. »Ich werde Ihnen etwas Lektüre aufgeben, aber Ihre Hauptaufgabe wird sein, selbst einen Liebesbrief oder ein Liebesgedicht zu schreiben.«

»Einen Liebesbrief? An wen?«

»An wen Sie wollen.« Ms. P beugte sich über das Lehrerpult. »Sie haben hier einen sehr persönlichen Schmerz enthüllt, Josephine. Diese Gedichte sind schonungslos, ehrlich, und es ist, wie ich zugeben muss, nicht leicht, sie zu lesen. Aber sie haben alle ein sehr ähnliches Thema. Ich erkenne Ihre Fähigkeiten bei diesem sehr schwierigen Gegenstand. Aber ich würde auch gern noch etwas anderes sehen.«

»Etwas anderes«, wiederholte ich.

»Ja. Ich glaube, es wäre gut, wenn Sie Ihr Können entwickeln. Sich in neue Gefilde vorwagen.«

»Ich liebe niemanden, Ms. P«, sagte ich ausdruckslos. »Nicht mehr. Was ich brauche, ist ein Schulabschluss. Wenn Sie also einen Liebesbrief wollen, schreib ich Ihnen einen. Ich kann Ihnen hundert schreiben, wenn das nötig ist. Ich kann so tun als ob. Aber wenn Sie versuchen, mich zu besseren Zeiten oder sonnigeren Tagen zu führen, vergessen Sie's.«

Eine kurze Stille trat ein.

»Gehe ich recht in der Annahme, dass Sie wegen dieser Texte bei einer ganzen Menge Schulpsychologen waren?« Sie tippte auf »Die Guillotine«.

»Das kann man so sagen.«

»Und war irgendjemand in der Lage, Ihnen zu helfen?«

»Ein bisschen«, gab ich zu. »Aber bevor etwas Weltbewegendes passiert, ziehe ich immer um.«

»Und haben Sie jetzt jemanden?«

»Ich habe angerufen, bevor wir hergezogen sind. Mir wurde gesagt, dass die Vertrauenslehrerin bis zum Hals in der Beratung für Collegebewerbungen steckt.«

Ich bemühte mich, beiläufig zu klingen. Gott, warum hatte ich ihr gesagt, dass ich mich hier nach einer Beratungsmöglichkeit erkundigt hatte? Warum neigte ich mich Ms. P entgegen, als würde ich erfrieren und sie wäre ein prasselndes Feuer?

»Vielleicht«, sagte sie, »könnten Sie als Teil Ihrer Aufgabe einmal die Woche in mein Büro kommen.«

»Wozu?«

»Wir könnten über Ihre Gedichte reden. Sie vielleicht analysieren. Aus einer rein literarischen Perspektive.«

Ich war nicht blöd. Ich konnte die Worte hinter den Worten hören, und mein altes, defensives Ich wollte ihr sagen, dass sie sich um ihren eigenen Kram kümmern sollte. Meine Englischlehrerin sein und keine Hobbypsychologin.

Aber das, was in mir zerbrochen war und leise bat, wieder

zusammengesetzt zu werden, streckte die Arme aus nach ihrem Angebot. Ich war wie Charlie Brown, der Anlauf nahm, um diesen Football wegzuschießen, und jedes Mal dachte: *Diesmal! Endlich!* Und Lucy, die blöde Kuh, zog jedes Mal den Ball weg. Man sollte denken, dass Charlie Brown nach so vielen Malen klüger werden würde, aber nein. Und ich bin wie er. Ich sehe den Ball. Ich sehe, wie jemand mir Hilfe anbietet, und renne, so schnell ich kann, darauf zu, und das Herz schlägt mir bis zum Hals, und die Hoffnung drückt mir den Atem ab, weil ich diese Hilfe tief in mir wirklich brauche.

Aber Gerry ist zu oft mit mir umgezogen, nach zu kurzer Zeit. Er zieht mir die Bälle weg, und ich lande flach auf dem Rücken, mir bleibt die Luft weg, und ich muss mich aufrappeln und wieder von vorn anfangen.

Es war zu spät im Schuljahr, um Ms. P näherzukommen. Viel zu spät.

»Wenn Sie mir helfen wollen, lassen Sie mich den Abschluss machen. Ich schreibe das Liebesgedicht, okay? Aber mehr schaff ich grad nicht. Ich bin einfach ... total ausgelaugt.«

Das Klingeln ertönte, das die Pause beendete. Ich stand auf und schulterte meine Tasche. Ms. P legte meine Gedichte in eine Mappe und gab sie mir, ihre Augen sanft vor Enttäuschung. Und Sorge.

»Ich freue mich schon darauf, zu lesen, was Ihnen einfällt.«

»Ich auch.«

Ich war selbst neugierig. Einen Liebesbrief oder ein Liebesgedicht zu schreiben war, wie auf einen staubigen, dunklen Dachboden voller Spinnweben hochzuklettern – einen engen Raum, in dem seit Jahren niemand mehr irgendwas angefasst hatte. Grau und weit weg.

Beim Mittagessen saß ich mit dem Team von *Mo Vay Goo* am Tisch, aber ich aß nichts und nahm nicht am Gespräch teil.

Mein einäugiger Blick schweifte umher und landete auf Evan Salinger. Er saß an seinem üblichen Platz auf einer Bank vor der unverputzten Backsteinwand der Cafeteria. Durch ein Fenster über ihm fiel Licht auf ihn, genug, um zu lesen. Er hatte wie immer die Nase in einem Buch vergraben und aß geistesabwesend ein mitgebrachtes Brot.

Er war schön, wie er da in dem Lichtstrahl saß. Die Haare fielen ihm in die Augen, als er sich auf die Knie stützte, und ich sah, wie er sie sich gedankenverloren aus dem Gesicht strich. Nicht zum ersten Mal fiel mir auf, was für eine total schlechte Besetzung er für die Rolle des Schulfreaks war.

Ich warf einen Blick auf den Tisch mit den beliebten Kids, den Footballspielern und Cheerleaderinnen, den Jungs von den großen Farmen und dem Orga-Team für die Prom. Oberflächlich betrachtet, gehörte Evan Salinger zu ihnen. Ich konnte ihn mir leicht bei ihnen vorstellen, wie er sich unterhielt und lachte, den Arm um ein Mädchen gelegt. Sie würden wahrscheinlich zu Prom King und Queen gewählt werden.

Es ergab einfach keinen Sinn, dass man ihn verbannt hatte von diesen Inseln der Sicherheit, die diese Tische in den Highschool-Cafeterien des ganzen Landes darstellten. Evan hatte keine Insel. Sogar die Streber mieden ihn. Meine Leute, die Außenseiter, mieden ihn. Eigentlich sollten wenigstens wir ihn unter unsere Fittiche nehmen, und sei es aus dem einzigen Grund, allen anderen den Mittelfinger zu zeigen. Aber Marnie hatte mich gewarnt, ich wäre am Arsch, sollte ich ihm einen Rettungsring zuwerfen.

Ich fragte mich träge, ob es das wert war.

Adam redete über *The Voice* und wer seiner Meinung nach am Abend rausgewählt werden würde. Marnie redete über die Prom und wie total blöd die war, wobei sie natürlich trotzdem hinging. Wir wussten alle, dass sie sich insgeheim darauf freute, seit Logan Greenway sie gefragt hatte, ob sie mit ihm hingehen würde.

Ich blendete sie aus, konzentrierte mich ganz auf Evan Salinger. Ich wollte wissen, was er las. Ich versuchte, einen Blick auf den Buchrücken zu erhaschen, aber ich war zu weit weg. Dann sah Evan auf, als hätte jemand seinen Namen gerufen. Ich erstarrte, während er sich umsah, und ein dummer Teil von mir forderte lautstark, dass er in meine Richtung blicken sollte.

Dann tat er es.

Und er lächelte.

Mein verdammtes Herz hörte auf zu schlagen. Mir wurde am ganzen Körper heiß, und ich war gefangen von Evans Lächeln, von seinen Augen, die mich mit sanfter Neugier betrachteten, seinem »Hi, wie geht's?«-Blick, der total easy gewesen wär, hätte er nicht vorher mein Inneres nach außen gekehrt.

Ich starrte gute drei Sekunden lang zurück, umgeben von der Wärme seiner Aufmerksamkeit, dann riss ich mich von ihm los. Ich wandte den Blick ab, versteckte mich hinter meinen Haaren. Als der Hitzeanfall nachließ, sah ich durch meinen Vorhang aus Haar zu der Stelle, an der Evan gesessen hatte.

Er war weg. In dem Lichtstrahl tanzten nur noch ein paar Staubflocken.

Ich hatte mit Jared verabredet, ihn nach der Schule hinter der Tribüne zu treffen. Wobei »verabredet« hieß, dass er mir in der Stillarbeitsstunde einen fragenden Blick zugeworfen und ich genickt hatte. Aber als es so weit war, war mir nicht danach.

»Sorry, ich bin heute nicht in Stimmung.«

Und Jared, Gott segne sein kleines Herz, sah mich völlig verblüfft an, als könnte er nicht verstehen, was für eine Rolle meine Stimmung dabei spielen sollte. Aber er war nicht ganz schlecht. Er betrog seine Freundin und war gemein zu Evan Salinger, aber er ließ mich in Ruhe, wenn ich Nein sagte.

Er seufzte und rückte seinen Schritt zurecht. »Was für 'ne Zeitverschwendung. Ich hätte jetzt mit den Jungs bei Spinelli sein können.«

»Sorry.«

Er legte den Kopf schief, und das widerspenstige Haar fiel ihm auf eine Weise in die Augen, die die meisten Mädchen an der Wilson bewundernswert verlottert fanden. Er sah mich durchdringend an, wahrscheinlich zum ersten Mal, seit wir uns dort trafen.

»Weißt du, du kannst ziemlich froh sein, dass ich dich überhaupt beachte.«

Ich zog meine sichtbare Augenbraue hoch. »Ach ja?«

»Ich meine, du bist echt hübsch. Die eine Hälfte deines Gesichts. Du wärst total heiß ohne diese Narbe. Wie ist das überhaupt passiert?«

Ich drehte das Unglücksrad. Es landete auf *Erdbeben*.

»Hab Verwandte in San Francisco besucht. Erdbebengebiet. Ich stand neben einem riesigen Fenster, als es losging, 6,5 auf der Richterskala, und das Fenster ist zerbrochen und auf mich gefallen. Ich war zur falschen Zeit am falschen Ort.«

Jared pfiff leise durch die Zähne. »Mann. Das ist echt scheiße.«

»Ja«, stimmte ich ihm zu. »Total.«

Über die Narbe zu reden holte wieder einmal die grauenvollen Erinnerungen an ihre Entstehung hoch. Jasper, die Schraube, die ich mir über das Gesicht gezogen hatte, Jaspers Verhaftung und dann meine Mutter.

Ich hatte sie selbst in der Badewanne gefunden. Meine Wange war inzwischen verbunden, tat weh und juckte, und deshalb wachte ich mitten in der Nacht auf. Ich schlurfte ins Bad, um zu pinkeln. Ich hatte mein Lieblingsstofftier im Arm, einen Blauwal, obwohl ich schon zu alt für Stofftiere war, und stieß schläfrig die Badezimmertür auf.

Ich konnte sie nicht gleich sehen. Nicht ganz. Nur Momentaufnahmen, wie Blutspritzer auf einer weißen Fliese. Mein Gehirn brach das runter, ordnete es zu ein paar Worten, die an ein Gedicht erinnerten, das wir damals in der Schule durchgenommen hatten.

So viel hängt ab
von ihren Augen
glänzend vor Abwesenheit
und weißer Haut
getaucht
in rotes Wasser

Ein Schnappschuss aus siebzehn Worten. Worte, Gedichte … das wurde meine Bewältigungsmethode, wenn es eine Therapie nur sporadisch oder gar nicht gab. Ein Trostpreis: Wenigstens fand ich meine künstlerische Leidenschaft durch die schreckliche Tragödie. Der Tod meiner Mutter zerhackte mein Leben in zwei Teile. Der Abgrund dazwischen war so breit und tief, dass ich das Ufer meiner Vergangenheit nicht einmal sehen konnte. In schwarzen und grauen Nebel gehüllt, war es für mich verloren. Sie war für mich verloren und mit ihr unsere glücklichen Erinnerungen an die Zeit vor Jasper. Sie waren dort auf der anderen Seite gefangen.

Ich hätte zusammen mit meiner Mutter in diesen Abgrund springen können, aber ich entschied mich dafür, weiterzugehen.

Ich kann nicht sagen, dass es mir immer wie die richtige Entscheidung vorkam.

Ich zog mich an, schnürte meine Stiefel, schnappte mir das Notizbuch und schlüpfte aus dem Fenster. Ich wusste, dass ich mich gefahrlos rausschleichen konnte. Bevor Gerry auch nur auf die Idee käme, nachts nach mir zu sehen, würden Minusgrade in der Hölle herrschen. Wahrscheinlich schnarchte er in seinem Sessel vor dem Fernseher, und der KFC-Bucket kippte ihm halb vom Schoß.

Ich ging nach Osten in Richtung Stadtrand, wo das neue Erlebnisbad lag. Die Nacht war schwül und stickig. Die Straßenlaternen schoben die Dunkelheit aus den blassgelben Lichtkegeln. Motten flatterten gegen die Glühbirnen. Der Lärm der Grillen oder Heuschrecken oder was für Ungeziefer auch immer diesen Teil des Landes am Ende des Frühlings befiel, ließ nicht nach. Aber es war das einzige Geräusch. Autos fuhren keine vorbei. Es war erst neun Uhr abends, doch Planerville schlief schon.

Sobald ich am Funtown Waterpark ankam, kletterte ich über einen hohen Maschendrahtzaun mit einer grünen Plane als Sichtschutz. Die Rutschen und Wassersprenganlagen waren abgesperrt, aber der Park war noch gut beleuchtet. Neue Lampen und Flutlichter waren in gewissen Abständen aufgestellt und angelassen worden, um Eindringlinge abzuschrecken. Wie mich.

Ich ging an den Röhrenrutschen vorbei, die sich wie Schlangen wanden und in die Höhe reckten. Aber sie machten mir keine Angst oder so. Die Erinnerung an meine Mutter in der Badewanne verblasste. Stattdessen erinnerte ich mich jetzt, wie ich mit vier Jahren mal mit ihr auf Tybee Island gewesen war. Die Erinnerung war grau wie verschimmeltes Brot, aber unendlich viel besser als die Badewanne.

Wir hatten Sandburgen gebaut und im Matsch gespielt. Ich kann mich nicht richtig erinnern, aber ich höre das Echo ihres

Lachens. Ihr Lachen klang eher wie das eines Kindes als das einer Erwachsenen, und selbst damals – wie mein vierjähriges Ich beobachtete – sahen ihre Augen ein bisschen so aus, als würden sie nicht richtig festsitzen. Alles an ihr war locker und irgendwie wackelig. Die Nerven, sagte sie, wenn sie glücklich war.

Wir zogen oft um auf ihrer endlosen Suche nach einer Festanstellung, und wenn sie glücklich war, schrie und tanzte sie mit mir durch die jeweilige schäbige kleine Wohnung, in der wir gerade lebten. »Das Licht ist angegangen, Josie!«

Zu anderen Zeiten war das Licht aus, und Mama blieb im Bett und schlief. Tagelang. Ich ging zu ihr, und sie streckte den verwuschelten Kopf hervor und lächelte.

»Ist das Licht aus, Mama?«, fragte ich mit einer leisen, ängstlichen Stimme, und sie nickte und tätschelte mir die Wange.

»Ja, Schatz. Aber nur noch ein bisschen. Bist du ein braves Mädchen und lässt Mama schlafen?«

Ich aß Müsli und sah mir Zeichentrickfilme im Fernsehen an, bis das Licht wieder anging und Mama wieder da und ich glücklich war.

Ich kann mich an das Glücklichsein nicht erinnern. Wie gesagt, es ist alles grau. Ich weiß, dass es das Gefühl gab, aber ich kann es nicht aufrufen, also gehe ich weiter.

Ich wanderte ziellos durch das Bad, bis ich das Schwimmbecken in der nordöstlichen Ecke sah, das zum Teil durch einen schmiedeeisernen Zaun begrenzt war. Sonnenliegen waren darum herum aufgestellt. Ein perfekter Platz, um in aller Ruhe Tagebuch zu schreiben. Vielleicht das Gedicht zu beenden, das ich für *Mo Vay Goo* angefangen hatte. Mir war danach, über meine Mutter zu schreiben. Wenn Marnie es düster wollte, würde sie einen verdammten Leckerbissen bekommen.

Ich war etwa zwanzig Meter entfernt, als ich es platschen

hörte und eine dunkle Gestalt im Wasser sah. Da schwamm jemand.

Scheiße. Die Nacht ist ruiniert, Arschloch.

Fast hätte ich kehrtgemacht. Ich glaubte, in der Nähe des Babybeckens ein paar Liegen gesehen zu haben. Ich wollte in Ruhe schreiben. Ganz für mich. Und ich stand auch nicht gerade drauf, mit fremden Männern allein im Dunkeln zu sein.

Aber statt abzuhauen, ging ich näher ran. In der Unterwasserbeleuchtung des Beckens sah ich, dass der Schwimmer jung war, blond …

Ich blieb stehen. Es war Evan Salinger. Er blieb auf einer Stelle an der tiefen Seite, und er war angezogen. Oder jedenfalls sah es so aus von dort, wo ich stand. Ich konnte weißen T-Shirt-Stoff an seinen Schultern kleben sehen.

Er sah mich nicht. Er blickte vor sich aufs Wasser, atmete mehrmals hintereinander, ohne auszuatmen, tief ein. Und dann tauchte er. Einfach gerade runter. Er paddelte mit den Armen, um auf den Grund zu kommen, dann bewegte er sie leicht, um unten zu bleiben.

Marnies Warnung, mich nicht mit Evan abzugeben, tauchte in meinem Kopf auf und verschwand wieder, aber vor allem war ich neugierig. Warum schwamm er komplett angezogen? Vielleicht war er wirklich plemplem. Aber ich hatte es satt, auf Gerüchte zu hören, also verschränkte ich die Arme und wartete.

Die Sekunden vergingen.

Ich holte mein Handy raus und blickte auf die Uhr. 21:23 Uhr.

Um 21:25 Uhr – als er schon mindestens zwei ganze Minuten unter Wasser war – trat ich von einem Fuß auf den anderen und kaute gnadenlos auf meiner Unterlippe.

Was macht er da für'n Scheiß?

Um 21:26 Uhr tänzelte Panik über meine Nervenbahnen. Evan machte keine Anstalten, in nächster Zeit an die Oberfläche zu kommen. Ich lief zum Beckenrand der tiefen Seite, stampfte mit den Füßen auf den Boden und ruderte mit den Armen.

»Hey! *Hey!*«

Nichts. Nur die langsame Bewegung seiner Arme unter der Wasseroberfläche, wie Seegras in einer sanften Strömung.

Um 21:27 – *vier* Minuten, nachdem ich zuerst auf die Uhr gesehen hatte – warf ich mein Handy auf die gummiartige Oberfläche der nächsten Liege, von der es prompt abprallte und auf dem Betonboden landete. Das Tagebuch warf ich daneben, dann sprang ich ins Wasser. Mit Klamotten und Stiefeln und allem.

Evan zuckte erschrocken zusammen, als ich ihn an der Schulter packte. Ich bekam vor allem sein T-Shirt zu fassen, schaffte es aber, ihm den anderen Arm um die Taille zu legen. Ich versuchte, mich vom Grund abzustoßen, doch es war nicht wie in den Filmen. Ich schoss nicht mühelos mit meinem Ertrinkenden an die Oberfläche. Meine Stiefel zogen mich nach unten wie kleine Anker, und Evan war wie ein verfluchter Felsbrocken. Ich mühte mich ab, ihn nach oben zu schieben, und schaffte nur, mich selbst weiter runter zu drücken, als wir uns in dem ganzen Durcheinander verhedderten. Endlich stieß Evan sich zur Oberfläche ab. Wir kamen zusammen hoch, keuchten zusammen, das Gesicht einander zugewandt, meine Hand noch in sein T-Shirt verkrallt.

Die Welt versank um uns her, während wir einander anschauten. Wir waren uns so nah. Nah genug, um seine edelsteingleichen himmelblauen Augen wahrzunehmen. Nah genug, um die minzige Süße seines Atems zu riechen, als er nach Luft schnappte. Nah genug, um zu sehen, wie ihm das Wasser aus den Haaren lief und dann die Wangen hinunterrann wie Tränen. Nah genug, um ihn zu küssen, wenn ich wollte, oder ihm eine Ohrfeige zu verpassen, weil er mich zu Tode erschreckt hatte.

Ich stieß mich planschend von ihm ab und paddelte rückwärts in das flachere Wasser. Mein Herz hämmerte von der Anstrengung; dazu kamen das Adrenalin und der sonderbare Thrill, in Evans Nähe zu sein. Es war, wie Marnie gesagt hatte: surrende Hochspannungsleitungen, von denen ich Gänsehaut bekam. Aber bei ihr hatte es unangenehm geklungen, und es war das genaue Gegenteil. Mir war warm. Wärmer, als es im Wasser des Pools möglich sein sollte.

Evan starrte mich an. Ein schwaches Lächeln breitete sich auf seinem Gesicht aus. Sein Blick war warm und offen, und er sah mich an, als hätten wir uns hier verabredet und als wäre er trotzdem überrascht, dass ich aufgetaucht war.

Dann fiel mir wieder ein, dass er versucht hatte, sich zu ertränken, und mir wurde am ganzen Körper kalt.

»Was soll diese Scheiße?«, schimpfte ich, bewegte mich weiter zum flachen Ende, stampfte in den Stiefeln ziemlich unbeholfen über den Boden des Schwimmbeckens. »Das kannst du nicht *bringen*. Du kannst nicht einfach deine aufgeblähte Leiche hier abladen, damit sie morgen früh von einer Mutter mit ihrem Baby gefunden wird. Oder von einem kleinen Kind. Das ist so was von abgefuckt.«

»Was?« Evan schüttelte verwirrt den Kopf. »Nein, ich …«

»Wenn du dich unbedingt umbringen willst, mach's woanders.« Ich stieg aus dem Schwimmbecken. Eine ganze Flut von Wasser lief mir aus den Klamotten. Meine Stiefel waren schwer. Wahrscheinlich ruiniert. *Verdammt*. Ich setzte mich auf eine Liege und riss an den Schnürsenkeln.

Evan schwamm in der Mitte des tiefen Endes auf der Stelle.

Er hatte sich die Haare zurückgestrichen, und die langen goldenen Strähnen glänzten im Lampenlicht. Seine Augen hatten dieselbe Farbe, die das Wasser im Pool mittags haben würde.

»Ich wollte mich nicht umbringen«, sagte er leise.

»Nein?«, fuhr ich ihn an. »Sah aber verdammt danach aus.«

»Ich hab nur den Atem angehalten.«

»Und wozu?«

»Um zu sehen, wie lange ich schaffe.« Er legte den Kopf schief. »Was glaubst du, wie lange war ich unter Wasser?«

»Willst du mich verarschen?« Ich hob einen Stiefel hoch und kippte ihn aus.

»Wollte nur mal fragen«, sagte er, sein Tonfall jetzt distanziert und zurückhaltend. »Tut mir leid wegen der Stiefel, Jo.«

»Egal«, murmelte ich, dann fuhr mein Kopf hoch. »Woher weißt du, wie ich heiße?«

Er seufzte und sah plötzlich erschöpft aus, als hinge ihm dieser Verdacht wie ein Bleigewicht um den Hals. »Du sitzt in Politik neben mir.«

»Ach ja«, sagte ich schnell.

»Tut mir leid, wenn ich dir Angst gemacht hab. Das wollte ich nicht.«

»Ja, na ja ...« Mir fehlten die Worte, um den Gedanken zu beenden, vor allem, weil ich das Gefühl hatte, mich bei *ihm* entschuldigen zu müssen. Ich hatte keine Ahnung, wofür. Er hatte mir schließlich eine Heidenangst gemacht. Meine Stiefel waren ruiniert, mein Handy hatte wahrscheinlich 'nen Sprung, und er hatte mir den ganzen Abend verdorben.

Schweigen dehnte sich zwischen uns aus, und ich spürte, wie mein Zorn etwas nachließ. »Über vier Minuten«, sagte ich und zog den anderen Stiefel aus, um ihn auszukippen.

Evans Miene hellte sich auf. »Wirklich? Ich war über vier Minuten unter Wasser? Das ist verdammt lang.«

»Jepp, ist es«, sagte ich trocken. »Houdini-lang. Trainierst du für so was? Willst du in einen Zirkus oder eine Frea…«

Freakshow.

Ich brach ab, bevor mir das Wort ganz entfuhr, aber es hing trotzdem laut und deutlich zwischen uns.

Evans Miene verdüsterte sich, und er drehte sich weg. Ich fühlte mich sofort und in jeder Hinsicht absolut scheiße. Was mich wütend machte. Ich brauchte solchen Ärger nicht in meinem Leben. Aber irgendetwas an Evan ließ es falsch und gemein wirken, sauer auf ihn zu sein.

Ich wrang meine Haare neben der Liege aus. »Warum kaufst du dir keine wasserdichte Uhr und stoppst deine Zeit?«

»Ist grad nicht im Budget.«

»Du arbeitest doch in der Werkstatt deines Vaters. Bezahlt er dich nicht?«

Mir kam der Gedanke, dass ich mich grade total aufdringlich in Sachen einmischte, die mich definitiv nichts angingen. Abgesehen davon, war es gut möglich – und sogar wahrscheinlich –, dass Evan nicht nur von seinen Brüdern terrorisiert wurde, sondern dass sich dieses Verhalten bis zu Mama und Papa Salinger an der Spitze der Familienhierarchie fortsetzte. Oder da *anfing* und nach unten durchlief.

Zu meiner Erleichterung nickte Evan und sagte: »Doch, er bezahlt mich. Aber ich spare für was anderes.«

»Was denn?«

»So schnell wie möglich von hier abzuhauen.«

Evan blickte über das Erlebnisbad, zu der Stadt dahinter und irgendeinem Horizont, den er im Geiste sah. Ich ertappte mich dabei, seinem Blick zu folgen, blieb aber an den Gitterstäben um den Poolbereich hängen.

»Wo willst du hin?«, fragte ich mit einem tropfenden umgedrehten Stiefel in der Hand.

»Egal wohin. Nein, zum Grand Canyon. Ich will zum Grand Canyon. Warst du da je?«

»Nein.«

»Ich auch nicht.«

Schweigen dehnte sich zwischen uns aus. Mir schien, dass Evan mehr sagen wollte, es aber nicht tat. Das Gespräch schien vorbei zu sein, und ich senkte stirnrunzelnd das Kinn.

»Ja. Egal. Vier Minuten sind richtig lang. Gratuliere. Ich muss los.«

Ich zog die Socken aus und stopfte sie in die Stiefel. Barfuß nach Hause zu gehen würde scheiße werden, aber nicht so beschissen, wie in schweren, durchnässten Doc Martens nach Hause zu platschen. *Nächstes Mal fahr ich mit dem Fahrrad.* Aber würde es ein nächstes Mal geben?

Evan sagte nichts, und ich dachte, er würde auch weiterhin nichts sagen, aber als ich mich zum Gehen wandte, schwamm er zum Beckenrand und legte die Arme darauf ab.

»Danke, dass du mich gerettet hast, Jo.«

Ich blieb stehen, erschrocken durch seine Wortwahl. »Ich hab dich nicht gerettet. Du warst nicht dabei zu ertrinken.«

»Stimmt. Aber das hast du nicht gewusst.«

Ich drehte mich um und sah ihn noch mal an. Sein Lächeln war zurück. Worte ordneten sich in meinem Kopf, wie wenn ich über ein neues Gedicht nachdachte.

Ein Lächeln mit einer Last: traurig, hoffnungsvoll, herzerweichend.

Sofort unterdrückte ich diesen Gedankengang. Keine Gedichte, kein Schmalz. Sich in einen niedlichen Typen mit einem traurigen Lächeln zu verknallen war nicht Teil des Plans.

»Was auch immer.« Die drei unpoetischsten Worte, die es gab.

Sein Lächeln wurde nur breiter. »Gute Nacht, Jo.«

Genau wie in meinem Traum. Derselbe Tonfall und alles. Dasselbe Warmwassergefühl, das mich umgab. Ich hob mein nicht gesprungenes Handy und mein Tagebuch auf und ging, ohne mich noch mal umzudrehen.

7. KAPITEL

Evan

Erst nach Mitternacht kam ich aus dem Erlebnisbad nach Hause und ging durch die Seitentür ins Haus. Ich zog das T-Shirt aus und warf es in die Wäsche. Norma fragte nie, warum meine Klamotten nach Chlor stanken. Ich denke, sie kam mir so entgegen. Als wüsste sie, dass ich wirklich nötig hatte, was ich mir im Schwimmbad verschaffte. Solange ich nicht wegen unerlaubten Betretens geschnappt wurde oder jemand an der Schule von den nächtlichen Besuchen erfuhr, stellte sie keine Fragen.

Das Haus war dunkel und still bis auf Harris' Schnarchen – als würde man Stoff zerreißen –, das aus dem Schlafzimmer am Ende des Flurs im ersten Stock kam.

Ich schloss meine Zimmertür, und ein komisches Gefühl überkam mich.

Jemand ist hier gewesen.

Ich machte die Deckenlampe an und sah mich im Raum um. Alles sah genauso aus, wie in dem Moment, als ich gegangen war. Ich atmete durch die Nase ein, als könnte ich auf die Weise eine Fährte wahrnehmen, einen verräterischen Hauch von fremden Hautzellen, die in meinem Raum schwebten. Aber ich roch nichts. Es war dumm, es überhaupt zu versuchen. Doch das Gefühl ging nicht weg. Beinahe hätte ich das Kästchen auf meiner Kommode überprüft. Oder das Geld, das ich schwarz von Harris bekam und unter einer losen Diele unter meinem Bett aufbewahrte. Aber ich unterdrückte den Drang.

Genau so was bringt dir Probleme, sagte ich mir. *Hier war keiner. Benimm dich normal. Geh schlafen.*

Ich kroch ins Bett und glaubte, nach einer solchen Nacht niemals einschlafen zu können. Aber ich musste schnell weg gewesen sein, denn als Nächstes hörte ich meinen alten Digitalwecker, der um sechs Uhr losging und mich aus einem lebhaften Traum weckte. Dem Traum eines normalen Menschen. Einem guten. Einem der besten, die ich in letzter Zeit gehabt hatte.

Jo Clark. Im Schwimmbad. Wie sie versuchte, mich aus dem Wasser zu ziehen. Sie hatte gedacht, ich wäre ins Wasser gegangen, um mich umzubringen, und wollte mich retten.

Mich.

Wir sahen uns an, und das Wasser hatte ihr die Haare aus dem Gesicht gespült. Im Mondlicht konnte man die gezackte Linie einer schrecklichen Narbe sehen, weiß und glänzend, fast bläulich. Durchscheinend. Aber Jo war nicht entstellt. Nicht in meinen Augen. Sie war zu schön. Blasse Haut. Große, dunkle, von langen Wimpern umrahmte Augen und dunkle Augenbrauen. Und ihr Mund.

Verdammt ...

In meinem Traum war ihr Mund leicht geöffnet vor Überraschung, offen und einladend. Statt sauer auf mich zu sein – wie im wahren Leben –, war sie froh, mich zu sehen. Auf diesen wunderschönen Lippen zeigte sich ein überwältigendes Lächeln, und ihre dunklen Augen leuchteten auf. Sie wollte gerade etwas zu mir sagen, und ich war mir sicher, es hätte mich den ganzen Tag lang glücklich gemacht, egal was es war. Aber da ging der dämliche Wecker los, und Jo verschwand, als ich die Augen aufmachte und die Dachschräge meines Zimmers sah.

Ein guter Traum, aber das würde niemals passieren. Josephine Clark war so verschlossen wie ein Stahlsafe, um den eiserne Ketten gewickelt waren, befestigt mit einem riesigen Vorhängeschloss. Sie würde niemals so lächeln – so offen und freimütig, und vor allem würde sie *mich* nicht so anlächeln.

Aber man konnte schlechter aufwachen als mit einem Traum, in dem ein hübsches Mädchen sich freut, einen zu sehen.

»Und sie hat mich gerettet«, murmelte ich und lächelte schwach.

Das stimmte auch nicht so ganz. Wie Jo gesagt hatte, war ich gar nicht dabei gewesen zu ertrinken, obwohl sich die meisten Tage bei den Salingers ein bisschen so anfühlten. Erstickend. Einengend. Ich war gefangen zwischen dem, der ich war, und dem, der ich sein sollte, und das erdrückte mich so, dass ich kaum Luft bekam.

Ich setzte mich auf in dem schmalen Bett in meinem kleinen, mit Büchern vollgestopften Zimmer. Hinter dem Fenster, das auf den Vorgarten und die Straße ging, mühte die Sonne sich ab, über Planerville aufzugehen.

Bin ich von hier?
Ist dies mein Zuhause?
Ist dies meine Familie?

Ich wusste nicht, an wen oder was ich diese Fragen richtete. Vielleicht an denselben unbekannten Ort in mir, an dem auch die Träume wohnten. Die Antwort war jedenfalls immer ein definitives *Nein*, in allen Punkten, aber das machte es nicht besser. Ich hatte gelesen, dass adoptierte Kinder, egal wie liebevoll und wunderbar ihre Adoptiveltern auch sind, nach ihren leiblichen Eltern suchen, wegen *Familie* eben. Sippe. Zugehörigkeit.

Ich zog mich an und ging nach unten, wo das Frühstück schon im Gange war. Ich konnte es am Geräusch hören, bevor ich überhaupt in die Küche kam. Löffel, die über Schüsseln mit Haferflocken kratzten, dass ich Zahnschmerzen bekam.

Vier Minuten, dachte ich, um mich abzulenken. *Ich war über vier Minuten unter Wasser.*

Das war ein Rekord. Seit das Erlebnisbad letztes Jahr geöffnet hatte, war ich nachts hingegangen, um in dem ruhigen Wasser zu tauchen, aber vor allem, um den Atem anzuhalten. Ich weiß nicht, wie oder warum das so wichtig geworden war, aber ich fühlte mich wie ein Langstreckenläufer, der für einen Marathon trainierte. Wobei das nicht ganz stimmte. Ich hatte keine Ahnung, wofür ich trainierte. Aber dieses Bedürfnis, die Zeit auszudehnen, für sechs, sieben, vielleicht sogar acht Minuten unter Wasser zu bleiben, das brannte in mir wie in Läufern der Wunsch, schneller und schneller zu laufen. Ich sah nicht, wohin mein »Training« mich führte. Ich wusste nur, dass ich dort ankommen würde. Ich *musste* dort ankommen.

Aber vier Minuten? Ich lächelte vor mich hin. Ich hatte keine Ahnung gehabt. Ich fragte mich, wie lange ich unter Wasser hätte bleiben können, wenn Jo nicht reingesprungen wäre. Mein Lächeln wurde breiter.

Sie hat mich gerettet.

Auch dieser Gedanke hörte nicht auf, immer wieder durch meinen Kopf zu hallen. Wie ein Song, der auf »Repeat« hängen bleibt, aber nicht nervig. Überhaupt nicht nervig. Ich war es nicht gewohnt, dass es irgendjemandem nicht egal war, was ich tat.

Shane schnaubte über seiner Schale. »Sieh dir Evan und sein dämliches Grinsen an«, sagte er zu Merle. »Er sieht voll zurückgeblieben aus.«

Eine merkwürdige Wortwahl, wenn man bedachte, dass

Merles IQ wahrscheinlich im unteren 70er-Bereich lag. Ich sah Norma an. Sie schien es nicht gehört zu haben. Oder sie hatte es gehört, und es war ihr egal. Ich sollte es besser wissen. Nach drei Jahren hier war klar, dass sie die Schwächen ihrer Söhne nicht wahrnahm. Von ihr würde ich keine Hilfe bekommen. Nicht, dass das je anders gewesen war.

Merle lachte schnaubend, und die beiden tauschten einen wissenden Blick. Shanes Hände zuckten noch mehr als sonst an diesem Morgen, und wie aus dem Nichts brach ein kreischendes Lachen aus ihm hervor.

Und mich *nennen sie Freak.*

Abgesehen von Shanes gelegentlichem Kichern, schepperten weiter die Löffel gegen die Schüsseln, bis Garrett endlich wach genug war, um ohne Punkt und Komma über sein Sachkundeprojekt zu plappern. Norma nickte und lächelte dünn, aber sonst hörte niemand zu. Als das Frühstück vorbei war, machten wir uns auf den Weg zur Schule.

Shane und Merle gingen zu dem Pick-up, den sie sich teilten, einem glänzenden schwarzen Ford F-150. Er war gebraucht – ein Geschenk von einem dankbaren Kunden von Dad –, aber ein Ford F-150, ganz umsonst. Er hatte sie nichts gekostet. Ich fuhr auch einen Pick-up: einen zerbeulten alten Chevy, den ich mir von meinem eigenen Geld hatte kaufen müssen. Geld, das ich brauchte, um nach dem Schulabschluss aus Planerville abhauen zu können. Aber ich brauchte auch den Pick-up, um zum Grand Canyon zu kommen, also beschwerte ich mich nicht.

Mir fiel auf, dass Shane und Merle die Köpfe gesenkt hatten und höhnisch kicherten. Sobald wir die Garagenauffahrt erreicht hatten, drehten sie sich um. Shane hielt ein Stück Papier in seiner mageren, gekrümmten Hand.

Ich erstarrte, und mir stockte der Atem. Das Stück Papier

war alt und vergilbt, an den Enden zerfleddert und so weit zerrissen, dass nur noch ein Dreieck übrig war, ein Fetzen. Die Schrift darauf – eine ordentliche, fließende Handschrift – war aus dieser Entfernung gerade mal eine Ansammlung blauer Linien. Aber die Worte waren für immer in mein Herz gebrannt.

Kümmern Sie sich bitte um ihn. Bitte.

»Gib mir das zurück, Shane«, sagte ich und ballte die Fäuste.

»Warum?« Shane wedelte mit dem Zettel. Merle stand neben ihm und sah mich an; er war kampfbereit. Und verdammt, ich war auch bereit, auf ihn loszugehen und mich mit ihm um dieses Stück Papier zu prügeln. Garrett verfolgte unseren Wortwechsel mit großen Augen.

»Du weißt, warum«, sagte ich und kämpfte um Ruhe. »Gib mir das zurück. Du hast kein Recht, in meinen Sachen zu wühlen …«

Und da war mir alles klar. Das merkwürdige Gefühl von letzter Nacht. Sie waren in meinem Zimmer gewesen. Er hatte das kleine Holzkästchen gefunden, in dem ich ein paar Andenken aufbewahrte – Abrisse von Baseballtickets, meine Lieblingsmurmel, als ich ein Kind war.

Und diesen Zettel.

Das Kästchen war immer verschlossen. Ich schloss es ab. Wie …?

Shanes schmieriges Lächeln war wie Ausschlag in seinem Gesicht, als er mit dem Zettel vor meiner Nase herumwedelte. In sicherem Abstand. »Was gibst du mir dafür?«

Ich brech dir *nicht* die Nase. »Nichts. Das gehört mir, Shane. Gib es mir sofort zurück.«

»Wir kommen zu spät zur Schule«, sagte Garrett leise.

Jetzt holte Shane ein kleines grünes Feuerzeug aus der Tasche. Ich erstickte fast vor Wut und spürte, wie meine Muskeln sich anspannten.

»Wag es ja nicht …«

»Ah, hab ich jetzt deine Aufmerksamkeit?«, sagte Shane höhnisch, obwohl er nervös war. Seine Hände zitterten, und er stellte sich noch dichter zu Merle. »Ich sag's nur noch ein einziges Mal: Was gibst du mir dafür? Es sollte was Gutes sein, sonst …« Er fuhr mit dem Daumen über das Feuerzeug, erzeugte ein metallisches Geräusch und einen Funken.

Mir drehte sich fast der Magen um. »Was willst du?«

»Mach mir ein Angebot.«

»Komm schon, Shane«, sagte Garrett. »Gib es ihm zurück.«

»Halt die Klappe, Garrett.« Shane wandte den Blick nicht von mir ab. »Also?«

»Das Geld, das ich in der Werkstatt krieg. Zwei Wochen«, sagte ich und hasste mich dafür, aber ich brauchte dieses Stück Papier dringend. »Drei«, sagte ich, als Shane den Kopf schüttelte.

»Ich hab's mir überlegt«, sagte er und zuckte übertrieben die Achseln. »Ich will eigentlich gar nichts. Und Garrett hat recht. Wir kommen zu spät zur Schule.«

Eine halbe Sekunde lang flammte Hoffnung in meinem Herzen auf … bis Shane wieder das Feuerzeug zündete und eine Flamme aufflackerte. Er hielt sie an eine Ecke des Zettels, die sofort schwarz wurde und sich einrollte.

»Nein!«

Ich stürzte auf ihn zu, sah nur den Zettel und prallte gegen Merle wie gegen eine Wand. Er rammte mir die Faust in den Magen, und ich krümmte mich keuchend zusammen, während ich versuchte, nach Shane zu greifen. Wie in Zeitlupe sah ich, wie sich die Flamme in das Papier fraß, sich gnadenlos zur Schrift vorarbeitete.

Kümmern Sie …

»*Nein! Du verdammtes Arschloch! Hör auf!*«, schrie ich und

wand mich in Merles Griff. Ich traf seinen Kiefer mit dem Ellbogen, als ich hektisch versuchte, Shane den Zettel abzunehmen, aber es war zu spät. Shane musste den Papierrest fallen lassen, bevor er sich verbrannte, und ich gab auf. Merle rammte mir seinen Ellbogen in den Rücken. Der Schmerz strahlte von der Stelle unterhalb meines rechten Schulterblatts in meinen ganzen Körper aus, und ich fiel neben den verkohlten Resten des Zettels auf Hände und Knie. Dann trat Merle mit dem Stiefel drauf und zerrieb die Asche unwiederbringlich.

Ich starrte auf den Fleck, der an der Stelle zurückblieb. »*Warum?*«, stieß ich heiser aus.

»Du bist zu alt für diesen Babykram«, sagte Shane, während er und Merle in die Garage gingen und in ihren Pick-up stiegen. »Werd erwachsen, Freak. Deine Freak-Eltern wollten dich nicht. Komm drüber weg.«

Ich blieb in der Einfahrt sitzen und starrte den Aschefleck an, während sie rückwärts aus der Garage an mir vorbeifuhren.

Shane ließ sein Fenster runter. »Gern geschehen!«, rief er, und ihr Pick-up rollte weiter die Einfahrt hinunter.

Da packten mich der Zorn und eine Trauer, die mir tief in die Knochen drang. Ich ballte die Fäuste, schloss die Linke um eine Handvoll von dem Kies, der in einem Streifen neben der Einfahrt lag. Rasch stand ich auf und schleuderte die Steine auf den zurücksetzenden Pick-up. Es klang wie Gewehrfeuer, als sie auf das Metall niederhagelten. Selbst von dort, wo ich stand, konnte ich die Kratzer sehen, die die Steine in dem schwarzen Lack hinterließen. Dann hielt der Wagen mit quietschenden Bremsen an, und Merle und Shane stiegen mit schockierten Mienen aus.

Garrett, der neben mir stand, duckte sich. »Oh nein …«

»Das war's. Du bist tot. *Tot.*« Shane starrte mich an und strich mit der knochigen Hand über die weißen Kratzer auf der Motorhaube – wie kleine Kreidestriche auf einer Tafel sahen sie aus. »Dafür wird Dad dich umbringen.«

Merle, der mächtig stolz auf den Pick-up war, betrachtete den Schaden mit gesenktem Blick, dann weiteten sich seine Schweinsäuglein. »*Ich* bring dich um«, grunzte er.

Ich lockte ihn mit dem Finger. »Na los.« Mein Herz hämmerte, bis ich dachte, es würde explodieren. »Komm schon, Arschloch!«

Merle war immer scharf auf einen Kampf. Er zögerte keine Sekunde, rannte wie ein Stier auf mich zu.

Und ich war bereit, brannte innerlich, sah in dem roten Nebel vor meinen Augen noch einmal, wie der Zettel schwarz wurde und sich zusammenrollte.

Jetzt holte Merle aus. Ich duckte mich und konnte einen rechten Haken auf seiner Niere landen. Ich legte mein ganzes Gewicht in den Schlag und spürte ihn bis in die Schulter. Mit jedem anderen wäre der Kampf danach beendet gewesen, aber Merle grunzte nur, riss den Unterarm hoch und erwischte mich unter der Nase. Blut spritzte, aber ich spürte kaum Schmerz, und ich hörte auch Shanes Flüche und Garretts Schreie nicht. Merle und ich rangen miteinander, schafften es im Handgemenge ab und zu, halb auszuholen und zuzuschlagen, während unsere Füße über die Platten der Einfahrt schrappten.

Ich verlor. Merle fand mehr Löcher in meiner Verteidigung als ich in seiner, aber ich genoss den Schmerz, der so viel leichter zu ertragen war als der Verlust dieses Zettels.

Eine neue Stimme drang durch den Nebel, und Merle schubste mich weg. Ich stolperte rückwärts und sah Norma neben der Einfahrt stehen. Sie hatte die Arme verschränkt, als würde sie sich zusammenhalten wollen, ihr Gesicht war vor Scham und Wut verzerrt.

»Was in Gottes Namen tut ihr hier? Die ganze Straße kann euch sehen!«, zischte sie.

Schweigend wischte ich mir die Nase am Ärmel ab. Kein einziges Mal war ich wegen Merle und Shane zu ihr gerannt. Ich war keine Petze und würde das nie sein. Shane allerdings war ganz wild darauf, mich anzuschwärzen.

»Guck, was er gemacht hat! Er hat Steine auf unser Auto geworfen! Jetzt muss man die ganze Vorderseite neu lackieren.«

Norma Salingers Augen weiteten sich angesichts des Schadens, dann wurden sie schmal, und sie richtete ihren Todesblick, den wir alle so gut kannten, auf mich. »Stimmt das?«

»Sie haben seinen Zettel verbrannt!«, sagte Garrett neben mir. »Den Zettel, den er seit der Feuerwache hatte. Als er ein kleines Kind war? Sie haben ihn einfach verbrannt!«

Shane und Merle starrten ihren kleinen Bruder wütend an und schworen stumm Rache.

»Sei still, Garrett«, sagte ich.

Ausnahmsweise war selbst Norma verblüfft über die Grausamkeit ihrer Söhne. »Ist das wahr?«, fragte sie mit einem Riss im Fundament ihrer normalerweise steinharten Stimme. Die beiden älteren Jungs wanden sich unter ihrem Blick.

Ist es jetzt so weit?, dachte ich. *Wird Norma für mich eintreten und Shanes sadistischem Hass ein Ende setzen?*

Aber nein. Ich sah in ihren Augen, wie sie ihre Gedanken sortierte, um sich auf die Seite ihrer leiblichen Söhne stellen zu können, ohne mir gegenüber grausam zu wirken.

»Man schnüffelt nicht in den persönlichen Dingen von anderen herum wie Diebe in der Nacht«, sagte sie mit frostiger Stimme zu meinen Adoptivbrüdern. Dann drehte sie sich zu mir um. »Und man macht nicht kaputt, was einem nicht gehört. Ihr habt euch alle drei falsch verhalten. Und jetzt ab in die Schule. Ihr seid spät dran. Wie ihr wiedergutmachen werdet, was ihr getan habt, werde ich später entscheiden, wenn ihr nach Hause kommt. Los jetzt.«

Als wir uns alle auf den Weg machten, warf Shane mir und Garrett böse Blicke zu. Er war außer sich vor Wut, dass er Ärger bekam. Gott, was für ein beschissener Witz. Norma würde ihm und Merle irgendeine leichte Arbeit zuteilen, während ich für den Schaden an ihrem Auto würde bezahlen oder den Wagen in der Werkstatt sogar selbst würde neu lackieren müssen.

Nur der kleine Garrett wurde nicht bestraft, wenigstens nicht von Norma. Ich setzte ihn immer an der Williamsburg Elementary ab, und sobald wir losgefahren waren, sagte ich: »Du musst aufhören, mich zu verteidigen, Garrett. Du kriegst noch Ärger mit Shane.«

»Ich weiß«, sagte er und wischte sich über die Nase. »Aber es ist nicht gerecht. Sie sind so gemein zu dir.«

»Ich werd schon damit fertig. Aber du bist zu klein. Sie werden dir wehtun.«

»Aber man soll für das einstehen, was richtig ist. Das bringt Ms. Johnston uns in der Schule bei. Und was Shane gemacht hat, war nicht richtig.«

Ich sah ihn an. Die Mischung aus Wut und Trauer, die in mir schwelte, ließ nach, als ich Tränen in Garretts Augen sah. »War es nicht, aber trotzdem. Wenn du weiter für mich Partei ergreifst, gehen sie auch auf dich los.«

Garrett schniefte wieder, diesmal herausfordernd. Er hatte das kleine Kinn vorgeschoben und blickte auf die Straße. »Ich werd schon damit fertig.«

Ich erinnerte mich an den mörderischen Ausdruck in Shanes Augen, als Garrett mich verteidigt hatte. *Nein, wirst du nicht.* Es hatte mich mitten ins Herz getroffen, dass sie den Zettel meiner Mutter verbrannt hatten, und hinterließ eine klaffende Wunde, die sich nicht so bald schließen würde. Aber Garretts Sicherheit war wichtiger. Egal was passierte.

Ich fuhr schweigend weiter, verhärtete mein Herz und wappnete mich. Ich bog in den Kreisverkehr vor der Williamsburg Elementary ein, als mein kleiner Bruder – der einzige Bruder, der sich wie mein eigen Fleisch und Blut anfühlte – sich seinen riesigen Schulranzen auf den Schoß zog. Er legte die Hand auf den Griff, hielt jedoch inne, bevor er die Tür öffnete.

»Du musst weggehen«, sagte er und sah unter seinem zerzausten blonden Haar zu mir auf. »Du solltest ganz weit von ihnen weggehen.«

»Das habe ich vor«, erwiderte ich knapp und blickte nach vorn, meine Stimme so gefühllos, wie ich konnte. »Los. Steig aus. Du kommst zu spät.«

Er runzelte die Stirn über meine kalten Worte. »Ich werde dich vermissen, Evan. Wenn du weggehst, werde ich dich vermissen, aber ich glaube, es ist das Beste. Damit sie dir nicht mehr wehtun können.«

Ich packte das Lenkrad mit beiden Händen, bis meine Knöchel weiß wurden unter den roten Abschürfungen von dem Kampf mit Merle. »Steig. Aus.«

Ich spürte, wie Garretts Schmerz mich überflutete, und es machte mich fertig.

»Warum bist du gemein zu mir?«, rief er mit zitternder Stimme. »Evan …?«

Ich konnte es nicht. Aber ich musste. Um ihn zu schützen. Es war sicherer, wenn er mich auch hasste.

Das Auto hinter uns hupte. Ich griff an Garrett vorbei und stieß seine Tür auf, dann blickte ich wieder nach vorn, sah ihn nicht an. »Raus aus dem verdammten Wagen.«

Garrett klammerte sich an seinen Ranzen und stieg aus der Fahrerkabine des Pick-up. Einen Moment blieb er stehen und starrte mich an, forderte mich heraus. Ich murmelte einen Fluch und beugte mich wieder zur Seite, um die Tür zuzuziehen, aber er war schneller und schlug sie zu. Wut und Schmerz standen ihm im Gesicht, dann drehte er sich um und stampfte auf die Schule zu.

Sein Blick tat fast genauso weh wie der Schmerz über meinen verbrannten Zettel.

Gut, dachte ich und sah ihm nach, wie er davonstürmte. *Besser für ihn.*

Ich konnte es mir nicht leisten, mich zu fragen, ob es auch besser für mich war.

8. KAPITEL

Jo

An diesem Morgen fiel mir auf, dass die Sportskanonen besonders scheiße zu Evan waren. Von meinem Schließfach aus, das in derselben Reihe stand wie das von Shane Salinger, hatte ich den perfekten Überblick. Ich sah, wie das dürre kleine Arschloch leise etwas zu Jared, Merle und den anderen sagte, als Evan – mit gesenktem Kopf, hochgezogenen Schultern und den Händen in den Hosentaschen – vorbeiging.

»Aber Merle hat sich drum gekümmert«, hörte ich Shane lauter sagen.

Merle machte eine Faust und boxte sich damit in die andere Hand.

Jareds Augen weiteten sich, und er lachte. »Habt ihr heute Morgen auf eurer Einfahrt ein kleines Lagerfeuer gemacht, du Freak?«, rief er.

Evan ignorierte ihn, warf Shane jedoch einen eisigen Blick zu, der sämtliche Kreise der Hölle hätte zufrieren lassen können. Shane wich zurück, fummelte an seinem Stock herum und entspannte sich erst wieder, als Evan weiterging.

Eigentlich hätte ich Jared in der Pause treffen sollen, aber ich versetzte ihn. Auch in der Mittagspause ließ ich ihn abblitzen. In Politik und Gesellschaft warf er mir einen fragenden Blick zu. Ich drehte mich weg, wodurch Evan direkt in meinen

Blick geriet. Er hatte die Schultern hochgezogen, den Kopf gesenkt und sah nach unten, als wollte er in sein Buch eintauchen. Unter der Nase hatte er getrocknetes Blut. Die Knöchel der Hand, die mir näher war, sahen rot und geschwollen aus. Er hatte sich geprügelt.

Mit wem? Wahrscheinlich mit diesem Fleischberg von einem Bruder, Merle. Oder einem der anderen Footballspieler. Vielleicht Jared. Jared versuchte erneut, meine Aufmerksamkeit zu erregen, und ich zeigte ihm den Mittelfinger. Er riss die Augen auf, dann schüttelte er enttäuscht den Kopf und verzog warnend die Lippen. Ich wusste, jetzt würde es mit den Gerüchten losgehen. Schlampe. Nutte. Eine, die dich nur heißmacht.

Ich seufzte. Trennungen konnten so unangenehm sein.

Für den Rest der Stunde hoffte ich, Evan würde in meine Richtung gucken, wenigstens ein Mal. Aber es war klar, dass er einen übelst schlechten Tag hatte. Er würde nicht zu mir gucken und auch sonst nirgendwohin außer nach unten. Es war, als hätte es die letzte Nacht nicht gegeben.

Kannst du ihm das übelnehmen? Du warst 'ne totale Zicke.

Ich blickte auf meinen Tisch, versteckte mich hinter meinen Haaren, versteckte mich hinter Ausreden. Evan hatte mich gestern Nacht auf die schlimmste Art erschreckt. Ich hatte geglaubt, dass er sich im Wasser umbringen wollte. Trotzdem hatte ich irgendwie ein schlechtes Gewissen, gleich so krass geworden zu sein. Davon hatte er echt schon genug, ohne dass ich auch noch mitmachte.

Gegen Ende der Stunde bemerkte ich, dass Evan unter den Arbeitsblättern ein Buch versteckt hatte und las, während Mr. Albertine sich über den Geburtsort der Demokratie ausließ.

»Hey«, flüsterte ich und schaltete auf nett. Wahrscheinlich sah ich aus wie Wednesday Addams, die versucht zu lächeln, wie in dem Film.

Evan sah mich eine Sekunde lang an, seine Augen dumpf und schwer. Er nickte zur Begrüßung und wandte sich wieder dem Buch zu.

»Was liest du?«

Er hielt den Kopf unten und den Blick auf die Seite gerichtet, hob aber das Buch seitlich ein bisschen hoch. *Der Graf von Monte Christo.*

»Kenn ich gar nicht. Ist es gut?«

»Ja«, flüsterte er und sah mich immer noch nicht an.

»Worum geht's?«

»Gefängnisausbruch.«

Ich musste nicht sehr tief nach der unterschwelligen Bedeutung graben. Evan hatte schon gesagt, dass er aus Planerville weg wollte. Was auch immer ihm heute passiert war, hatte seine Meinung dazu nicht geändert.

Ich wollte ihn nach der blutigen Nase fragen und warum seine Brüder ihm gegenüber solche Arschlöcher waren. Ich wollte es direkt von ihm hören, nicht über den Flurfunk der Schule. Ich wollte, das begriff ich, ihn besser kennenlernen, und das passte nicht zu mir. Ich suchte nie Kontakt.

Es klingelte, und Evan, plötzlich munter, nahm seine Sachen und ging ohne ein Wort oder einen Blick zurück.

In dieser Nacht lag ich mit dem Tagebuch auf dem Bauch im Bett und tippte mir mit dem Kuli gegen die Lippe, während mir das Liebesgedicht für Ms. P nicht aus dem Kopf gehen wollte.

Ein Liebesgedicht.

Ich.

Es würde mehr herauskommen, wenn sie einen Bestatter bat, über eine Geburt zu schreiben. Liebe befand sich außerhalb meines Kompetenzspektrums. Tod, Verlust, Einsamkeit –

das waren meine Stärken. Liebe gehörte in meine grau gewordene Vergangenheit. Wie jemand, den man früher gut kannte, mit der Zeit aber aus den Augen verloren hat. Man kann sich nicht mehr an das Gesicht oder die Stimme erinnern oder daran, wie es war, miteinander im selben Raum zu sein.

Ich schrieb ein paar Zeilen in dieser Richtung, aber es war zu deprimierend. Ms. P wollte keine geschwärzte, vermoderte Version von Liebe. Sie wollte das Echte, Wahre, Richtige.

Langsam schien es unvermeidlich, dass ich im Sommer noch zur Schule gehen und die Nachprüfung machen würde.

Ich zauderte und strich, strich mehr Worte, als ich stehen ließ, und riss irgendwann die Seite aus dem Tagebuch und warf sie in den Papierkorb. Mein Gehirn war sowieso nicht auf die Aufgabe konzentriert. Es dachte an Evan Salinger.

Was machte er gerade? Hackten mal wieder seine Brüder auf ihm rum? Oder war er vielleicht im Schwimmbad und versuchte herauszufinden, wie lange er die Luft anhalten konnte? Ich kaute auf meiner Lippe und fragte mich, ob es eine blöde Idee wäre, ins Freibad zu fahren. Warum eigentlich nicht? Ich konnte gehen, wohin ich wollte. Dies war ein freies Land.

Und wenn er hingeht, um seine Ruhe zu haben? Wenn es seine einzige verdammte Zuflucht ist?

Ich kaute noch ein bisschen weiter auf meiner Lippe.

Ich war die letzten fünf Jahre im Überlebensmodus gewesen. Meine Mom hatte mich verlassen, jede musste auf sich selbst aufpassen. Ich erwies niemandem Gefälligkeiten und umgekehrt, es sei denn, sie gehörten zur bedeutungslosen sexuellen Sorte. Aber es würde mich nicht umbringen, zum Erlebnisbad zu fahren und Evan anzubieten, seine Zeit zu stoppen, während er die Luft anhielt …

Halt den Atem an
ich zähle die Minuten
Bewache deinen Frieden …

Ich sah blinzelnd die Worte an, die ich aufgeschrieben hatte.

Gütiger Gott, was für komische Scheiße ist das bitte?

Ich warf mich rücklings aufs Bett und zog in Erwägung, einfach mal eine ganze Nacht zu schlafen.

Ich starrte an die Decke.

Ich starrte auf mein Handy. Fast neun Uhr, und es war absolut funktionsfähig. Nicht gesprungen. Auch meine Stiefel waren nicht ruiniert. Aber ich war Evan gegenüber die totale Bitch gewesen, und ich hasste es, dass das über mir hing.

Ich stand auf und zog eine alte Jeans und Sandalen an, die ich nicht mal tot in der Schule tragen würde. Dann ging ich raus.

Ich radelte durch die stickige, erdrückende Nacht zum Funtown Water Park. Die Zikaden waren ohrenbetäubend, ihr gleichbleibendes Zirpen legte sich über eine Stadt, die schon ins Bett gegangen war. Nur in den Fenstern einiger weniger Häuser brannte noch Licht. Niemand war auf der Straße. Keine Autos fuhren an mir vorbei, weder in die eine noch in die andere Richtung. Eine lebendige Geisterstadt.

Das Erlebnisbad war verlassen, wie letztes Mal. Evan war im Schwimmerbecken, wie letztes Mal. Er hatte am tiefen Ende die Arme auf den Beckenrand gelegt und das Kinn auf die Arme gestützt. Er sah erschöpft aus. Geschlagen. Als wäre er hundert Runden geschwommen, obwohl das Wasser um ihn herum still war.

Meine Sandalen klatschten auf das Pflaster, kündigten mein widerrechtliches Betreten an. Evan kam hierher, um zu entfliehen, sagte ich mir. Ich war nicht willkommen. Ich sollte zurückgehen und ihn in Ruhe lassen. Aber ich tat es nicht. Er sah auf, ohne den Kopf zu heben – nur die blauen Augen, die irgendwie matt aussahen.

»Hey«, sagte ich.

»Hi, Jo.«

Was war das nur mit seiner Stimme und meinem Namen? Er sagte ständig meinen Namen. Selbst in meinen Träumen. Ich glaube, seinen hatte ich noch nie ausgesprochen.

»Ich will nicht stören«, sagte ich.

»Du störst nicht.«

»Wenn du allein sein willst, gehe ich wieder.«

Er murmelte etwas vor sich hin.

»Was?«, fragte ich.

»Nichts«, sagte er. Er tauchte unter, kam wieder hoch und strich sich das Haar aus dem Gesicht. »Warum bist du gekommen?«

Ich setzte mich auf einen der Liegestühle, die am dichtesten am tiefen Ende des Schwimmbeckens standen. »Ich hab mein Handy mit. Es hat eine Stoppuhr. Ich dachte, ich könnte vielleicht deine Zeit stoppen. Du weißt schon … wenn du die Luft anhältst.«

»Willst du deinen Mittwochabend wirklich so verbringen?«, fragte er. Er schüttelte den Kopf, beantwortete damit stumm seine eigene Frage. »Du solltest gehen. Wenn dich hier jemand sieht, wirst du das nie wieder los.«

»Als würde ich irgendwas drauf geben, was die Leute über mich denken.« Evan musterte mich von oben bis unten, und sein Blick blieb an meinen langen Haaren hängen, die wie ein Schutzschild die Narbe verdeckten. Ich verschränkte die Arme vor der Brust. »Soll ich jetzt deine Zeit stoppen oder nicht?«

»Nein, danke, Jo«, sagte er leise. »Heute nicht.«

Ich stand auf, nahm meine Tasche. »Du willst allein sein. Versteh ich. Ich hätte nicht kommen sollen. Tut mir leid.«

»Nein, mir tut es leid. Ich bin einfach momentan keine gute Gesellschaft.«

»Schlechter Tag?«

»Kann man so sagen.«

Ich setzte mich wieder hin. »Was ist passiert? Ich meine … wenn du drüber reden willst.«

»Nichts, was nicht sowieso ständig passiert.« Ihm schien etwas einzufallen, was seine Miene verdüsterte und sein Lächeln ausradierte. Er drückte den Daumen gegen den Beton am Beckenrand. »Aber diesmal ist er zu weit gegangen.«

»Wer?«

Kurzes Schweigen. »Hast du jemals etwas verloren, was wertvoll für dich war? Ich meine keinen Menschen oder einen emotionalen Verlust. Ich meine einen Gegenstand.«

Ich dachte an meinen Plüsch-Blauwal. Ich hatte ihn als Kind überall mit hingenommen. Ich konnte mich nicht mal erinnern, warum er so wichtig gewesen war. Wahrscheinlich einfach ein Trost. Irgendwann in dem Durcheinander, als meine Mutter gestorben und Jasper ins Gefängnis gekommen war, hatte ich ihn verloren.

»Ja«, sagte ich. »Aber weg ist weg, oder? Kann man nichts machen.«

Evan nickte. »Das sag ich mir auch die ganze Zeit. Aber es hilft nicht.«

»Was hast du verloren?«

»Willst du das wirklich wissen?«

Ich wollte gerade eine besserwisserische Bemerkung loswerden, dass ich ja sonst nicht gefragt hätte, aber es schien Evan wirklich neugierig zu machen, dass ich mit ihm reden wollte. Und das war scheiße. Einsamkeit auf einem ganz neuen Level.

»Ja«, sagte ich. »Ich will es wissen.«

Er sah aus, als würde er damit rausrücken wollen, dann schüttelte er den Kopf. »Schuld sind meine Brüder. Meine *Adoptiv*-Brüder, was sie mich keine Sekunde vergessen lassen. Sie wissen genau, wie sie mich kriegen und welche Knöpfe sie drücken müssen, damit ich durchdrehe.«

»Die brauchen beide einen ordentlichen Tritt in den Hintern«, sagte ich mit einem schiefen Grinsen. »Nur eine Beobachtung am Rande.«

Evan lächelte schwach, stieß sich von der Wand ab und schwamm auf der Stelle. »Wenn die Schule vorbei ist, wird es besser. Wenn ich hier wegkomme.«

»Du willst weg?«

»Gleich nach der Zeremonie.«

»Oh.« Ich wischte ein totes Blatt von der Liege. »Cool.«

»Und du?«

»Ich weiß es nicht. In ein paar Wochen werde ich achtzehn. Wahrscheinlich wird Gerry mich dann loswerden wollen.«

»Gerry?«

»Der Cousin meiner Mutter. Mein Vormund.«

»Das würde er tun? Dich einfach rauswerfen?«

»Ja. Er hat sich fünf Jahre um mich gekümmert, aber jetzt hat er genug.«

Evan runzelte die Stirn. »Was wirst du tun?«

Ich zuckte die Achseln. »Ich hab ein bisschen gespart. Ich krieg das schon hin. Such mir einen Job. 'ne Wohnung.« Ich hustete. »Ich krieg das schon hin.«

Eine kurze Stille folgte.

»Und du?«, fragte ich. »Wohin willst du? Gestern hast du den Grand Canyon erwähnt.«

»Da will ich auf jeden Fall hin«, sagte Evan. Er bewegte die Arme, um sich über Wasser zu halten. »Zum Lake Powell, das ist ein Stausee in der Nähe. Ich will eine Hütte am See. Wahrscheinlich kann ich da bei irgendeinem Mechaniker arbeiten. Ich will das nicht ewig machen, aber es ist ein Anfang, bis ich meine Ausbildung zum Notfallsanitäter hab.«

»Du willst Notfallsanitäter werden?«

»Feuerwehrmann. Ich will Feuerwehrmann werden. Dafür braucht man die Ausbildung zum Notfallsanitäter.«

»Echt?«

»Ja.«

»Ist das nicht gefährlich? Flammende Infernos löschen, Leute aus brennenden Gebäuden ziehen?« Ich lächelte schief. »Katzen aus Bäumen retten?«

Evan lachte kurz, und ich schwöre bei Gott, ich fühlte es in meiner Brust.

In meinem Herzen.

»Das will ich alles«, sagte er. »Ich helf gern Leuten.«

»Ich kann mir das vorstellen, du als Feuerwehrmann.«

»Ja?«

Gott, und ob. Ich stellte mir Evans große Gestalt in der schweren Uniform von Feuerwehrleuten vor. Allein um die anzuziehen, musste man stark sein. Die Fantasie erblühte: Evans gutaussehendes Gesicht mit Ruß und Schweiß bedeckt, während hinter ihm ein Brand wütete. Er trug ein kleines Kind und legte es der dankbaren Mutter in die Arme …

Was stimmt nicht mit mir?

Evan Salinger hatte mein Gehirn unterwandert. Ich versuchte, ihn draußen zu halten, und er schummelte sich immer wieder rein.

»Und du?«, fragte er. »Du hast gesagt, du willst dir einen Job suchen, aber was ist mit deinen Gedichten?«

Ich riss die Augenbrauen hoch. »Woher weißt du, dass ich Gedichte schreibe?«

»Ich habe ein Lamm auf Baals Altar geopfert, damit er mir eine Vision schickt.« Er lachte, als ich ihn mit offenem Mund anstarrte. »Ich hab dieses Heft gelesen. *Mo Vay Goo*? Das mit der körnigen Kopie von Moby Dick auf dem Cover?«

»Oh, ach ja.«

Sein Lachen verstummte. »Ich kann's verstehen. Ich weiß, was sie über mich sagen.«

Es lag mir auf der Zunge, ihn nach seinem Aufenthalt in Woodside zu fragen, seinem Zusammenbruch in der Schule, wie es sein konnte, dass er Sachen aus Träumen wusste. Und ich konnte sehen, wie er sich dafür wappnete.

Tu ihm das nicht an, dachte ich. Aber Evan war lange genug von der Gerüchteküche aufgerieben worden. Ich wollte kein fremdes Gerede mehr. Ich beschloss, mit *ihm* zu reden.

»Du liest *Mo Vay Goo*?«, fragte ich. »Ich dachte, die Leute werfen das sechs Nanosekunden, nachdem Marnie es verteilt hat, ins Altpapier.«

Evan bewegte sich wieder an den Beckenrand. »Ich lese es meistens, aber ich fand es nicht so toll, bis ich die Ausgabe gelesen habe, in der du vorkommst. Dein Gedicht war gut.«

»Danke.«

»Es war *wirklich* gut«, sagte er. »Willst du das machen? Dichterin werden? Ich meine, von Beruf?«

»Man verdient nicht viel mit Poesie. Ehrlich gesagt, sogar gar nichts.«

»Unterrichten?«

Ich zuckte die Achseln. »Ich weiß es nicht. Ich bin nicht so gut darin, vor Leuten zu reden. Außerdem müsste ich aufs College gehen, um Lehrerin zu werden. Und Gerry ist so oft mit mir umgezogen, dass meine Noten scheiße sind. Ein Stipendium kriege ich nicht, und ich bin nicht so scharf drauf, mich für den Rest meines Lebens bis über beide Ohren zu verschulden. Wahrscheinlich such ich mir einen Job als Kellnerin und schreib nebenher.« Ich blickte auf meine Hände. »Ich weiß, es ist nicht sehr ehrgeizig …«

Evan legte das Kinn auf seine Unterarme und sah mich an. »Ich würde gern irgendwann mehr von deinen Gedichten lesen. Wenn es dir nichts ausmacht, meine ich.«

»Willst du wirklich?«

»Will ich.«

Ich stellte mir vor, wie Evan meine Sammlung las. Die Gedichte, die ich in den dunkelsten Stunden der Nacht schrieb, wenn mir Geister ins Ohr flüsterten. »Es ist nicht gerade leichte Lektüre.«

»Handeln sie von deiner Narbe?«, fragte er leise.

»Ein paar. Man soll über das schreiben, was man kennt.«

Evan nickte, und ich konnte die unausgesprochene Frage hören.

»Autounfall«, sagte ich automatisch. »Als ich dreizehn war. Meine Mutter und mein Onkel sind dabei umgekommen, und ich … hab mich verletzt. An einem Fenster. Ich meine … Daher hab ich jedenfalls die Narbe.«

Ich sah weg. Ich hatte hundert Mal gelogen, und die Worte kamen mir immer leicht über die Lippen. Aber bei Evan kam es mir falsch vor. Als würde ich seine Intelligenz beleidigen.

»Es muss schwer gewesen sein, auf diese Weise Familienmitglieder zu verlieren«, sagte er.

Und, Mann, fast hätte ich ihm erzählt, dass das nur halb stimmte und man um meinen Onkel nicht trauern musste. Ich wollte Evan mein verdammtes Herz ausschütten und ihm die Wahrheit über meine Narbe erzählen. Ich hatte meine Gefühle luftdicht verschlossen, und er ließ die Versiegelung Stück für Stück aufbrechen. Ich hielt den Mund.

Nach einer kurzen Stille fragte Evan: »Wo ist dein Dad?«

»Er ist in Afghanistan gestorben, als ich zwei war.«

»Verdammt. Tut mir leid, Jo.« Er schüttelte den Kopf, seine Miene schmerzerfüllt. Es war kein Mitleid – Mitleid rieche ich aus einem Kilometer Entfernung, und es riecht nach Hundescheiße. Evan klang bedauernd. Als wäre er zum Schauplatz einer Katastrophe gekommen, und es wäre zu spät, um zu helfen.

»Ja, na ja, was kann man machen?« Ich stützte die Ellbogen auf die Knie. »Und … was ist mit deiner Familie?«

»Da gibt's nicht viel zu erzählen.« Er lächelte schief. »Warum? Was hast du gehört?«

Ich verzog die Lippen. »So einiges. Gerüchte können echt scheiße sein.«

»Ja, können sie«, stimmte er zu, und sein Lächeln wurde echt. Die Luft zwischen uns erwärmte sich, und ich wünschte mir irgendwie, ich hätte einen Badeanzug mitgebracht, um zu schwimmen.

»Was ist mit deinen richtigen Eltern?«, fragte ich. »Wissen sie, wo du bist? Wissen sie, wer du bist?«

Er schüttelte den Kopf, und da war wieder dieser niedergeschlagene Ausdruck in seinen Augen, wie vorhin, als ich gekommen war. »Nein. Sie haben mich vor einer Feuerwache in Halston abgesetzt, als ich drei war. Ich war in verschiedenen Pflegefamilien, bis mich vor drei Jahren die Salingers aufgenommen haben.«

Noch eine Vision erblühte in meinem Kopf, und sie tat weh, war voller Dornen. Ein kleiner blonder Junge lief allein auf die Einfahrt einer Feuerwache. Weinte verwirrt und rief vielleicht nach seiner Mama …

Ich will Feuerwehrmann werden.

Ich zuckte zusammen und tat so, als würde ich eine Mücke verjagen. »Haben die Salingers dich offiziell adoptiert?«

»Ja, aber irgendwie ist es nicht groß anders als die Ungewissheit des Pflegekinddaseins. Ich meine, ich hab ihren Namen angenommen, aber ich fühl mich da wie ein Gast. Ein Gast, der zu lange geblieben ist.« Er stieß sich wieder vom Beckenrand ab, in Richtung der Mitte des tiefen Endes. »Gott, das klingt erbärmlich, oder?«

Ich zuckte die Achseln. »Ich kann's mir vorstellen.«

»Ich glaube, sie wollen mich auch loswerden am Ende des Schuljahrs. Nur braucht Harris mich. Wahrscheinlich wirft er mich raus und bietet mir dann einen Job an.«

»Darf er das denn?«

Er zuckte jetzt die Achseln. »Ich bin letzten Monat achtzehn geworden. Rechtlich gibt es für ihn keinen Grund, mich zu behalten. Ich glaube, er war anfangs nicht dafür, mich zu adoptieren. War Normas Idee. Aber Shane ist zu krank, um sich um die Werkstatt zu kümmern, und Merle ist zu dumm, also bin ich nützlich für ihn.«

»Aber du wirst nicht in Iowa bleiben«, sagte ich.

»Nein. Ich gehe auf jeden Fall.«

Auf jeden Fall. Mein Gehirn rechnete wenig hilfreich nach: noch zweiundzwanzig Tage bis zum Schulabschluss.

In Gedanken schnaubte ich. *Na und? Er geht weg, schön für ihn. Du wirst in zweiundzwanzig Tagen mit deinen eigenen Problemen klarkommen müssen. Was geht's dich an, was Evan Salinger tut oder bleiben lässt? Kann dir doch egal sein, wenn er verschwindet und du ihn nie wieder siehst!*

Genau, kann dir verfickt egal sein!

Ich trat nach einem toten Blatt, das zu nah an meiner Liege war, und sah durch die Haare zu Evan, der immer noch auf der Stelle schwamm und mich immer noch beobachtete.

»Was?«, fragte ich.

»Also, das, was ich verloren hab, was ich dir vorhin erzählt hab …«

»Ja?«

»Ich hab von … einer Art Relikt gesprochen. Von einem Zettel, der zusammen mit mir vor der Feuerwache abgesetzt wurde. Er war an mein T-Shirt gesteckt. Ein Zettel mit der Handschrift meiner Mutter, glaube ich.« Er nickte vor sich hin. »Nein, ich weiß, dass es ihre Handschrift war.«

»Was stand darauf?«, fragte ich, meine harte Stimme zu einem Flüstern gedämpft.

»*Kümmern Sie sich bitte um ihn. Bitte.* Es war das Einzige, was ich noch von meiner richtigen Familie hatte. Es klingt nach nichts. Nur ein Stück Papier. Aber *mir* hat es alles bedeutet.«

»Und du hast es verloren?«

»Shane hat es verbrannt. Heute Morgen.«

Ich fühlte mich, als hätte mich jemand in den Magen geboxt; als würde die Luft um mich zehn Grad kälter werden. »Er hat es *verbrannt*?«

»Ja«, sagte Evan dumpf. »Genau das hat er gemacht.«

»*Warum?*«

»Weil er ein bösartiges, verbittertes kleines Arschloch ist«, sagte Evan, und seine Stimme wurde lauter. »Ich habe eine einzige Sekunde nicht aufgepasst, und …« Er schüttelte den Kopf. »Aber es ist passiert, der Zettel ist weg, und man kann nichts machen.«

»Es tut mir so leid, Evan«, sagte ich leise.

Er nickte und schwamm wieder zum Beckenrand, legte die Unterarme auf den Beton. »Sie hat zwei Mal ›bitte‹ geschrieben. Zwei Mal. Meine Mutter … Ich war ihr nicht egal. Ich meine, das heißt doch, dass ich ihr etwas bedeutet hab, wenn sie zwei Mal ›bitte‹ schreibt, oder?«

»Ja, das tut es«, sagte ich und blinzelte heftig.

»Zwei ›bitte‹«, sagte er.

»Es bedeutet etwas. Bestimmt.«

Er nickte und brachte ein Lächeln zustande, atmete ein paar Mal durch, um sich zusammenzureißen. Sein Schmerz war kilometertief. Ich konnte ihn fühlen, und statt dass es mir unbehaglich oder peinlich war, wollte ich ihn nehmen und ganz weit weg kicken. In diesem Augenblick hätte ich alles getan, damit sein Schmerz verschwand. Aber ich konnte nicht. Ich hatte weder Worte noch eine Zeitmaschine, um zurückzureisen und seinen schrecklichen Bruder aufzuhalten.

Ich konnte nur das Thema wechseln.

»Und was ist das mit dem Luftanhalten?«

Er lächelte dankbar. »Ich musste irgendwann damit anfangen. Es ist eine Art Training.«

»Gibt's das? Olympisches Luftanhalten?«

Sein Lächeln wurde breiter. »Ich will keinen Weltrekord aufstellen. Ich mach's einfach gern. Ich muss es machen.«

»Letztes Mal warst du über vier Minuten unter Wasser. Was ist dein Ziel?«

»Vier Minuten sind schon ziemlich gut. Pete Colat hat den Atem neunzehn Minuten lang angehalten. David Blaine live im Fernsehen siebzehn Minuten. Wenn die das so lange schaffen, kann ich vielleicht auf sieben oder acht Minuten kommen. Vielleicht mehr.«

»Warum?«

»Ich weiß es nicht. Vielleicht gehört das zu meiner Verrücktheit.«

»Ich glaube nicht, dass du verrückt bist.«

Er lächelte ein wenig. »Da bist du die Erste.«

Ich erwiderte das Lächeln, und ein Schweigen machte sich zwischen uns breit. Es schien bleiben und peinlich werden zu wollen. Es sagte mir, dass ich aufhören sollte, solange ich dabei war zu gewinnen.

»Ich geh besser zurück«, sagte ich und nahm meine Tasche und mein Handy. »Sicher, dass ich nicht vorher deine Zeit stoppen soll?«

»Lass mal«, sagte Evan und sah mich nicht richtig an. Er räusperte sich. »Aber vielleicht … morgen?«

Ein flatteriges Gefühl vibrierte in meinem Magen, und ich hätte fast das Handy fallen lassen. *Er will mich wiedersehen.* »Klar, warum nicht?«, sagte ich komplett locker. »Kann ich machen.«

Ein breites Lächeln zeigte sich auf Evans Gesicht, und es war echt das Schönste, was ich seit langer Zeit gesehen hatte. Es war echt. Ungeschützt. Das Flattern breitete sich vom Magen her in meiner Brust aus.

»Cool«, sagte er. »Dann bis morgen?«

»Jepp«, sagte ich und stand auf. Der Riemen meiner Tasche verhakte sich an der Armlehne des Liegestuhls, als ich sie mir über die Schulter hängen wollte. Die Tasche rutschte runter und knallte auf den Beton. *Fuck.* »Cool. Bis dann.« Ich schnappte mir die Tasche und entfernte mich vom Pool, ohne mich noch mal umzudrehen.

Und da spürte ich es.

Evans Blick, der mir folgte.

Ein warmer Schauder überlief meine Haut. Ein heißes Kribbeln tanzte über meine nackten Arme, und die Nackenhärchen stellten sich auf.

Was zur Hölle …?

Ich weiß nicht, warum ich mich umdrehte. Vielleicht, weil ich mehr von diesem Gefühl wollte. Vielleicht, weil da etwas war, was ich sagen musste. Oder hören musste. Und weil ich mich noch schlechter fühlen würde, wenn ich es nicht sagte, nachdem ich letzte Nacht so ätzend zu ihm gewesen war.

Ich ging ein paar Schritte zurück zum Pool. »Es ist scheiße, dass Shane deinen Zettel verbrannt hat. Es war echt total gemein, das zu machen.«

»Ja«, sagte Evan und beugte sich vor, ohne einen Muskel zu bewegen.

Es ist zu persönlich. Tu es nicht. Du machst es nur noch schlimmer.

Ich unterdrückte diesen Gedanken und schluckte.

»Aber die Worte, die deine Mom geschrieben hat … sind real. Du wirst immer wissen, dass sie sie geschrieben hat, und sie hatte einen Grund, diese beiden ›bitte‹ hinzuschreiben. Die kann Shane nicht auslöschen. Er kann die *Absicht* nicht auslöschen. Deine Mom wollte, dass sich jemand um dich kümmert. Das wirst du immer haben.«

Evan rührte sich nicht und sagte kein Wort. Im schwachen Licht konnte ich kaum sein Gesicht sehen. Aber ich wusste, ich hatte das Richtige getan, noch bevor ich sein raues »Danke« hörte.

»Kein Problem.«

»Gute Nacht, Jo.«

»Gute Nacht.« Ich lächelte unter meinen Haaren und wandte mich zum Gehen. »Evan.«

9. KAPITEL

Jo

Der nächste Morgen begann mit Tuscheleien. Jared konnte mich nicht selbst anschwärzen, ohne dass seine Freundin erfahren hätte, was er und ich die ganze Woche getan hatten. Also überließ er seinem Kumpel Matt King den Job.

Matt hatte überhaupt kein Problem damit, jedem, der es hören wollte, zu erzählen, was ich hinter der Tribüne angeblich mit ihm gemacht hatte. Jared hatte ihm ein paar wahre Details genannt, um die Geschichte glaubwürdig zu machen, und die kleine Schule stürzte sich drauf. Zur Mittagszeit wusste es jeder.

Schlimmer noch, es fiel jemandem auf, dass ich zwei unterschiedliche Gründe für meine Narbe genannt hatte. Jetzt nannten mich alle Joker. Ich hörte, wie das geflüstert wurde, als ich über die Flure ging, und ein Junge sprang vor mich und fragte: »Warum so ernst?«

Marnie und Adam wussten nicht, was sie davon halten sollten, als ich mich mit meinem Tablett an den *Mo-Vay-Goo*-Tisch setzte.

»Stimmt das?«, fragte Marnie direkt. »Du und Matt King?«

Adam erschauderte. »Örks. Er ist so ein Muskelprotz. Hättest du dir nicht jemanden mit etwas Persönlichkeit aussuchen können?«

»Ich würde Matt King nicht mal mit der Beißzange anfassen«, sagte ich.

»Wirklich nicht?« Marnie sah mich aufmerksam an. »Angesichts der spezifischen Details, die ich gehört habe, bist du ihm ziemlich nah gekommen.«

Ich verdrehte die Augen. »Lächerlich. Ich hab ihn nicht angerührt.«

»Warum dann das Gerede? Jedes Mal, wenn ich mich umdrehe, fängt jemand anders von deinen Kunststückchen hinter der Tribüne an.«

»Es sind Arschlöcher. Brauchst du eine andere Erklärung?«

»Okay, es sind Arschlöcher. Aber warum du?«

Die Eine-Million-Dollar-Frage. Warum ich? Warum hatte ich mir das angetan? Oder, was wichtiger war, warum machte es mir plötzlich etwas aus? In der Vergangenheit hatte ich den Ruf, eine Schlampe zu sein, mit einem schrägen Stolz getragen. Meine Bedingungen, meine Entscheidung. Der *Pretty-Woman*-Code. Ich sage, wer; ich sage, wann; ich sage, wie viel. Aber diesmal war es *zu* viel. Ich wünschte, ich hätte Jared Piltcher niemals angefasst, und das nicht, weil die ganze Schule es erfuhr.

Sondern weil Evan es hören würde.

Ich blickte auf. Marnie und Adam warteten auf eine Antwort.

»Ich bin neu. Ich hab keinen Ruf bis auf den, den sie mir anhängen wollen. Leichte Beute. Die Narbe ist nur die Kirsche auf ihrer Torte.«

Marnie nickte. »Okay, das passt. Matt läuft rum und sagt, du hättest ihm leid getan.« Sie wedelte mit den Fingern vor ihrer Wange. »Du weißt, was ich meine.«

»Oh ja, ich weiß, was du meinst. Ich mach das nicht zum ersten Mal durch.«

»Und es ist sowieso scheiße«, erklärte sie. »Für Typen ist es nie ein Problem, wenn sie mit irgendwelchen Frauen rumvögeln. Sie werden zu einem Gott erhoben, und die Frau wird Schlampe genannt.«

»Könnte ein gutes Editorial für unser nächstes Heft sein«, überlegte Adam.

Da wurde Marnie ganz aufgeregt, und die beiden fingen an, über die letzte Ausgabe von *Mo Vay Goo* vor Schulende zu reden.

Meine Gedanken wanderten zu Evan. Sie waren durch eine Art unsichtbare Schnur mit ihm verbunden. Egal wie sehr ich versuchte, an etwas anderes zu denken oder mich abzulenken, sie kehrten immer wieder zum gestrigen Abend zurück, zu unserer Unterhaltung und dass er mich wiedersehen wollte.

Die Gerüchte, ich hätte mit Matt King rumgemacht, könnten Evans Meinung ändern.

Aber die Götter der Anwesenheit lächelten mir zu: Evan kam an dem Tag nicht in die Schule. Ich sah ihn nirgends, und sein Platz in Politik und Gesellschaft blieb leer. Ich war höllisch erleichtert und hoffte gleichzeitig, dass er nicht krank war, weil ich ihn dann nachts am Pool nicht sehen würde.

Bei unserem Date.

Ich hatte ein Date mit Evan Salinger. Es war so weit von Abendessen und Kino entfernt wie irgend möglich. Ich hatte überhaupt keinen Grund, es für ein Date zu halten, aber das tat ich.

Oh ja, das tat ich.

Auf dem Nachhauseweg begriff ich, dass ich Gefahr lief, mich in eins dieser Mädchen zu verwandeln, die wegen eines Jungen ganz wuschig werden. Ein Teil von mir schreckte vor dem Gedanken zurück, ein anderer Teil hielt ihn fest. War es nicht das, was *normale* Mädchen taten? Sie lernten einen Typen kennen, sie mochten ihn und wollten mit ihm abhängen. Kein großes Ding.

Ich konnte zugeben, dass ich Evan mochte. Ein bisschen. Aber das hieß noch lange nicht, dass ich dumm genug war, anhänglich zu werden. Alles und jeder, an dem ich jemals gehangen hatte, war verschwunden oder tot. Evan würde auch verschwinden.

Er wird in drei Wochen diese Stadt verlassen.

Weil dieser Gedanke in meinem Kopf am lautesten war, wäre ich fast an dem Abend nicht ins Freibad gegangen. Und dann überlegte ich es mir doch komplett anders. Nicht aufzutauchen würde heißen, dass ich mich nicht unter Kontrolle hatte. Das ging gar nicht. Ich war keine schwache, liebeskranke Idiotin. Ich war die Schulschlampe, oder? Ich würde heute nicht nur ins Erlebnisbad gehen, ich würde Evan vielleicht sogar vögeln, bevor er die Stadt verließ. Ein kleines Abschiedsgeschenk …

Ich sank auf die Bettkante und war plötzlich kurz davor zu heulen.

Was zur Hölle ist mit mir los?

Ich atmete tief ein und unterdrückte die Gefühle, zusammen mit dem ganzen anderen Dreck. Als es neun wurde, zog ich mir unter den Klamotten einen Badeanzug an und machte mich auf den Weg zum Schwimmbad.

Mein dummes Herz flatterte wie wahnsinnig, als ich sah, dass Evan schon da war.

Auf mich wartete.

Er schwamm am tiefen Ende des Beckens auf der Stelle, trug Boxershorts und ein schlichtes weißes T-Shirt, das an seiner Haut klebte. Ich fragte mich, warum er das T-Shirt anließ, war aber zu erleichtert, ihn zu sehen, um zu fragen.

»Ich hab dich heute nicht in der Schule gesehen«, sagte ich und bemühte mich, super locker zu klingen.

»Harris hat mich in der Werkstatt gebraucht«, sagte Evan.

Er machte überhaupt nicht auf locker. Er grinste wie ein Irrer, betrachtete mich, starrte mich an. Umgab mich mit seiner Aufmerksamkeit, mit einer weichen Wärme, als ich meine Tasche auf die Liege stellte. »Ich wusste nicht, ob du kommen würdest.«

»Hab ich doch gesagt, oder?« Ich grinste, um ihm zu zeigen, dass ich ihn nur neckte, und holte mein Handy raus. »Bist du fertig? Die Stoppuhr ist bereit.«

»Nicht wirklich. Ich fand's schön, gestern mit dir zu reden.«

»Ich auch.« Ich legte das Handy weg. »Später?«

»Vielleicht.«

Schweigen. Ich musste aufhören, so eine Schisserin zu sein, und einfach schwimmen, aber der Gedanke, vor Evan die Klamotten auszuziehen, sorgte dafür, dass sich mein Magen verkrampfte.

Ich war echt 'ne schöne Schulschlampe.

»Es ist wirklich warm«, sagte Evan. »Willst du nicht baden?«

Ich schob mir eine Haarsträhne hinter das rechte Ohr. »Ich hab darüber nachgedacht. Ich hab meinen Badeanzug drunter.«

Evan strahlte. *Strahlte.* »Komm rein.«

»Ist es nicht zu kalt?«

»Das Wasser ist beheizt. Es ist perfekt.«

»Gegen perfekt ist nichts einzuwenden.« Ich holte tief Luft. »Dreh dich um.«

»Was?«

»Ich mach keinen Striptease für dich. Dreh dich um.«

Er gehorchte, und ich zog Jeans und T-Shirt aus.

Ich hatte einen altmodischen schwarzen Einteiler an. Er hatte einen Herzausschnitt und eher breite Träger. Ich war ein bisschen zu dünn dafür – der Badeanzug war für Mädchen mit Hüften und Titten. Ich fand ihn hübsch, aber ich konnte nicht vor Evan darin herumstolzieren. Nicht, wenn er im Vergleich quasi komplett angezogen war.

Schnell ging ich die Stufen ins flache Ende runter und tauchte bis zum Hals ein. Das kühle Wasser fühlte sich perfekt an in der drückenden Hitze der Nacht. Ich passte auf, dass meine Haare vor der linken Wange blieben, und schwamm mit dem Kopf über Wasser zum tiefen Ende. Da, wo es aussah, als ob der Boden plötzlich schräg nach unten abfallen würde, stellte ich mich hin.

Ich konnte gerade noch stehen.

»Also«, sagte ich in die Stille. »Kommst du oft her?«

Evan lachte. »Ja, mach ich. Praktisch jede Nacht.«

»Warum? Gibt's bei den Salingers keine Klimaanlage?«

Er grinste auf eine Art, dass ich am liebsten die ganze Nacht dumme Witze gerissen hätte.

»Doch, es gibt eine. Ich bin einfach gern hier. Es ist friedlich. Und wenn ich unter Wasser bin und die Luft anhalte, ist es friedlich *und* still, und ich kann … einfach sein.«

»Wie meditieren?«, fragte ich.

»So in der Art. Es hilft mir, lange die Luft anzuhalten, wenn ich … irgendwie von meinem Körper getrennt bin. Wenn ich da unten sitzen würde und die Sekunden zählen, würde ich wahrscheinlich nicht sehr weit kommen.« Er wedelte mit den Händen, verursachte kleine Wellen auf dem Wasser. »Egal. Bestimmt gibt es *normalere* Dinge, über die wir reden könnten.«

Ich grinste schief. »Normal wird überbewertet.«

»Das sag ich mir ständig«, erwiderte er mit einem trockenen Lächeln. »Bringt leider nichts.«

»Ja, geht mir auch so.«

Wir tauschten Blicke, eine gegenseitige Anteilnahme – das

Mädchen mit der Narbe und der Freak –, und etwas veränderte sich zwischen uns. Es war ein unausgesprochenes Verständnis, das mich ihm näher brachte, ohne dass ich mich auch nur einen Zentimeter bewegte.

»Und über was für *normale* Sachen sollen wir reden?«, fragte ich. »Unsere Lieblingsfarbe? Lieblingsessen? Politische Meinung?«

»Wie wär's mit ... Was ist dein Lieblingsfilm?«

»*Arizona Junior*«, sagte ich automatisch.

Evan brach in überraschtes Lachen aus. »Oh Mann, ein echter Klassiker!« Sein leichter Akzent wurde zu einem ausgewachsenen Südstaatentonfall. »Junge, du hast'n Schlüpfer auf deinem Kopf.«

Ich lachte los. »Der ganze Film ist ein einziger Zitatenschatz.«

»Find ich auch«, sagte Evan. »Lieblingsband?«

»Immer schon oder im Moment?«

»Beides.«

»Im Moment hör ich am liebsten Cage the Elephant. Aber meine Lieblingssängerin ist Tori Amos.«

»Warum?«

»Weil sie ehrlich und poetisch ist und weil das Einatmen zum Singen bei ihr so wunderschön klingt, als wäre es ein Teil des Stücks.«

»Ja?«

»Ja. Du solltest sie dir mal anhören.«

Evan lächelte. »Mach ich vielleicht.«

Wieder trat ein kurzes Schweigen ein und zog dann weiter, und es nahm etwas von dieser Peinlichkeit mit, die zwischen zwei Menschen herrscht, wenn sie sich kennenlernen, und die irgendwann ganz verschwindet.

»Und jetzt du«, sagte ich. »Lieblingsband?«

»Ich mag Old School.«

»So was wie New Order oder … MC Hammer?«

Er lachte. Und Mann, ich hörte ihn gern lachen.

»Nein, ich meine richtig Old School. Aus den Vierzigern und Fünfzigern. Otis Redding oder Roy Orbison … Je von den Robins gehört?«

»Ich glaub nicht.«

»Ich muss dir die mal vorspielen. ›Smokey Joe's Café‹? Ein Klassiker.«

»Warum suchst du so weit in der Vergangenheit nach Musik, die du magst?«

»Diese alte Musik …« Er zuckte die Achseln. »Ich weiß nicht. Sie kommt mir nur wirklich ehrlich vor. Und einfach. Nicht einfach im Sinne von unterentwickelt, sondern einfach im Sinne von … unverfälscht. Das mag ich.«

»Ich auch.« Ich fuhr mit den Fingern über die Wasseroberfläche, schob tote Blätter von mir weg, die darauf umhertrieben. »Ich mag es *unkompliziert*. Und ich mag auch Sicherheit. Stabilität.« Ich blinzelte und sah mich um. »Sorry, was hab ich gesagt? Kümmer dich nicht um mich und meine wahllosen Wortketten.«

»Ist doch okay. Sicherheit und Stabilität sind was Gutes. Die Salingers reden von nichts anderem. Das Geschäft muss laufen, und Geld muss reinkommen, damit man sicher ist.«

»Denkst du das nicht?«

»Geld ist mir egal. Das ist nicht meine Vorstellung von Sicherheit.« Evan verzog das Gesicht. »Das klingt bestimmt arrogant oder undankbar von einem Pflegekind, das das Glück hatte, adoptiert zu werden. Ich bin auch dankbar für diese Sicherheit. Für das Dach über dem Kopf und das Essen auf dem Tisch. Aber es ist nicht das, was wirklich wichtig ist.«

»Was ist wirklich wichtig?«, fragte ich leise.

»Wie man sich da fühlt. Zu Hause. Das ist ja mehr als einfach nur ein Haus, oder? Viel mehr.«

Ich nickte, meine Fingerspitzen tanzten über das Wasser. »Ich weiß, was du meinst. Mein Vormund – ein Cousin meiner Mutter – ist LKW-Fahrer. Wechselt oft die Firma, um richtig lange Touren zu bekommen. Deshalb bin ich so spät erst auf die Wilson High gekommen. Wir ziehen ständig um. Mindestens alle sechs Monate. Und er mietet Häuser oder Wohnungen, aber es ist nie ein Zuhause, wo man sich niederlassen kann. Verstehst du, was ich meine?«

»Ich glaub schon«, sagte Evan.

Ich weiß nicht, warum ich weiterredete. Ich hatte das Gefühl, seit Ewigkeiten nicht mehr so viele Worte auf einmal gesagt zu haben. Wenn überhaupt je. Aber jetzt tat ich es, und ich machte mir keine Sorgen deswegen. Evan hörte aufmerksam zu, und ich fragte mich, ob es bei ihm vielleicht auch lange her war, dass jemand mehr als nur ein paar Worte zu ihm gesagt hatte.

»Vor Iowa waren wir in Missouri«, sagte ich zu Evan. »In einem Vorort von Kansas City. Wir hatten eine Wohnung, kein Haus. Und es war scheiße.«

»Ja?«

»Ja. Ich meine, nicht weil die klein war oder so – was sie auch war –, sondern weil … Na ja, mein Zimmer lag zum Parkplatz hin. Und da fuhr ständig ein Auto drauf, wie um jemanden abzusetzen. Und dann sind die einfach mit laufendem Motor und Licht an auf dem Parkplatz stehen geblieben und haben mit irgendjemandem aus unserem Gebäude geredet, und es hat mich wahnsinnig genervt. Die haben nicht mal rumgepöbelt oder laut Musik gehört, die haben da nur mit laufendem Motor geparkt und geredet, dass das ganze Haus es hören konnte. Und jedes Mal fühlte ich mich so … *haltlos*. Ich meine, das war *mein* Zuhause, oder? Und der Parkplatz war *meine* Einfahrt, und diese Leute haben da einfach *rumgehangen.* Ich kannte die nicht, und die kannten mich nicht, aber sie waren trotzdem quasi direkt vor unserer Haustür, und ich konnte nichts dagegen tun.«

Ich zog ein Gesicht und schlug auf das Wasser.

»Das klingt wahrscheinlich total abgedreht«, fuhr ich fort, »aber ich hab diese Wohnung gehasst. Wenn ich mir überlege, wie mein ideales Leben aussehen könnte, dann muss das kein großes Haus sein, das auf allen Seiten bewacht wird oder so. Das will ich nicht. Ich brauch auch nicht viel Geld oder *Sachen.* Ich will nur ein kleines Häuschen irgendwo in der Nähe von einem schönen Berg oder Wald oder See, den ich jeden Morgen angucken kann, während ich schreibe. Mein Haus. Mein Zuhause, und ich würde nicht schon ein halbes Jahr, nachdem ich mich eingerichtet hab, wieder ausziehen. Ich brauch nicht viel. Nur ein kleines Leben, weißt du?«

»Ja, ich weiß.«

Ich blickte schnell hoch, und Evan sah mich mit diesen Augen an, die irgendwie die Farbe von Eis hatten, aber für mich wie der Himmel an einem wolkenlosen, heißen Sommertag aussahen. Dieser Blick … umhüllte mich einfach wie das, was ich mir gerade vorstellte. Beides griff ineinander und verschmolz, bis ich beinahe dort war, in meinem eigenen Häuschen mit dem schönen Ausblick und starken Armen, die mich hielten …

Ich blinzelte und ließ mich ins Wasser zurückfallen. Ich hatte gerade eben einem fast völligen Fremden ein wirklich intimes Geheimnis verraten. Mir fiel wieder ein, wie ich zuerst gedacht hatte, dass Evan sicher jedem, der zuhörte, sein Herz ausschütten würde. Und jetzt stellte sich raus, dass ich diejenige war, die das tat.

Aber ich hatte recht gehabt, dass er ein wirklich guter Zuhörer war. Er verurteilte oder hinterfragte mich nicht und gab keinen Kommentar dazu ab. Er ließ mich einfach erzählen, und es war okay, und dann wandte er sich schon dem nächsten Thema zu. Meine Scham trieb davon wie die ganzen toten Blätter.

»Ist Jo die Abkürzung von Joanna?«, fragte er.

»Josephine. Nach Jo March aus *Little Women*. Es war das Lieblingsbuch meiner Mutter. Falls du es nicht gelesen hast, Jo ist die Schriftstellerin in der Familie.«

»Deine Mutter wusste also schon, dass du Dichterin werden würdest«, sagte Evan grinsend. »Sogar noch vor deiner Geburt.«

Ich lächelte. »Wohl eher nicht. Ich glaube, sie fand Jo gut, weil sie die stärkste der Schwestern war. Psychisch, meine ich. Jo ist nicht dem ersten Typen, der sie mochte, um den Hals gefallen, anders als meine Mutter. Mama hat sich total jung richtig heftig verliebt, aber sie hat nicht das Happy End gekriegt, das sie sich vorgestellt hatte. Ich glaube, sie hat Jo March bewundert, weil die wusste, was sie wollte, und ihre wahre Liebe bei dem Mann gefunden hat, der am wenigsten danach aussah.«

Evan streckte die Arme aus und strich mit den Händen übers Wasser. »Deine Mom klingt, als wär sie sehr weise gewesen.«

»Nicht wirklich. Wir sind viel umgezogen, als ich klein war, manchmal aus einer Laune heraus oder wegen des einen oder anderen ausweglosen Jobs. Sie war lieb und witzig, aber ich glaube nicht, dass irgendjemand sie *weise* genannt hätte. Wir haben bei der Familie meines Vaters gewohnt, als ich älter war und sie Hilfe brauchte, und niemand hat sie ernst genommen.« Ich schnitt mit der Hand durchs Wasser. »Sie selbst war nicht gerade psychisch stark.«

Evan zuckte die Achseln. »Wer ist das schon.«

Ich lächelte dankbar. »Ich kenn jedenfalls keinen«, sagte ich und bespritzte ihn mit Wasser.

Er lachte. »Willst du über sie reden?«, fragte er nach einem Moment.

»Ich hab schon verdammt viel geredet, findest du nicht?«

»Nein. Ich hör dir gern zu. Wenn du über deine Mom reden willst, kannst du das. Ich würde das wollen, wenn ich mich an meine erinnern könnte.«

»Du kannst dich gar nicht an sie erinnern?«

Evan lächelte, aber es kam nicht bei seinen Augen an. »Nope. Ich hab's versucht. Aber es ist, als hätte mein Leben an dieser Feuerwache angefangen.«

»Ich kann mich auch fast nicht mehr an meine Mom erinnern. Nicht wirklich. Oder ich kann doch, aber die ganzen Jahre sind irgendwie grau geworden. Als könnte ich nicht wirklich drankommen.«

»Wie meinst du das?«

Ich bewegte mich zum Beckenrand und legte die verschränkten Arme ab. Evan tat dasselbe, keinen Meter neben mir, und wir legten die Köpfe auf die Arme und sahen uns an.

»Einmal, als ich noch ein Kind war, ist meine Mutter mit mir nach Tybee Island gefahren. Es war total super. Das weiß ich. Aber ich kann mich nicht erinnern, wie es sich angefühlt hat. Ich weiß, die Sonne hat geschienen, aber ich erinnere mich nicht, dass mir warm war. Ich weiß, dass ich gelacht habe, aber ich erinnere mich nicht, glücklich gewesen zu sein.« Ich sah ihn von der Seite an. »Merkwürdig, oder?«

»Ich glaube nicht«, sagte Evan. »Vielleicht ein Bewältigungsmechanismus, weil sie gestorben ist.«

»Bewältigung«, sagte ich und sah weg.

Ich hatte ihm über meine Mutter und meine Narbe nicht die Wahrheit gesagt. Ich hatte das Gefühl, dass ich das sollte –

oder könnte –, aber die Worte steckten in meiner Kehle fest. Es war alles so hässlich und schrecklich, und ich wollte, dass Evan mich weiter als das Mädchen sah, das einen tragischen Autounfall gehabt hatte. Nicht als eine, die sich das Gesicht aufgeschlitzt hatte, um ihren Onkel davon abzuhalten, sie nachts anzufassen. Ich schluckte die Worte hinunter.

»Schon klar. Bewältigung. Wir haben alle unsere Tricks.«

»So wie ich«, sagte Evan und deutete mit dem Kopf auf das Wasser.

Ein Schweigen senkte sich auf uns. Ich riss mich von meinen Erinnerungen los und sah Evan an. Aus dieser Nähe konnte ich so viel sehen. Sein weißes T-Shirt war fadenscheinig. Durch den dünnen, nassen Stoff sah ich die Flächen seiner Brust und die Konturen seiner Bauchmuskeln. Ich konnte sogar einen alten, grünlichen Bluterguss auf seinem rechten Brustmuskel sehen.

Ich kam ihm am Beckenrand näher, bis ich neben ihm war. Er bewegte sich nicht, sondern ließ sich ansehen. Beobachtete, wie ich die dunklen Lila- und Blautöne neuerer Blutergüsse auf seinen Armen und dem Rücken betrachtete.

Mein Herz pochte in einem unvertrauten Rhythmus. Es war lange her, dass ich, abgesehen von mir selbst, um jemanden Angst gehabt hatte.

»Wer war das, Evan? Deine Brüder? Oder dein Dad?«

Gott, sag, dass es nicht dein Dad war …

»Brüder«, gab Evan zurück. »Vor allem Merle. Wir prügeln uns oft.«

»Warum?« Ich hob die Hand zu einem besonders dunklen Fleck auf seinem rechten Schulterblatt.

»Er ist nicht sehr helle. Er macht, was Shane ihm sagt.«

»Aber warum sagt Shane, dass er das machen soll?« Ich berührte sanft die Stelle unter dem T-Shirt, bedeckte sie komplett mit meiner Handfläche. Er kriegte Gänsehaut auf den Armen.

»Um mich daran zu erinnern, dass ich nicht zur Familie gehöre«, sagte er und blickte geradeaus. »Und dass ich anders bin.«

Ich nahm die Hand weg. Der blaue Fleck war noch da. »Das ist kein Grund.«

Evan antwortete nicht. Die Luft zwischen uns schien ein bisschen kälter zu werden. »Warum bist du nett zu mir?«, fragte er leise.

Ich blinzelte, meine Verteidigung ging sofort hoch. »Wie meinst du das? Weil …«

Er drehte sich zu mir um, und ich wich zurück vor seinem heftigen Blick. »Ich mein's verdammt ernst, Jo. Warum bist du hier? Warum hängst du mitten in der Nacht mit dem Stadtfreak im Erlebnisbad ab? Sag mir bitte die Wahrheit. Bitte.«

Zwei Mal »bitte«.

Mein Kiefer arbeitete wortlos, während ich im Kopf ein halbes Dutzend verlogener Antworten durchging. Ich hatte nichts. Keine Worte. Stattdessen hob ich die Hand und schob die Haare von meiner linken Gesichtshälfte zurück.

Die Luft fühlte sich kalt an auf der feuchten Haut. Mein linkes Auge, so daran gewöhnt, nur den Haarvorhang zu sehen, hatte plötzlich freie Sicht. Ich sah Evan an. Der Argwohn verschwand aus seinem Gesicht; ich hatte ihm sowieso schon vergeben. Niemand war nett zu ihm; ich wäre auch misstrauisch gewesen. Aber eigentlich sah ich einfach nur zu, wie er nahm, was ich ihm anbot, während mir der Atem in der Brust stockte.

Er lächelte mich an.

Sein Blick wanderte über meine Narbe. Ich spürte kein bisschen Abscheu oder Ekel seinerseits, nicht mal Neugier. Evan Salinger lächelte mein verunstaltetes Gesicht an, als wäre es ein Geschenk, das er nicht erwartet hatte.

»Deshalb«, flüsterte ich. »Wegen der Art, wie du mich jetzt ansiehst. Deshalb bin ich hier. Ich dachte … dir würde es nichts ausmachen, dass ich entstellt bin, wenn du mich siehst.« Ich schluckte schwer. »Du würdest vielleicht nicht denken, dass ich hässlich bin.«

Evans Lächeln verging, und er sah mich schmerzlich an und runzelte die Stirn. »Du bist nicht hässlich«, sagte er leise. »Ich hab die Narbe schon gesehen. Als du ins Wasser gesprungen bist, um mich zu retten. Als wir zusammen hochgekommen sind, sind deine Haare zurückgespült worden, und ich hab sie gesehen.«

»Ich hab dich nicht gerettet«, sagte ich. Ich bekam kaum Luft, und er kam mir noch näher. Ich spürte die Wärme seines Körpers durch das Wasser zwischen uns und fühlte mich zu ihm hingezogen.

»Doch, das hast du, Jo. Es sieht vielleicht nicht so aus, aber das hast du. Und Gott, du bist nicht hässlich.«

Er hob die Hand aus dem Wasser, und ich sah, wie sie sich meinem Gesicht näherte. Ich hielt ihn nicht auf. Seine Fingerspitzen berührten meine Wange, und mit dem Daumen zeichnete er von unter dem Auge bis runter zum Kiefer meine Narbe nach.

»Du bist das schönste Mädchen, das ich je gesehen habe.«

Es war zu viel. Niemand sah mich so an. Niemand sagte mir, dass ich schön sei. Und kein Junge hatte sich mir je so genähert, um mich zu küssen, wie Evan. Sein Gesicht kam ganz langsam näher, sein Blick war sanft, die Wärme seiner Aufmerksamkeit wie ein loderndes Feuer.

Er legte den Mund auf meinen und atmete ganz leicht ein, als ich ausatmete. Ein kleiner Seufzer, der zu einem leisen Stöhnen wurde, als sein Mund sich öffnete und meiner sich auch öffnete. Ich ließ alles los. Fuhr die Schilde runter, die mein Herz schützten. Und Evan nahm nicht, er gab. Sein Kuss gab mir das Unmögliche, das ich mein ganzes Leben lang so dringend gesucht hatte: Zärtlichkeit, Rücksichtnahme, Respekt.

Ich bekam das durch seinen Kuss und gab es ihm umgekehrt zurück. Freiwillig. Ohne mich ein einziges Mal zu fragen, was es mich später kosten würde. Da war kein Preis, der gezahlt werden musste, nur dieser Augenblick mit diesem Jungen. Die Schönheit der Zeit und er und sein Kuss.

Ich ließ den Beckenrand los.

Er umfing mich und hielt mich im Wasser hoch. Meine Arme schlangen sich um seinen geprügelten Körper, und ich hielt ihn auch hoch. Zusammen waren wir aufrecht und unerschütterlich. Ich war stark in Evans Armen. Und ich wollte, dass es nie aufhörte. Nie.

Ich konnte nicht genug kriegen von ihm. Er schmeckte so sauber und gut, seine Bartstoppeln kratzten über meine Wange. Der Geruch seiner Haut in meiner Nase brachte kleine Partikel seines Lebens mit: der Pool, die Werkstatt und alles, was an ihm gut war. Wir küssten uns ewig; die Erde hörte auf, sich zu drehen, um uns mehr Zeit zu geben.

Evan versuchte nicht, mich über den Kuss hinaus zu mehr zu drängen. Seine Hände waren die ganze Zeit in Bewegung, aber sie blieben auf meinem Rücken oder fuhren durch meine Haare. Sie liebkosten mein Gesicht und meinen Hals, während er meinen Mund erkundete. Diese liebevolle Zärtlichkeit machte mich fertig. Es war zu viel.

Ich unterbrach den Kuss, schlang die Arme fest um seinen Hals, drückte mein Gesicht an seine warme Haut, und mein Körper zitterte an seinem. Es war gefährlich, jemanden so nah an mich heranzulassen. Ich kämpfte um Worte, um den Kuss abzutun oder wegzuwitzeln, bevor er das konnte.

Er ließ mich nicht los.

»Mädchen wie mir passiert so was nicht«, flüsterte ich an seinem Hals. »Du weißt, was ich meine?«

Gott, ich hoffte es. Ich konnte es nicht erklären und wollte es nicht versuchen. Ich war ohne Worte. Und weil es Evan war, brauchte ich auch keine.

»Ich weiß«, murmelte er an meinem Hals. »Jungs wie mir passiert das auch nicht. Glaub mir.« Er zog mich näher an sich. »Niemand berührt mich.«

Niemand berührt mich.

Es war kein Selbstmitleid. Nur eine schlichte Tatsache. Der Schmerz und die Grausamkeiten seines Lebens waren so tief in ihn eingegraben, dass nur noch schwache Echos aufstiegen. Ich umfasste ihn fester.

»Du zitterst«, sagte er nach einem Moment.

»Ich weiß, aber mir ist nicht kalt.«

Er löste sich von mir und lächelte sanft. »Komm. Ich begleite dich nach Hause.«

Er nahm meine Hand, als wir aus dem Becken stiegen, und ließ nur los, damit wir uns abtrocknen konnten. Ich zog Jeans und T-Shirt über den nassen Badeanzug, und der Stoff saugte das Wasser auf und klebte an meiner Haut. Die Hitze hatte etwas nachgelassen: In der Luft lag zum ersten Mal seit Wochen eine leichte Frische.

»Nächstes Mal denk ich dran, ein Handtuch mitzubringen«, sagte ich.

Evan nahm sein blau-schwarz kariertes Flanellhemd von der Liege und legte es mir über die Schultern. Er trug nur ein weißes Feinrippunterhemd, und ich konnte die Gänsehaut auf seinen Armen und Schultern sehen.

»Ist dir nicht kalt?«, fragte ich.

Er zuckte nur die Achseln und lächelte. Das Lächeln blieb,

und statt mich unbehaglich zu fühlen, erlaubte ich mir, mich darin zu sonnen.

Wir sahen aus wie zwei nasse Ratten, als wir nach Hause gingen. Evan schob mein Fahrrad. Das Wasser, das aus meinen Haaren tropfte, zeichnete eine Spur bis zum Pool zurück. Zu dem einzigen Ort, an dem ich ich selbst sein konnte, nicht die Schauspielerin, die ich überall sonst war. Wir gingen langsam, kehrten nur widerstrebend in die reale Welt zurück, die sich mehr wie eine Bühne anfühlte.

Auf dem Gehweg vor meinem Haus klappte Evan den Ständer meines Fahrrads aus und schob die Hände in die Hosentaschen. »Hör zu, Jo. Morgen … in der Schule …«

»Was ist morgen?«

»Ich weiß es nicht. Die übliche miese Scheiße, denk ich mal. Und ich glaube … es wäre besser, wenn du …« Er verstummte, und sein Blick wanderte zu Boden.

Ich verschränkte die Arme. »Wenn ich was?«

Evan sah mich an, und ich schwöre, ich konnte das Gewicht seines Schmerzes auf meinen Schultern spüren. Nur einen Augenblick lang, dann nahm er ihn wieder auf sich. »Ich glaube nur, es wäre besser, wenn du so tust, als würdest du mich nicht kennen.«

Seine Worte waren wie ein Schlag in den Magen. Ich ließ die Arme hängen.

Evan fuhr fort in seinem sachlichen, ausdruckslosen Tonfall. »Bitte denk nicht, du musst …«

»Halt den Mund«, sagte ich.

Er blinzelte.

»Sag das nicht noch einmal.« Ich machte meine Stimme weich. »Sag so etwas nie wieder. Nicht zu mir.«

Ich legte ihm die Arme um den Hals und küsste ihn lange und intensiv, nahm ihm den Atem, um ihn für mich selbst zu behalten. Als ich von ihm zurücktrat, lächelte er benommen.

»Bis morgen«, sagte ich und schob mein Fahrrad den kleinen Weg zur Haustür. »Okay?«

»Okay.« Im Licht der Straßenlaterne konnte ich ihn kaum sehen, aber ich hörte das Lächeln, das seine Worte färbte. »Gute Nacht, Jo.«

Ich ging diese Nacht ins Bett, und zum ersten Mal in meinem Teenagerleben schlief ich wie ein ganz normales Mädchen ein: frei von Erinnerungen an die klaffende Wunde oder den Selbstmord in der Badewanne; mit verträumten Gedanken an meinen ersten Kuss mit einem Jungen, den ich gern hatte.

Selbst wenn zwischen Evan und mir nie mehr passieren würde, wenn der Erdboden ihn verschluckte oder Gerry am nächsten Tag mit mir umziehen würde, hatte ich wenigstens diese Minuten in meinem Bett, in denen ich mich fühlte, als ob mit mir alles in Ordnung wäre. In denen ich mich schön und wichtig fühlte.

Ich schwebte zwischen Wachen und Schlafen.

Trieb dahin.

Nicht auf Luft, sondern auf Wasser.

10. KAPITEL

Jo

Und am nächsten Morgen kam ich wieder am guten alten Tiefpunkt an.

»Hey, da ist Jo-Jo-Joker, die Nu-Nu-Nutte.«

Gelächter folgte mir über den Flur.

Ich ging schneller, den Kopf gesenkt, den Magen in Aufruhr. Nicht wegen der dummen Beleidigung oder des zischenden Getuschels hinter mir, sondern weil ich so unvorsichtig gewesen war. So dumm.

Evan wird es hören, und ich hab ihn letzte Nacht nicht vorgewarnt.

In der ersten Pause holte ich das Chemieheft aus meinem Schließfach, als ich ein Stück den Flur runter ein Handgemenge hörte. Fluchen und Geschubse. Jemand prügelte sich, und ich wusste, ohne nachzusehen, wer es war.

Zu spät, Jo-Jo-Joker …

Ich wollte mich umdrehen und wegrennen. Stattdessen lief ich zu der kleinen Gruppe, die Evan und Matt King umringte. Evan drückte Matt gegen ein Schließfach, und sein normalerweise undurchdringliches Gesicht war vor Zorn verzerrt. Matt war fast einen Kopf größer als Evan, sah aber aus, als würde er sich gleich in die Hose machen.

»Halt deine hässliche Fresse.« Evans Stimme war ein Knurren, das ich nie zuvor gehört hatte. Er sah aus, als hätte er sich kaum noch unter Kontrolle.

»Lass mich los, verdammt.« Matts Stimme klang erstickt, weil Evan ihm den Unterarm unters Kinn drückte. Sein Blick schoss durch den Flur, als er sich hilfesuchend nach seiner Gang umsah. »Jared«, stieß er hervor.

Ich sah Jared Piltcher mit seiner Freundin Laney um die Ecke kommen, den Arm locker um ihre Schultern gelegt. Er blieb abrupt stehen, seine Augen weiteten sich angesichts der Situation. Dann ging er mit großen Schritten auf die dichtgedrängte Menge zu und schob sich hindurch. Er packte Evans Schulter. Evan schubste ihn weg, ohne den Blick von Matt zu nehmen.

»Das war's, Arschloch«, sagte Evan. »Du redest nicht mehr über sie, verdammt. Kapiert?«

Jared riss an Evans Hemd. »Lass ihn in Ruhe, du Freak.«

Evan drehte den Kopf. Sein Blick war mordlustig. Dann verschwand der Zorn aus seinen Augen, und er sah plötzlich merkwürdig aus. Er ließ von Matt ab und drehte sich ganz zu Jared um. Der Lärmpegel im Flur sank, man hörte nur, wie Matt hustend davontaumelte.

Ich hielt den Atem an, als Evan und Jared sich wütend anstarrten.

»Du warst es«, sagte Evan, ritzte jedes Wort in die Luft.

Jared machte einen winzigen Schritt rückwärts, sein Gesicht war bleich. Wenn mir nicht so schlecht gewesen wäre, hätte ich gelacht.

Laney Jacobson hatte sich zu Jared durchgedrängelt. Er blickte zu ihr, dann wieder zu Evan und schob sich den Rucksack höher auf die Schulter. »Was zur Hölle willst du damit sagen?«

Evan entdeckte mich am Rand der Menge.

Ich las eine Entschuldigung in seinem Blick, weil er den ganzen Scheiß für jeden sichtbar in den Flur gezerrt hatte.

Er trat einen Schritt zurück. »Vergiss es. Egal.«

»Oh, nein, nichts da.« Jetzt ging Jared ihm mit geballten Fäusten hinterher. »Ich will wissen, was du damit sagen wolltest, du Freak.«

Wieder sah ich Zorn in Evans Gesicht und wie er die Zähne zusammenbiss, um ihn abzuwehren. Er sah mich an, seine Miene eine Mischung aus brennender Wut und der Bitte um Verzeihung.

»Vergiss es, Piltcher«, sagte er und wandte sich zum Gehen.

Jared erlaubte ihm zwei Schritte. Dann ließ er den Rucksack von seiner Schulter rutschen und stürzte sich auf Evan. Er packte ihn am Hemdkragen, riss ihn herum und holte aus. Evan wich dem Schlag aus und verpasste Jared einen linken Haken mitten ins Gesicht.

Das Geräusch, wenn eine Faust auf nackte Haut trifft, ist mit nichts zu vergleichen. Durch die angespannte Stille im Flur wirkte der Schlag noch lauter, wie der Aufprall eines Basketballs auf dem Turnhallenboden. Dann fingen alle gleichzeitig an zu schreien, stürmten vor wie ein Mob und zogen den Kreis enger. Laney kreischte am lautesten, als sie neben Jared kniete, der zu Boden gesunken war. Er schob sie weg und spuckte Blut und einen Zahn aus.

»Du bist tot.« Jared spuckte noch mehr Blut aus, als er zu Evan aufsah. »Du bist am Ende, du Freak. Ich werd dich verdammt noch mal fertigmachen.«

Die Menge konnte sich vor Vorfreude kaum halten. Evan schüttelte den Kopf und atmete angewidert aus. Er schob sich zwischen den Leuten hindurch in Richtung Ausgang. Es schepperte, als er eine Tür aufstieß und in das Rechteck aus blendendem Licht nach draußen trat. Dann war er weg.

Das Klingeln zerriss die Luft. Alle fuhren zusammen und machten sich auf den Weg, wobei sie den Kampf noch mal durchgingen und Kommentare murmelten.

Ich ging mit gesenktem Kopf an der Wand lang bis zum Ausgang. Die Hitze draußen war, als würd jemand eine Decke über mich werfen, und ich kniff die Augen gegen die Sonne zusammen. Ich konnte Evan gerade noch erkennen, als er an der Tribüne vorbei über den Footballplatz ging.

»Hey! Evan, warte!« Ich rannte, um ihn einzuholen, aber er ging mit großen Schritten einfach weiter. »*Hey*!«

Er blieb niedergeschlagen und mit hängenden Schultern stehen und wartete auf mich. Als ich bei ihm war, starrte ich ihn mit meinem sichtbaren Auge wütend an.

Er starrte wütend zurück. »Warum?«, fragte er. »Warum nur, Jo?«

Ich wich zurück. »Okay, ja. Ich hätte dich gestern warnen sollen …«

Er wies mit dem Finger in Richtung Schule. »Hörst du die Scheiße, die sie über dich sagen?«

»Na und?«, schoss ich zurück. »Ich hab damit gerechnet. Ich hab nur nicht damit gerechnet, dass du dich mit Matt King prügelst und es tausend Mal schlimmer machst.«

»Stimmt. Weil ich mich mit dem falschen Idioten geprügelt hab.« Er rieb sich das Gesicht, seine Knöchel waren blutig und geschwollen. »Es war Jared, oder? Warum er?«

»Was geht dich das an?«, sagte ich und verschränkte die Arme. »Oder irgendjemanden? Und woher zur Hölle hast du gewusst, dass es Jared war und nicht Matt?«

»Jo …«

»Warum fragst du überhaupt *mich* nach Jared?«, sagte ich und stemmte die Hände in die Seiten. »Warum fragst du nicht *ihn*, warum er mit anderen Mädchen rummacht?«

»Jared ist mir scheißegal«, schrie Evan, »und hier geht's nicht um den Aspekt der Gleichberechtigung, Jo. Du bist keine Schlampe, und ich werde niemanden sagen lassen, dass du eine bist. Aber es tut *weh* zu hören, dass du mit einem anderen Typen zusammen warst, okay? Vor allem, wenn der Typ sich mir gegenüber seit drei beschissenen Jahren wie das größte Arschloch verhält und mich wegen Woodside keine Sekunde in Ruhe lässt.« Evans Blick verdüsterte sich, als er mich ansah. »Hast du ihn deshalb ausgesucht? Ausgerechnet Jared?«

Ich lehnte mich zurück.

»Meinst du das ernst? Ich hab Jared ausgesucht, weil er *da* war. Das ist alles. Es gibt keine Verschwörung. Du hast mir nichts über die Zeit in Woodside erzählt, und weißt du was? Ich hab dich nicht danach *gefragt*. Ist dir das aufgefallen? Ich hab nicht gefragt, weil ich versucht hab, dir Raum zu geben. Oder einen Vertrauensbonus. Weil mir nämlich scheißegal ist, was die Leute reden.«

Evan knirschte mit den Zähnen und dachte nach; ich konnte sehen, wie die Muskeln an seinem Kiefer zuckten.

Mein Instinkt war, weiter zu schimpfen und einfach abzuhauen. Aber stattdessen ging ich einen Schritt auf ihn zu.

»Ich hätte dir von Jared erzählen sollen, aber das war, bevor das mit uns beiden passiert ist. Und gestern Nacht war er nicht da. Er war nicht da, Evan. Da waren nur du und ich. Und der alte Schmerz … der war zum ersten Mal auch nicht da.«

Ein kurzes Schweigen, dann gab Evan nach. »Ja, okay, Jo.«

»Das mit Jared war scheiße«, sagte ich mit verschränkten Armen. Ich trat gegen einen Grasklumpen. »Tut mir leid, dass ich es dir nicht erzählt hab.«

Evan seufzte. »Es war nicht scheiße. Ich bin nicht sauer auf dich. Sollte ich vielleicht, aber bin ich nicht. Es geht mich nichts an, wie du gesagt hast. Aber was sie über dich reden, das geht mich was an. Jetzt. Ich weiß, dass du allein klarkommst, Jo, aber deshalb will ich trotzdem auf dich aufpassen.«

Ich drehte den Kopf weg, um die mir plötzlich in den Augen brennenden Tränen zu verbergen. »Das ist nur der künftige Feuerwehrmann, der da redet.«

»Hey, komm her.«

Evan zog mich an sich, umarmte mich. Ich schloss erleichtert die Augen, als wir uns mitten auf dem Footballplatz umarmten, während die Morgensonne auf uns hinunterbrannte. Und dann spürte ich Evans plötzliche Anspannung wie einen Schatten, der auf uns fiel.

»Wer war sonst noch nicht da, Jo?«, fragte Evan leise. »Der alte Schmerz. Die andere Person, die dir wehgetan hat.«

Ich sah auf, und er blickte mich an, und in seinen Augen lagen die Frage und auch seine Angreifbarkeit, weil er fragte. Irgendwie wusste er von meinen Gespenstern. Ich rang um Worte, aber die Wahrheit lag mir wie Galle auf der Zunge und wartete, dass ich sie ausspuckte. Und er wusste es.

Ich löste mich von ihm. Sein Blick war verletzlich, aber voller Gewissheit.

Er wusste es. Und statt deswegen total auszuflippen, empfand ich ein wenig Erleichterung.

»Ich hab Angst, Evan«, sagte ich. »Ich habe Angst, es zu sagen.«

»Ich weiß, Süße. Ich hab auch Angst. Dir meine Sachen zu erzählen. Ich fürchte, dass du dann wie die anderen denkst, dass ich verrückt bin. Und das macht mir mehr Angst als alles andere.«

Evan strich mir die Haare aus dem Gesicht und fuhr sanft mit den Fingern über die Narbe. Er küsste meine Wange, meine Tränen. »Lass uns anders sein, Jo. Es ist mir wichtig, dass wir ehrlich sind. Ich will nichts vor dir verbergen. Überhaupt nichts. In meinem ganzen verdammten Leben rede ich schon *nicht* über die Dinge, die mir richtig vorkommen. Dinge, die für mich so normal sind, wie zu atmen.«

Ich hob das Gesicht und ließ das Licht und die Wärme der Sonne auf meine Narbe scheinen. »Es war kein Autounfall.«

Sein Lächeln war traurig. »Ich weiß, Jo. Ich will das alles hören. Und ich will von mir erzählen. Von Woodside, warum sie mich da hingeschickt haben.« Er strich mir durchs Haar und über die Wange. »Lass uns etwas wirklich total Verrücktes machen und einander vertrauen.«

Ich schluchzte lachend. »Okay.«

»Mr. Salinger?«, rief eine Männerstimme. »Auf ein Wort? Und Miss Clark? Sie kommen zu spät zum Unterricht.«

Wir drehten uns um. Vizedirektor Wallace stand vor dem Schuleingang, die Sonne spiegelte sich in seiner Brille und auf seiner Glatze.

Evan nahm meine Hand. »Lass uns woanders hingehen.«

Ich blinzelte und sah zu Wallace. »Wir kriegen Ärger. Du hast schon Ärger.«

»Komm mit. Da ist etwas, was ich dir zeigen will.«

Wallace rief noch einmal nach uns. Seine Stimme hallte von den Mauern wider.

Scheiß drauf.

Ich drückte Evans Hand. »Gehen wir.«

11. KAPITEL

Jo

Wir rannten zum Parkplatz zu Evans tomatenrotem Chevy-Pick-up. Es war eine ziemliche Klapperkiste mit Kratzern im Lack und einer Beule in einer Stoßstange. Aber von innen war er tipptopp, das alte Leder ohne Löcher und sauber. Das Armaturenbrett glänzte. Evan kümmerte sich gut um sein Baby.

Das Innere roch nach ihm – Maschinenöl, etwas Chlor, der Duft seiner Haut und seiner Kleidung. Ich fühlte mich sicher, als der Geruch sich wie ein zweiter Sicherheitsgurt um mich legte. Noch sicherer, als Evan hinter das Lenkrad rutschte und den Motor anließ. Ein Kribbeln überlief meine Haut. Irgendwie machte es mich an, bei einem Typen im Auto zu sitzen, der so selbstbewusst und gekonnt fuhr.

Wärme stieg mir in die Wangen, und ich drehte mich zum Fenster, um sie zu verbergen. Evan fuhr etwa zwanzig Minuten lang in Richtung Osten, an immer mehr Maisfeldern vorbei – einem Meer aus grünen Stängeln und Blättern, das sich endlos ausdehnte. Dann bogen wir nach Norden ab und fuhren am Mississippi entlang, der die Grenze zu Wisconsin bildet. Die Maisfelder wurden durch einen dichten Wald in einem tieferen, volleren Grün abgelöst.

Auf meiner Seite kam ein Schild: *Effigy Mounds National Monument*.

»Fahren wir da hin?«, fragte ich. »Grabhügel?«

»Ja. Warst du da jemals?«

»Nie. Ist es ein Friedhof?«

»So in der Art. Es ist alt. Älter als dieses Land. Bevor sie in Planerville das Erlebnisbad gebaut haben, bin ich manchmal hergekommen. Es ist friedlich. Ich glaub, es könnte dir gefallen.«

Er parkte vor einem quadratischen, braunen Besucherzentrum, und wir gingen hinein. Es war so still wie in einer Bibliothek; nur leise Schritte waren zu hören und die gedämpften Stimmen von ein paar anderen Touristen. An den Wänden hingen Artefakte von amerikanischen Ureinwohnern hinter Glas. In der Mitte des Hauptraums stand ein Tisch mit einem großen 3-D-Modell des Parks, auf dem Wanderwege in unterschiedlichen Farben markiert waren.

Ich zeigte auf eine merkwürdige Reihe von Formen, die zwischen den Modellbaubäumen lagen: rudimentäre Umrisse von Tieren, vor allem Bären und Vögeln.

»Das sind die Grabhügel«, sagte Evan. »Manche sind bis zu zwölf Meter breit.«

»Wer hat sie gemacht?«

»Amerikanische Ureinwohner aus Iowa, Wisconsin und Ohio. Vor hunderten von Jahren.«

Man durfte nicht auf die Hügel klettern, aber die Wege führten direkt an den alten Gräbern vorbei. Wir verließen das Besucherzentrum, suchten uns aufs Geratewohl einen Weg und gingen in den kühlen Wald.

Evan hatte recht, es war friedlich dort. Die Luft zwischen den Bäumen fühlte sich komprimiert an, angereichert mit Geschichte, Zeit und Legenden.

Von einer Anhöhe aus konnten wir einen der Grabhügel von oben sehen. Er war auf der Oberseite flach und mit Gras bewachsen, und wir konnten gerade so erkennen, dass er die Form eines Bären hatte.

»Ich verstehe, warum du gern herkommst«, sagte ich zu Evan. »Es ist wirklich friedlich.«

»Ja. Aber das ist nicht der einzige Grund.«

Seine leise Stimme hallte durch den Wald, als wir um den Grabhügel herumgingen. Er hielt meine Hand, hatte den Blick jedoch auf die Erhebung gerichtet.

»In der Mittelstufe haben wir die First Nations in Geschichte durchgenommen«, sagte er. »Ich habe es geliebt. Es war das Beste, was ich je in der Schule gelernt hab. Wir haben die Ojibwe durchgenommen, ihren Glauben und ihre Traditionen und auch diese Hügel. Es … passte einfach. Alles, was ich las, alles, was ich lernte … Es war, als würde ein Teil von *mir* dadurch klarer werden.«

»Du glaubst, deine Eltern sind amerikanische Ureinwohner?«, fragte ich und betrachtete sein blondes Haar und die blauen Augen.

»Ich weiß es nicht. Ich denke, ich werde es nie erfahren.« Seine Finger verschränkten sich fester mit meinen. »Es ist okay für mich. Ich will einfach mit dem klarkommen, was ich bin. Mit dem, was ich weiß, in Frieden leben.«

Wir gingen den Weg weiter und setzten uns auf einen umgestürzten Baumstamm, lehnten uns mit den Rücken aneinander. Evan erzählte mir von seiner Zeit in der Woodside-Klinik. Er erzählte mir alles, und sein Vertrauen war praktisch greifbar. Etwas Zartes und Kostbares, das er in meine Hände legte.

»Ich war fünfzehn, und die Tinte auf meinen Adoptionspapieren war kaum getrocknet. Ich war seit etwa einem Monat ein Salinger. Und an diesem Morgen wachte ich auf und fühlte, dass ich mit meiner neuen Familie im Einklang war. Ich spürte dieses … *Summen* im Haus, als wäre draußen vor dem Haus ein Hochspannungsmast umgestürzt. Ich dachte, ich würde mich so darüber freuen, adoptiert worden zu sein, dass meine Fantasie ein paar Überstunden schob. Aber es fühlte sich gut an. Normal. Und dann dachte ich, es ginge vielleicht nicht nur mir so. Vielleicht konnten die anderen es auch fühlen. Wir alle könnten da beieinander sitzen und … alles fühlen.«

Ich konnte Evan anhören, wie sehr er sich wünschte, dass es wahr gewesen wäre, und es tat mir jetzt schon ein bisschen leid, dass es das nicht war.

»Was ist passiert?«, fragte ich und drückte seine Hand.

»Das gute Gefühl hielt nicht an, aber das Gefühl, mit allen in Verbindung zu sein, wurde in der Schule stärker. Ich hatte Mathe. Mit Becky Ulridge. Ich war in sie verknallt, und sie drehte sich um und lächelte mir zu. Und da ist es passiert. In genau dem Moment ging ein Mann in eine Fabrik in Jefferson County. In den Pausenraum für Angestellte. Er hatte eine automatische Waffe und hat das Feuer eröffnet.«

»Woher wusstest du das?«, fragte ich.

»Ich hab's geträumt«, sagte er langsam, und ich spürte, wie sein Rücken sich anspannte, während er auf meine Reaktion wartete.

Die Gerüchte kannte ich natürlich, aber es von ihm selbst zu hören … Ein Gerücht konnte man als erfunden abtun. Aber hier war Evan und bat mich, ihm zu glauben, dass es stimmte. Ich erstarrte einen Moment, unsicher, was ich tun oder denken sollte. Aber ich hatte schon beschlossen, nicht wie alle anderen zu sein, die Evan nie wirklich beachtet hatten. Ich konnte wenigstens mein Versprechen halten und ihn bis zu Ende anhören.

Langsam atmete ich aus. »Erzähl weiter.«

Ich spürte Evans Erleichterung, konnte ihn praktisch ein bisschen lächeln sehen. Dankbar drückte er kurz meine Hand.

»Als der Amokläufer in Jefferson den ersten Schuss abgab,

schrie ich. Mitten in der Mathestunde. Mein Körper zuckte, und ich warf Sachen von meinem Pult. Mein Mathebuch traf den Jungen vor mir. Was auch immer in dieser Fabrik passierte … ich fühlte es. Sah und hörte es. Erlebte es. Ich fiel vom Stuhl. Als hätte ich eine Kugel abgekriegt.

Niemand wusste, was zu tun war, nicht einmal der Lehrer. Alle starrten mich an, während ich schrie und den Schützen anflehte aufzuhören. Schrie, dass jemand ihn aufhalten müsse. Becky sah mich auch an, aber sie kam ein bisschen näher. Ich warf ihr einen einzigen Blick zu und … wusste es.«

»Was wusstest du?«, fragte ich mit leiser Stimme.

»Ihr Dad hat in der Fabrik gearbeitet«, sagte Evan und klang ganz elend. »Er war in dem Pausenraum.«

Ich atmete stockend ein, mein Herz pochte. »Gott, Evan …«

»Erst als ich in Beckys Augen sah, wusste ich, dass er dort war. Ich sagte immer wieder, wie leid es mir täte …«

»Du … hast das alles gesehen?«

»Ja«, sagte er bedrückt. »Ich bin zusammengeklappt. Es war eine Art Zusammenbruch. Aber nicht die Sorte, von der man sonst hört, kein Nervenzusammenbruch. Ich bin zusammengebrochen, weil ich den ganzen Schrecken und den Schmerz in dieser Fabrik gefühlt habe. Ich hatte in der Nacht davor davon geträumt, konnte mich aber zuerst nicht dran erinnern. Dann kam alles wieder hoch.«

Ich hatte keine Ahnung, was ich sagen sollte. Ich wusste, ich sollte skeptisch sein, ich sollte davon ausgehen, dass sich sein Zusammenbruch und der Amoklauf lediglich zufällig gleichzeitig ereignet hatten. Dass es einfach nur ein verrückter Zufall war.

Aber das war es nicht, oder?

»Und dann?«, fragte ich mit leiser, hauchiger Stimme. »Was ist dann passiert?«

»Ich bin einfach durchgedreht. Sie haben mich in Gegenwart der ganzen Schule weggebracht, und ich hab getreten, geschrien und geweint.«

»Nach Woodside.«

»Ja. Da war ich drei Wochen. In der ersten Woche hab ich versucht, sie zu überzeugen, dass ich nicht log und auch nicht verrückt war. Dass ich vorher schon solche Träume gehabt hatte, aber dass das nicht hieß, dass ich verrückt oder gefährlich war. In der zweiten Woche versuchte ich, alles zurückzunehmen. Die dachten, ich hätte komplett den Kontakt mit der Realität verloren. Niemand hat mir geglaubt, was ich sagte. Und in der dritten Woche hab ich einfach nur zugegeben, dass sie recht hatten: Ja, ich hab mir alles ausgedacht. Ja, ich war in letzter Zeit depressiv, aber jetzt ging es mir besser. Sie hätten total recht – dass ich adoptiert worden war, hatte die Erinnerung daran hochkommen lassen, wie ich verlassen wurde, und eine Art Zusammenbruch ausgelöst. Ich tat alles, damit sie mich wieder rausließen.«

»Und das haben sie dann gemacht.«

»Ja, aber der Schaden war angerichtet. Ich ging wieder zur Schule, und das Getuschel war ohrenbetäubend. Mein Ruf, der dank Shane ohnehin schon nicht so super gewesen war, war zerstört. Sie nannten mich Nostradamus und baten mich, ihnen aus der Hand zu lesen oder die Lottozahlen vorherzusagen. Sie nannten mich Freak und Spinner und bekloppt. Und Shane erzählte allen, ich hätte Elektroschocks gekriegt und würde Stimmen hören, die mir die Zukunft vorhersagten. Sie haben einfach immer weiter und weiter gemacht und tun es noch, bis ich kurz davor bin, durchzudrehen. Es ist wie ein beschissener Alptraum, aus dem ich nicht aufwachen kann.«

»Und was ist mit Becky?«, fragte ich leise. »Wo war sie, als du rausgekommen bist?«

»Sie war weg«, sagte er, und die Worte fielen wie Steine zwischen uns auf den Boden.

»Was meinst du?« *Jetzt kommt es. Jetzt kommt die Wahrheit …*

»Sie ist aus Planerville weggezogen.«

»Weil?«

»Weil ihr Dad bei dem Amoklauf umgekommen ist. Kopfschuss. Genau, wie ich es im Traum gesehen hatte.«

»Oh Gott …«

»Ich konnte nichts tun. Ich konnte weder ihrem Dad helfen noch sonst jemandem in der Fabrik. Ich konnte es nicht aufhalten. Ich hab schon gesagt, dass die Kids mich geärgert haben, ich solle ihnen die Zukunft voraussagen … Lottozahlen und so einen Scheiß, aber so funktioniert das nicht. Es sind keine Warnungen. Was auch immer das für Träume sind, sie sind erst in dem Moment wieder da, nicht vorher. Wenn ich aufwache, sind sie mir nicht bewusst. Sie sind gerade eben außer Reichweite, bis es an der Zeit ist, mich an sie zu erinnern.«

Evan setzte sich anders hin, damit er mich ansehen konnte. »Aber ich hab trotzdem das Gefühl, dass es einen Grund gibt für diese Fähigkeit. Ich kann ihn nur noch nicht sehen. Aber ich hab's satt zu denken, dass es unnatürlich oder falsch ist oder mich zu einem Freak macht. Ich habe den Ärzten in Woodside die Wahrheit gesagt, Jo. Es ist in meinen Träumen. Oder kommt aus meinen Träumen. Ich weiß nicht wie oder warum. Das Wie oder Warum hab ich längst hinter mir gelassen. Ich will einfach leben.« Er nahm mein Gesicht in seine Hände, seine Augen sahen mich flehend an. »Kann ich das, Jo? Mit dir? Oder verlange ich zu viel?«

»Du verlangst nicht zu viel«, flüsterte ich. »Ich bin hier, Evan. Ich gehe nirgendwohin.«

Da zog er mich an sich und hielt mich lange in den Armen, atmete tief aus, als würde er vor Erleichterung seufzen.

»Aber ich habe Angst«, flüsterte er an meinem Haar. »Ich habe Angst, dass es mir die Zukunft kaputt macht. Ich habe Angst, dass ich nie frei sein kann von dem, was passiert ist. Dass es mich immer verfolgen wird.«

»Hast du diese Träume noch?«, fragte ich leise.

»Nicht oft«, sagte er und löste sich von mir, um mich anzusehen. »Und ich habe gelernt, sie für mich zu behalten. Bis jetzt.« Er sah mir unverwandt in die Augen. »Jetzt träume ich nur noch von dir.«

»Von meiner Narbe?«

»Ja.«

»Ich hab gesagt, es war kein Autounfall, und du hast gesagt, du wüsstest das schon. Du hast davon geträumt?«

»Ja, Jo. Ich wusste es. Als würde etwas aufblitzen, was einmal vergessen war und wieder erinnert wurde.«

»Einmal vergessen und wieder erinnert«, wiederholte ich.

Ich berührte meine Narbe, und es schien, als fühlte ich tatsächlich die Textur, die leichte Unterbrechung der glatten Haut. All die Lügen darüber, wie sie dort hingekommen war, verloren ihren Halt und fielen ab. Die Wahrheit, die ich so lange Zeit vergraben hatte, verschwiegen und geleugnet – sogar in meinen Gedichten –, schrie auf und wollte gehört werden. Er hatte mir seine Wahrheit erzählt, und jetzt war ich dran. Ich lehnte mich an ihn, und er legte sofort die Arme um mich.

»Ich war das selbst. Ich hab mir das selbst angetan.«

»Ich weiß. Erzähl mir warum.«

»Damit er aufhört.«

Fast hätte er mich losgelassen, dann wurde seine Umarmung fester. Ich spürte, wie er einmal tief einatmete und es aussprach. »Dein Onkel.«

»Er hat mich sein hübsches Mädchen genannt. *Wer ist mein hübsches Mädchen?* Mir wurde immer schlecht, wenn ich das hörte. Es bedeutete, dass er später in der Nacht zu mir kommen würde …«

Evan hielt mich fest, als mein Atem stockte.

»Ich wollte nicht mehr sein hübsches Mädchen sein. Ich dachte, wenn ich hässlich wäre, wenn ich nicht mehr hübsch wäre, würde er aufhören. Also hab ich eine Schraube genommen …« Ich umklammerte Evans Hand.

»Ich bin hier«, sagte er. »Ich bin hier bei dir.«

»Ich hab eine Schraube genommen und mir damit tief in die Wange geritzt. Es hat so heftig geblutet. Es tat so weh wie nichts, was ich bis dahin gekannt hatte, aber vor allem war ich *erleichtert*, Evan. Denn was auch immer er von mir wollte, ist auch rausgeflossen, und es war zu Ende. Ich war nicht mehr sein hübsches Mädchen. Es war vorbei.«

»War es das?« Er schniefte über meinem Kopf und flüsterte: »Gott, bitte, sag Ja.«

»Ich bin in der Nacht ins Bett gegangen und hab mein ganzes Bett und das Nachthemd vollgeblutet. Ich wartete, dass er kommen und mich so sehen würde. Ich war bereit. Ich hatte alles geplant. Er würde sehen, was ich getan hatte. Wie ich ihn aus mir rausgeschnitten hatte. Er würde sagen ›Mein hübsches Mädchen ist für immer fort‹. Dann würde er gehen, die Tür hinter sich zumachen und nie wieder zurückkommen. Niemals. Und ich könnte schlafen. Ich war so müde. So verdammt erschöpft. Endlich könnte ich eine Nacht ohne Angst schlafen.«

Evan packte meine Hände so fest, dass es fast wehtat. Aber ich wollte es. Ich brauchte seine solide Gegenwart.

»Was ist passiert?«, fragte er.

»Ich bin eingeschlafen. Ich weiß nicht wie, so sehr hat es wehgetan. Vielleicht durch den Schock … Als ich aufgewacht bin, hatte ich jedenfalls hohes Fieber, und meine Mutter hat geschrien. Sie hatte mich wecken wollen und hat das Blut und die Wunde gesehen und konnte nicht aufhören zu schreien. Sie dachte, ein Einbrecher hätte mich so zugerichtet. Gott, ich wünschte, es wäre so gewesen, denn die Wahrheit machte sie fertig …«

»Du hast es ihr gesagt«, sagte Evan.

»Ich hab ihr alles gesagt. Jasper hat versucht, es zu leugnen, aber sogar die Verwandten, die meine Mutter für verrückt hielten, wussten, dass ich nicht log, als sie mein aufgeschlitztes Gesicht sahen. Wer würde sich so etwas antun? Und meine Mutter … Sie konnte es nicht ertragen. Sie weinte und weinte und schloss sich tagelang in ihrem dunklen Schlafzimmer ein …«

Das Licht ist aus, Josie. Geh und lass Mama in Ruhe …

Ich erschauderte. »Es war zu viel für sie. Sie fühlte sich verantwortlich für das, was mir passiert war, konnte nicht damit umgehen und … hat sich umgebracht.«

Ich schluchzte. Es waren laute, erschütternde Schluchzer, weil ich diese Worte zum ersten Mal seit Jahren laut aussprach. »Sie hat sich selbst umgebracht, Evan, aber … war das nicht meine Schuld?«

»Nein.«

»Ich hab sie dazu getrieben, sich …«

»Es war nicht deine Schuld, Jo«, sagte Evan eindringlich. »Nichts davon. Nichts davon war deine Schuld. Nicht, was Jasper getan hat. Nicht, was deine Mutter getan hat. Nichts.«

»Aber ist sie nicht deswegen tot? Und die guten Erinnerungen an sie sind alle weg. Sie sind grau geworden und so weit entfernt. Weil ich das getan hab. Das ist doch der Grund!«

»*Nein*, Jo. Ist es nicht.«

»Ich will sie einfach zurückhaben. Wenigstens ein kleines Stück von ihr, eine einzige glückliche Erinnerung …«

Ich heulte so heftig, dass mir die Kehle wehtat. Evan umarmte mich. Sein Herz schlug gleichmäßig und stark. Langsam hörte ich auf zu weinen und sank, völlig erschöpft, tiefer in seine Arme.

»Was ist mit deinem Onkel passiert?«, fragte er endlich und wischte mir die Tränen mit dem Ärmel seines Hemds ab.

»Er ist tot. Ist im Gefängnis gestorben, als er auf eine Anhörung gewartet hat. Das Arschloch ist an einem Herzinfarkt verreckt, bevor er die Härte der Justiz zu spüren bekam, und das ist scheiße. Aber er ist tot. Ich muss mir wenigstens keine Sorgen machen, dass er irgendwann auf Bewährung rauskommt.« Ich schniefte. »Er ist mir sowieso egal. Ich will nur sie zurück. Meine Mutter. Ich hätte Jasper überleben können. Ich *habe* Jasper überlebt.«

Evan hielt mich einfach fest, bot mir keine leeren Worte, nur seine Gegenwart, die wertvoller für mich war als alles andere. Aber wie lange noch? Jetzt wusste er die ganze Wahrheit. Was mein Onkel mit mir gemacht hatte. Ich erzitterte vor Scham.

»Willst du …« Ich schluckte und versuchte es noch einmal. »Willst du immer noch mit mir zusammen sein?«

Evan sah mich an. Seine Augen wirkten dunkler als sonst, als hätte meine Geschichte sie verändert. Ein Muskel an seinem Kiefer zuckte, und er brauchte einen Augenblick, um zu antworten.

»Halt den Mund«, sagte er mit rauer Stimme. »Sag das nie wieder.«

Halb lachte ich, halb schluchzte ich, und er strich mir die Haare aus dem Gesicht. »Evan …«

»Du bist das mutigste Mädchen, das ich je getroffen hab.« Er küsste mich auf die Stirn, drückte seine Lippen auf meine Haut. Dann wanderte sein Mund federleicht über meine Narbe. »Und wunderschön.«

Ich schloss die Augen, als er den Rest meines Gesichts küsste: die andere Wange, das Kinn, die Nasenspitze. Und endlich die Lippen. Sein Mund war so weich, und er wollte nur zärtlich sein, sonst nichts.

Wir küssten und umarmten uns dort, wo die alten Stämme ihre Toten begraben und deren Geist freigelassen hatten. Eine innige Vereinigung zweier verlorener Seelen. Zwei Menschen, die geglaubt hatten, sie wären zu kaputt, um für irgendjemanden wertvoll zu sein, waren nun wie wiedergeboren. Waren am Leben und in Frieden, als die Sonne hinter den Bäumen versank, sie mit einem Feuerkranz umrahmte.

12. KAPITEL

Jo

In dieser Nacht war außer mir niemand im Haus. Gerry war auf einer längeren Tour und würde auch nächste Woche noch nicht zurückkommen. Ich setzte mich in meinem dunklen Zimmer an den Schreibtisch. Das Fenster war offen, und bis auf zirpende Insekten und den gelegentlichen Laster, der auf dem Highway vorbeifuhr, war alles ruhig.

In der Dunkelheit hüllte ich mich fester in Evans blauschwarz kariertes Flanellhemd und tastete nach dem leeren Blatt auf dem Schreibtisch.

Ich tippte mir mit dem Stift gegen die Lippen. Sie waren noch warm und geschwollen von Evans unersättlichen Gutenachtküssen. Ich saugte an der Unterlippe und konnte ihn noch schmecken. Mein Körper konnte seine Hände noch spüren. Meine Augen wussten noch, wie er mich ein letztes Mal angesehen hatte, bevor er gegangen war, über den kleinen Weg von der Haustür zur Straße.

Ich hielt mir den Kragen seines Hemds unter die Nase. Atmete tief mit geschlossenen Augen ein.

Worte – die richtigen Worte, die perfekten Worte – erblühten in meinem Kopf. Meine Gedanken schlugen Wurzeln, reckten ihre Stängel und Blätter nach außen und oben. Das kleine Stück trockener Erde in meiner Seele, das so viele Jahre lang verdorrt und unfruchtbar gewesen war, verwandelte sich in einen Garten.

Das Licht ist angegangen, Josie!

Ich machte die Leselampe an, atmete noch einmal Evans Geruch ein, dann setzte ich den Stift aufs Papier.

Ich schrieb alles auf.

13. KAPITEL

Jo

»Bereit?«, fragte ich.

»Noch nicht.«

Evan holte in kurzen Atemzügen ein ums andere Mal Luft, dann ließ er alles wieder raus. Er machte das ein paar Mal, und die Klugscheißerin in mir wollte einen Witz reißen. Aber Evan hatte die Augen geschlossen, und sein Gesicht war so regungslos, dass ich bezweifelte, dass er mich hören konnte. Es sah aus, als würde er meditieren.

Dann tauchte er unter.

Ich drückte auf meinem Handy auf »Start« und sah die Sekunden laufen und sich summieren. Ich wippte mit dem Fuß, kaute auf meiner Unterlippe. Eine Minute, zwei Minuten, drei …

Mit einem Wasserschwall kam Evan an die Oberfläche.

»Drei Minuten, achtundvierzig Sekunden«, sagte ich.

»Verdammt.«

Evan schwamm an den Rand und legte, schwer atmend, die Arme auf den Beton. »Das ist schlecht.«

»Schlecht? Ich hab noch nie jemanden gesehen, der fast vier Minuten lang die Luft anhalten konnte.«

»Neulich Nacht hab ich über vier Minuten geschafft«, sagte er. »Noch mal?«

»Ich weiß nicht. Ich halt das nicht gut aus. Es ist, als würde ich hier sitzen und zusehen, wie du ertrinkst.«

»Vielleicht später?«

»Gucken wir mal.«

Ich legte mein Handy weg und ließ Evan diesmal zusehen, wie ich mich bis auf den Badeanzug auszog. Wenige Momente später war ich im Wasser und in seinen Armen.

Er lächelte dieses wunderschöne Lächeln, und ich fühlte mich wie ein Geschenk, das ihm in den Schoß gefallen war.

»Hi, Jo.«

»Hi Evan«, sagte ich, und dann küssten wir uns.

Wir küssten uns ewig. Ich hatte nie etwas so Schönes gefühlt. Evans Mund, seine Lippen, seine *Zunge* … Ich hatte noch nie einen Jungen so sehr gewollt. Bei all den bedeutungslosen Jungsgeschichten war es um Kontrolle gegangen. Ich bestimmte, und ich entschied, wann, wer, wo und wie viel.

Bei Evan verzichtete ich auf all das. Es ging nur um ihn und mich.

Wir küssten uns und ließen unsere Hände wandern. Die Macht seines Begehrens trieb mich rückwärts durchs Wasser, bis ich nicht mehr weiter konnte. Ich lehnte mich im flachen Wasser auf den Stufen zurück, und er war über mir. Rieb seine Hüften an meinen, küsste meinen Hals, und seine Bartstoppeln kratzten über die zarte Haut unterhalb meines Ohrs. Ich drückte meine Hüften nach oben, fühlte seine Erektion durch den losen Stoff seiner Boxershorts. Ich tastete danach. Er lag dick und hart in meiner Hand, und ich stöhnte.

Oh mein Gott …

»Jo«, sagte er und stöhnte. Er packte meine Hüfte und drückte mich an sich. »Gott, ich will nicht aufhören … aber wir sollten.«

»Du musst nicht. Ich will es.«

Er küsste mich wieder, lange und intensiv, aber schon weniger drängend. Er setzte sich neben mich auf die Stufen, hielt meine Hand und fuhr mit den Fingern über meine Handfläche, während wir zu Atem kamen.

»Warum?«, fragte ich. »Stimmt etwas nicht?«

»Alles stimmt. Es ist nicht deinetwegen, Jo. Du bist perfekt. Und ich will dich so sehr, ich kann mich kaum zurückhalten.«

»Du musst dich nicht zurückhalten.« Ich beugte mich vor und fuhr mit den Lippen über seinen Hals. »Ich will es, Evan. Wirklich.«

»Ich auch. Aber ich will, dass es perfekt ist. Das erste Mal sollte perfekt sein.« Er sah mich an. »Mein erstes Mal jedenfalls.«

»Oh«, sagte ich, als mir dämmerte, was er meinte. »Du hast nie …?«

Sein Lächeln kam nicht bei seinen Augen an. »Einer der vielen Vorteile dessen, der Verrückte der Stadt zu sein.«

»Oh«, sagte ich wieder und starrte vor mich hin. Ich wusste nicht, was ich sagen oder tun sollte. Sekunden vergingen, während ich versuchte, das Gewicht dessen, was er mir gesagt hatte, zu begreifen.

»Findest du das sehr abturnend?«, fragte er, und die Verletzlichkeit in seiner Stimme war nicht zu überhören. Das riss mich aus meiner Verwunderung.

»Nein. *Nein.* Gott, nein. Tut mir leid, ich bin nur ein bisschen überwältigt.«

»Weil ich noch Jungfrau bin?«

»*Nein*«, wiederholte ich. »Nicht, weil du es bist … sondern, weil du es nicht mehr sein willst. Mit mir.«

Evan lachte mit spürbarer Erleichterung und nahm mein Gesicht in beide Hände. »Du bist unglaublich, Jo. Und wunderschön und klug und sexy.« Er beugte sich vor und küsste mich, sein Mund warm und zärtlich. »Ich will die Nacht mit dir verbringen. Die ganze Nacht. Und es soll perfekt sein.«

»Okay«, sagte ich und versuchte, nicht zu übereifrig zu klingen. »Und wann wird diese perfekte Nacht stattfinden, in der wir uns der ungezügelten Körperlichkeit hingeben?«

Evan lachte nicht, sondern küsste meinen Kiefer, mein Kinn und ein letztes Mal meine Lippen, bevor er die Arme links und rechts von meinen Oberschenkeln auf die Treppe legte und die Beine hinter sich treiben ließ.

»Nun … ich dachte, wir könnten nach der Prom die Nacht miteinander verbringen.«

Ich starrte ihn an, unsicher, ob ich richtig gehört hatte. »*Prom*?«

»Ja. Du weißt schon, der große Ball in der Turnhalle, mieser DJ …?«

»Ich weiß, was die Prom ist, danke«, sagte ich mit einem kleinen Lachen, das schnell verging. »Ich … hatte nur nicht daran gedacht.«

In Wahrheit war ich noch nie auf einen Ball eingeladen worden. Ich wechselte zu oft die Schule, um ein Date zu haben. Das sagte ich mir jedenfalls, wenn ich die Nächte der Homecoming- oder Winterbälle allein verbrachte und schlechte Horrorfilme sah.

Evan sah zu mir hoch, seine Miene war amüsiert, aber auch hoffnungsvoll.

Wahrscheinlich war er selbst noch nie auf einem Ball.

Eine Minifantasie spielte sich in meinem Kopf ab: Ich ging mit Evan am Arm in die Turnhalle. Er trug einen Anzug oder einen Smoking. Sah umwerfend gut aus. All die anderen Mädchen würden sich in den Arsch beißen, weil sie ihn nie wirklich beachtet, sondern nur hinter seinem Rücken gelacht oder getuschelt hatten. Und dann würde ein langsames Stück kommen, und sie würden sehen, was ihnen entging. Die Neue mit der Narbe durfte sich nämlich an ihn schmiegen. Sie würden uns voller Reue anstarren, sobald sie sahen, wie er mich anblickte. So, als könnte die Welt untergehen, ohne dass er es bemerken würde, weil er nur mich sah.

Ich blinzelte, um den Tagtraum verschwinden zu lassen, versuchte ihn lachend abzutun. Aber eine dumme kleine Aufgeregtheit hatte alle abfälligen Bemerkungen in mir gelöscht.

»Meinst du das ernst?«, fragte ich. »Ich meine … ich weiß nicht. Sollten wir …?«

Evan grinste. »Wir sollten. Wir sollten unbedingt. Es ist unser letztes Schuljahr. Die letzte Chance.«

Ich biss mir auf die Lippe. »Ich steh nicht so drauf, mich in Schale zu werfen … Willst du wirklich?«

»*Ja*, Jo.« Sein Lächeln wurde weicher, sein Blick wärmer. »Ich will.« Er nahm meine Hand, drückte den Handrücken an seine Lippen. »Josephine Clark, willst du mit mir zur Prom gehen?«

Ich sah zu ihm hinunter, ohne Verarsche, ohne mich hinter einem Witz oder einem Lachen zu verstecken. »Liebend gern würde ich mit dir zur Prom gehen.«

Sein Lächeln war unfassbar süß, als er mich die Treppe runterzog und meine Arme um seinen Hals legte. »Ich wusste, dass du das sagen würdest.« Mit den Händen strich er über meinen Rücken. »Frag mich, woher.«

»Du hast es geträumt«, sagte ich lachend. »Was denke ich gerade?«

Evan küsste meine Schulter, fuhr mit den Zähnen über meine Haut. »Du denkst, dass es bis zur Prom noch vier lange Tage sind.«

»Mmmhmmm«, murmelte ich. Ich ließ meine Arme zu seiner Taille hinuntergleiten, zog ihn näher.

»Und dass das noch sehr lange hin ist«, hauchte er, küsste meine Kehle und leckte über meine Haut.

»Bis jetzt alles richtig«, hauchte ich zurück.

Evan berührte leicht mein Ohr mit den Lippen und flüsterte: »Und jetzt denkst du …«

»Ja …«

»Dass ich dich lecken soll, bis du so heftig kommst, dass du schreist.«

Bei diesen Worten wurde mir am ganzen Körper heiß. Ich öffnete den Mund an seiner Wange. »Will ich das?«

»Willst du nicht?« Sein Atem war heiß an meinem Hals, als er mich gegen die Wand des Pools schob. Sein Körper glitt näher und blieb dicht an meinem.

»Josephine.« Er platzierte einen Kuss auf meinem Schlüsselbein. »Lass mich das für dich machen.«

Ich nickte, meine Stimme war in einem Rausch des Begehrens verstummt. Wild. Stark. Stärker, als ich je für möglich gehalten hatte. Allein der Gedanke an seinen Mund zwischen meinen Schenkeln sandte Schauder über meine Haut, zu meinen Brüsten und in meinen Bauch. Meine Nippel wurden hart, zeichneten sich unter dem dünnen Stoff des Badeanzugs ab.

Evan sah das, und ein rauer Laut des Verlangens entrang sich seiner Kehle. Jetzt bewegte sein Mund sich zielgerichteter über meine Haut, die Küsse an meinem Hals wurden Bisse. Unter Wasser berührten seine Hände meine Taille, dann packten sie meine Hüften. Ein leiser Schrei entfuhr mir, als er mich aus dem Wasser hob und auf den Beckenrand setzte. Ich sah hinunter in diese klaren, blauen Augen, sanft und spannungsgeladen. Sein Puls pochte sichtbar in der weichen Grube unter seinem Kiefer, aber seine Stimme war leise und ruhig.

»Ich mache nichts, was du nicht willst«, sagte er.

»Das weiß ich. Ich vertraue dir. Aber … willst du wirklich?«

Evan nickte. »Mehr als alles andere.«

Ja, das trifft es ziemlich gut.

»Okay. Ich habe das noch nie gemacht. Ich bin total nervös. Küss mich noch mal.«

Evan stellte sich zwischen meine Beine. Ich legte die Waden an seine Seiten. Er reckte sich, um mich zu küssen, leckte sich die Lippen. Dann umfasste er meinen Kiefer, und ich spürte, wie es zwischen meinen Beinen heiß und feucht wurde. Sein Daumen lag auf meinem Kinn, und er öffnete meinen Mund. Weiter. Und weiter.

Er blieb so, bewegte sich nicht, sein Atem wehte warm und weich in meinen Mund. Ich hatte noch nie einen Kuss so sehr gewollt. Ich beugte mich vor, und er streifte meine Lippen mit seinen. Sonst nichts, nur diese Berührung, damit ich ihn noch mehr wollte.

Noch ein Herzschlag, noch ein Atemzug, dann hielt ich es nicht länger aus. Fest schlang ich die Beine um seine Taille. Zog ihn an mich, zog seinen Mund an meinen. Er drang mit der Zunge in meinen Mund, und in dem Augenblick wäre ich fast gekommen.

Evan hielt weiter meinen Mund auf und küsste mich auf eine Weise … Ich hatte nicht gewusst, dass man so küssen konnte. Seine Zunge … Gott, sie bewegte sich so fordernd und tief in meinem Mund. Dann nahm er meine Unterlippe zwischen die Zähne und saugte daran. Innerhalb weniger Momente merkte ich, dass ich seinen Kopf zwischen meine Beine drücken und ihn anflehen wollte, dass er mich dort küsste.

»Evan«, sagte ich und atmete schwer an seinen Lippen. »Bitte.«

Seine Hände kamen höher und legten sich auf meine kleinen Brüste. Sie passten perfekt in seine Handflächen. Er rieb mit den Daumenballen über meine Nippel, drückte fest zu, voller Begehren. Langsam fuhr er mit den Fingern an den Trägern des Badeanzugs entlang, dann zog er sie runter und verschlang mit Blicken, was er darunter sah.

Er beugte sich vor und drückte einen Kuss auf die Stelle über meinem Herzen. Dann legte er den Mund um eine Brust und saugte und leckte an dem nackten Nippel.

Oh mein Gott …

Ich sog die Luft zwischen den Zähnen ein, als mich plötzlich dieser prickelnde Schauder überlief. Evan bewegte den Mund zur anderen Brust, saugte und biss sanft hinein, bis ich leise Laute des Verlangens ausstieß. Ich konnte nichts tun, um sie zu unterdrücken. Ich versuchte es nicht einmal.

Evan ließ meinen Nippel los und küsste mich ein letztes Mal lange auf den Mund, bevor er sich von mir löste und mir den Badeanzug über die Hüften runterrollte. Ich hob den Po ein bisschen, dass er ihn mir ganz ausziehen konnte. Dann sah er mich an. Betrachtete ungeniert meinen nackten Körper.

Ich wartete, dass meine alten Freunde Scham und Ekel unter seinem Blick auftauchen würden.

Aber sie kamen nicht. Da war nur die wunderbare ungeduldige Begierde, und Evan konnte nicht erwarten, sie zu befriedigen.

Langsam drückte er meine Beine auseinander. Dann senkte er den Kopf, und sein Mund …

Die Lust war buchstäblich ein Schock. Bei der ersten Bewegung seiner Zunge erschauderte ich, als würde elektrischer Strom durch mich fließen. Mein Rücken bog sich, und ich drückte ihm mein Becken entgegen, seinem Mund, seinen Lippen, seiner Zunge. Ich wollte einfach nur immer mehr. Evan stöhnte, und die Vibration seiner Stimme fügte eine weitere Art von Empfindung hinzu. Und so steigerte er meine Lust immer weiter, Schritt für Schritt einem unbekannten Gipfel entgegen. Ohne aufzuhören, legte Evan meine Beine auf seine Schultern. Ich stützte mich hinter mir auf dem Boden ab, ließ den Kopf zurücksinken und gab mich ihm hin. Meine Hüfte bewegte sich jetzt unwillkürlich, bockte gegen die Hände, die mich festhielten. Er unterbrach keine Sekunde den Kontakt und saugte und leckte und küsste mich, bis ich das Gefühl hatte, gleich in tausend Teile zu zerspringen.

Ich setzte mich auf und griff ihm in die Haare, als ich an seiner Zunge kam. An seinem Mund, der einfach weitermachte. Nur nach und nach langsamer wurde, zärtlich, bis mich ein letzter pulsierender Schauder erfasste und dann zu einem leisen Pochen abebbte.

»Oh Gott«, flüsterte ich, atmete schwer, ließ seinen Kopf los. »Oh mein Gott, Evan …«

»Du schmeckst so gut«, stöhnte er. Mit bebenden Schultern legte er die Stirn an meinen Bauch, so erschöpft, als hätte ich *sein* Innerstes nach außen gekehrt.

»Das, was du sagst …«, flüsterte ich. »Gott, Evan, wo hast du das gelernt?«

Er schüttelte den Kopf, sein Atem unregelmäßig, sein Gesicht gerötet und breit lächelnd. Er bewegte sich ein wenig zurück und fuhr mit den Händen an meinen Schenkeln auf und ab. »Ich hab nur gemacht, wovon ich gedacht hab, dass es dir gefallen würde. Hat es dir gefallen?«

»Das weißt du genau. Gedankenleser.«

Evan holte mich mit einem Platschen vom Beckenrand runter und umarmte mich. Ich fühlte seine Erektion unter seiner Boxershorts.

»Beachte das gar nicht«, sagte er und lachte verlegen. »Gehört dazu.«

»Ja, na ja … Soll ich mich darum kümmern? Ich meine, es ist nur fair. Ich schulde dir …«

»Nein.« Sein Lächeln verblasste. »Ich hab das nicht gemacht, um etwas dafür zu kriegen. Du *schuldest* mir gar nichts. So funktioniert das nicht.«

»Was funktioniert so nicht?«, fragte ich mit leiser Stimme.

»Wir.«

»Dann gibt es ein Wir?« Ich fühlte mich schüchtern, unsicher und völlig nackt. Sogar mehr noch als eben, als er den Kopf zwischen meinen Beinen gehabt hatte.

»Ja, Jo«, sagte Evan. »Das gibt es.«

Ich spürte, wie etwas in mir aufbrach. Ich wollte heulen. Stattdessen lachte ich, schlang ihm die Arme um den Hals und drückte uns beide unter Wasser. Ich küsste ihn, schmeckte mich selbst und ihn auf seinen Lippen, bevor das Chlorwasser es wegwusch.

14. KAPITEL

Jo

Die Flure waren mit bunten Luftschlangen geschmückt. An jeder Ecke hingen Poster mit Ballons dran und verkündeten Datum und Uhrzeit von *Island Dreams*, der diesjährigen Prom der Wilson Highschool.

Das Prom-Komitee hatte einen Klapptisch mit einer Geldkassette aufgestellt, an dem in den Pausen Eintrittskarten verkauft wurden. June Taylor, Präsidentin des Prom-Komitees, und Annie Jackson, Kapitänin des Cheerleaderteams, saßen dort, lachten und plauderten und gaben Wechselgeld und »Pässe für das Inselparadies« raus.

»Sieht aus, als hätte ein Partydeko-Großhandel hier hingekotzt«, murmelte ich. Ich sah zu Evan, der neben mir stand. »Bereit?«

»Ich hab ein bisschen Angst, dass sie in der großen Nacht einen Eimer Schweineblut über mir auskippen.«

»Wenn sie das machen, muss ich den Laden leider abfackeln.«

Evan lachte, er dachte, ich würde scherzen, aber das tat ich nicht. Ich nahm seine Hand, verschränkte meine Finger mit seinen und drückte sie. »Los.«

Annie und June gafften uns mit offenem Mund an, als wir Hand in Hand vor den Tisch traten.

»Zwei Pässe fürs Paradies«, sagte Evan und kicherte über

das dämliche Motto. Er sah mich vielsagend an und murmelte: »Das mit dem Paradies kommt schon hin.«

Ich stöhnte und verdrehte die Augen, als mir die Röte den Hals hinaufkroch.

»Äh … klar.« Annie nahm einen Vordruck, und ich sah selbstzufrieden zu, wie sie *Evan Salinger und Josephine Clark* darauf schrieb. Sie übergab Evan die Eintrittskarte und starrte ihn an. Statt die Schultern hochzuziehen und sich auf den Spott gefasst zu machen, richtete er sich zu seiner vollen Größe auf. Sein Selbstvertrauen war umwerfend. Und diese Mädels vom Prom-Komitee wussten es.

June glotzte meinen Freund ungeniert an. »Fünfundsiebzig Dollar, bitte.«

Mein selbstgefälliges Lächeln verschwand. Ich sah, wie Evan seine alte Brieftasche hervorzog und ihr das Geld gab. Geld, das er nach dem Schulabschluss brauchen würde, um aus Planerville abzuhauen. Er zahlte grinsend, aber mir war plötzlich schlecht.

»Ich sollte dir meinen Anteil wiedergeben«, sagte ich, während wir uns vom Tisch entfernten und June und Annie hinter uns tuscheln hörten.

Evan runzelte die Stirn. »Warum? Ich kann das zahlen.«

»Ja, ich weiß. Nur … kommt es mir viel vor.«

Das Letzte, was ich wollte, war, ihn wegen etwas, worauf er offensichtlich stolz war, zu verunsichern. Ich schwor, es ihm irgendwie anders zurückzugeben.

Weil er das Geld braucht. Weil er weggeht. Evan geht weg …

Es klingelte, und Evan küsste mich auf die Wange. »Du bist es wert. Jeden Penny und mehr.«

Nach dem zweiten Klingeln umzingelten Marnie und Adam mich an meinem Schließfach.

Ich sah sie von der Seite an. »Ist irgendwas?«

»Könnte man sagen.« Marnie verschränkte die Arme. »Du und Evan Salinger.«

Adam fiel ein. »June Taylor erzählt überall rum, dass ihr heute Morgen Karten für die Prom gekauft habt. *Karten für die Prom*. Seit wann habt ihr, du und Evan, was miteinander?«

»Seit *geht dich nichts an*«, sagte ich etwas schärfer als geplant. »Und ich hab 'ne super Idee für das Editorial für die nächste *Mo Vay Goo*: Die Scheinheiligkeit der unteren sozialen Schichten der Highschool. ›Nach unten treten‹ wär ein schöner Titel.«

»Ja, okay, wir haben's kapiert«, sagte Adam. »Es war scheiße, wie wir über den Umgang mit Evan geredet haben. Aber wir kommen in Frieden und mit etwa einer Million Fragen.«

Ich musste grinsen. »Sorry, ich geh nicht gleich mit jedem Kuss an die Öffentlichkeit. Was auch immer Matt King dazu sagen würde.«

Marnies kajalumrahmte Augen weiteten sich. »Oh mein Gott, du hast Evan Salinger geküsst? Wie ist es? War es total merkwürdig?«

»Ernsthaft? Das ist eine lächerliche Frage, und das weißt du«, sagte ich. Aber um ihnen einen reinzudrücken, fügte ich hinzu: »Er kann wahnsinnig gut küssen. Ich werd schon feucht, wenn ich nur daran denke.«

Das war's. Sie glotzten wie Autos.

»Seid ihr jetzt irgendwie ein Paar?«, fragte Marnie.

Ich wollte schon sagen, *klar, so was von*, als es mir wieder einfiel: Evan würde nach der Schule die Stadt verlassen. Waren wir wirklich zusammen? Nach all den unglaublichen Momenten, den Gesprächen und dem Wir, das ihm so wichtig gewesen war …

Ich hatte ihm meine Seele offenbart. Es konnte nicht nur 'ne Sexgeschichte sein. Das war unmöglich. Aber er hatte nicht gesagt, was als Nächstes passieren würde.

Marnie und Adam warteten auf eine Antwort. Ich tat es ab. »Wir hängen nur zusammen ab. Was auch immer. Keine große Sache. Ich muss in meine Stunde. Bis später.«

Ich rannte praktisch weg. Ich befahl mir, mich zu beruhigen, während eine Stimme in meinem Kopf nicht hilfreich wiederholte: *nur noch zehn Tage.*

Zehn Tage. Und weil die alten Mauern und die dicken Schilde nur für kurze Zeit unten gewesen waren, war es ganz leicht, sie einfach wieder hochzuziehen und mich dahinter zu verstecken.

Die ganze Zeit, die ich nach der Schule im Einkaufszentrum verbrachte, sagte mir mein Verstand, dass ich albern sei. Aber mein Unterbewusstsein warnte mich, vorsichtig zu sein, um nicht in winzige Einzelteile zu zerbrechen.

Im Sportwarengeschäft gab ich 85 Dollar von *meinem* gesparten Geld für eine wasserdichte Uhr mit Stoppuhrfunktion aus. Ich wartete mit wachsender Nervosität bis neun Uhr, dann warf ich sie in meine Tasche und radelte zum Pool.

Am Pool sah es leer aus, und einen schrecklichen Moment lang dachte ich, Evan wäre nicht da. Aber nein, er saß völlig trocken auf einer Liege. Er rappelte sich auf, sobald er mich sah, und ein wunderschönes, offenes Lächeln zeigte sich auf seinem Gesicht.

»Hi, Jo.«

Ich holte die Uhr aus der Tasche und gab sie ihm.

»Was ist das?«

»Wonach sieht es denn aus?«, sagte ich und verschränkte die Arme. »Es ist eine wasserdichte Uhr. Damit du unter Wasser selbst die Zeit stoppen kannst.«

Er drehte die Schachtel in den Händen und versuchte, sie mir zurückzugeben. »Jo, das kann ich nicht annehmen. Es ist zu viel.«

»Genau«, sagte ich. »Und die fünfundsiebzig Dollar, die du für die Prom-Karten bezahlt hast, sind auch zu viel. Mal ganz abgesehen von einem Smoking oder Essengehen oder was weiß ich.« Ich schniefte und wedelte mit der Hand. »Du brauchst eine Uhr. Also nimm sie an. Dann sind wir quitt.«

»Quitt?«, sagte Evan leise. »Jo, was machst du da?«

»Ich bin eine Bitch. Was glaubst du? Es ist das Einzige, was ich kann. Ich weiß, wir sollten ehrlich zueinander sein, aber mir zu sagen, dass du immer noch nach dem Abschluss weggehst, ist ein bisschen *zu* ehrlich. Also sag's nicht, okay?« Meine Stimme überschlug sich, und Tränen traten mir in die Augen. »Nimm die Uhr, aber sag bitte nichts. Kein Wort.«

Evan legte die Uhr auf eine Liege, ein kleines Lächeln auf den Lippen. »Darf ich *jetzt* was sagen?«

»Nein«, schniefte ich. »Und mach dich nicht lustig über mich. Ich hab eine Scheißangst.«

Er kam näher, legte die Hände um meine Ellbogen und lächelte nicht mehr. »Ich auch. Weil ich immer nur bei dir sein will. Jede verdammte Minute. Wenn wir getrennt sind, denk ich nur an dich und wann wir uns das *nächste* Mal sehen. Machst du das auch? Denkst du an mich, wenn wir getrennt sind, Jo?«

Ich nickte, konnte ihn nicht ansehen. »Ja. Ich kann nicht aufhören, und es macht mir solche Angst.«

Er kam noch näher, und ich spürte, wie sein Körper vor Anspannung summte.

»Dann lass uns das nicht tun. Lass uns nicht getrennt sein. Lass uns nach dem Abschluss zusammen weggehen.«

Jetzt sah ich durch die Tränen zu ihm auf. »Zum Grand Canyon?«

»Ja. Lass uns zusammen hinfahren.«

»Wirklich? Meinst du das ernst? Du musst das verdammt noch mal ernst meinen, Evan, weil ich es sonst nicht ertrage.«

»Ich würde nicht ertragen, wenn du Nein sagst«, erwiderte er. »Ich bleibe bei dir. Oder gehe mit dir, wohin du willst.« Er zog mich an sich, legte die Arme um mich. »Ich will nicht aufhören, mich so zu fühlen.«

»Ich auch nicht.«

Sein Mund fand meinen, und wir küssten uns. Wir lachten, während wir uns küssten, dann weinte ich. Tränen liefen mir über die Wangen, bis er sie wegküsste. Wir legten uns auf eine Liege, er auf den Rücken, ich daneben. Wir küssten uns wieder, redeten und machten Pläne, während die Sterne über uns hinwegzogen.

»Willst du das wirklich mit mir?«, fragte ich.

Evan grinste. »Sonst würde ich auf keinen Fall diese Uhr behalten.«

Ich lachte und fühlte mich, als würde ich in einer Flutwelle aus Freude ertrinken, als Evan mir die langen, dunklen Haare aus dem entstellten Gesicht strich. Ich hielt still und ließ mich ansehen.

»Du bist so wunderschön«, flüsterte er und küsste mich lange und intensiv und tief. Ich seufzte in seinen Mund, lehnte mich an ihn, ließ mich in ihn hineinfallen. Ich war nicht schön, aber es war schön, das zu hören.

»Ich weiß, dass du mir nicht glaubst«, sagte Evan, und seine Worte spiegelten meine Gedanken mit unheimlicher Präzision. »Aber du musst es nicht glauben, damit es wahr ist.«

Seine Finger bewegten sich weich und warm über die Narbe, die meine Wange wie ein Blitz zerriss. »Der Grand Canyon ist von einem Fluss ausgehöhlt worden. Er hat sich in den Fels gegraben und immer etwas mehr Schönheit freigelegt. Schicht um Schicht. Schönheit, die niemand sehen konnte, bis die Erde geöffnet wurde. Nur ein bisschen Wasser …«

»Evan …«

»Nur ein bisschen Wasser.« Er zeichnete die gezackte Linie bis zu meinem Kinn nach. »Die Majestät des Canyons liegt in dieser Tiefe. All die Schönheit war jahrelang verborgen, bis der Fluss sie freigelegt hat. Erst dann konnte jeder sie sehen.«

Ich spürte Tränen in meinen Augen brennen und schmiegte meine Wange an seine Hand. »Hör auf«, flüsterte ich.

Evan zog mich an sich. Er erzwang nichts. Das jahrelange Gefühl, hässlich zu sein, konnte nicht mit ein paar poetischen Vergleichen ausgelöscht werden, aber jetzt hatten wir Zeit. Wir hatten alle Zeit der Welt, und ich wusste, irgendwann würde ich ihm glauben.

Evan, ganz der Gentleman, begleitete mich bis zur Haustür. Ich benahm mich alles andere als ladylike. Ich wollte ihn nach drinnen ziehen und die Nacht mit ihm verbringen, um unsere Zukunft zu feiern.

»Warte.« Ich rannte in mein Zimmer hoch und holte sein blau-schwarz kariertes Flanellhemd, das ich noch hatte. Zurück an der Haustür gab ich es ihm.

»Mein Hemd. Ich hatte ganz vergessen, dass du es noch hast.«

»Es ist jetzt *mein* Hemd. Und du musst heute Nacht darin schlafen. Ich hab den Fehler gemacht, es zu waschen, und jetzt riecht es nicht mehr nach dir.«

Er drehte das Hemd in seiner Hand, lachte und schüttelte den Kopf.

»Und ich will es gleich morgen früh zurück. Verstanden?«

»Ja, verstanden.« Evan zog mich an sich und gab mir einen Kuss, von dem ich weiche Knie bekam.

Dann war er weg, aber ich hatte noch seinen Geschmack auf den Lippen und fühlte mich so sicher und geborgen, als ich in mein Zimmer hochging. Ich setzte mich an den Schreibtisch und beendete das Gedicht für Ms. P.

Es war perfekt. Ich würde ein A+ bekommen. Dank Evan wusste ich, was Liebe war. Diesmal war sie nicht grau und blass wie eine alte Erinnerung. Sie war frisch und neu.

Und ich war so dumm zu glauben, dass ich mich für immer so fühlen würde.

15. KAPITEL

Evan

Ausnahmsweise störten mich die Kratzgeräusche beim Frühstück nicht. Meine Gedanken waren so erfüllt von Josephine, nichts brachte mich aus der Ruhe.

Merle und Shane redeten über die Prom. Sie hatten sich beide ein Date organisiert. Einer der älteren Footballspieler hatte eine Cousine, die er mit Merle verkuppelte. Shane fragte die unscheinbare Kristi Taylor, ob sie mit ihm hingehen würde. Sie war ein schüchternes kleines Ding und sehnte sich verzweifelt nach Aufmerksamkeit. Noch verzweifelter als Shane. Wahrscheinlich gingen sie eher als eine Art Interessengemeinschaft zusammen zur Prom, nicht aus romantischen Gründen, aber das Mädchen tat mir trotzdem leid. Obwohl Shane sich anderen Leuten gegenüber vielleicht anders verhielt. Vielleicht zeigte er nur mir seine schlechte Seite.

Das war ein großzügiger Gedanke, aber wegen Jo war mir auch großzügig zumute. Jo Clark würde mit mir zur Prom gehen. Dann würde ich mit ihr schlafen, und nach dem Schulabschluss würde sie zum Grand Canyon mitkommen. Wir würden nach Hause fahren.

Plötzlich war so viel Gutes in meinem Leben. Ich hatte fast Angst, daran zu denken. Diese Freude war wie aus mundgeblasenem Glas – wenn man nicht vorsichtig damit umging, könnte sie zerbrechen. Ich versuchte, mich auf das Essen zu konzentrieren, aber es war nicht so einfach zu essen, wenn man die ganze Zeit grinsen musste.

»Ihr müsst nach Halston und euch einen Smoking aussuchen«, sagte Norma zu meinen Brüdern. Dann wandte sie sich an mich. »Und du, Evan? Gehst du auch zum Ball?«

»Ja.«

Der ganze Tisch erstarrte. Selbst Harris' Zeitung hörte auf zu rascheln. Ich wusste, dass er hinter den Baseballergebnissen und Kleinanzeigen genau zuhörte.

Shane durchbrach die Stille mit einem Sperrfeuer von Fragen. »Echt? Mit wem? Mit diesem Mädchen? Mit der Narbe?«

»Ja«, sagte ich, sah ihm in die Augen, forderte ihn heraus, mehr zu sagen. Er hielt den Mund, aber ich sah die Niedertracht in seinen Augen, als er über diese neue Entwicklung nachdachte. Ich wandte mich Norma zu. »Sie heißt Jo, und wir gehen seit ein paar Wochen miteinander ...«

»Jo-Jo-Joker«, sagte Merle und prustete.

Ich packte die Tischkante. »Hör auf, sie so zu nennen.«

Norma beachtete ihn nicht. »Wirklich?« Sie streute braunen Zucker auf ihre Haferflocken. Harris hustete hinter seiner Zeitung. »Ich habe bisher nichts von einer Jo gehört. Ist sie neu?«

»Sie ist die Schulschlampe«, sagte Shane.

»Pass bloß auf«, sagte ich und kippte aus Versehen mein leeres Saftglas um. »Sag das nicht noch mal, Arschloch.«

Shanes Mund blieb offen stehen, und Garrett kicherte. »Du hast ein Schimpfwort gesagt.« Das Lächeln meines kleinen Bruders strahlte über den ganzen Tisch. Anscheinend hatte er vergessen, dass er sauer auf mich war, weil ich mich in den letzten Wochen ihm gegenüber abweisend verhalten hatte.

Shane sah Norma auf der Suche nach Unterstützung an,

aber sie schürzte nur die Lippen und sagte: »Es wird nicht geflucht.«

Ich stellte das Saftglas wieder hin. Ich hatte zu viel Glück getankt, um Shane an mich ranzulassen wie sonst. »Sie ist meine Freundin, also pass auf, was du sagst.«

Das Wort *Freundin* war eine Wolke aus Freude, die in meiner Brust aufstieg. In einer Nanosekunde wechselte ich von einem wütenden Blick zu einem idiotischen Grinsen.

»Sie ist meine Freundin«, sagte ich, um noch eine Runde mit dem Wort zu drehen. Es war auch beim zweiten Mal super.

Shane schnaubte. »Tolle Freundin. Die hat 'ne Narbe über das halbe Gesicht.«

»Na und?«, fuhr ich ihn an.

Shane verzog den Mund. »Hast wohl keine Bessere abgekriegt als die Schlampe mit dem Narbengesicht.« Er stieß Merle in die Rippen, der sich gerade Haferflocken reinschaufelte und vorn auf sein T-Shirt kleckerte.

Ich knirschte mit den Zähnen und kämpfte um Ruhe, da schnitt Normas Stimme wie ein Messer durch die Luft.

»Dann brauchst du auch einen Smoking, Evan.«

Ein zweites Mal erstarrten die Gesichter am Tisch, diesmal auch mein eigenes. Norma hob eine Augenbraue und strich Butter auf eine Scheibe Toast, während sie sprach. »Ich gebe dir heute nach der Schule meine Kreditkarte, und du fährst nach Halston.«

Mir blieb der Mund offen stehen, dann sah ich Harris an. »Ich soll heute in der Werkstatt arbeiten.«

Norma tupfte sich den Mund mit einer Serviette ab. »Auf keinen Fall wird einer von euch an einem solchen Abend schäbig aussehen. Welche Farbe hat das Kleid von dieser *Jo*?«

Ich brauchte einen Moment, dann fand ich meine Stimme wieder. »Ich weiß es nicht. Sie will mich überraschen.«

»Dann nimmst du einen schwarzen Smoking. Und das Ansteckstäußchen sollte weiß sein. Das sieht zu jeder Farbe hübsch aus.«

Ich konnte sie nur anstarren, mit einer merkwürdigen Wärme in der Brust, die ich seit Jahren nicht gefühlt hatte – oder vielleicht nie. »Okay«, sagte ich schwach.

Mir war bewusst, dass Shane seine ganze Aufmerksamkeit auf mich richtete und mich aus schmalen Augen ansah. Das miese Stück Scheiße. Je mehr ich mein Glück zeigte, desto mehr Mühe würde er sich geben, es mir wegzunehmen oder zu verderben. Aber ich schwor, dass ich mir die Prom von nichts und niemandem verderben lassen würde. Shanes kleinliche Niedertracht würde Jo nicht erreichen.

Ich warf ihm einen warnenden Blick zu, ehe ich mich bei Norma bedankte.

Norma schniefte. »Jungs, das Geschirr.«

Das hieß, dass das Frühstück vorbei war. Während wir die Teller abräumten, spürte ich Shanes Blicke, die sich mir wie Dolche in den Rücken bohrten.

»Sieh an, wer auf den Ball gehen wird«, sagte er höhnisch zur Küchenspüle. »Unser Aschenputtel. Nur wartet keine Prinzessin auf dich, sondern eine narbengesichtige Schlampe …«

Ich würgte Shanes Worte einfach dadurch ab, dass ich mich vor ihm aufbaute und ihn vor den Schränken in die Enge trieb. »Willst du das noch mal sagen?«, fragte ich eiskalt. »Los, Shane. Sag's noch mal.«

»Oder was?«, sagte Shane und starrte mich aus großen Augen an. »Willst du mir die Zähne ausschlagen, wie du's mit Jared gemacht hast? Glaubst du nicht, dass das nach hinten losgeht, du Freak? Seine Eltern sind stinksauer. Die werden dich vor Gericht zerren, kapiert? Die zeigen dich an.«

»Sollen sie ruhig«, sagte ich.

Merle drängte sich zwischen uns. Er schob mich zurück und sah aus, als würde er zuschlagen wollen, aber Shane winkte ab. Er zog das Hemd über seiner eingefallenen Brust gerade und lachte finster.

»Tu dir keinen Zwang an, du Freak. Genieß deine kleine Prom-Fantasie mit dem, was Matt King übrig gelassen hat, solange du noch kannst.«

Er stützte sich schwer auf seinen Stock, als er rausschlurfte, und Merle folgte ihm, als wäre er zu dem einzigen Zweck in die Welt gesetzt worden, Shanes Schläger zu sein. Garrett tauchte neben mir auf.

»Hey Evan«, sagte er mit leiser Stimme. »Ich freu mich, dass du auf den Ball gehst.«

Ich hätte ihm sagen sollen, dass er sich um seinen eigenen Kram kümmern sollte. Um ihn zu schützen. Aber er sah mich so lieb und offenherzig an, und ich kniete mich hin und umarmte ihn.

»Danke Kumpel. Tut mir leid, dass ich in letzter Zeit so ein Arsch zu dir war. Ich will dich nur beschützen.«

Er kicherte über »Arsch«. »Wovor denn beschützen?«

»Shane. Und Merle. Nicht, dass sie sauer sind, weil du nett zu mir bist.«

Er sah mich an, als hätte ich den Verstand verloren. »Du bist mein Bruder. Natürlich bin ich nett zu dir.«

Er tätschelte mir den Kopf und hüpfte aus der Küche. Shanes schmutzige Worte über Jo verblassten, und ich hatte auch Lust zu hüpfen. Oder zu fliegen.

Oder im Wasser zu treiben.

16. KAPITEL

Jo

Der Abend der Prom kam, und ich war ein Nervenbündel. Ich legte das Kleid aufs Bett und starrte es an, biss mir auf die Lippe. Ich hatte es in einem Kaufhaus in der Mall in Halston gekauft, nicht in einem Second-Hand-Laden, wie ursprünglich geplant. Es hatte 150 Dollar gekostet, und das war sehr viel mehr, als ich eigentlich von meinem Reisekapital ausgeben wollte.

Von unserem Reisekapital, verbesserte ich mich stumm und musste mir eine Hand auf den Mund legen, damit mir kein Schluchzer entfuhr. Vielleicht war es aber auch ein unkontrolliertes Lachen, das in mir hochkam. Zum ersten Mal seit dem Tod meiner Mutter hatte ich das Gefühl, mich auf etwas zuzubewegen, statt in eine unbekannte Dunkelheit gerissen zu werden.

Evan.

Gott, wie konnte mir das passiert sein?

Ich betrachtete das Kleid und hörte auf, mir Sorgen wegen des Preises zu machen. Ich wollte schön für ihn sein.

Ich duschte. Rasierte mich überall. Ich cremte mich sogar mit einer Duftlotion ein und roch am ganzen Körper nach Flieder. Bei Victoria's Secret hatte ich einen runtergesetzten schwarzen Spitzenslip mit passendem BH erstanden. Ich zögerte, als ich beides angezogen hatte, und sah mich im Spiegel an. Schwarz machte meine Haut noch blasser, aber dieses Unterwäsche-Set war das Sexieste, was ich besaß. Ich wollte auch das für ihn sein. Mit den Fingerspitzen fuhr ich zwischen meinen Brüsten hinunter, berührte die schwarze Spitze. Ich hoffte, es gefiel Evan, und wenn nicht …

Dann kann er es mir einfach runterreißen.

Unwillkürlich schloss ich die Augen bei dem Gedanken, und die Vorstellung schoss durch mich hindurch und ließ mich mit weichen Knien zurück. Ich atmete geräuschvoll ein.

»Konzentrier dich, Josephine. Konzentrier dich.«

Ich flocht mir locker das Haar und legte es über die linke Schulter, ließ nur ein paar Strähnen draußen, um die Narbe zu verdecken. Ich legte mehr Make-up auf als üblich, aber raffinierter als der Waschbären-Look der meisten Tage. Ich schminkte mich heller und hübscher, versuchte, meine grünen Augen zu betonen. Ein bisschen Rouge, ein bisschen Lipgloss, das Evan gleich abküssen würde.

Ich konnte nicht aufhören zu grinsen.

Am Ende zog ich das Kleid an und mühte mich damit ab, allein den Reißverschluss hochzuziehen. Das Kleid war schwarz und hauteng, sah aber überhaupt nicht nach Schlampe oder Hexe aus. Der Rock fiel in Wellen aus Spitze bis zu den Knöcheln herab, und das Oberteil war am Ausschnitt mit schwarzer Spitze verziert. Es sah nicht wirklich nach einem Prom-Kleid aus, aber es passte zu mir. Ich betrachtete mich im Spiegel, als ich fertig angezogen war, und mir gefiel, was ich sah.

Gerry war noch nicht wieder zurück. Ich hatte niemanden, der Fotos machen würde, keine Eltern, die unten an der Treppe auf mich warteten. Dann fiel mir ein, dass sie in der Schule Bilder von uns machen würden, wahrscheinlich vor irgendeinem kitschigen Hintergrund mit Palmen. Aber wenigstens hätten wir dann ein Andenken. Andenken waren auch kitschig, aber ich liebte den Gedanken. Ich konnte es kaum erwarten, dass Evan kommen würde. Wir hatten eine Reservierung in einem Restaurant in Halston. Dann der Ball. Und dann würden wir wieder herkommen …

Ich sah mich in meinem Schlafzimmer um, und mein Magen flatterte bei dem Gedanken daran, was heute Nacht hier geschehen würde. Ich hatte alle Kerzen aus dem Haus hergeholt, auf meiner Shoppingtour sogar eine Duftkerze gekauft, und sie ums Bett herum und auf dem Nachttisch aufgestellt. Ich hatte einen Mann vor einem Getränkeladen überredet, eine Flasche Wein für mich zu kaufen, und zum Glück hatte Gerry ein paar Flaschen Bier im Kühlschrank gelassen. Die wären für Evan, falls er keinen Wein wollte. Er war schließlich ein Junge.

Alles war vorbereitet. Ganz tief in mir wusste ich, dass es schöner werden würde, als ich mir je erhofft hatte. Wir würden heute Nacht wieder herkommen. Den Reißverschluss auf dem Rücken meines Kleides, den ich nur so schwer zugekriegt hatte, würde Evan mit einer einzigen, geschmeidigen Bewegung herunterziehen. Die Nacht würde perfekt sein für unser erstes Mal. Er war noch Jungfrau, aber ich war es auch. Das hatte ich beschlossen. Es hatte nichts gegeben vor heute Nacht. Vor Evan hatte nie jemand etwas bedeutet.

Ich atmete tief ein, strich das Kleid glatt und ging nach unten. All meine dämlichen Schutzmechanismen ließ ich hinter mir. Ich konnte es nicht erwarten, ihn zu sehen, und ich erlaubte mir, deswegen aufgedreht zu sein. Ich erlaubte mir, glücklich zu sein.

Evan würde mich um sechs abholen. Ich sah auf die Uhr. Viertel vor. Ich setzte mich ins Wohnzimmer und wartete, machte den Fernseher an. In den Nachrichten wurde gesagt, dass es heute Nacht ein Unwetter geben würde. Ziemlich heftig. Als der Zeiger auf sechs Uhr rückte, zog ich die Lippen ein und schmeckte das Lipgloss.

Ich wartete.

Um zehn nach überlegte ich, Evan zu texten, ließ es aber. Zehn Minuten kamen schon mal vor.

Um zwanzig nach liefen wir Gefahr, die Reservierung in Halston zu verlieren, die Evan gemacht hatte. Ich schickte ihm eine Nachricht und versuchte, jeden Buchstaben so beiläufig zu tippen, wie ich irgend konnte.

Bist du auf dem Weg?

Keine Antwort.

Um halb sieben textete ich noch einmal.

Alles okay? Wo bist du?

Keine Antwort.

Ich rief ihn an, und der Anruf ging direkt auf die Mailbox.

Um viertel vor sieben setzte sich die Angst, dass er wirklich nicht kommen würde, in mir fest und ließ mich nicht mehr los.

Ich hätte es wissen müssen, sagte ich mir und fühlte, wie alles auseinanderbrach. *Ich hätte ihn nicht an mich ranlassen sollen. Ich hätte vorsichtiger sein sollen. Ich bin so eine blöde Idiotin.*

Aber eine andere Wahrheit schlich sich an meiner Paranoia und Abwehrhaltung vorbei. Sie sickerte in die Risse meiner Mauern und brach sie auf. Evan versetzte mich nicht. Das würde er nicht tun. Das würde er *niemals* tun. Etwas stimmte nicht. Etwas stimmte überhaupt nicht.

Ich rief ihn noch mal an. Als ich keine Antwort bekam, warf ich mein Handy in eine Clutch und ging nach draußen. Ich raffte das Kleid hoch, um auf das Fahrrad zu steigen, und raste die Straße entlang. Ein heftiger Wind riss an meinem eleganten Zopf, und meine Augen tränten. Der Himmel war gelb und grau, dicke Regenwolken wälzten sich heran. Das Herz wummerte in meiner Brust, und voller Angst trat ich grimmiger in die Pedale und radelte vor dem Gewitter her.

Einen Block vor dem Haus der Salingers sah ich das blau und rot blinkende Warnlicht eines Polizeiwagens und das hellere blutrote Licht einer Ambulanz. Ich fuhr näher heran, als die ersten Regentropfen herabfielen.

Chaos.

Oder vielleicht war es nur mein panischer Blick, der meine Nacht mit Evan in sich zusammenfallen sah. Sie legten einen kleinen Jungen auf eine Trage, sein Gesicht war voller Blut. Eine korpulente Frau – Mrs. Salinger – hielt seine Hand und weinte untröstlich. Merle und Shane Salinger standen mit aufgerissenen Augen auf der Seite, in ihren Gesichtern lag Panik. Sie sahen aus wie zwei Menschen, die ein Lagerfeuer angezündet hatten und dann hilflos zusehen mussten, wie es sich in ein flammendes Inferno verwandelte.

Evan war nirgends zu sehen.

Aber ich wusste, wo er war. Ich drehte das Fahrrad um und hoffte, dass mich niemand gesehen hatte. Schwach hörte ich hinter mir das Wort »Funtown« und Norma Salingers harte Stimme, die sagte, Evan würde nachts schwimmen.

Jetzt war es allerhöchste Zeit. Ich musste zuerst bei Evan sein. Schneller sein als der Sturm und als Erste ankommen. Das war alles, was zählte.

17. KAPITEL

Evan

Eine Stunde zuvor

Ich betrachtete mich im Spiegel des Badezimmers. Norma hatte keine Kosten gescheut, und ich durfte mir einen schicken schwarzen Smoking leihen, mit weißem Oberhemd, schwarzem Kummerbund und Fliege. Er war nicht billiger oder weniger elegant als die von Shane oder Merle.

Als ich um fünf vor sechs nach unten kam, machte Norma grade Fotos von meinen Brüdern. Vor dem Haus wartete eine Limousine, mit der sie ihre Dates abholen würden. Norma machte einen Riesenwirbel um sie, strich ihre Revers glatt und zog die Fliegen zurecht. Shane sah aus wie eine herausgeputzte Vogelscheuche und Merle brachte mit seinem mächtigen Körper fast die Schulternähte des Jacketts zum Platzen. Ich hielt den Mund; ich hatte viel zu gute Laune, um sie mit Feindseligkeit zu verderben. Josephine wartete auf mich. Ich hatte den Abend mit ihr. Ich würde *die ganze Nacht* mit ihr haben.

Ich schüttelte mich kurz, schlüpfte in den Flur und wartete, bis die Lust, die mich plötzlich durchströmte, etwas nachließ.

Als Norma mich sah, schnappte sie leise nach Luft. Sie hob die Hand an die Brust und ließ sie einen Moment auf ihrem Herzen liegen. Dann räusperte sie sich, ließ die Hand wieder sinken, fuhr über ihren Rock. Sie kam lächelnd näher und strich mir das Revers glatt, genau wie bei meinen Brüdern. Die kleine mütterliche Geste erfüllte mein Herz. Norma roch nach dem Schmorbraten, den sie für morgen Abend zubereitete. Ihre harten, dunklen Augen waren weicher, als sie mich ansah.

»Nett siehst du aus«, sagte sie sanft.

»Danke, Ma.« Ich nannte sie nie so. An jenem Abend hatte ich das Gefühl, das zu dürfen.

»Ja. Nun ja.« Norma wischte unsichtbare Fusseln von meinem Anzug. »Hast du einen Ansteckstrauß für Josephine?«

»Oh, Scheiße, den hab ich vergessen.«

»Du hast ein Schimpfwort gesagt«, sagte Garrett. Ich lächelte ihn an und wuschelte ihm durchs Haar.

Norma ging in die Küche und kam mit einem transparenten Plastikbehälter zurück. Darin war ein Sträußchen aus drei kleinen weißen Blumen mit zartem Grün.

»Ich halte nichts davon, einem Mädchen mit Nadeln das Kleid zu ruinieren«, sagte Norma steif und gab mir die Schachtel. »Das kommt an ihr Handgelenk. Siehst du?«

»Ja«, sagte ich, und meine Stimme drohte, mich im Stich zu lassen. »Verstehe.«

»Dann ab mit dir. Lass sie nicht warten. Das gilt für euch alle.« Sie wedelte mit der Hand. »Amüsiert euch. Bleibt nicht zu lange, und haltet euch von Ärger fern. Und seid vorsichtig wegen des Wetters. Passt auf, dass ihr nicht in den Regen kommt.«

Merle und Shane hatten das Gespräch zwischen ihrer Mutter und mir die ganze Zeit mit verblüfftem Entsetzen verfolgt. Jetzt gingen sie zur Haustür. Ich wollte ihnen nachgehen, dann blieb ich stehen und ging noch einmal zu Norma zurück.

Ich war einen Kopf größer als sie, aber ihr Auftreten hatte sie immer wie eine Riesin wirken lassen. Wir alle, auch Garrett, hatten stets auf ihre kostbare Zuneigung gehofft – gleich Vogelkindern, die warten, von einer geizigen Mutter gefüttert zu werden. Was sie heute Abend getan hatte, war fast noch nie vorgekommen. Ich legte ihr die Hände auf die Schultern und beugte mich vor, um sie auf die Wange zu küssen.

»Danke, Ma«, sagte ich leise. »Für alles.«

Ein unschlüssiges Lächeln zitterte auf ihren Lippen. Sie winkte ab. »Du kommst zu spät.«

Ich war schon zu spät. Ich sollte um sechs Uhr bei Jo sein. Ich holte mein Handy raus, um ihr zu schreiben, dass ich auf dem Weg sei. Garrett hüpfte hinter mir her.

Der Himmel draußen hatte eine merkwürdige gelbe Farbe, und schwarze Wolkenfinger krallten sich hinein. Eine schicke schwarze Limousine parkte am Straßenrand, daher war ich überrascht, dass Shane und Merle neben meinem Pick-up standen.

Ich hörte nach der Hälfte der Nachricht auf zu tippen, als sich ein düsteres, hässliches Gefühl in meinem Bauch breitmachte.

»Ist irgendwas?«, sagte ich misstrauisch.

Ein krankes Lächeln breitete sich auf Shanes Gesicht aus und passte so gut zu ihm wie zu einer Leiche. »Ich will mich nicht mehr streiten. Ich fühle mich total mies wegen dem, was ich mit deinem Zettel gemacht hab. Du erinnerst dich an deinen Zettel?«

»Ich erinnere mich«, sagte ich, und der alte Schmerz flammte auf und verblasste wieder. »Vergiss es.«

»Ich wünschte, ich könnte das«, sagte Shane. »Es *brennt* mir einfach auf der Seele. Es war die einzige Verbindung, die du zu deiner richtigen Familie hattest. Zu den Leuten, die dich verlassen und vor einer Feuerwache abgesetzt haben.«

Ich atmete langsam, in einer Hand das Handy, in der anderen

die Plastikschachtel mit Jos Sträußchen, die schon eine Delle hatte, so verkrampft hielt ich sie fest. »Lass es einfach, Shane.«

»Nein, wirklich. Ich fühl mich schrecklich, weil ich diesen Zettel verbrannt habe. Vor allem, weil es die einzige Erinnerung daran war, dass du nicht zu *dieser* Familie gehörst und auch nie zu ihr gehören wirst.«

Roter Nebel senkte sich vor meinen Blick. Garrett stand neben mir wie ein kleiner Welpe und fragte mit hoher Piepsstimme, was denn los sei. Für ihn und für Jo versuchte ich, ruhig zu bleiben.

»Aber ich hab gute Neuigkeiten!«, erklärte Shane. »Ich habe einen *anderen* Zettel gefunden! Es war so merkwürdig. Ich hab mich im Haus nach einem Geschenk umgesehen, als Wiedergutmachung für meine schreckliche Tat, und weißt du was? Ich hab das hier gefunden!« Shane hielt mir ein in der Mitte gefaltetes, zerknittertes Stück Papier entgegen. »Hier, nimm. Der gehört dir.«

Garrett runzelte die Stirn. »Was ist das?«

Shane ignorierte ihn. »Los«, sagte er zu mir. »Nimm.«

Ich starrte ihn an.

Tu es nicht. Es ist eine Lüge, und du weißt es.

Ich wandte den Blick ab, verdrehte die Augen und wollte an ihnen vorbeigehen. Merle legte die Hand auf meine Brust und schob mich zurück. »Nimm den.«

Shane wedelte mit dem Papier. »Es ist ein Wunder, dass ich noch einen Zettel gefunden habe. Ich meine, wie standen die Chancen?«

»Es ist unmöglich«, antwortete ich. Mein Herz ging wie ein Vorschlaghammer. Ich versuchte meinen Atem zu beruhigen. »Hör zu, Shane, lass uns diesen Scheiß für heute einfach lassen, okay? Wir gehen auf die Prom. Wir amüsieren uns. Wir sehen …«

»Genau das will ich. Dass du einen großartigen Abend hast. Und deshalb geb ich dir das jetzt.«

Merle beäugte mich düster. Wenn ich nicht mitspielte, könnte das hier schnell hässlich werden. Und ich war sowieso schon zu spät. Ich hielt die Hand auf, obwohl mir alle meine Instinkte rieten, es nicht zu tun. Shanes Augen weiteten sich in einer Art nervöser Vorfreude, und sobald ich den Zettel in der Hand hatte, trat er etwas dichter zu Merle.

»Tu das nicht, Evan«, wimmerte Garrett.

Ich faltete den Zettel mit zitternden Händen auseinander. Die Worte waren in der krakeligen Handschrift eines Jungen geschrieben. *Bitte, nehmen Sie uns den Freak ab. BITTE.*

»Was steht da?«, fragte Garrett, und seine Stimme klang leise und weit entfernt.

»Oh-oh.« Shane verzog das Gesicht. »Leider war dieser Zettel gar nicht so nett. Hab ich ganz vergessen, zu erwähnen. Anscheinend haben deine richtigen Eltern dich auch für so einen komischen Freak gehalten wie wir. Und hast du gesehen? Zwei Mal *bitte*.«

Ich sah rot, als eine Flut aus Schmerz und Wut meine Brust mit Feuer überschwemmte. Ich kämpfte, um nicht zu explodieren. Stockend atmete ich ein und zerknüllte den Zettel in meiner Faust.

Es ist Blödsinn. Kümmer dich nicht drum. Für Jo. Mach ihr diesen Abend nicht kaputt.

Ich warf Shane den Zettel vor die schicken Schuhe, brauchte meine ganze Willenskraft, um meinen Adoptivbruder nicht halblang zu machen. Dann ging ich zu meinem Pick-up. Ich konnte unmöglich fahren, noch nicht, aber ich konnte mich in die Fahrerkabine setzen und mich zusammenreißen. Mir war schwindelig, mein Blick war immer noch leicht verschwommen, und das Blut brannte in meinen Adern.

»Was? Das soll alles sein?«, schrie Shane mit zunehmender Wut. »Du lässt mich nicht einfach stehen!«

Er schlug mit dem Stock nach mir, traf mich am Schienbein, und ich stolperte. Ich konnte Shane den Stock aus den kraftlosen Händen reißen, aber ich fiel. Landete auf der staubigen und ölbefleckten Einfahrt und schrammte mir das Kinn auf. Die Schachtel mit dem Sträußchen fiel mir aus der Hand und landete ein Stück neben mir.

»Und ganz ehrlich«, sagte Shane mit zitternder Stimme. »*Weiße* Blumen für die Schlampe, mit der du auf den Ball gehst? Kommt mir ziemlich unpassend vor, wenn du mich fragst.«

Ich sah, wie Merle einmal auf die Plastikschachtel trat und die zarten Blumen darin einfach zerdrückte. Garrett, der irgendwo hinter mir war, schrie leise auf.

»Na also«, sagte Shane, als Merle den Fuß wieder wegnahm. »Dreckig und benutzt. Das passt besser zu ihr …«

Jetzt sprang ich, wie von einer Rakete angetrieben, vom Boden auf. Shane verstummte, als ich ihn an der Kehle packte, heulte los, als ich ihn umdrehte und gegen die Seite meines Wagens rammte. Er war leichter als Luft, und sein Kopf knallte mit einem befriedigenden Geräusch gegen die Fahrerkabine.

»Halt die verdammte Fresse!«, schrie ich. »Halt einfach dein verfluchtes Maul, du mieses Stück Scheiße!« Ich drückte ihm die Kehle zu, und Shane griff schwach nach meinen Händen. Seine Augen traten hervor. »Rede noch einmal so über sie, und ich bring dich um. Hörst du? Ich bring dich *um*, verdammt!«

Shane konnte nicht sprechen, aber ich sah, wie seine angsterfüllten Augen zu etwas hinter mir schossen. Eine halbe Sekunde später hatten schwere Hände meine Schultern gepackt. Merle riss mich von Shane weg und schleuderte mich zu Boden. Ich schrammte mit dem Rücken über das Pflaster und kam hart mit dem Kopf auf. Aber der Schmerz war weit entfernt. Selbst die Wut, die meinen Körper durchströmte, war gedämpft.

Hör auf! Hör auf! Hör auf!

Der Gedanke hallte in meinem Kopf. Kein Streit mehr. Beende es heute. Die Schikanen, der gedankenlose Hass – es reichte.

Hör auf!

Aber Jo wartete. Sie war wichtiger als das hier. Ich musste zu ihr. Es war noch nicht zu spät. Ich konnte den Abend noch retten.

Ich versuchte, mich aufzurappeln, doch Merle setzte mir den Fuß auf die Brust und drückte mich runter. Ich packte ihn am Bein, verdrehte es und kam gleichzeitig zum Stehen hoch. Er reagierte sofort und landete einen linken Haken auf meiner Wange. Schmerz explodierte in der ganzen Gesichtshälfte. Ich konnte dem zweiten Schlag ausweichen und rammte stattdessen Merle die Faust in den Magen. Er fühlte sich an wie ein Stück Fleisch. Ich schlug noch einmal zu. Er grunzte, taumelte rückwärts, und der Kampf beruhigte sich kurz, als wäre dies die Ruhe im Auge des Sturms.

»Hör auf«, sagte ich zu Shane.

Seine Augen waren wild, als er mit einem knochigen Finger auf mich zeigte. »Ich hasse dich«, sagte er mit zitternder Stimme, und Tränen traten ihm in die hervorstehenden Augen.

»Warum? Warum, du verdammtes Arschloch?«, schrie ich, und zu meinen Füßen lagen der falsche Zettel und Jos zertretener Blumenstrauß. »Warum lässt du mich nicht einfach in Ruhe?«

»Genau das will ich *dich* jeden Morgen meines Lebens fragen«, schrie Shane. »Ich wach auf und will fragen, warum zum Teufel du hier bist. Warum haust du nicht einfach ab? Du gehörst hier nicht her, und das hast du auch nie!«

»Ich werd gehen. Nach dem Schulabschluss siehst du mich nie wieder.«

»Nein«, schrie Garrett leise hinter mir.

Shane sah ihn wild an. »Du halt bloß die Klappe! Du hast ihn immer mehr geliebt als uns. Immer.«

»Lass ihn in Ruhe.« Ich stellte mich zwischen Garrett und Shane. Merle trat von einem Fuß auf den anderen, konnte es kaum erwarten weiterzukämpfen.

»Nein, *du* lässt *uns* in Ruhe. Uns alle.« Shane steigerte sich in Rage. »Du verdienst die Werkstatt nicht. Du verdienst nichts von dem, was wir dir gegeben haben. Diesen Smoking und die Blumen und dass Ma dich ansieht, als wärst du kein beschissener Freak, obwohl du das bist. Du bist ein Freak.«

Der rote Nebel trübte wieder meinen Blick. Mein Magen tat weh, als hätte ich Säure verschluckt. Mein Handy signalisierte eine eingehende Nachricht – wahrscheinlich von Jo, die wissen wollte, wo ich blieb, und Angst hatte, dass ich sie versetzte. Ich atmete langsam tief durch.

»Ich werd gehen«, sagte ich wieder. »Noch ein paar Tage …«

»Geh jetzt«, schrie Shane. »Ich will dich nie wieder sehen. Geh jetzt, und nimm die narbengesichtige Schlampe …«

Ich explodierte, als hätte man ein Streichholz an Benzin gehalten. Die ganzen Jahre aufgestauter Wut und Schmerzen brachen aus mir heraus, und ich kämpfte für Jo. Kämpfte für die Liebe dieses Mädchens, das mich trotz der Lügen und Gerüchte über mich gesehen hatte. Das *die Wahrheit* gesehen hatte. Jo kannte die Wahrheit über mich und blieb trotzdem bei mir.

Ich ging wieder auf Shane los, aber diesmal wartete Merle schon. Er warf mich zu Boden, ganz der Linebacker, der er war. Ich landete hart, und er legte mir die Hände um den Hals und würgte mich, während er meinen Hinterkopf immer wieder auf das Pflaster schlug.

Shane umkreiste uns wie ein Tier im Käfig, kreischte und feuerte Merle zu mehr Gewalt an. Garrett sprang Merle auf den Rücken und bearbeitete ihn mit seinen kleinen Fäusten, bis Shane ihm seinen Stock, den er sich zurückgeholt hatte, um den Hals hakte und ihn wegriss.

Ich sah Garrett weinend und hustend zu Boden fallen. Wieder erfüllte mich Zorn, eine neue Ladung Benzin landete im Feuer. Merle drückte fester zu, und ich kämpfte um mein Leben. Ich sah Sterne. Meine Lungen schrien nach Luft. Der Griff um meinen Hals war wie aus Eisen. Ich schlug auf Merles Gesicht ein, zuckte und wand mich immer hektischer, um freizukommen. Immer wieder trat ich mit den Füßen in die Luft …

Bis da etwas war in der Luft.

Ich traf etwas mit meinem Fuß. Irgendwo zwischen dem roten Nebel und meinem erstickten Keuchen fühlte ich etwas nachgeben und Knochen knacken. Und dann kam ein Geräusch, das ich nie im Leben vergessen werde. Ein leises Winseln, wie von einem verwundeten Hund. Irgendwo hinter Merles massigem Körper hörte ich Garrett auf den Boden fallen.

Alles stand still. Schweigen. Merle lockerte die Hände um meinen Hals, als er sich umdrehte. Ich wand mich unter ihm hervor, kam auf Hände und Knie hoch und schnappte nach Luft.

Garrett lag in der Einfahrt auf dem Rücken. Blut lief ihm aus der gebrochenen Nase über Mund, Kinn und Hals. Seine Augen waren halb geöffnet, verdrehten sich in den Höhlen, die Lider flatterten. Sein kleiner Körper zuckte, als würde er unter Strom stehen. Ein Entsetzen, wie ich es im ganzen Leben noch nicht empfunden hatte, löschte das Feuer der Wut, und ich war wie betäubt. Mehr als betäubt. Mir war eiskalt vor Angst.

»Garrett …« Ich kroch zu ihm.

Shane drehte sich zu mir. »Du warst das. Du hast ihm das angetan!« Er blickte hinter mich. »Evan ist schuld, Ma. Evan ist schuld!«

Norma eilte an uns vorbei und erstarrte, als sie Garrett erblickte. Die Straßenbeleuchtung ging an, und Garrett lag in einem Kegel aus gelbem Licht. Immer noch lief ihm Blut über das Gesicht. So viel Blut. So viel.

»Mein Junge …« Norma kniete sich neben Garrett. Ihre Hände zitterten, als sie ihn berühren wollte und dann zurückwich. »Was …?«

»Evan war das«, schrie Shane. »Er ist durchgedreht. Er hatte einen seiner Anfälle und ist einfach ausgerastet. Er hat uns alle angegriffen: mich, Merle und sogar Garrett!«

Ich schüttelte den Kopf, stolperte rückwärts auf wackeligen Knien. Ich wollte zu Garrett, ihn wieder zusammensetzen. Das Blut wieder in seine Nase tun … Oh Gott, seine Nase …

»Du warst das!«, kreischte Shane. Nachbarn kamen aus ihren Häusern. Aus den Augenwinkeln sah ich dunkle Gestalten auf Veranden stehen und Einfahrten hinuntergehen.

»Du bist ein Freak«, schrie Shane. »Du bist komplett geistesgestört.« Er wirbelte zu Norma herum. »Ich hab dich gewarnt! Ich hab dich gewarnt, und du hast nicht auf mich gehört.«

»Ruft sofort den Notarzt!« Normas Befehl übertönte Shanes Schimpftirade und riss die Nacht in Fetzen. Sie wiegte Garretts zitternden kleinen Körper in ihren Armen, sein Blut befleckte ihr Kleid, sein Körper zuckte auf eine Art, die mich bis ins Mark verängstigte.

»Ruf jemand einen Rettungswagen!«, rief eine Stimme aus der Menge.

»Hast du gehört, was er gemacht hat?«

»Er hat den kleinen Jungen angegriffen.«

Alles kam immer näher. Ich war wie in einem Strudel. Ein schwarzes Loch saugte alles in sich rein: all den Schmerz und die Angst, die erschrockenen Gesichter, Garretts leblosen und blutüberströmten Körper, alles und jeden. Ganz Planerville stürzte auf mich zu. Ich stolperte rückwärts unter dem untragbaren Gewicht.

Garrett. Ich wollte mich ihm vor die Füße werfen und auf die Sirenen warten. Warten, dass ich grob gepackt und hochgerissen wurde. Dann die Dunkelheit in einem Wagen, der mich wegbringen würde, Jo würde ich nie wiedersehen …

Die Pläne für den Abend waren zerfetzt und verstreut wie die Asche der Toten. Eine andere Zukunft als die, die ich mit ihr wollte, brachte sich in Position. Ich musste zu Jo und ihr sagen, dass sie keine Angst haben durfte. Dass sie warten sollte. Auf mich und auf uns.

Ich musste mich von ihr verabschieden.

»Garrett. Es tut mir so leid«, flüsterte ich.

Dann rannte ich los.

18. KAPITEL

Jo

Ich radelte, so schnell ich konnte, zum Schwimmbad, aber vor dem Eingang des Erlebnisbads standen schon Polizeiautos. Blaulicht blitzte auf, und die Sirenen in der Ferne sagten mir, dass noch mehr Cops auf dem Weg waren. Ich fuhr bis zur nordöstlichen Ecke um das Grundstück herum, ließ mein Fahrrad einfach fallen und kletterte über den Zaun. Dabei blieb ich am Maschendraht hängen und zerriss mir das Kleid. Noch ein Teil dieser Nacht, die perfekt hätte werden sollen, ging kaputt.

Der Himmel sah aus wie ein Bluterguss, dunkel und blaugrün. Der Wind heulte. Das Unwetter, von dem der Wetterbericht gesprochen hatte, war jetzt da. Der bisher nur leichte Regen wurde heftiger.

Evan stand am Rand des Pools, mit dem Rücken zu mir, und blickte ins Wasser. Dank der nächtlichen Beleuchtung des Erlebnisbads konnte ich sehen, dass sein Smoking dreckig war, hinten am Kragen war getrocknetes Blut.

»Evan!«, schrie ich gegen den heulenden Wind an und rannte zu ihm. Er drehte sich langsam um, und ich keuchte, als ich sein Gesicht sah, sein wunderschönes Gesicht, das geschwollen war und blutete.

Einen Moment lang sah er durch mich hindurch, als würde er mich nicht erkennen. Dann füllten seine Augen sich mit

Tränen. In der Hand hielt er die zerdrückten und schmutzigen Überreste einer weißen Blume.

»Es tut mir so leid«, flüsterte er. »Es ist meine Schuld. Ich hab alles kaputt gemacht, und du … Gott, du bist so wunderschön.«

»Evan, was ist passiert?« Ich fühlte Panik in mir aufwallen, obwohl Evan ganz ruhig wirkte. Besiegt. Ich packte seinen Arm. »Was ist passiert? Du musst mir sagen, was los ist. Ich hab bei euch einen Rettungswagen gesehen. Sie haben gesagt …«

»Garrett. Ich habe ihn schlimm verletzt. Es war ein Unfall, aber es ist trotzdem meine Schuld.« Evan blickte über meine Schulter, dann sah er wieder mich an. Er nahm mein Gesicht in die Hände, hielt es sanft, während der Wind heulte. »Ich muss jetzt gehen.«

Mein Herz brach. Hinter mir schepperten die Tore, und ich hörte laute Schritte.

»Jo, ich muss mit ihnen mitgehen. Aber ich finde dich. Das verspreche ich. Ich finde dich und komme zu dir zurück.«

Ich schüttelte den Kopf, verstand nicht. Ich wollte nicht verstehen, wollte es nicht einmal hören. Dann umzingelte uns die Polizei. Evan wurde von mir weggerissen und zu Boden gedrückt. Ein Cop presste ihm das Knie zwischen die Schulterblätter und legte ihm die Hände auf dem Rücken in Handschellen.

Sie führten ihn weg. Die Realität schlug mir ins Gesicht, und ich schrie: »Lassen Sie ihn in Ruhe!«

Ich rannte den beiden Polizisten hinterher, die Evan abführten, aber jemand packte mich grob am Arm und riss mich zurück. Es schüttete jetzt, goss in Strömen.

Evan sah über die Schulter zu mir zurück. Trotz seiner kummervollen Miene lächelte er. So traurig, so voller Liebe, erfüllt von dem, was hätte sein können.

Dann war er weg.

Die Polizisten standen um mich herum, brüllten mir Fragen entgegen, bis sie begriffen, dass ich nichts gesehen hatte. Ich war nur das Prom-Date. Die hysterische Freundin.

»Evan hätte ihn nie absichtlich verletzt! Es ist alles ein Irrtum! Eine Lüge! Bitte …«

Aber sie hörten nicht zu. Sie hörten mich, aber hörten nicht zu.

»Die haben ihn jahrelang schikaniert«, schrie ich, und mir flossen die Tränen. »Ich kann das bezeugen … Ich hab seine blauen Flecken gesehen … Ich kann Ihnen die Wahrheit sagen.«

Sie lächelten mich nur mitleidig an. Ein Cop bot mir eine Decke an. Ein anderer bot mir an, mich nach Hause zu fahren. Ich starrte sie an, hatte keine Worte mehr. Ich ging zu Fuß nach Hause. Das Fahrrad hatte ich vergessen. Es regnete weiter. Der Wind riss an meinem ruinierten Kleid, und der Zopf löste sich endgültig auf. Blitze schrien am Himmel.

Ja!, schrie ich zurück.

Der Sturm wütete für mich, zerriss den Himmel und weinte für Evan.

Ich stolperte ins Haus, durchnässt und zitternd, und ging hoch in mein Zimmer. Auf meinem Schreibtisch lag das Liebesgedicht, das Ms. P mir aufgegeben hatte, fertig, um abgegeben zu werden.

Mein Blick fiel zufällig auf einen Vers.

Er berührt mich und ich denke
so fühlt sich Hoffnung an

Regenwasser troff aus meinem Haar auf die Seite und ließ die blaue Tinte verlaufen. Ich nahm das Gedicht und zerriss es.

Und noch einmal. Und noch einmal. Ich riss es in Fetzen und wischte die Papierfetzen vom Schreibtisch. Ich nahm mir ein neues Blatt und fing an zu schreiben.

An den Tagen nach Evans Verhaftung kämpfte ich um ihn, so gut ich konnte. Ich machte eine Aussage, redete mit Evans Pflichtverteidiger. Aber es war zu spät, und ich war zu schwach.

Die Staatsanwaltschaft hatte die Akte der Woodside-Klinik. Sie hatte die Aussagen von Evans Brüdern. Sie hatte die Trauer einer Mutter, die nichts sah außer dem entstellten Gesicht ihres Sohnes, und kein Wort von dem kleinen Jungen, der noch im Koma lag und nicht erzählen konnte, was wirklich passiert war.

Harris Salinger sagte aus, dass Evan in den letzten Wochen untypisch kühl und distanziert zu Garrett gewesen sei. Shane berichtete ausführlich, wie Evan versucht hatte, ihn, einen schwachen, behinderten Jungen, zu erwürgen. Außerdem hätte er ihm die ganze Zeit gedroht: »Ich bring dich um!« Und dann zeigten Jared Piltchers Eltern Evan wegen tätlichen Angriffs an.

All das legte man Evan zur Last, Anklagen über Anklagen, und ich konnte nichts tun, um es aufzuhalten.

Evan wartete im County-Gefängnis auf seine Verhandlung. Seit er in Gewahrsam war, durfte ich ihn nicht besuchen oder anrufen. Ich wandelte durch die Flure der Highschool wie ein Gespenst. Ich redete mit niemandem, und niemand redete mit mir. Nicht einmal Marnie oder Adam. Getuschel folgte mir durch die Flure, und es klang zwar weich und nicht bedrohlich, traf mich aber mitten ins Herz.

Planerville war weniger diskret. Die Stadt tratschte, bis sie heiser war. Stieß einen kollektiven Seufzer der Erleichterung aus, als das Urteil fiel und Evan zu fünf Jahren in der Justizvollzugsanstalt North Central verdonnert wurde. – Ein Urteil, das ihm jede Chance nahm, Feuerwehrmann zu werden. Das seine Träume zerstörte und zu Staub zermalmte. Ich konnte mich nicht einmal von ihm verabschieden.

Ich gab die finale Version meines Liebesgedichts bei Ms. Politano ab.

Ich wartete, bis die Klasse draußen war, dann ging ich nach vorn und legte ein zerknittertes und tränenbeflecktes Blatt auf ihr Pult. Das Haar hing mir strähnig und ungewaschen ins Gesicht. Ich hatte Evans blau-schwarz kariertes Flanellhemd Tag und Nacht getragen, und die Bündchen waren sichtlich dreckig.

»Jo«, sagte sie traurig und ernst. »Ich wollte mit dir über Evan reden. Ich wollte nur sagen …«

»Da«, sagte ich und schob das Blatt näher zu ihr hin. »Das ist meine Extraaufgabe. Damit ich den Abschluss machen kann.«

Sie nahm das Blatt auf, und ich sah, wie sie die ungleichmäßig hingeschriebenen Worte überflog, die sich über die Seite ergossen wie ein launischer Wasserfall.

»Es ist ein ziemliches Chaos«, sagte ich dumpf. »Es hat keine Form und keine Struktur. Aber es ist die Wahrheit. Das muss etwas zählen, oder?«

Sie ließ das Blatt langsam sinken und sah mir in die Augen. »Ja, das tut es, Josephine.«

Ich nickte, wollte mich zwingen, nicht zusammenzubrechen, und schlang die Arme um mich. Aber die Tränen kamen trotzdem. Ich hörte den Stuhl über den Boden kratzen, dann war Ms. P da und umarmte mich. Ich klammerte mich an sie. Schwere, erschütternde Schluchzer zerrissen mich.

Ich heulte und heulte, aber es würde immer noch mehr Tränen geben. Irgendwann löste ich mich aus Ms. Ps Umarmung, verließ ohne ein weiteres Wort den Klassenraum und ging den Flur entlang aus der Schule.

In Planerville oder in Iowa gab es nichts mehr, jetzt, da Evan für mich verloren war. Wir hatten an der Schwelle von etwas Schönem gestanden. Etwas Außergewöhnlichem. Und dann war es uns so gewaltsam entrissen worden, dass ich daran zerbrach und mich selbst Jahre später kaum wiedererkannte. Ich verlor Evan, und ich verlor mich selbst. Verblasste wie ein Foto, das zu lange in der Sonne gelegen hatte.

Es heißt, die, die wandern, sind nicht verloren. Aber ein paar von uns sind es. Wir sind einfach verdammt verloren, wandern, bis unsere Füße bluten, und es fühlt sich an, als würden wir nie wieder den Weg nach Hause finden.

Nie hab ich dir gesagt

Es füllt ein ganzes Buch, was ich dir nie gesagt hab,
oder die Zeilen eines Gedichts
oder ein leeres Schwimmbecken
oder ein leeres Zimmer
mit ausgeblasenen Kerzen.

Nie hab ich dir gesagt,
wie mein Bild in deinen Augen
das einzige Spiegelbild war, das zu erblicken ich ertrug,
oder wie ich täglich kämpfte,
um das Mädchen, das ich bin, zu dem Mädchen zu
 machen, das ich dort sah.
Ich wollte atmen in den Worten, die du mir gemacht hast:
schön
mutig
tapfer.

Ich wollte das für dich sein, obwohl
sie so viel wogen vor Unmöglichkeit.

Nie hab ich dir gesagt,
wie sehr ich fürchtete, meine harten Kanten wären
  zu scharf für dich,
und wie ich kämpfte, um sie stumpf zu machen,
die Mauern einzureißen
dich hineinzulassen
ohne dich zu verletzen, weil ich nie ertragen könnte,
  dir wehzutun
wie die anderen.
Jeden Tag
brannte ein wilder Stolz in mir.
Ich hatte so ein Glück, die Wahrheit zu kennen,
ich empfing dein Leuchten,
ich sonnte mich darin und fühlte mich besonders.
Und gäb es nicht den Schmerz deiner Einsamkeit,
wär ich froh gewesen, die Einzige zu sein

Nie hab ich dir gesagt,
dass mir zum Lachen und Weinen und Singen war,
  wenn du mich berührtest,
alles gleichzeitig.
Wie deine Hand auf mir, wo Grausamkeiten
sich noch nicht gehäutet hatten,
wo Hautzellen die schlimmsten Berührungen erinnerten,
wie eine Flut war, die über roten Sand spült
und ihn ganz heil und glatt zurücklässt.
Du hast meine Haut vergessen lassen,
mir neue Erinnerungen geschenkt,
neue Empfindungen, ohne Schatten der Vergangenheit.

In deinen Armen konnt ich wieder anfangen,
neu anfangen.
Es gibt kein größeres Geschenk auf der Welt
als dich
für das Wrack,
das ich bin …

Nie hab ich dir gesagt,
wie ich mir wünschte, deine blauen Flecken wegzuküssen,
bis keine Spuren mehr zu sehen wären,
keine Schatten deines eigenen Leids.
Dich Stück für Stück wieder zusammenzusetzen,
die Risse zu versiegeln,
sie verschwinden zu lassen, als hätte es sie nie gegeben,
und niemals, wirklich nie
eine Narbe zu hinterlassen.

Nie hab ich dir gesagt,
ich würde deinen Schmerz auf mich nehmen,
wenn das ginge,
ich würd ihn trinken
und meinen Trost daraus ziehen,
dass er dir etwas weniger wehtut
für kurze Zeit.
Hab ich das?
Ich werd es nie erfahren, weil ich dir nie gesagt hab,
dass ich dich liebe.

Ich liebe dich.
Ich liebe dich.
Ich liebe dich.

Und jetzt ist es dafür zu spät,
für Worte ist die Zeit vorbei,
so lächerlich und klein und schwach
übers Telefon,
auf einem Stück Papier
verhungernd.
Ohne meine eigene Kraft,
meine Stimme,
meinen Atem,
das Blut, das in meinen Adern für dich singt,
um ihnen Macht zu geben,
sind sie verloren.

Ich liebe dich.
Es ist zu spät, aber ich liebe dich.
Und es tut mir leid,
dass ich es nie gesagt hab.

2. TEIL

Nachtreisender

Alles, was man vergessen hat,
schreit im Traum um Hilfe.

Elias Canetti

Evan

Ich träume von einem Fluss. Ich werde von seiner Strömung getragen. Ohne ein Boot oder Floß. Ich bin bis zur Brust im kalten, dunklen Wasser, und der Fluss führt durch ein tiefes Tal oder einen Canyon. Hohe Felswände ragen über mir auf. Aus den Augenwinkeln sehe ich Menschen, Orte und Momente in der Zeit. Sie erscheinen auf dem Fels und verschwinden, wenn ich sie direkt ansehe. Ich erhasche nur einen flüchtigen Blick. Ein paar Fragmente.

Der Blauwal.

Der verrostete Clown.

Die schmelzende Turmspitze.

Erinnerungen.

Ihre, nicht meine. Auch sie wird von der Strömung getragen, und sie ist in zwei Teile gespalten, eine Hälfte hell und lebendig, die andere grau und dem Tode nah. Ich nehme sie mit in den Strom ihrer Erinnerungen. Wir machen zusammen eine Reise. Wir sind auf der Flucht. Sie wird von Männern aus ihrem kaputten und brutalen Leben gejagt, und ich muss sie beschützen. Sie aus dieser tiefen Schlucht herausziehen und in Sicherheit bringen.

Als das Licht der Morgendämmerung in den Canyon fällt, werde ich von einer heftigen Strömung unter Wasser gerissen. Es ist eine kalte, knochige Hand, die mich runterzieht. Ich strample in Richtung Oberfläche, aber der Sog ist zu stark.

Ich hänge irgendwo auf halbem Weg zwischen tiefem und flachem Wasser, meine Lungen sind kurz davor zu bersten …

Ich wache auf, schnappe gierig nach Luft, zittere so heftig, dass meine Pritsche quietscht. Meine Haut ist totenbleich, und ich hab eine Gänsehaut, als wäre ich in eiskaltem Wasser geschwommen. Der Traum schwebt am Rand meines Bewusstseins, und ich kann nur wenige Bruchstücke festhalten. Ich erinnere mich bloß an die Worte, die aus meinem Mund kommen.

»Norden«, sage ich laut und bin immer noch dabei, zu Atem zu kommen. Meine Zähne klappern. »Das Zentrum.«

Ich weiß nicht, was das bedeutet, weiß nur, dass Jo mich braucht. Sie ist in Gefahr. Oder sie leidet.

Sie verschwindet, wird grau, und ich muss sie finden, bevor es zu spät ist.

19. KAPITEL

Jo

Dolores, Louisiana
Vier Jahre später

Es war nicht viel los heute. Um zwei Uhr nachmittags war »Lee's Place« praktisch leer. Nur ein paar Nachzügler saßen gebeugt über Kaffee und fettigen Hash Browns. Ich war für heute fertig mit meinem Job, für den ich schwarz bezahlt wurde, und ging ins Hinterzimmer, um meine Schürze abzunehmen und das heutige Trinkgeld zu zählen.

Siebenundzwanzig Dollar.

Ich seufzte. »Scheiße.«

Patty erschien an der Tür zum Hinterzimmer und starrte mich aus harten grauen Augen an, als ob meine Schicht noch gar nicht vorbei wäre und ich einfach früher gehen würde. Ich verglich Patty Stevenson immer mit der Medusa und ihrem Haupt voll argwöhnischer Schlangen, die alles und jeden um sie herum genau beobachteten.

»Wo willst du hin?«, fragte sie.

Nach »geht dich nichts an«.

Ich zwang mich zu lächeln, als ich die Mutter meines Freundes ansah, allerdings ohne ihr direkt in die Augen zu sehen aus Angst, zu versteinern. »Ich muss ein paar Besorgungen machen. Einkaufen fürs Abendessen. Nichts Aufregendes. Du kommst doch, oder?«

In ihrer Kehle ertönte ein kratziges Geräusch, und sie tätschelte ihre platinblonde Dauerwelle. Meine hyperaktive Fantasie hörte das Zischen von Schlangen. Sie betrachtete meinen lockeren Pferdeschwanz und die Strähnen, die ich rauszog, um die Narbe zu kaschieren. Aus schmalen Augen musterte sie die Platzwunde an meiner Unterlippe, dunkel von geronnenem Blut.

»Du musst dich besser um Lee kümmern, verstanden?«, sagte sie und schob das Kinn vor. »Wenn er sich nicht ständig über dich aufregen müsste, würde er nicht handgreiflich werden, und du müsstest nicht so zur Arbeit erscheinen. Es geht nicht an, dass meine Angestellten aussehen wie Gesindel.«

»Ich weiß, Patty.«

Sie schniefte noch einmal. »Wir sehen uns bei euch zum Abendessen. Und denk dran, dass Lee sein Hühnchen gern schön knusprig mag.«

Als könnte ich das jemals vergessen. Das letzte Mal, als ich Hühnchen frittiert hatte, hatte Lee rumgeschrien, dass es »halbgare Pampe« sei. Ich hatte kaum der Pfanne mit dem heißen Fett ausweichen können, die er nach mir geworfen hatte, und hatte dann einen guten Teil der Nacht damit verbracht, das Fett von der Küchenwand abzuschrubben.

Patty ließ mich stehen, und ich zählte noch mal mein Trinkgeld. Ich rechnete ein bisschen rum, stopfte zwanzig Dollar in mein Portemonnaie und die übrigen sieben in meine Jeanstasche. Sieben Dollar plus die fünfzehn, die ich vorher schon gespart hatte, reichten nicht, um eine Fahrt zu Del zu rechtfertigen. Aber wenn Patty und ein Haufen von Lees Arschlochfreunden heute zum Abendessen kamen, brauchte ich mentale Unterstützung und Dels Freundschaft, um das durchzustehen.

Ich ging durch die Küche raus und verabschiedete mich von den Jungs.

»Bis dann, Jungs.«

»Bis dann, Süße«, rief Hector am Grill.

»Pass auf dich auf, JoJo«, sagte Jeremiah an der Spülmaschine.

Ich steckte mir ihr fröhliches Lächeln zu den sieben Dollar in die Tasche.

Draußen legte sich Louisianas feuchte Julihitze wie ein heißes Handtuch auf mein Gesicht. Ich stapfte zu meinem Auto und bemerkte Pattys Avalon auf dem Parkplatz daneben. Ein Avalon war das absolute Alte-Damen-Auto, aber ich hätte es mit Kusshand gegen meinen alten, abgeranzten Ford Malibu getauscht. Ich hatte ihn vor drei Jahren gekauft. Hässliches Lila ohne Klimaanlage und fast 250 000 Kilometer auf dem Buckel. Es war der einzige Wagen gewesen, den ich mir hatte leisten können.

Man sollte denken, dass ich an der alten Karre hängen würde, nachdem wir so viel zusammen durchgemacht hatten. Aber sie hatte mir mehr als einmal als Zuhause gedient. Der schäbige Innenraum barg zu viele Erinnerungen an Nächte voller Angst: wie ich versucht hatte, es mir auf dem schmalen Rücksitz gemütlich zu machen, und die Schatten im Auge behalten hatte, die draußen um den Wagen gingen, reinguckten, klopften und die verschlossenen Türen testeten.

Ich schwöre, ich kriegte jedes Mal eine Gänsehaut, wenn ich mich hinters Steuer setzte.

Ich bog auf die 20 West nach Choudrant ein und fuhr zwanzig Minuten lang auf dem fast leeren Highway. Zu beiden Seiten nichts als hohe Bäume, die in der Sommerhitze flirrten, die ich als »grüne Hitze« bezeichnete. Der Sommer hier verwandelte Louisiana in einen Regenwald. Ich hatte ein Gedicht darüber angefangen, als ich vor einem Jahr hergekommen war.

Aber dann hatte sich der süße Typ, den ich datete und bei dem ich gerade eingezogen war, als soziopathisches Monster mit Benzinatem entpuppt. Plötzlich schien ein Gedicht über Pflanzen einfach nur lächerlich.

Während der kurzen Zeit als Obdachlose hatte ich noch Gedichte geschrieben, aber als Lee Stevenson mich das erste Mal schlug, hörte ich auf. Als wäre ein Ventil zugedreht worden oder mit Dreck verstopft. Seitdem hatte ich nichts mehr geschrieben.

Ich bog in eine schäbige Einkaufsstraße mit Tankstelle und Minimarkt ein. Hoch oben über dem kleinen Boxenstopp blinkte auf einem müden roten Neonschild immer wieder *The Rio* auf, leicht gedämpft durch das Tageslicht.

Der Kies spritzte unter den abgefahrenen Reifen zur Seite, als ich meine kleine Rostlaube auf den fast leeren Parkplatz des *Rio* lenkte. In der Bar war es nicht viel kühler als draußen, aber die Neonlichter strahlten hell: Regenbogen über Regenbogen und eine schlüpfrige kleine Comicfigur, die vor einer stehenden Comicfigur kniete; der Kopf der knienden Figur ging vielsagend an und aus. Ich liebte es. Die Farben und das Licht und das Gefühl von Sicherheit, das ich hier hatte.

Ein paar Stammkunden beugten sich an der Bar über ihre Drinks. Sie hatten mich mit einer Mischung aus Argwohn und Angst kommen sehen. Irgendwie war es dafür, dass diese Jungs immer noch Angst haben mussten, hier entdeckt zu werden, ein ziemlich später Zeitpunkt in der Menschheitsgeschichte. Ich fragte mich oft, warum Dellison Jones (aka Del del'Rio) beschlossen hatte, hier an der verlassenen, einsamen Landstraße diesen Laden zu eröffnen statt in einer pulsierenden Metropole.

»Es ist eine Oase, Schatz«, hatte Del gesagt. »Nicht jeder schwule Mann hat die Zeit oder das Geld, um jedes Mal seinen

Arsch nach New Orleans zu schwingen, wenn er ein bisschen Gesellschaft haben will.«

Ich fand das ziemlich mutig. Jedenfalls war das *Rio* jetzt auch *meine* Oase. Ein sicherer Ort.

Del stand in voller Montur hinter der Bar. Toupierte platinblonde Perücke und riesige Goldkreolen an den Ohren. Ihr Siebziger-Disco-Anzug glitzerte, ihr Make-up war absolut übertrieben und makellos. Sie hätte RuPaul Konkurrenz machen können, hätte sie sich woanders niedergelassen und nicht in dieser Sackgasse im Nirgendwo.

Del polierte Gläser, plauderte mit den Kunden und bewegte zwischendurch die Lippen zu Gloria Gaynors »I Will Survive«. Als sie sah, wie ich mir einen Hocker an die Bar zog, schrie sie begeistert auf.

»Sieh dich an«, rief sie, ihre Zähne strahlend weiß im Kontrast zu der dunklen Haut. »Was für ein Anblick für meine entzündeten Augen. Wie geht es dir, Süße?« Sie beugte sich über die Bar und streckte die Arme nach mir aus, als sie den blutigen Riss in meiner Lippe sah und abrupt innehielt. »Oh. Ich weiß genau, wie es dir geht.« Ihr Lächeln verschwand, und ihre Augen blitzten wütend auf. »Das Arschloch hat wieder Meth genommen?«

»Ja«, murmelte ich. »Irgendwie ist er an Stoff von ’nem neuen Dealer gekommen und versucht nebenbei selbst was zu kochen. Die letzte Woche war nicht gerade Friede, Freude, Eierkuchen.«

Es fühlte sich auf eine gute Art merkwürdig an, zu Del ehrlich zu sein. So offen und in einem normalen Tonfall über Lee zu reden. Bei Del zu sein war, wie eine schwere, erstickende Rüstung abzulegen. Und ihre anderen Kunden hatten nichts von mir zu befürchten. Ich kam in Frieden und suchte dasselbe wie sie: eine Zuflucht.

Del betrachtete ihre Fingernägel. »Ich nehme nicht an, dass du auf einem letzten Stopp auf dem Weg aus der Stadt hier vorbeigekommen bist?«

Ich legte den Kopf schief und sah sie trocken an. »Sehe ich irgendwie dumm aus? Verzweifelt, schwach und traurig schon, aber …«

»Ach, halt den Mund. Das bist du alles nicht.«

»Darüber lässt sich streiten. Egal, ich bin nur hier, um etwas auf mein Sparbuch bei der Del-Bank einzuzahlen.«

»Klar«, sagte Del und betrachtete mit einem schiefen Grinsen die zweiundzwanzig Dollar, die ich über die Bar schob. Sie schnalzte mit der Zunge und schüttelte den Kopf.

»Ich weiß, ich weiß, es ist lächerlich«, sagte ich. »Aber Lee würde merken, wenn ich mehr abzweige. Du weißt, wie es ist.«

Del legte sich den Acrylnagel an der Stelle auf die Lippe, wo ich die Platzwunde hatte. »Ja, Schätzchen, ich weiß, wie es ist.« Sie holte das Kassenbuch aus einer Schublade und blätterte nach hinten, wo sie meine Ersparnisse getrennt von der Buchführung des *Rio* notierte.

»Mit der Einzahlung heute hast du 433 Dollar. Nicht schlecht für drei Monate.«

»Aber nicht annähernd genug.« Ich fuhr mir mit den Händen durchs Haar, die Ellbogen auf die Bar gestützt. »Gott. Vierhundert Dollar. Das ist gar nichts.«

Del legte ihre warme Hand auf meine dürre, blasse. »Es ist gut, dass du das Geld herbringst, Süße. Und ich hatte zufällig selbst einen guten Monat …«

»Nein, Del«, sagte ich scharf und zog die Hand weg.

»Oh, doch«, erwiderte Del. »Ich hab ein bisschen was übrig, und das wandert direkt in den Josephine-Clark-Flucht-Fonds. Jeder verdammte Penny.«

»Ehrlich, Del, wir haben das doch schon besprochen. Ich erlaube das nicht.«

»Niemand *erlaubt* mir irgendwas, Schätzchen.« Ihr ernster Blick wurde zu einem Lächeln. »Ich mache, was ich will, weshalb dieses prächtige Etablissement überhaupt noch steht.«

Ich erwiderte das Lächeln nicht. Es war nicht nur eine Frage des Stolzes oder die Tatsache, dass ich wusste, dass Del es gerade so schaffte. Von Weitem funkelten ihre Discokugeln und die glitzernden Modeklunker, aber aus der Nähe war alles nur billiges Plastik. Sie brauchte jeden Dollar selbst. Ihre Hilfe fühlte sich an, als würde jemand sein schwerverdientes Geld dafür ausgeben, eine Loserin aus dem Gefängnis freizukaufen. Und ich sollte weder in diesem Gefängnis sein noch jemand anderen für diesen Riesenfehler bezahlen lassen.

»Lass es, Del«, sagte ich, und meine Stimme übertönte Gloria Gaynors wunderbare Frauenpower-Hymne. »Ich muss das allein schaffen. Sonst kann ich mich nicht mehr im Spiegel ansehen.«

»Hochmut kommt vor dem Fall.« Sie stemmte die Hände in die Hüften, und ihr Lächeln verblasste. »Und wie soll *ich* mich im Spiegel ansehen, wenn dieser Idiot dich totprügelt? Wie sollst du arbeiten und genügend Geld verdienen, um auf deinen eigenen zwei Beinen hier rauszumarschieren, wenn dieser Junkie dir die Knochen bricht?«

»Ich pass schon auf mich auf. Ich will nicht, dass du auch nur einen einzigen Dollar in diesen Fonds einzahlst, Del, ich meine es ernst. Tu mir das nicht an. Sei einfach nur meine Freundin. Okay?«

Sie sah aus, als würde sie protestieren wollen, dann presste sie die Lippen aufeinander, um die Worte zurückzuhalten.

»Mmh«, sagte sie, und mir war nicht entgangen, dass sie nicht zugestimmt hatte. »Tu, was du tun musst. Aber tu es schnell, hörst du? Sonst muss Del ihren herrlichen Arsch bewegen und ein paar Leuten den Schädel einschlagen, und du weißt genau, wie sehr ich es hasse, mir meine Nägel zu ruinieren.«

Ich schaffte es zu lächeln, auch wenn mir übel wurde bei dem Gedanken, dass Del und Lee sich begegneten.

Del hatte mir angeboten, bei ihr einzuziehen, als sie von meiner misslichen Lage erfahren hatte, aber ich hatte abgelehnt. Ich hatte schon einmal versucht, vor Lee wegzulaufen, ganz am Anfang. Ich hatte kein Geld gehabt und auch sonst nichts besessen. Ich war so panisch und fertig gewesen, dass ich sogar mein Auto zurückgelassen hatte und nach Westen getrampt war. Ich hatte es bis zu einem Frauenhaus in Calhoun geschafft, als Lee mich gefunden hatte.

Natürlich hatte ich es ihm viel zu leicht gemacht. Ich hatte vor dem Haus gestanden und eine Zigarette geraucht wie eine gottverdammte naive Idiotin. Niemals werde ich den Angstschauder vergessen, der mir den Rücken runterlief, als ich Lee vorfahren sah. Er musste kein Wort sagen. Er fuhr nur das Fenster runter und winkte mich zu sich. Sein Blick und die tödliche Kälte in seinen Augen sprachen Bände.

Siehst du?, sagten sie. *Ich hab dich gewarnt. Ich lasse dich niemals gehen.*

Auf der Fahrt zurück hatte Lee sich laut gefragt, ob Del mir wohl in den Kopf gesetzt hatte, einfach abzuhauen. Vielleicht sollten er und ein paar Kumpels zum *Rio* fahren und »die Schwuchtel mit ’nem Kanister Benzin und ’nem Streichholz aus der Stadt jagen«.

Nach dieser Drohung war nicht mehr daran zu denken, zu Del zu ziehen. Ich hatte mich selbst in die Scheiße reingeritten und musste mich auch selbst wieder rausziehen. Nicht andere mit mir in den Abgrund reißen.

Vielleicht hatte Del recht, und ich war zu stolz. Ich hielt gerade so eben durch. Lee nahm mir die Kraft, die ich brauchte, um einen Fuß vor den anderen zu setzen. Die Scham lastete schwer auf mir, und das hielt mich davon ab, um Hilfe zu bitten.

Nur nachts nicht, wenn ich allein bin und Lee schläft. Dann bitte ich Evan um Hilfe.

Ich kippte den Whisky runter, den Del vor mich hingestellt hatte. Als ob es mir irgendwas bringen würde, meinem Freund aus der Highschool in Gedanken Telegramme zu schicken.

Dels samtweiche Stimme riss mich aus meinen Grübeleien. »Ich weiß nur, dass du etwas brauchst, worauf du dich freuen kannst. Immer. Das gibt dir Hoffnung. Gibt dir etwas, wofür du morgens aufstehst.« Sie beugte sich über die Bar. »Ganz zufällig habe ich da diesen Kerl kennengelernt, der Dokumente fälscht. Hundertprozentig echt. Sozialversicherungsnummern, Führerscheine ... der kann dir sogar einen Pass besorgen.« Sie ließ die falschen Wimpern flattern. »Kennst du zufällig jemanden, der einen Pass braucht?«

Zum Grand Canyon kommt man auch ohne, wollte ich sagen. Aber selbst der Gedanke daran tat zu sehr weh. Als würde ich in einer alten Wunde herumstochern, die nicht heilte.

»Ich brauch keinen Pass«, sagte ich und dachte über diese neue Entwicklung nach. »Und wenn er so gut ist, wie du sagst, ist er bestimmt teuer.«

Del seufzte. »Das stimmt. Aber er besorgt dir alles, was du zum Verschwinden brauchst, Süße. Niemand würde dich finden. Eine neue Identität, ein neuer Name, alles.«

Ein Schmerz machte sich in meiner Brust breit. *Dann findet mich auch Evan nicht ...*

»Wie viel?«, fragte ich.

»Fünfhundert.«

»Scheiße, Del. Das hab ich nicht mal jetzt.«

»Deshalb musst du dir von mir helfen lassen.« Bevor ich protestieren konnte, brachte sie mich mit einem Blick zum Schweigen. »Ich weiß, du schämst dich, aber du musst mit diesem Quatsch aufhören, bevor du ernsthaft verletzt wirst. Lass mich verdoppeln, was du hast. Mein Teil geht an diesen Typen, damit du dein neues Leben bekommst, okay?«

»Del …«

»Mach es für *mich*«, sagte Del und wechselte in eine tiefere, männlichere Stimmlage, als sich Gefühle in ihren Augen zeigten. »Sonst sind eines Tages ganze Wochen vergangen, seit du das letzte Mal hier warst, und was mach ich dann? Vielleicht les ich auch einen Nachruf in der Zeitung, auf meine Freundin, für die ich nichts getan hab, außer ihr Geld aufzubewahren, das sie nie benutzt hat.«

Ich drückte den Daumennagel in eine alte Delle in der Theke. »Ich hasse, was ich bin. Wo ich stehe. Aber wenn ich ihn verlasse, werde ich wieder obdachlos sein. Ich kann nicht noch einmal obdachlos sein. Auf keinen Fall.« Gott, allein bei dem Gedanken lief mir vor Angst ein Schauder über den Rücken.

Del legte ihre große, manikürte Hand auf meine. »Das versteh ich, Baby, wirklich. Aber dass du dich schlecht fühlst … das ist seine Schuld. Du musst einfach alles geben und dich in Sicherheit bringen. Genau wie ich alles geben muss, was in dem Fall bedeutet, dein Geld zu verdoppeln – und zu sehen, was ich sonst noch erübrigen kann –, um dich da rauszuholen. Okay? Es reicht.«

»Ja, es reicht«, stimmte ich zu, ohne aufzusehen. Wenn ich sie jetzt angesehen hätte, hätte ich heulen müssen. Ich versteckte mich hinter meinen Haaren, bis ich meine Gefühle wieder unter Kontrolle hatte. Dann seufzte ich und wischte mir mit dem Handballen über die Augen. »Ich muss zurück.«

»Bleib noch auf einen Drink«, sagte sie sanft. »Heute ist Disco-Night, und diese Dancing Queen hier wird gleich den Laden rocken.«

Ich brachte ein Lächeln zustande. »Heute nicht.«

Sie seufzte. »Ist jedenfalls schön, dich zu sehen, Baby.« Sie streckte die Arme über die Theke aus und umarmte mich, und ich hielt sie fest, wollte nicht loslassen.

»Und pass auf dich auf«, flüsterte sie mir ins Ohr. »Und sieh nach vorn. Nie zurück. Durch den Nebel in den strahlenden Sonnenschein, okay?«

Ich zwang mich, sie loszulassen, wandte mich ab und räusperte mich. »Wir sehen uns nächste Woche.«

»So Gott will, Süße«, antwortete Del düster. »So Gott will ...«

Ich fuhr über das einsame Stück zweispuriger Landstraße zurück nach Dolores. Verwilderte Felder voll grünem Unkraut dehnten sich rechts und links aus, nur unterbrochen von verfallenen Häusern, die sich kaum aufrecht hielten, mit Wänden aus weißgestrichenem Holz oder verrostetem Wellblech.

Ich ließ die Gedanken zum Horizont wandern und fragte mich, wo ich hinwollte, wenn ich 500 Dollar gespart hätte. Eine neue Identität, ein neues Leben.

Ein neuer Name. Und dann wird Evan dich nie finden.

Sieh nach vorn, hatte Del gesagt. Nicht zurück in die Vergangenheit, wo Evan langsam in derselben grauen Vorhölle aus Erinnerungen versank, in der auch meine Mutter wohnte. Eine Sekunde lang sah ich mein Bild im Seitenspiegel: meine käsige Haut, die hervorstehenden Wangenknochen, die tiefliegenden Augen und die aufgeplatzte Lippe. Wenn Evan mich jetzt sähe, wäre er angeekelt von dem, was aus mir geworden war.

Wäre er nicht, flüsterte die Stimme der Hoffnung.

Ich ging aufs Gas, und mein kleines Auto stöhnte protestierend.

Na gut, dann bin ich eben für uns beide angeekelt.

Als die Sonne zu meiner Rechten sank, tauchten die Minimärkte und Fast-Food-Läden von Dolores am Horizont auf wie eine Ansammlung von Warzen. Ich rannte in ein Lebensmittelgeschäft und gab den Rest meines Trinkgelds für zwei Pakete Hähnchenschenkel und ein Kilo Bratfett aus. Dann fuhr ich zu dem Haus, in dem ich mit Lee wohnte – klein, zweistöckig, mit abblätternder Farbe und leicht zu seinem Nachbarn geneigt.

Lees Haus. Nicht meins.

Es war kein Zuhause, nur ein Dach über dem Kopf. Und nach dem Gespräch mit Del überlegte ich erneut, wie viel mir dieses Dach wert war.

Du musst verschwinden, Süße … Neue Identität, neuer Name, alles.

Aber dann kam mit aller Macht die Erinnerung an die Monate zurück, in denen ich obdachlos gewesen war. Monate, runtergebrochen auf Tage; Tage, runtergebrochen auf Minuten, weil man nie wusste, was von einer auf die andere passieren konnte. Die Gefahr war immer da und unvorhersehbar. Lees Gewaltausbrüche waren auch unvorhersehbar, aber wenigstens wusste ich grob, aus welcher Richtung sie kamen.

Die Entschlossenheit, die Del in mir geschürt hatte, geriet schon ins Wanken.

Die Haustür ging auf, und der zehnjährige Andre Wright, der drei Häuser weiter wohnte, taumelte auf die vordere Veranda. Seine Augen waren glasig, und er lächelte blöd. Ich knallte die Autotür zu und rannte zu ihm.

»Was machst du hier, Andre?«

»Bin nur ma' vorbeigekomm'«, lallte er und grinste benebelt.

Ich unterdrückte einen Fluch. »Hat Lee dir was von der Scheiße gegeben?«

»Ich war wegen Mama da, aber Lee … Er hat mir 'ne Kostprobe geschenkt.« Kichernd taumelte Andre an mir vorbei. »Ich fühl mich, als würd ich schweben …«

»Verdammt.« Ich stürmte die Treppe hoch. Andre hatte Haustür und Fliegengitter offen gelassen. Ich rannte hinein und knallte beides hinter mir zu.

Ich fand Lee in der Küche. Er hatte ein paar Schüsseln, einen Bunsenbrenner und ein paar der Haushaltschemikalien von unter der Spüle auf dem Tisch ausgebreitet. Seinen Laptop hatte er irgendwie dazwischen gequetscht. Ich konnte sehen, dass er die Seite eines Underground-Forums geöffnet hatte, auf der Leute sich austauschten, wie man am besten Meth kochte.

»Warum zur Hölle gibst du Andre was?«, fragte ich.

»Er ist ein Kunde.«

»Er ist *zehn*.«

Lee lachte leise, und seine Hände flatterten, zuckend wie verwundete Vögel, über dem improvisierten Methlabor. Er und die Gang von Arschlöchern, die er Freunde nannte, hatten die brillante Idee, sich in einen Club aus Walter Whites zu verwandeln. Sie würden ein Vermögen verdienen, erklärten sie, *genau wie im Fernsehen*. Schwachköpfe.

»Ausgerechnet jetzt kochst du?«, fragte ich. »Am helllichten Tag auf dem Küchentisch?«

»Kümmer dich um deinen Scheiß, Jo«, sagte Lee. Ich merkte ihm an, dass er von einem High runterkam. Seine Augen waren rot und glasig. Die dunklen Haare fielen ihm strähnig ins Gesicht, und seine Klamotten stanken nach Schweiß und Benzin. Er war groß, aber durch die Drogen hatte er einiges an Muskelmasse verloren.

Das war das Einzige, wofür ich den Drogen dankbar war.

Er hatte in letzter Zeit zu viel genommen. Die Highs dauerten nicht mehr an, weshalb er selbst produzieren wollte.

Jetzt guckte er mich an, und ich konnte geradezu sehen, wie seine Gedanken sich zu Argwohn und Vorwürfen umgruppierten. Ich wusste genau, was jetzt kam.

»Hey«, sagte er, als wäre ich gerade hereingekommen. »Wo warst du überhaupt? Ma hat gesagt, du bist um drei aus dem Diner weg.«

Scheiße, Patty. Lee machte ihr genauso viel Angst wie mir, und sie konnte sich nur schützen, indem sie mich als menschlichen Schutzschild benutzte. Ich warf es ihr nicht vor. Wir taten alle, was nötig war, um zu überleben. In Pattys Fall hieß das, andere runterzudrücken, um den eigenen Kopf über Wasser zu halten.

»Ich war unterwegs«, sagte ich.

»Mit wem?«

»Mit niemandem.«

Er schnaubte, drückte sich vom Stuhl hoch und taumelte auf mich zu.

Ich wich zurück. »Ich war einkaufen. Deine Mutter und die Jungs kommen heute zum Essen, schon vergessen?«

»Stell mich nicht auf die Probe, Frau«, knurrte Lee. »Du bist eine Lügnerin. Ich kann sie riechen. Die Lügen.«

Man kann Lügen nicht riechen, Arschloch.

Ich hielt die Tüten aus dem Laden hoch. »Kann ich jetzt kochen? Essen, meine ich?«

Er sah mich aus feuchten, hasserfüllten Augen finster an. Ich wich nicht zurück.

»Hast du über unsere kleine Meinungsverschiedenheit heute Morgen mit den Cops geredet?« Er fuhr mit dem Daumen über den Riss in meiner Lippe, dass er brannte.

Ich widerstand dem Drang, die Augen zu verdrehen. Das

einzige Mal, dass ich nach einer »Meinungsverschiedenheit« mit Lee blutig und benommen auf die Wache gegangen war, hatte man mich zu einem Officer nach Hause gebracht, wo seine Frau mich zusammengeflickt und belehrt hatte, wie gut es mir bei Lee ging – er hatte doch diesen beliebten Diner – und wie froh ich sein sollte, ihn zu haben. Das sagte sie, während sie mir einen Beutel gefrorene Erbsen auf das zugeschwollene Auge drückte. Lee hatte mich geschlagen, weil ich das falsche Bier gekauft hatte.

Wegen dem gottverdammten Diner war Lee ein großer Fisch im kleinen Teich von Dolores. Er hatte den Sheriff oben in Claiborne schon als Kind gekannt, und die hiesigen Officers waren alle seine Trinkkumpane. Von denen ein paar heute Abend vorbeikommen würden, um sich an der neuen Drogen-Unternehmung zu beteiligen.

»Ich hab nicht mit den Cops geredet«, sagte ich. »Und wenn ich es täte, würde ich ihnen eher erzählen, dass du einen Zehnjährigen mit …«

Lees Handrücken traf mich an der Wange. Schmerz explodierte in meinem Gesicht. Mein Kopf wurde zur Seite geschleudert, und ich ließ die Einkaufstüten fallen, blieb aber stehen.

»Das war für die Widerrede«, knurrte Lee. Er hob die Faust. »Das ist für die Drohung …«

Er holte ungeschickt aus. Ich duckte mich.

»Fick dich!«, schrie ich und schubste ihn so heftig, wie ich konnte, mit beiden Händen. Es war ein Glücksspiel: Der Rest meiner Kraft gegen den Rest der Drogen, die in seinem Blut zirkulierten.

Ich gewann.

Lee taumelte rückwärts und landete auf seinem Arsch. Ich rannte aus der Küche nach oben. Knallte die Badezimmertür zu und konnte abschließen, bevor Lee wie ein tollwütiger Hund durch den Flur stampfte und vulgäre Drohungen ausstieß. Ich ließ mich auf den Boden rutschen und stemmte die Füße gegen das Klo, um die Tür zuzuhalten. Mein Rücken erbebte, als Lee fluchend dagegen schlug und trat.

Ich kniff die Augen zusammen.

Evan. Wo bist du? Komm zu mir zurück. Ich kriege keine Luft …

Es klingelte. Patty war da. Oder Lees Freunde.

»Du kannst nicht ewig da drin bleiben«, sagte Lee und schlug ein letztes Mal mit der Faust gegen die Tür. Dann bewegte sich seine Stimme die Treppe hinunter. »Komm gefälligst runter, und mach unseren Gästen was zu essen, wie es sich gehört.«

Ich wäre lieber ewig im Bad geblieben, aber ich hörte Patty schreien, als Lee sie wegen des Essens anbrüllte, das ich kochen sollte. Wenn ich nicht runterging, würde sie allein mit diesem Rudel Hyänen klarkommen müssen.

Ich saß in der Falle.

Und schuld waren die Angst, die Straßen, Lee, seine Fäuste und seine Drohungen.

Ich hatte gedacht, dass ich inzwischen abgestumpft wäre, aber stattdessen war ich kurz davor auseinanderzubrechen. Irgendwann würde mir egal sein, ob ich in so viele Teile zerbrach, dass man sie nicht mehr zusammensetzen könnte.

Aber noch nicht.

Ich rappelte mich vom Badezimmerboden hoch und ging nach unten, um Abendessen zu machen. Frittiertes Hühnchen, extraknusprig.

So, wie Lee es mochte.

20. KAPITEL

Evan

Das weiße Haus leuchtete in der Dämmerung. Die Straßen waren ruhig und leer. Trotzdem hielt ich mich dicht neben den Büschen und blieb im Schatten, bis ich unter dem Esszimmerfenster war. Ein Viereck aus warmem, gelbem Licht. Durch das Fliegengitter konnte ich das Kratzen von Besteck auf Porzellan hören und empfand plötzlich Wehmut. Ein paar murmelnde Stimmen. Ich kam mir wie ein unheimlicher Irrer vor, so herumzuschleichen, aber ich musste es wissen. Ich musste es mit eigenen Augen sehen.

Vorsichtig blickte ich durch das Fenster. Sie waren noch beim Essen. Norma schob sich einen letzten Bissen in den Mund. Harris hatte sich wie immer hinter seiner Zeitung verbarrikadiert. Merle sah fetter und schweineähnlicher aus, als er sich Essen in den Mund schaufelte.

Shane saß neben ihm in einem Rollstuhl, der dicht an den Tisch herangeschoben war. Die Brust sah eingefallen aus unter dem Hemd. Seine Hände waren knochige Klauen, sein Gesicht käsig und abgemagert. Er starrte auf den Teller, den er nicht angerührt hatte. Der gemeine, listige Gesichtsausdruck, an den ich mich erinnerte, war wie eine alte Maske von ihm abgefallen. Er gab auf, jede Sekunde ein bisschen mehr. Es wäre ein Wunder, sollte er das Jahr überleben.

Mir wurde die Brust eng angesichts dieses Bildes des Verfalls. Zum millionsten Mal in vier Jahren wünschte ich, es wäre anders gelaufen zwischen mir und Shane.

Mein Blick wanderte über den Tisch zu meinem jüngsten Bruder, der jetzt elf war. Ich suchte nach Hinweisen auf seinen Gesundheitszustand. Ihm durfte nichts fehlen. Keine Behinderung, nichts, was ihn entstellte, keine Nachwirkungen des Traumas, das ich ihm vor vier Jahren zugefügt hatte.

Ich wartete und bemerkte, dass Norma ihm mehr Aufmerksamkeit schenkte als jemals zu meiner Zeit dort. Kleine Berührungen, nach denen alle Söhne der Salingers gierten: die Haare verwuscheln, eine Hand auf der Schulter. Garretts liebes Lächeln wirkte unverändert. Mein Herz zog sich zusammen, als er vom Stuhl aufsprang und seinen Teller in die Küche trug.

Perfekt.

Tränen der Erleichterung ließen die Szene verschwimmen. Ich lehnte mich mit dem Rücken an die Wand und rutschte nach unten.

»Es geht ihm gut«, flüsterte ich. »Gott sei Dank.«

Ich hielt an dem Trost fest. Ein wenig Nahrung für einen Verhungernden. Mein Pflichtverteidiger hatte mir erzählt, wie schlimm es um Garrett gestanden hatte, als ich eingesperrt gewesen war. Man hatte mich eingesperrt, *weil* es ihm so schlecht gegangen war. Zwei Wochen im Koma, Wiederherstellungschirurgie an Nase und Wangenknochen, dann Reha. So viel Leid für ein so kleines Kind.

Nichts würde jemals das Gefühl ausradieren, als mein Fuß in Garretts Gesicht gelandet war. Ich hatte mit aller Kraft zugetreten. Ja, ich hatte um mein Leben gekämpft, gegen Merle, der mir mit seinem Griff die Luft abdrückte, aber vier Jahre Gefängnis schien ein fairer Preis für das viele Leid, das Garrett meinetwegen durchgemacht hatte.

Vier Jahre fern von Jo.

Jo.

Ich komme, dachte ich, und das dachte ich jeden Tag, seit ich aus dem Jugendgefängnis ausgebrochen war. *Ich komme, Jo, halt durch.*

Ich schlich hinten ums Haus herum zu der freistehenden Garage, setzte mich daneben und wartete, dass die Stunden vergingen. Mein Zweitschlüssel lag unter einem Terrakottatopf im Garten, genau, wo ich ihn vor vier Jahren hinterlegt hatte. Ich drehte ihn in den Händen, bis es ruhiger wurde, wartete, bis die Salingers das Licht löschten. Dann wartete ich zur Sicherheit noch ein bisschen länger.

Irgendwann stand ich auf und schlich noch einmal zum Esszimmerfenster an der Seite des Hauses. Sie hatten es offen gelassen. Ich konnte fast lautlos das Fliegengitter öffnen, obwohl jedes Geräusch verstärkt wird, wenn man das Gesetz bricht.

Ich schlich in mein Zimmer hoch, und es war genau, wie ich es hinterlassen hatte. Wahrscheinlich hatte niemand einen Fuß hineingesetzt, seit man mich verhaftet hatte. Ich kniete mich hin, nahm die lose Diele unter dem Bett hoch und zog die kleine Kassette heraus, erleichtert, dass sie noch da war. Darin war das ganze Geld, das ich von meiner Arbeit in der Werkstatt gespart hatte. Harris hatte mich immer schwarz bezahlt, wegen der Steuern. Ich besaß 1112 Dollar. Nicht gerade ein Vermögen, aber genug, um Jo zu holen und mit ihr wegzugehen.

Dann schlich ich mich wieder aus dem Haus, befestigte das Fliegengitter wieder am Fenster und ging leise in die Garage, wo noch mein alter roter Chevy-Pick-up stand. Ob er noch lief? Wenn ihn in den letzten vier Jahren niemand gefahren war, wäre die Batterie Schrott und ich am Arsch. Aber als ich durchs Fenster blickte, stand ein leerer Kaffeebecher im Halter neben der Schaltung, und die Zeitung von gestern lag auf der Beifahrerseite.

Vielleicht nutzten sie den Wagen für Besorgungen. Vielleicht würden sie ihn Garrett geben, wenn der sechzehn würde. Noch etwas, was ich ihm vielleicht wegnahm, aber es ließ sich nicht ändern. Jo brauchte mich, und ich konnte nicht warten. Ich hatte schon jetzt das Gefühl, zu spät zu kommen.

Und, verdammt, es war mein Auto. Ich hatte mit meinem mühsam verdienten Geld dafür bezahlt. Der Pick-up gehörte mir.

Ich schloss die Fahrertür auf und rutschte mit dem halben Arsch auf den Sitz, einen Fuß auf der Bremse, den anderen noch auf dem Boden. Langsam ließ ich die Bremse los, und der Wagen rollte rückwärts. Der Kies, der in der Einfahrt lag, knirschte so laut, dass ich mir sicher war, jeden Moment würde oben hinter den Fenstern das Licht angehen.

Aber sowohl die Straße als auch das Haus der Salingers blieben dunkel. Als ich den Pick-up auf der Straße hatte, sprang ich ganz rein und drehte den Schlüssel im Zündschloss. Der Motor erwachte brummend zum Leben.

Ich hätte einfach fahren sollen, aber ich blickte zurück zu dem großen weißen Haus, das drei Jahre lang mein Zuhause gewesen war. Eine alte Trauer um das, was hätte sein können, was gewesen war und was nie sein würde, erfüllte mein Herz. Aber ich spürte auch den Zeitdruck. Ein einzelner Gedanke war stärker als die Wehmut: Jo braucht mich.

Stumm verabschiedete ich mich von Garrett und betete – zu wem auch immer –, dass sein Leben lang und glücklich sein möge. Vielleicht würde er es schaffen, sich nur an das Gute aus unserem Leben als Brüder zu erinnern.

Ich fuhr los und blickte nicht zurück. Nur nach vorn. Zu Jo.

21. KAPITEL

Jo

Man konnte wohl sagen, dass das Geschäftsdinner ein Erfolg war. Lee und seine ungehobelten Kumpel tönten lautstark von ihren grandiosen Plänen. Es wurde beschlossen, dass sein Freund Warren Jeffries seinen Draht ins Gemeindebüro nutzen sollte, um ihnen die Cops vom Hals zu halten. Ron Barlow würde mit Hilfe seines Fuhrunternehmens den »Vertrieb« regeln. Patty bemühte sich redlich, so zu tun, als fände sie es in Ordnung, im Großraum Dolores Crystal Meth zu vertreiben. Ich versuchte, hier und da einen Bissen zu essen und mehr oder weniger unsichtbar zu bleiben, bis ich nach oben verschwinden konnte.

Noch spät in der Nacht hörte ich Lee unten auf und ab gehen und ein intensives Gespräch mit sich selbst führen. Ich wusste, er brauchte dringend Stoff und ging praktisch die Wände hoch. Dann kamen die unverwechselbaren Geräusche des Kochens. Bald zog der Geruch nach Ammoniak und faulen Eiern nach oben, gefolgt von dem wütenden Klirren von zerbrochenem Glas – typischen Anzeichen eines Misserfolgs.

Ich wachte immer wieder auf, weil ich Angst hatte, dass Lee das Haus unter mir abbrennen würde. Als es dämmerte, schlich ich nach unten. Lee war mit einer Flasche Whisky auf dem Schoß auf der Wohnzimmercouch eingepennt.

Die Küche war eine verdammte Katastrophe, der Tisch ein Chaos aus Bierflaschen, Hühnerknochen und Großpackungen mit Haushaltschemikalien. Mein knurrender Magen verstummte. Es war sinnlos, hier ein Frühstück zusammenkratzen zu wollen. Das Diner war sowieso die bessere Alternative. Ich würde Lee noch ein bisschen länger in seinem bewusstlosen Zustand lassen und hoffen, dass der Alk das Verlangen nach dem nächsten High dämpfte.

Ich war eine halbe Stunde zu früh für meine Sieben-Uhr-Schicht. Patty war schon da und goss Ketchupflaschen zusammen. Sie hatte mir den Rücken zugewandt, aber in meiner Vorstellung zischten mich ein paar ihrer Medusenhaupt-Schlangen an.

»Du bist früh dran«, sagte sie, als sie mich sah. »Hast du dich um meinen Jungen gekümmert? Ihm Frühstück gemacht?«

»Er hatte keinen Hunger.« Ich ging ins Hinterzimmer.

Patty folgte mir. »Warum nicht? Er ist ein Mann. Männer müssen essen.«

Ich drehte mich um und sah ihr erschöpft, aber hart in die Augen. »Als alle gestern weg waren, ist er high geworden. Dann hat er sich runtergetrunken, ist auf der Couch eingepennt, und da hab ich ihn liegenlassen.«

Patty richtete sich auf und schnaubte, verschränkte die Arme über der knochigen Brust. Sie hasste es, dass sie ihren Sohn an die Drogen verlor. Ihre Sorge war die einer Mutter, aber auch praktischer Natur: Offiziell war Lee der Besitzer des Lokals. Bevor das Crystal sein Leben übernommen hatte, hatte er selbst an der Kasse gestanden und mit den Gästen geplaudert. Jetzt managte Patty das Diner und machte zu viele Doppelschichten für eine Frau, die auf die siebzig zuging. Ich half oft aus, auch um mehr Geld für meine Flucht zu sparen, aber wenn Lee nicht auftauchte, blieb die Arbeit trotzdem an Patty hängen. Sie saß wie ich in der Falle. Und ihre einzige Bewältigungsstrategie war, ihren Frust an mir auszulassen.

»Du musst dich um meinen Jungen kümmern«, schimpfte sie. »Das ist dein Job. Das ist der einzige Grund, weshalb du *diesen* Job hast. Du musst dafür sorgen, dass er glücklich ist. Verstanden?«

Ich verstand. Und ich sah. Das Mauergrau ihrer Augen zerbröckelte vor Verzweiflung. Als Patty aus dem Hinterzimmer stolzierte, tat sie mir fast leid.

Der Frühstücksbetrieb war in vollem Gange. Ein halbes Dutzend Tische war besetzt; Patty übernahm eine Hälfte des kleinen Diners, ich die andere.

Ich fing an einem Tisch auf meiner Seite an, an dem ein einzelner Typ seine Nase in die Karte steckte.

»Morgen«, sagte ich. »Wissen Sie schon?«

Er legte die Karte weg, sah zu mir hoch und lächelte. »Hi, Jo.«

Er lächelte dieses wunderschöne Lächeln, und ich fühlte mich wie ein Geschenk, das ihm in den Schoß gefallen war.

»Hi, Jo.«

»Hi Evan«, sagte ich, und dann küssten wir uns.

Mir fiel der Notizblock aus der Hand. Der Stift prallte vom Tisch ab, landete auf dem Boden und rollte weg.

Evan.

Hier. Genau hier. Jetzt.

Mit offenem Mund starrte ich diese Fata Morgana an. Mein erschöpftes Gehirn versuchte herauszufinden, ob er real war oder ein Gebilde meiner verzweifelten Einbildungskraft.

Sein Gesicht war markanter, aber auch schmaler. Sein Kiefer quadratisch und von Bartwuchs überschattet. Das blonde Haar war etwas länger und zu einem kurzen Pferdeschwanz gebunden, der sich auf dem Kragen seiner Jeansjacke einrollte.

Breitere Schultern in der Jacke. Muskulösere Arme vor sich auf dem Tisch.

Sein Körper hatte sich verändert, aber seine Augen hatten dieselbe himmelblaue Farbe. Schöne, gütige Augen. Ohne Argwohn oder Verachtung. Frei von Drogen und nicht glasig. Sie sahen müde aus, als hätte er in den letzten vier Jahren mehr gesehen, als er gewollt hatte. Ich kannte diesen Blick. Ich sah ihn selbst jeden Morgen im Spiegel. Und jetzt in Evans warmherzigen, müden Augen.

Evan.

Der wunderschöne Junge, den ich gekannt hatte, jetzt verwandelt in einen auf raue Art gutaussehenden zweiundzwanzigjährigen Mann. Dieselbe Güte in den Augen, diese angeborene Freundlichkeit, die er ausstrahlte. Lange erprobt und ein bisschen fadenscheinig geworden, aber noch vorhanden. Eine Welle von Gefühlen überflutete mich. Erinnerungen blitzten auf, Bruchstücke von Empfindungen. Das Gefühl von Sicherheit, von Geborgenheit, von *Glück* …

Evan Salinger starrte mich an, und ich starrte ihn an. Alles, was wir gehabt und verloren hatten, schwebte direkt hier zwischen uns. Ich musste nur durch diese Wolke aus Zeit und Erinnerung greifen, ihn berühren und es zurückholen …

Unwillkürlich hob ich die Hand, streckte die Finger aus.

»Evan«, flüsterte ich.

»Ja, Jo«, flüsterte er zurück.

Er hob die Hand; fast berührten sich unsere Finger. Dann hörte man lautes Gelächter an einem Tisch in Pattys Bereich, und plötzlich drang das Diner wieder in mein Bewusstsein. Ich riss meine Hand weg und sah mich um, das Blut raste durch meine Adern.

»Was machst du hier?«, sagte ich, schnappte nach Luft und versuchte, ruhig zu bleiben.

»Du hast mich gerufen«, sagte Evan.

»Ich … ich hab dich gerufen?«

»Kannst du dich zu mir setzen? Einen Kaffee mit mir trinken?«

Ich wollte mich schon auf den Stuhl ihm gegenüber setzen, und, verdammt, es fühlte sich an, als würde ich in ein Rettungsboot klettern, während das Schiff schon sank. Aber bevor ich die Sitzfläche berührte, fiel mir wieder ein, wo ich war. Ich sah mich um. Patty warf mir einen stechenden Blick zu. Mehr Sorgen machte ich mir allerdings über ihre spitze Zunge.

Ich hob Block und Stift vom Boden auf und hätte mir fast den Kopf am Tisch gestoßen, als ich mich wieder aufrichtete. »Das geht nicht.« Ich setzte den Stift aufs Papier. »Was kann ich dir bringen?«

Evans Blick war meinem zu Patty und wieder zurück gefolgt. Er nickte und sagte: »Spiegeleier, Bacon und Kaffee.«

»Hab ich.« Ich notierte die Bestellung, und meine zitternde Hand verwandelte meine normalerweise saubere Handschrift in Gekritzel.

»Jo …«

»Du solltest nicht hier sein«, flüsterte ich und eilte davon.

Rasch legte ich Evans Bestellung in die Durchreiche und spürte immer noch Pattys Blick. Ich atmete mehrmals tief ein und zwang meine Nerven, mit diesem unruhigen Geflatter aufzuhören. Aufregung, Angst, *Hoffnung* – ich war erfüllt von einem verkorksten Cocktail aus Emotionen.

Zwar kriegte ich es hin, die anderen Kunden zu bedienen, doch fühlte ich mich die ganze Zeit wie magnetisch von Evan angezogen. Ich wollte ihm nah sein. Sah mich nach ihm um, nahm seinen Anblick in mich auf, konnte nicht glauben, dass er kein Geist war, der sich, sobald ich wegsah, in Luft auflöste.

Ich brachte ihm die Bestellung und stellte langsam den Teller vor ihn. Ich nahm die Ketchupflasche, schob ihm Salz- und Pfefferstreuer hin. Alles, um den Moment zu verlängern.

»Warum bist du hier?«, flüsterte ich.

»Ich hab doch gesagt ...«

»Verarsch mich nicht, Evan. Ich hab dich nicht *gerufen*. Ich hab nicht mal deine Nummer. Ich weiß nicht, wo du warst, oder ...« Mir kam ein schrecklicher Gedanke. »Moment mal. Du solltest fünf Jahre absitzen. Es sind erst vier vergangen. Du bist doch nicht ...?«

»Ich bin raus, weil du mich brauchtest«, sagte Evan.

Ich starrte ihn an. »Du meinst, du bist ausgebrochen? Wie hast du mich gefunden?«

»Man kann hier nicht gut reden. Das hab ich jetzt verstanden. Können wir uns irgendwo treffen? Wo es sicher ist?«

»Sicher?«, platzte ich heraus. »Gibt's nicht in dieser Stadt.«

Wie um meine Behauptung zu illustrieren, kamen Warren und Ron rein. Beide waren gestern Abend beim Drogendealer-Dinner gewesen. Sie setzten sich an die Theke, und Patty kam, um sie zu bedienen. Als sie ihnen Kaffee einschenkte, deutete sie mit dem Kinn in meine Richtung. Warren und Ron drehten sich um, folgten ihrem Blick und sahen Evan und mich einmal von oben bis unten an.

Scheiße. Das Herz sank mir in die Kniekehlen, und ich setzte mich in Bewegung, um andere Gäste zu bedienen. Ich zwang mich sogar, an der Theke vorbeizugehen und mit Warren und Ron irgendeinen Blödsinn zu plaudern. Mich ruhig und normal zu verhalten, während mir das Herz in der Brust hämmerte.

Ich mied Evans Tisch, bis ich ihm die Rechnung bringen musste. Ich wollte ihm sagen, dass es hier nicht sicher war, dass er so schnell wie möglich aus der Stadt abhauen sollte. Verschwinden und nicht zurückblicken ...

»Ich hab um vier frei«, murmelte ich aus dem Mundwinkel.

Ein Lächeln erhellte sein Gesicht, erinnerte mich an frühere Zeiten. »Wo?«

»Hinter Miller's Inn. Kennst du das?«

»Ich finde es.« Evan holte eine abgeschabte braune Lederbrieftasche heraus und legte ein paar Scheine auf den Tisch. »Ich werde da sein, Jo. Und ich kann es kaum erwarten, dich zu sehen.« Er schob den Stuhl zurück und ging ohne einen weiteren Blick.

»Wer war das?«, fragte Patty. Sie hatte sich eine Nanosekunde, nachdem er weg war, zu mir gestellt und sah aus dem Fenster. Evan schlenderte, die Jeansjacke in der Hand, davon.

»Ein Typ aus meiner Highschool«, sagte ich und klang so gelangweilt wie möglich. Ich stellte Evans Geschirr zusammen. »Hab ihn seit Jahren nicht gesehen. Zufall.«

»Ach ja?«, fragte Patty und durchbohrte mich mit ihrem steinharten Medusen-Blick. »Warst du *gut* mit ihm befreundet?«

Ich schnaubte. »Gott, nein. Noch dazu ist er gerade aus dem Knast gekommen. Damals in der Highschool war er der Schulfreak. War 'ne Zeitlang im Irrenhaus interniert.« Ich hielt mir einen Finger an den Kopf und ließ ihn in der Luft kreisen. Es fühlte sich schrecklich an, aber ich musste Evan schützen.

Patty kniff die Augen zusammen – die Schlangen nahmen mich aufs Korn. »Er sieht ziemlich gut aus, findest du nicht? Für einen Geisteskranken?«

»Bestellung!«, rief Hector an der Durchreiche.

Ich ging hin, Patty folgte mir. Von dem Geruch nach Fett und Schinken wurde mir schlecht.

»Geisteskrank, ganz genau«, sagte ich. »Kein Wunder, dass er im Knast gelandet ist. Ich hab ihm gesagt, er soll weiterziehen, und das macht er.«

Ich wartete nicht auf eine Antwort, sondern brachte die Bestellung an den richtigen Tisch und hoffte, dass ich Pattys Neugier befriedigt hatte. Dieser Typ war keine Bedrohung, und ich war dem drogenabhängigen, Frauen prügelnden Arsch von ihrem Sohn immer noch treu.

Aber Evan war hier.

Er ist zu mir gekommen. Ich habe ihn gerufen, und er hat mich gehört. Er ist gekommen.

Ich verbannte den lächerlichen Gedanken zusammen mit dem hoffnungsvollen Flattern meines dummen Herzens. Er hatte mich auf die altmodische Weise gefunden: das Internet. Es war albern zu denken, dass da irgendwas Übernatürliches am Werk war. All das, was er mir in der Highschool über seine prophetischen Träume erzählt hatte, schien verblasst und weit weg. Total unmöglicher Blödsinn, den ich nur geglaubt hatte, weil Evan mir so wichtig gewesen war und ich verzweifelt geliebt werden wollte. Er hätte mir auch erzählen können, dass der Himmel einstürzt, und ich hätte ihm geglaubt.

Das ist Quatsch, und das weißt du, kam ein in Dels Stimme gekleideter Gedanke.

Ich schob ihn weg. Jedenfalls war es zu gefährlich, ihn zu treffen. Diese Stadt war zu klein. Man würde uns sehen. Jemand würde es Patty sagen oder, schlimmer noch, einem von Lees Arschlochfreunden. Wenn Lee Wind davon bekam, dass ich einen anderen Mann auch nur angeguckt, geschweige denn hinter einem abbruchreifen Hotel getroffen hatte, war ich tot.

Und Evan auch.

Aber als es endlich vier Uhr war, wollte ich mir die Schürze und das Namensschild abreißen und zu Miller's Inn *rennen*. Angst verlangsamte meine Schritte. Angst wollte mich in die andere Richtung lenken, wollte, dass ich nach Hause ging, nicht zu Miller's Inn, wo Evan wartete.

Evan …

Ich blieb stehen und lehnte mich an die Wand der kleinen Drogerie, ließ die Schultern hängen unter dem Gewicht der Zeit. Die Tage mit Evan waren ein verblasster Traum, verdunkelt von den über tausend Tagen der letzten vier langen Jahre. In der ersten Woche ohne ihn hatte ich mich leergeweint. Dann nahm das Überleben alle meine Kräfte in Anspruch, und ich hatte keine Träne mehr vergossen. Jetzt war mir zum Weinen. Ich fühlte ein großes, heftiges Geheul in mir aufsteigen, aber ich unterdrückte es.

Es ist zu spät für mich. Zu spät …

Evans Worte hallten in meinem Kopf wider. *»Du bist das mutigste Mädchen, das ich je getroffen hab …«*

Und ich brauchte jedes Fitzelchen Mut, das ich noch hatte, um zu dem alten Gasthaus zu gehen. Ich machte mich klein und unsichtbar. Zog die Schultern hoch, verschränkte die Arme, senkte den Kopf.

Ich rannte direkt gegen Evan.

Er nahm meine Schultern, als ich zurückwich, betrachtete mich. Ich sah auf in das Blau seiner Augen. Sie waren übervoll von Gefühlen und Sehnsucht. Solcher Sehnsucht. Sie war wie ein Magnet, der mich anzog, damit ich an ihn sinken und von ihm umarmt werden konnte und sich diese vier Jahre einfach auflösten.

Aber er war zu gut und zu rein. Und mehr noch, wenn man ihn mit Lee verglich. Evan gehörte nicht hierher, und ich gehörte nicht zu ihm. Nicht mehr.

»Du kannst nicht bleiben«, sagte ich. »Wenn sie dich sehen, machen sie dich fertig.«

»Wer?«

»Lee. Und seine Freunde.«

»Er heißt Lee.« Es war keine Frage.

Ich sah seinen Blick, als er mich betrachtete und die Geschichte der letzten Jahre las, die in meinen Körper eingeschrieben war. Die Platzwunde an meiner Lippe. Eine Narbe über dem Auge, die in der Highschool noch nicht da gewesen war. Die Klamotten, die an mir runterhingen. Ich sah, wie er seine Schlüsse zog und der Schmerz seine himmelblauen Augen grau färbte.

»Wir gehen«, sagte er. »Jetzt sofort.«

»Gehen? Warte ... Wie hast du mich gefunden?«

»Ausgerechnet das willst du mich in diesem Moment fragen? Steig in den Wagen, Jo. Ich bring dich von hier weg.«

Ich blinzelte, meine Kehle war trocken. »Du ... du willst, dass ich alles stehen und liegen lasse und einfach mit dir aus der Stadt verschwinde?«

»Ja.«

»Evan, ich hab dich vier Jahre lang nicht gesehen. Ich kenne dich nicht ... und du kennst mich nicht mehr.«

»Doch, ich kenne dich, Jo«, sagte Evan. »Komm mit mir.«

»Wohin?«

»An einen sicheren Ort.«

»Wo soll das sein? Und ich hab kein Geld«, sagte ich, und meine Stimme brach. »Er nimmt mein Geld. Ich arbeite. Ich arbeite so hart, und er nimmt mir alles weg. Ich habe nichts. Nur ein paar Ersparnisse, die eine Freundin für mich aufbewahrt.«

Evan kam näher, seine Stimme war weich und sanft. »Ich hab das Geld, das ich gespart hatte, um nach dem Schulabschluss aus Planerville abzuhauen. Ich habe es, und es gehört jetzt dir. Komm mit mir, Jo. Oder sag mir wenigstens, was dich hier hält.«

»Nichts«, flüsterte ich. »Ich wünschte, ich könnte dir sagen, dass mich jemand braucht. Aber mich braucht niemand.«

»Ich brauche dich.«

»Ich habe Angst, Evan. Und ich bin so fertig. Ich bin so verdammt erschöpft, dass ich nicht klar denken kann.«

»Das weiß ich, Jo. Du musst ihn verlassen. Es reicht. Es ist Schluss.«

»Und was dann? Ich war schon da draußen. Du weißt nicht, was ich durchgemacht habe. Ich schaff das nicht noch mal allein und ohne Geld …«

»Wir haben etwas Geld, und du bist nicht allein«, sagte Evan. »Du hast mich. *Ich* bin es, Jo. Erinnerst du dich?«

Ich trat stolpernd zurück und erinnerte mich. Ich konnte kaum atmen. Evan war wieder da … Als würde man mir das leckerste Essen und die wärmste Kleidung geben, nachdem ich vier Jahre lang gefroren und gehungert hatte.

»Ich kann dich nicht zwingen, mit mir zu kommen«, sagte Evan. »Aber ich kann dich auch nicht bei ihm zurücklassen. Das werde ich nicht. Irgendwas wird heute passieren, Jo. Du entscheidest.«

Es war wirklich real. Ich war zu überwältigt, um es ganz zu begreifen. Wenn ich nicht irgendwas Albernes sagte, würde ich durchdrehen. Schniefend wischte ich mir die Nase am Ärmel ab. »Dann bist du also mein Ritter in schimmernder Rüstung? Reitest auf einem weißen Pferd in diese beschissene Stadt, um mich zu retten?«

Evan grinste ein bisschen. »Kein Pferd. Wie wär's mit einem klapprigen alten Chevy?«

Ich wollte lachen, aber es hörte sich eher wie ein Schluchzen an. »Ich bin so durcheinander. Ich weiß nicht, was ich denken soll.«

»Du musst dir nicht sofort über alles klar sein. Komm einfach mit. Wir fahren irgendwohin, wo es ruhig und sicher ist. Dann reden wir, und ich erklär dir alles. Aber wir müssen jetzt los.«

Ich sah ihm in die Augen, fühlte mich umhüllt von seiner warmen Aufmerksamkeit. Mit Evan war ich mutig gewesen. Und schön.

»Ich muss packen«, stieß ich hervor. »Wenn ich mitkomme, muss ich packen, oder? Gott, das hier ist so surreal.«

»Packen geht nicht. Lass uns einfach fahren. Ich kauf dir alles, was du brauchst …«

»Nein«, sagte ich und dachte an mein blau-schwarzes Karohemd. Sein Hemd. »Ich brauche ein paar Sachen. *Meine* Sachen. Ich besitze nicht viel, aber die brauche ich. Es ist alles, was ich habe.«

Er nickte widerstrebend. »Ich komme mit …«

»Nein. Wir treffen uns in einer halben Stunde wieder hier.«

»Jo …«

»Er ist jetzt nicht zu Hause. Er müsste bei der Arbeit sein. Es ist sicher. Und wenn ich mit dir weggehe, muss ich wenigstens einen Teil allein schaffen. Auch wenn er noch so klein ist …« Ich atmete ein, trocknete meine Augen und riss mich, so gut ich konnte, zusammen. »Gib mir 'ne halbe Stunde.«

»'ne halbe Stunde«, stimmte Evan zu, stieß die Worte vor Anspannung jedoch praktisch zwischen den Zähnen hervor.

Ich wollte los, dann hielt ich inne. Langsam hob ich die zitternde Hand und legte sie auf seine Wange. Ich fühlte seine warme Haut, die kratzigen Stoppeln und die Muskeln, die sich unter meiner Handfläche bewegten, als er seufzte.

»Du bist hier«, flüsterte ich. »Das ist real?«

»Ich bin genau hier«, antwortete er und legte seine Hand auf meine. »Und ich werde auf dich warten.«

22. KAPITEL

Jo

Lee war zu Hause.

Mein aufgewühlter Magen verkrampfte sich, als ich sein Auto in der Einfahrt sah. Er sollte im Diner sein für den Rest des Tages, damit seine Mutter nicht schon wieder eine Doppelschicht schieben musste. Stattdessen war er hier.

Scheiße.

Das Haus roch nach Chemikalien und Butangas und Tod. Von der Tür aus konnte ich sehen, wie Lee am Küchentisch Meth kochte.

Ich schlich zur Treppe und dachte, ich könnte mir vielleicht ein paar Sachen schnappen und mich dann wieder rausschleichen. Er würde gar nicht merken, dass ich da gewesen war.

»Jo?«

Er rief mich aus der Küche, und ich blieb wie erstarrt stehen.

»Hey«, rief ich. »Muss pinkeln. Bin gleich wieder da.«

Ich rannte die Treppen hoch, und mein Herz pochte. Panisch suchte ich im Schlafzimmerschrank nach der kleinen Reisetasche, die ich dort aufbewahrte. Ich warf ein paar Unterhosen rein, T-Shirts, Shorts, eine Cargo-Hose und Evans blauschwarzes Flanellhemd. Auf keinen Fall würde ich das Haus ohne dieses Hemd verlassen.

Als ich fertiggepackt hatte, warnte mich ein plötzlicher Instinkt, alles wieder zurückzulegen. Damit alles so aussah wie vorher.

Nein! Die Zeit drängt. Evan wartet.

Ich verdrängte die Angst und ging mit der Tasche ins Bad. Warf ein paar Sachen rein: Zahnbürste, Deo, meine Pille. Die Angst legte sich, wurde durch Entschlossenheit ersetzt. Ich zog das jetzt durch.

Ich ging die Treppe runter in der Absicht, einfach zur Haustür rauszugehen und nicht zurückzublicken. Auf der drittletzten Stufe blieb ich mit einem kleinen Aufschrei abrupt stehen.

»Wo willst du hin?« Lee stand in der Diele, und ich bekam eine Gänsehaut, und mein Herz pochte im alten ängstlichen Rhythmus. Seine Augen waren rotgerändert und steinhart, als sein Blick von der Tasche in meiner Hand zu mir und wieder zurückschoss.

»Ich gehe«, sagte ich. Ich hasste es, wie erstickt vor Angst meine Stimme klang. Ich räusperte mich und sagte lauter: »Ich verlasse dich, Lee.«

Ich erwartete, dass er wütend werden würde. Meine Hand umklammerte die Griffe der Tasche, bereit, damit zuzuschlagen und mich, wenn nötig, an ihm vorbeizukämpfen. Evan wartete auf mich. Ich würde fliehen. Die Zeit, mich von der Angst lenken zu lassen, war vorbei.

Lee lachte nur leise, ging von einer Seite auf die andere, und seine Finger zuckten.

Dann ballte er die Fäuste.

»Stell mich nicht auf die Probe, Frau. Ich hab Hunger. Schaff deinen Arsch da rein, und mach mir was zu essen.«

Ich richtete mich zu meiner ganzen Größe auf. »Nein. Ich gehe. Ich meine es ernst. Es ist vorbei.«

»Ach, halt die Klappe«, sagte er genervt. »Lass diese Scheiße. Du gehst nirgendwohin. Nichts ist vorbei. Ich hab Hunger. Und jetzt ab in die Küche mit dir, und mach mir verflucht noch mal Abendessen.«

Ich versuchte, ruhig zu bleiben, schätzte die Lage ein. Der Weg zur Haustür war versperrt, und auch wenn er durch die Drogen einiges an Kraft eingebüßt hatte, war Lee sehr viel größer als ich. Ich würde nicht an ihm vorbei kommen, egal wie sehr ich das wollte.

Plan B. Warte auf eine Gelegenheit und renn, so schnell du kannst.

Ich ließ die Tasche auf die Stufen fallen, tat so, als wäre ich besiegt, und ließ den Kopf sinken, sodass mir die Haare vorm Gesicht hingen. »Ja, okay«, sagte ich dumpf. »Tut mir leid, Lee. Ich mach Abendessen.«

Ich wollte an Lee vorbei und rechts in die Küche einbiegen, als seine Hand hervorschoss wie eine zubeißende Schlange. Er packte eine Handvoll Haare und riss mich an sich. Sein Atem roch nach Benzin, seine Augen waren feucht, und Hass floss durch die roten Adern darin, als er mein Gesicht hochriss und mich zwang, ihn anzusehen. Was an Güte in Lee gewesen war, als ich ihn kennenlernte – und so viel war es nicht gewesen –, war von den Drogen aufgefressen.

»Du lernst es nie, oder?« Er kochte vor Wut. »Du gehst nicht. Du *denkst* nicht einmal dran zu gehen. Weißt du noch, was letztes Mal passiert ist?«

»Ich weiß noch, dass es nicht immer so war …«, sagte ich mit vor Angst zitternder Stimme. Mein Atem ging rau und stockend. »Warum willst du überhaupt, dass ich bleibe? D-du magst mich nicht einmal mehr. Lass mich einfach gehen.«

Verwirrt runzelte er die Stirn. »Ich mag dich nicht? Ich versuch, dir zu *helfen*, du undankbare Schlampe. Weißt du noch, was du warst, als ich dich getroffen hab? Ein verfluchtes Wrack!

Ohne mich schaffst du es keine fünf Minuten. So, wie ich das sehe, schuldest du mir was. Du kannst mir wenigstens ein beschissenes Abendessen machen.«

Er zog mich an den Haaren in die Küche. Ich stolperte und fiel fast hin, während ich versuchte, Schritt zu halten. Meine Kopfhaut brannte, und der Schmerz raste meine Wirbelsäule hinunter. Dann spürte ich ihn plötzlich im Kopf und im Hals, als Lee mein Gesicht gegen den Kühlschrank schlug.

»Da holst du mein Essen raus.«

Ich schrie auf, als er mich vom Kühlschrank wegzog und mein Gesicht gegen die Abzugshaube über dem Herd rammte.

»Und hier kochst du mein Essen.« Er hielt meinen Kopf über den dreckigen Töpfen und der schweren Eisenpfanne fest, in der ich gestern die Hähnchenteile frittiert hatte. Er riss mich noch einmal an den Haaren. »Hast du das kapiert?«

Ich kniff die Augen zusammen und atmete schnell durch die Nase, um die Schreie zu unterdrücken. Aber ich schrie doch, als Lee mich auf den dreckigen gelben Linoleumboden warf und schnell und hart in den Bauch trat. Ich krümmte mich zusammen, und alle Luft entwich aus meinen Lungen.

Lees Gesicht verschwamm, als er sich neben mich kniete. »Jetzt sieh, wozu du mich gebracht hast, Jo. Sieh, was passiert, wenn du versuchst, mich zu verlassen …«

Er strich mir die Haare aus dem Gesicht und entblößte meine Narbe. »Undankbare Schlampe.« Wieder packte er meine Haare, riss meinen Kopf hoch und rammte ihn gegen den schmutzigen Boden.

Mir wurde schwarz vor Augen, bevor der Schmerz mich fand.

Gedämpfte Worte und Schreie. Ich lauschte durch einen Nebel des Schmerzes. Ich versuchte, die Augen zu öffnen, aber ich konnte es nicht.

Jemand ging auf und ab. Knarrende Dielen. Schwere Schritte und ein Scheppern. Lee hatte einen Wutanfall.

»Es ist vorbei, verdammt …«

Das ist nicht Lees Stimme. Es ist noch jemand hier.

Mein Kopf dröhnte vor Schmerz, ich konnte keinen klaren Gedanken fassen. Ich versuchte, mich an die Oberfläche zu kämpfen, war aber wieder weg …

Schmerz weckte mich, ein dumpfes Pochen in meiner Schläfe. Ich öffnete die Augen, sah verschwommen den dreckigen grünen Teppich und zerdrückte Kippen. Ich blickte weiter nach oben, und der Schmerz war wie ein weißer Strahl, der mir durch die Augen ins Gehirn stach. Als das Licht verblasste, sah ich ein mit einer Jeans bekleidetes Bein und einen Stiefel. Lees Stiefel. Ich blinzelte und sah noch einmal hin. Ich lag auf dem Wohnzimmerboden. Lee lag etwa einen halben Meter neben mir. Ganz still. Und der Fleck unter seinem Kopf …

Ich zuckte zusammen, als mich jemand sanft an der Schulter berührte.

»Jo?«

Ich kam auf die Knie, verzog das Gesicht, als der Schmerz in meinem Hals aufflammte, während der im Kopf im Rhythmus meines Herzschlags stetig weiterpochte. Der Magen drehte sich mir fast um vor Übelkeit. Starke Hände halfen mir aufzustehen, aber die wilde Angst nach dem Kampf mit Lee floss noch durch meine Adern. Ich wehrte die Hände ab und strich mir die Haare aus dem Gesicht.

Evan Salinger. Hier in meinem Wohnzimmer. Ich versuchte mich zu erinnern, was davor gewesen war.

Ich wollte mit ihm abhauen. Er hat auf mich gewartet.

Blut tropfte aus Evans Nase und seiner aufgeplatzten Lippe. Sein T-Shirt war an der Schulter eingerissen, und auch am

Halsausschnitt war Blut verschmiert. Ich blickte auf seine Hände – geschwollene, blutige Knöchel –, dann zu Lee auf dem Teppich. Der Fleck unter dem Kopf war zu einer Pfütze angewachsen. Rot. Und sein Kopf. Gott, Lees Hinterkopf war eingedellt, die dunklen Haare nass vor Blut.

»Warst du das?«, fragte ich, als ich zu Atem kam. »Du ... hast ihn umgebracht? Er ist doch tot? Lee ist tot?«

Evan starrte mich ein paar Sekunden lang an, die sich wie eine Ewigkeit anfühlten.

»Ja«, sagte er schließlich und bückte sich, um etwas aufzuheben, was ich vorher nicht bemerkt hatte – die Eisenpfanne.

Evan nahm sie und packte den Griff mit beiden Händen, als wollte er sie erwürgen. Da war ein nasser, runder Blutfleck auf der Unterseite. Ich dachte, ich müsste kotzen.

»Ich wollte ihn nicht umbringen«, sagte Evan. Er sah mich immer noch an, seine Stimme war leise und ruhig. »Es war ein Unfall. Aber er hat dir wehgetan, und es musste aufhören.«

Es war so einfach. Im letzten Jahr hatte ich tausendmal denselben Gedanken gehabt: *Er tut mir weh, und das muss aufhören.* Und dann kommt der verdammte Evan Salinger, ist keine fünf Stunden in der Stadt und sorgt dafür, dass es aufhört. Erleichterung überkam mich, drei herrliche Sekunden lang genoss ich meine neue Freiheit. Dann brach krachend die Realität über mich herein.

»Nein, nein, nein«, sagte ich, rannte zum Fenster, das zur Straße ging, und riss die Vorhänge zu. »Du hättest das nicht tun sollen. Warum hast du das getan?«

»Er hat dir wehgetan ...«

»Evan!«, schrie ich. »Die werden dich *umbringen*. Lees Freunde. Oder du kommst ins Gefängnis ... Die sperren dich wieder ein ...«

»Wir verschwinden«, sagte Evan, immer noch unerträglich ruhig. »Ich bringe dich an einen sicheren Ort.«

Ich schüttelte den schmerzenden Kopf und entfernte mich, so weit es ging, von Lee, der da völlig reglos lag. Nicht schlief oder bewusstlos war, sondern tot.

»Es gibt keinen sicheren Ort«, sagte ich, meine Gedanken waren das reinste Chaos und platzten in Bruchstücken aus mir heraus. »Nicht für mich … und garantiert für dich auch nicht. Ich könnte wenigstens sagen, dass es Notwehr war. Könnte ich … Aber nein. Du … Hast du mit ihm gekämpft? Du hast ihn verprügelt und dann umgebracht. Deine verdammte DNA ist hier überall …«

»Jo.«

Evans Stimme war wie Balsam auf einer heftigen Verbrennung. »Ich war das. Du wirst nicht deswegen ins Gefängnis gehen.« Und dann überschlug sich seine Stimme, ein Muskel an seinem Kiefer zuckte, und sein Blick wurde hart. »Du wirst nicht dafür bezahlen, nicht nach allem, was er dir angetan hat. Nein. Ich war das. Ich bezahle dafür. Aber noch nicht. Jetzt müssen wir dich hier wegbringen.«

Mich hier wegbringen. Weil Lee tot war. *Oh mein Gott, verdammt, Lee war tot.* Das war so ungeheuerlich, es nahm mir jede Kraft.

Ich sank zu Boden. Evan fing mich auf. Ich versuchte, mich an mein Bewusstsein zu klammern, aber es war wie Sand zwischen den Fingern. Ich wollte mich an Evans Jacke festhalten, aber meine kraftlosen Hände fanden keinen Halt. Das Haus, Lees Leiche und Evans Gesicht verschwammen miteinander, als wäre ich unter Wasser. Evans Stimme war immer weiter entfernt. Er redete in einem Windkanal. Brüllte über Stromschnellen hinweg. Überschrie das Dröhnen und Rauschen des Bluts in meinen Ohren.

»Schsch, Jo.« Evans Stimme an meinem Ohr. »Alles wird gut.«

Er schob mir den zweiten Arm unter die Knie und hob mich hoch. Mein Kopf tat weh, als er gegen Evans Schulter fiel, tausend Hämmer klopften in meinem Schädel.

Ich hörte die Fliegengittertür, dann legte sich die Feuchtigkeit draußen um mich. Dann saß ich. Eine Autotür schloss sich, und ich roch sauberes Leder und Kaffee.

Stille.

Ich war allein.

»Evan? *Evan!*«

Ich hörte mich rufen, und in meinem Kopf pochte es noch heftiger. Dann war Evan zurück, rutschte links von mir auf den Sitz. Ein Motor erwachte unter mir zum Leben. Das Haus, in dem ich mit Lee gewohnt hatte – blass und grau in der Abenddämmerung – verschwand. Ich schloss die Augen, geblendet vom plötzlichen Orange vor der Windschutzscheibe, als ein Feuer aufflackerte und schnell größer wurde. Dann verlor ich das Bewusstsein.

23. KAPITEL

Evan

Jo saß auf dem Beifahrersitz, von mir abgewandt, den Kopf an das Fenster gelehnt und die Haare vorm Gesicht. Als ich auf die Straße gefahren war, hatte sie das Bewusstsein verloren und war ein paar Minuten später wieder zu sich gekommen. Alle paar Kilometer schüttelte ich sie, um sie wach zu halten, weil sie bestimmt eine Gehirnerschütterung hatte.

»Ist es vorbei?«, fragte sie mit leiser Stimme.

Nein, wollte ich sagen, *es fängt gerade erst an*. Aber sie meinte den Albtraum ihrer Zeit mit Lee, und der war, verdammt nochmal, absolut vorbei.

»Es ist vorbei, Jo.«

Mehr sagte sie nicht, aber ich hörte einen ganz leisen Seufzer, und die Anspannung in ihr schien sich zu lösen. Sie sah so klein aus. So schwach. Aber sie war immer verblüffend stark gewesen.

»Bleib wach, okay, Jo?« Ich redete ununterbrochen mit ihr, aber sie sagte kaum mehr als ein paar Worte. Ab und zu zitterte sie, und ich wollte sie so gern berühren. Mit blutigen und geschwollenen Fäusten klammerte ich mich an das Lenkrad. Von allen meinen Kämpfen war der mit Jos Freund – *Ehemann? Verlobtem?* – der wichtigste meines Lebens gewesen.

»Jo, bist du wach?«

»Wo fahren wir hin?«

»Shreveport. In ein Krankenhaus.«

»Nein.«

»Du bist verletzt«, sagte ich. »Ich kann kein Risiko eingehen.«

»Kein Krankenhaus.«

»Jo …«

»Kein Krankenhaus.« Sie erschauderte und zog die Jeansjacke, die ich ihr auf dem Weg zum Auto über die Schultern gelegt hatte, fester um sich. Ich hatte mir im Vorbeigehen auch ihre Tasche geschnappt. Weil es ihr so wichtig gewesen war, sie mitzunehmen.

»Bring mich so weit weg von dieser Scheißstadt, wie du kannst«, sagte sie.

»Dann bleib wach. Nicht einschlafen.«

Ich fuhr nach Westen über den Highway 20, fuhr durch Shreveport durch, ohne anzuhalten. Meine Lider wurden schwer. Der Adrenalinrausch ließ nach, und ich spürte die Erschöpfung. Gegen Mitternacht fuhren wir über die Grenze nach Texas, und ich fand ein Motel, das halbwegs unauffällig aussah. Und billig. Ich parkte den Pick-up und bat Jo zu warten, während ich ein Zimmer bezahlte. Sie nickte unter den Haaren. Ich zögerte.

»Jo?«

»Ich bin wach.«

Hinter der Scheibe des kleinen Empfangsschalters rauchte ein großer Mann in einem fleckigen weißen Unterhemd eine Zigarette und stierte auf den kleinen Fernseher auf seinem Schreibtisch.

»Ich brauch ein Zimmer«, sagte ich. »Zwei Betten, Erdgeschoss, nach hinten raus. Falls Sie eins haben.«

Er sah mich trocken an. »Siebenundvierzig Dollar.«

Ich zahlte bar und ging wieder zum Auto. Jo sah aus, als hätte sie sich nicht gerührt. Ich fuhr um das Gebäude herum nach hinten und parkte vor unserem Zimmer. Jo verbarg ihr Gesicht, als ich ihr aus dem Wagen half, hatte fest die Arme um sich geschlungen und die Schultern hochgezogen.

Das Motelzimmer war klein, schlicht und roch nach Rauch. Zwei Betten, Bad, Stuhl, Kommode, TV. Ich wünschte, ich hätte das Geld, um Jo netter unterzubringen. Besser. Sie verdiente etwas Besseres.

Ich geleitete sie zu dem Bett, das weiter von der Tür entfernt war, und schlug die Decke zurück. Sie legte sich langsam hin, und ihre Haare troffen wie schwarzes Öl herunter, als ihr Kopf auf das Kissen sank. Ganz kurz sah ich die Beule an ihrer Schläfe und das getrocknete Blut darauf, und ich wollte Lee, dieses Arschloch, umbringen.

Jo rollte sich zusammen. Ich legte ihr die Decke über die schmalen Schultern und steckte sie fest. Ihre Augen waren geöffnet, und sie sah mich durch die Haarsträhnen an.

»Du kannst jetzt ein bisschen schlafen, aber ich muss nach dir sehen. Dich wecken.«

Sie nickte fast unmerklich und schloss die Augen. Ich glaube, sie war innerhalb von Sekunden eingeschlafen.

Ich wollte mich neben sie ins Bett legen, sie umarmen und ihr sagen, dass jetzt alles gut werden würde. Niemand würde ihr wieder wehtun. Niemand.

Würde sie mich lassen?

Ich wusste nicht, was die vier Jahre, die wir getrennt gewesen waren, mit ihren Gefühlen für mich gemacht hatten. Ob sie überhaupt noch welche für mich hatte. Ich fühlte noch genauso wie vorher. Nur meine Liebe hatte mich im Gefängnis davor bewahrt, den Verstand zu verlieren. Sie war mein Antrieb gewesen, auszubrechen, einfach aus dem landwirtschaftlichen

Betrieb des Gefängnisses hinauszuspazieren, um zu ihr zu gelangen. Und ich hatte sie gefunden: gefangen in einem elenden Leben, zerquetscht in der Hand eines Giganten.

Ich musste ihr Raum geben und abwarten. Heute ging es nur darum, sie in Sicherheit zu bringen.

Ich schlief nicht. Ich verbrachte die Nacht damit, durch ein paar Zeitschriften zu blättern, die jemand zurückgelassen hatte, miese Snacks aus dem Automaten zu essen und Jo ab und zu an der Schulter zu schütteln. Ich sah fern – leise –, ob es Nachrichten über den Brand gab. Und wirklich gab es einen Bericht aus Dolores: Man nahm an, dass ein Meth-Labor explodiert war und ein Opfer gefordert hatte. Sie wussten also, dass Lee tot war. Mit etwas Glück beließen sie es dabei, aber ich bezweifelte das. Die Spurensicherung war gut heutzutage. Es würde kaum unbemerkt bleiben, dass Lees Schädel eingedellt war wie ein hartgekochtes Ei. Und auch nicht, dass Jo so plötzlich verschwunden war.

Es ist egal, schwor ich, und schaltete den Fernseher aus. *Das wird sie nicht berühren. Niemand wird ihr wehtun. Nie wieder.*

Am nächsten Morgen hatte ich einen Riesenhunger, aber ich wollte nicht, dass Jo allein aufwachte. Als sie sich endlich aufsetzte, war es fast zehn.

»Warum hast du mich so lange schlafen lassen?«

»Ich hab dich immer wieder geweckt. Erinnerst du dich nicht?«

»Nein.« Sie sah aus, als würde sie versuchen, sich zu erinnern; etwas zu fassen, was gerade so außer Reichweite war.

»Gut, du brauchtest die Ruhe«, sagte ich schnell. »Wahrscheinlich hattest du schon lange nicht mehr gut geschlafen.«

»Das kannst du laut sagen.« Sie lehnte sich an das Kopfende und zog die Decke bis zum Kinn hoch. »Wo sind wir?«

»Terrell, Texas. Kurz vor Dallas.«

Sie sah zum Fernseher, der jetzt dunkel war. »Irgendwelche Nachrichten über uns?«

»Ja. Ein wenig.«

»Was sagen sie?«

»Sie wissen nicht viel. Ein Brand. Ein Meth-Labor ist explodiert. Ein Toter.«

»Das Feuer«, murmelte sie. »Ich kann mich an Feuer erinnern. Das warst du?«

»Ja.«

Sie nickte. »Irgendwas über mich?«

»Noch nicht.«

»*Noch*«, sagte sie. »Patty ... das ist Lees Mutter. Sie wird den Cops erzählen, dass ich Lee umgebracht habe. Sie wird sie uns auf den Hals hetzen.«

»Lass das meine Sorge sein.«

Sie nickte wieder, verzog vor Schmerz das Gesicht.

»Dein Kopf?«

»Der Hals. Das Arschloch hat mich an den Haaren gepackt ...« Schnell blickte sie zu ihren Händen, die an der Decke herumzupften. Ihr Körper war gebeugt vor Kummer, Scham und einer Menge anderer Dinge, die ich kaum ertrug.

»Er wird dir nicht mehr wehtun.«

Ihre Lippen bogen sich zu einem schwachen Lächeln. Eine lange, tiefe Stille dehnte sich zwischen uns aus.

»Hast du Hunger?«, fragte ich. »Du musst Hunger haben.«

»Ich könnte was essen.«

»Ich hol dir was.«

»Ich will hier raus.«

»Wir sollten uns besser unauffällig verhalten.«

Jo legte vorsichtig den Kopf schief. »Evan, ich habe das Gefühl zu träumen. Ich muss aus diesem Bett und diesem Motel raus und irgendwo hingehen. Vielleicht ein ...«

»Hell erleuchteter Ort mit deutlich gekennzeichneten Ausgängen?«, beendete ich den Satz mit einem kleinen Lächeln.

Sie lächelte nicht zurück. »So was in der Richtung. Mein Leben wurde gerade von einer Sekunde auf die andere komplett umgekrempelt. Ich muss was essen und … das alles ordnen.« Sie sah mich intensiv an. »Und die Sache mit dir auch.«

»Ich kann es dir nicht vorwerfen, wenn du durcheinander bist.«

»Ich weiß nicht, was ich fühle.«

»Ich wende den Wagen.«

»Nein, ich will zu Fuß gehen. Ich brauch frische Luft.«

Sie schlug die Decke zurück und beugte sich vor, um die Stiefel anzuziehen. Als sie nach den Schnürsenkeln griff, zuckte sie zusammen.

»Lass mich das machen«, sagte ich und kniete mich vor ihr hin, um ihr zu helfen.

So nah bei ihr zog sich meine Brust zusammen. Ich fühlte die weiche Haut ihrer Wade, als ich ihren Fuß in den einen Stiefel schob. Sie war zu dünn, hatte Ringe unter den Augen, auf ihrer blassen Haut waren blaue Flecken … und doch war sie so verdammt wunderschön, dass ich kaum Luft bekam.

Sie schwieg, bis ich fertig war, dann sah sie mich mit herzerweichender Miene an. Eine Flut von Emotionen zeigte sich in ihrem Gesicht, zu viele, um sie zu zählen oder zu benennen.

»Danke, Evan«, flüsterte sie.

Ich würde für dich sterben, Jo.

»Jederzeit.«

24. KAPITEL

Jo

Auf der digitalen Temperaturanzeige vor einer Bank stand, es wären fünfunddreißig Grad, aber mir war eiskalt. Wir fanden ein Denny's, das vom Motel aus zu Fuß erreichbar war. Wir kriegten einen Tisch in einer Ecke, weit weg von den Fenstern. Ich sah die Karte an, und mein Magen knurrte bei jedem der glänzenden Fotos. Ich klappte sie zu und fand mich ekelhaft.

»Was ist?«, fragte Evan.

»Ich hab richtig Hunger. Ein Mann ist tot, und ich will mich vollstopfen. Das ist krank.«

Evans Blick verdüsterte sich. »Er hätte dich umbringen können. Ich dachte, das hätte er. Ich dachte, ich wäre zu spät gekommen.«

Ich wusste nicht, was ich dazu sagen sollte, also räusperte ich mich und klappte die Karte wieder auf. »Die Ironie ist, dass ich normalerweise nie Appetit hab.«

»Iss, Jo. Bestell von allem etwas, wenn du willst.« Er grinste. Er sah glücklich aus. Ich konnte fühlen, wie er mich ansah, als ich die Karte betrachtete – als könnten seine Augen nicht genug von mir bekommen. Vielleicht kam ich ihm genauso unwirklich vor wie er mir.

Als die Kellnerin kam, bestellte ich ein Grand-Slam-Frühstück, einen Schokoladenmilchshake, Toast, Kaffee und Obst dazu. Ich verspeiste das fettige Zeug bis auf den letzten Bissen und fühlte mich gut. Besser als seit Monaten.

Dann lehnte ich mich mit dem Kaffeebecher zurück. »Okay. Jetzt, nachdem ich wie ein Schwein gefressen habe …«

Evan schob seinen Teller zur Seite. »Wann hattest du zuletzt eine anständige Mahlzeit?«

»Ich weiß es nicht. Ich hab oft für Lee gekocht, aber, wie gesagt, ich hatte nie viel Appetit.«

Evan drehte seinen Becher auf dem Tisch herum. »Willst du über ihn reden?«

»Es gibt nichts zu sagen. Du hast alles gesehen, was man über Lee und mich wissen muss.«

Er nickte. »Verstehe.«

Ich lehnte mich zurück, gehüllt in die alte Wärme seiner Aufmerksamkeit. »Wie war es? Das Gefängnis, meine ich. War es … sehr schlimm?«

»Es war alles, was du gehört hast, und mehr«, sagte er mit einem trockenen Lächeln.

Mir war nicht nach Witzen zumute. »Bitte erzähl mir davon.«

»So schlimm war es gar nicht.«

»Du lügst.«

Er sah mich fest an. »Du willst es nicht hören, Jo. Es ist wie mit Lee. Aus und vorbei.«

»Du hättest gar nicht dort sein dürfen.«

»Das stimmt. Ich hätte mit dir auf die Prom gehen sollen.«

Es tat mir im Herzen weh, wie Evan mich ansah. »Nein, ich meinte nur …«

»Ich weiß, was du gemeint hast. Was Garrett passiert ist, war ein Unfall. Aber ich hätte mich gar nicht erst mit Merle prügeln dürfen. Ich hab mich von Shane provozieren lassen. Ich habe Garrett verletzt und uns und unsere Zukunft kaputt gemacht. Und du hattest nichts. Ich hasse es, dass wir durch das Gefängnis getrennt wurden.« Er runzelte düster die Stirn. »Es war das Verbrechen und die Strafe zugleich.«

Meine Zunge verknotete sich über tausend möglichen Antworten. Und auch tausend Gefühle und Erinnerungen strömten auf mich ein und drohten, mich zu überfluten. Ich musste sie wegdrücken, um klar zu denken.

»Aber eine gute Nachricht gibt es«, sagte Evan in die Stille. »Garrett geht es gut.«

»Wirklich? Du hast ihn gesehen?«

Er nickte. »Ich bin letzte Woche nach Planerville zurückgegangen. Ich hab nicht mit ihm geredet oder so. Hab nur 'ne kleine Mission erledigt. Aber ich hab durchs Fenster geguckt. Garrett sah gut aus.« Er lächelte schwach. »Er sah wirklich gut aus.«

»Das freut mich so. Hast du auch deine anderen Brüder gesehen?«

»Ja, Shane und Merle. Sie sahen aus, wie man erwarten würde. Nicht gut. Beide sterben auf ihre Art. Ich hab nicht mit ihnen geredet. Ich hab mir nur meinen Pick-up geholt.«

Ich runzelte die Stirn. »Wie meinst du das, du hast ihn geholt?«

Er zuckte die Achseln. »Ich hab ihn gebraucht. Es ist mein Wagen.«

»Und du glaubst, das ist denen egal? Die werden sagen, dass du ihn geklaut hast. Es wird egal sein, ob er dir gehört oder nicht, weil du aus dem Gefängnis ausgebrochen bist.« Ich sah ihn an. »Ich kann immer noch nicht glauben, dass du das getan hast. Warum? Für mich?«

»Natürlich«, sagte Evan. »Weißt du noch, was ich dir gesagt habe? In dieser letzten Nacht am Pool?«

Der pladdernde Regen lief uns wie Tränen über die Gesichter.

Evan berührte meine Wange, seine Augen übervoll. »Ich komme immer zu dir zurück.«

»Ich weiß es noch«, sagte ich sanft.

Evan beugte sich über den Tisch und sah mir eindringlich in die Augen. »Niemand wird dir etwas tun, Jo. Nicht die Cops und auch sonst niemand. Ich werde dich beschützen.«

»Wovor? Lee ist tot, und du bist derjenige, der in Gefahr schwebt.«

Wenn wir zurückgehen und Evan gestehen würde, käme er lebenslänglich hinter Gitter. Und nicht mehr in einen lockeren Jugendknast wie North Correctional. Er würde zu den Mördern und Vergewaltigern kommen, und das würde ihn fertigmachen. Und mich auch. Ich würde eingehen, weil ich genau wusste, dass er es getan hatte, um mich vor Lee zu retten. Weil ich allein zu feige gewesen war, um abzuhauen.

»Ich könnte ein Geständnis ablegen«, sagte ich.

Evan schüttelte den Kopf.

»Nein, hör zu. Bei dir sieht es aus wie Mord. Bei mir ist es Notwehr.«

Er trommelte auf dem Tisch und dachte nach. »Gibt es eine Akte oder Berichte, dass er dich geschlagen hat? Bei der Polizei?«

Ich wandte den Blick ab. »Nein. Die Polizei in der Gegend hat ihn immer gedeckt.«

»Im Krankenhaus?«

»Einmal hat er mich ins Krankenhaus gebracht. Vor ein paar Monaten.« Ich ließ mir die Haare vors Gesicht fallen, als die Scham auf meinen Wangen brannte. »Ich hab allen gesagt, ich sei die Treppe runtergefallen.«

Evans Stimme wurde sanfter. »Irgendwelche Zeugen, die für dich aussagen würden?«

Ich dachte an Del. Aber was war das Wort einer Drag Queen

gegen das von Patty? Gegen das von Warren und Ron? Gegen all die Freunde von Lee und ihre Frauen, von denen einige nicht weniger fertig und ängstlich aussahen als ich.

»Nein«, sagte ich.

»Dann ist das keine Option.« Er lehnte sich zurück, hob die Hände, als wäre die Sache erledigt. »Ich lass dich dafür nicht ins Gefängnis gehen, Jo. Auf keinen Fall.«

»Aber ich lass auch nicht zu, dass sie dich für den Rest deines Lebens einsperren. Was machen wir also? Weglaufen? Ständig auf der Flucht leben?« Ich rieb mir das Gesicht und zuckte zusammen, als ich aus Versehen die Beule an meiner Stirn berührte. Der Schmerz half mir, mich zu konzentrieren. »Wo wollen wir jetzt hin? Mexiko?«

»Nein, wir müssen nach Norden.«

»Wohin nach Norden? Kanada?«

»Vielleicht.«

Ich runzelte die Stirn. »Du bist dir nicht sicher?«

»Wir müssen nach Norden ins Zentrum.«

Ich wollte ihn fragen, was zur Hölle er damit meinte, aber er sah irgendwie suchend an mir vorbei, und ich begriff, dass er es selbst nicht wusste.

»Warte.« Ich schob meinen Becher weg und setzte mich aufrecht hin. »Warte, warte, warte. Was willst du …?« Meine Stimme wurde fester. »Wie hast du mich gefunden, Evan? Sag mir die Wahrheit.«

Evan drehte wieder seinen Kaffeebecher. »Ich glaube, du weißt, wie ich dich gefunden habe, Jo.«

»Durch das Internet, oder? Eine von diesen Seiten, über die man Leute findet?«

Er schüttelte den Kopf und sah mich jetzt intensiv an.

Mir wurde am ganzen Körper eiskalt. »Durch einen Traum?«

Er nickte.

»Du hattest einen *Traum*? Wie ... als du über meine Narbe Bescheid wusstest? Oder diesen Amoklauf? So?«

»Genau so.«

»Und woher weißt du, dass wir nach Norden müssen? Ins Zentrum?«

»Auch so.«

Ich starrte ihn an. Ich sah, wie Evan das Kinn vorschob, sich gegen den Unglauben und die Skepsis wappnete, die ihn sein ganzes Leben lang verfolgt hatten. Ich hatte nie wie diese Leute sein wollen. Ich hatte gesagt, dass ich ihm glaubte, aber die Nächte am Pool des Funtown Erlebnisbads waren so weit weg.

»Gott, Evan, ich weiß, du glaubst, das ist real. Das weiß ich, aber ...«

Ich hasste die herablassenden, bevormundenden Worte, sobald ich sie aussprach.

Ich klinge genau wie diese Leute.

»Ja, ich glaube, es ist real«, sagte er kurz angebunden. »So real wie damals, als ich in der Mathestunde gesehen habe, wie jemand Becky Ulridges Vater in den Kopf schoss.«

Ich zuckte zusammen, und er lehnte sich mit hängenden Schultern zurück und schüttelte elend den Kopf.

»Es tut mir leid«, sagte er. »Ich hätte das nicht sagen sollen.«

»Es ist nur ... Es geht um so viel«, sagte ich vorsichtig. »Wir können nicht weglaufen und uns ein Leben auf der Basis eines Traums oder einer Ahnung aufbauen.«

»Nur so wirst du in Sicherheit sein und ich frei.«

»Was bedeutet das? Was ist dieses Zentrum? Ist es *ein* Zentrum? Ein Gebäude wie ein Gesundheitszentrum?«

»Ich kann nicht alles sehen. Im Moment kenne ich nur Bruchstücke. Der Rest wird auf dem Weg kommen.«

»Woher weißt du das?«

»Ich weiß es einfach«, sagte er, ein kleines, unglückliches Lächeln auf den Lippen.

Ich sah ihn noch einen Moment an, dann stützte ich den Kopf in die Hände. »Müssen wir denn nach Norden? Was ist mit dem Grand Canyon?« *Lass uns an einen realen Ort gehen*, dachte ich.

»Das geht nicht«, erwiderte Evan. »Das ist unser Zuhause, und wir können sie nicht nach Hause führen.«

Ich lehnte mich zurück, wusste nicht, was ich sagen sollte. Verloren in einem Nebel der Verwirrung, einem Tauziehen zwischen Hoffnung und Logik, Fantasie und Realität.

Evan beugte sich vor. Seine Stimme war leise, nur für meine Ohren bestimmt. »Hör mir zu, Jo. Vor vier Jahren hab ich dir Dinge erzählt, die ich nie jemand anderem erzählt habe. Ich habe dir vertraut, und du hast mir geglaubt. Du hast gesagt, dass du mir geglaubt hast. Weißt du, wie lange ich warten musste, um das von jemandem zu hören? Mit dir zusammen zu sein und ein Mal in meinem gottverdammten Leben akzeptiert zu werden … Deinetwegen hatte ich das Gefühl, endlich eine Chance auf ein normales Leben zu haben. *Meine* Version eines normalen Lebens. Und dieses Gefühl habe ich während der ganzen Zeit im Gefängnis behalten. So habe ich überlebt.«

»Ich weiß, aber …«

»Und jetzt sind wir wieder hier«, fuhr er fort. »Ich erzähle dir Geheimnisse, erzähle dir seltsamen, persönlichen, abgefuckten, irren Scheiß, und es ist für mich so normal und richtig wie … tief einzuatmen. Wir müssen nach Norden. Wir beide. Und nein, ich sehe nicht das große Ganze, aber ich fühle, dass es real und wichtig ist. Es geht um Leben und Tod. Du wirst in Sicherheit sein und ich frei. Und ich bitte dich, mir noch einmal zu glauben und mit mir zu kommen.«

Mir kamen die Tränen, aber ich wischte sie weg. Ich hatte ihm vor vier Jahren geglaubt. Ich hatte ihn akzeptiert. Aber vielleicht war das leichter gewesen, weil es keinen Einfluss auf mein Leben gehabt hatte. Weil ich verliebt gewesen war und bereit, über alles andere hinwegzusehen.

Das ist der wahre Test. Glaubst du ihm oder nicht? Akzeptierst du ihn oder nicht? Denn wenn du es nicht tust, lass ihn gehen. Jetzt sofort.

Evan verwechselte mein Schweigen mit Ablehnung. Er nickte und lehnte sich zurück, nahm angesichts meines Zweifels all seine Würde zusammen.

»Ich verstehe das«, sagte er leise. »Wirklich. Und es tut mir leid. Ich habe es dir gesagt, weil du die Wahrheit verdienst und ich nichts vor dir verbergen will. Aber ich werd machen, was du sagst, Jo. Ich bring dich, wohin du willst. Auch zurück nach Dolores, wenn du das möchtest. Sag es einfach, und ich bringe dich hin.«

Ich blickte über den Tisch zu Evan, zu seinem gutaussehenden, sanften Gesicht. Evan, der alles hoffte und um nichts bat.

Wo wollte ich hin? Eine Frage ohne geographische Antwort. Nach Norden, Süden, zum Zentrum oder dem verdammten Mond?

Als all die Verwirrung und die Zweifel und die Scham weggefegt waren, erklang die Wahrheit in meinem Herzen, und ich hörte laut und deutlich den genauen Ort.

Zitternd atmete ich aus. »Ich will mit dir kommen.«

25. KAPITEL

Jo

Evan bezahlte unsere Rechnung, und wir gingen in der drückenden Hitze zurück ins Motel. Ab und zu blickte ich verstohlen durch meine Haare zu ihm hinüber. Er sah besser aus als in meiner Erinnerung. Männlicher, stark und kräftig. Er hatte die Jeansjacke ausgezogen und trug sie in einer Hand. Sein T-Shirt dehnte sich über Muskeln und gebräunter Haut, als hätte er viel unter freiem Himmel gearbeitet. Er wirkte auch größer, aber das lag vielleicht daran, dass ich gebeugt ging und die Arme verschränkt hatte.

Evans Gang war selbstbewusst, sein Blick wach. Er war wie ein Bodyguard, der mich eskortierte. Langsam entspannte ich mich. Er musste mich gar nicht an einen sicheren Ort bringen. Ich fühlte mich schon sicher, wenn ich nur neben ihm ging.

Du tust es schon wieder, warnte ich mich. *Du bist auch gleich bei Lee eingezogen, weil sich das sicher angefühlt hat.*

Ich zog hinter dem Haarvorhang eine Grimasse. Evan war ganz anders als Lee. Die beiden zu vergleichen fühlte sich schmutzig an.

Als wir am Motel ankamen, meldeten sich Zweifel und nagten an meiner Gewissheit. War es wirklich richtig? Oder war ich eine liebeskranke Idiotin, die auf Evans hellblaue Augen hereinfiel?

Ich hätte darüber schlafen sollen. Ich hätte Evan sagen sollen, dass ich mehr Zeit brauchte …

»Du bist dir nicht sicher?«, fragte er, als er die Tür aufschloss. Ich starrte ihn hilflos an, und sein Blick verdüsterte sich. »Ich will auf keinen Fall, dass du Angst vor mir hast.«

»Das hab ich nicht«, sagte ich, und das war die Wahrheit. »Aber können wir jetzt … gehen? Fahren, meine ich?«

Wir packten unsere zwei Taschen. Er warf seine hinten auf die Ladefläche, und ich behielt meine auf dem Schoß in der Fahrerkabine des Pick-ups. Wir fuhren vom Parkplatz und verließen Terrell in südlicher Richtung auf dem Highway 34.

»Warum nach Süden? Ich dachte, wir müssen nach Norden?«

»Wir müssen sie abschütteln. Wir fahren etwa achtzig Kilometer nach Süden, als würden wir nach Mexiko wollen. Dann musst du mit deinem Handy jemanden in Dolores anrufen. Sie werden das Signal triangulieren und herausfinden, von wo du angerufen hast.«

»Du hast das ziemlich gut recherchiert.«

»Wir haben ziemlich viel CSI geguckt im Gefängnis.«

»Eine Serie über Cops, die Verbrecher fangen?«

»Lass-dich-nicht-erwischen für Anfänger«, sagte Evan grinsend.

Etwas Festes, Versteinertes tief in mir bekam Risse. *Es ist so leicht, mit ihm zusammen zu sein.*

»Ich könnte meine Freundin Del anrufen«, sagte ich. »Aber ich will nicht, dass sie Probleme kriegt. Vielleicht könnte ich auch Patty anrufen. Aber was soll ich ihr sagen? Dass ich Lee verlassen hab und nach Mexiko abhaue? Nicht sehr raffiniert.«

»Es ist egal, solange sie das Signal identifizieren können. Lass uns eine halbe Stunde warten, dann ruf sie an.«

»Ich sollte Patty anrufen. Ihr sagen, dass mir das mit Lee leidtut.«

»*Mir* tut das mit Lee leid«, sagte Evan grimmig. »Nicht dir. Niemals dir.«

»Ich weiß nicht.«

Lees Tod lastete schwer auf mir. Auch wenn Evan es letztlich getan hatte und es ein Unfall war, zog es mich auf eine Weise runter, die sich endgültig anfühlte.

»Am Anfang war er gar nicht so schlecht. Die Drogen haben ihn verdorben. Vielleicht war er als Kind ganz lieb. Jedenfalls war er ihr Sohn …«

Mein Handy klingelte, und ich stieß einen kleinen Schrei aus. Ich holte es aus meiner Tasche, als wäre es eine Schlange.

Evan warf einen Blick aufs Display. »Jemand, den du kennst?«

»Ich kenne die Nummer nicht, aber es ist meine Ortsvorwahl. Soll ich rangehen?«

»Es ist genau das, was wir jetzt brauchen.«

Ich drückte auf Annehmen. »Hallo?«

»Josephine Clark?«

»Wer spricht da?«

»Ms. Clark, ich bin Detective Toussaint vom Ouachita Parish Police Department.«

»Ja?« Ich deckte das Mikro ab und formte Polizei mit dem Mund.

Evan bedeutete mir mit einer Handbewegung, weiterzureden.

»Ms. Clark, könnten Sie heute Nachmittag auf die Wache kommen? Ein paar Fragen beantworten?«

»Eher nicht.«

Eine Pause. »Darf ich fragen, ob Sie sich noch innerhalb der Grenzen des Staates Louisiana befinden?«

»Fragen dürfen Sie.«

»Sie klingen ein wenig feindselig, Ms. Clark. Ist Ihnen bewusst, dass Ihr Verlobter, Mr. Lee Stevenson, gestern Abend tot aufgefunden wurde? Es hat einen Hausbrand gegeben.«

»Wirklich?«

»Sie klingen nicht überrascht.«

»Er war methsüchtig. Und er war nicht mein Verlobter.«

»Verstehe«, sagte Toussaint. Er klang jung. Überfreundlich. »Sie sind nicht besonders traurig über seinen Tod.«

»Er war gewalttätig«, sagte ich, senkte die Stimme und drehte mich von Evan weg. »Wenn Sie ein halbwegs fähiger Detective sind, werden Sie das schon wissen.«

»Sind Sie froh, dass er tot ist, Ms. Clark?«

»Sind das meine einzigen Möglichkeiten?«, fragte ich. »Froh oder traurig? Wie wär's mit zwiegespalten? Er hat mich grün und blau geschlagen, Mr. Toussaint. Das heißt nicht, dass ich will, dass er tot ist, aber es heißt auch nicht, dass ich seinetwegen eine Träne vergießen werde.«

»Verständlich«, sagte Detective Toussaint. »Ich habe noch eine Frage für Sie, Ms. Clark. Kennen Sie einen Mann namens Evan Salinger?«

»Was ist mit ihm?« Ich sah zu Evan, dessen Hände sich um das Lenkrad krampften.

»Ist er jetzt bei Ihnen? Können Sie offen reden?«

Ich schwieg, als mir die ungeheure Tragweite der Ereignisse klar wurde. Vor der Polizei abzuhauen war verdammt ernst und hatte schlimme Konsequenzen. Es gab kein Zurück. Wenn Evan und ich nach Norden fuhren, wären wir Flüchtige. Wenn wir uns stellten, hätten wir eine Chance. Lees Tod war ein Unfall gewesen. Evan hatte mich beschützt. Oder ich sagte, ich hätte es aus Notwehr getan. Wir konnten uns auf unser Justizsystem verlassen …

Aber ich wusste, was passieren würde, wenn wir uns stellten. Evan würde nicht zulassen, dass ich mich auf Notwehr berief.

Er würde gestehen, Lee umgebracht zu haben, und angesichts seiner Vergangenheit würden sie ihn für immer wegsperren. Es wäre egal, ob es ein Unfall war oder ob Lee mich an dem Abend verprügelt hatte … Sie würden mir Evan wegnehmen. Noch einmal.

»Ms. Clark?«, erklang Toussaints Stimme in meinem Ohr. »Sind Sie noch dran?«

Das hier ist eine zweite Chance. Für uns beide.

»Ms. Clark?«, wiederholte Detective Toussaint. »Ist Ihnen bewusst …«

»Ja, ist mir bewusst, Detective«, unterbrach ich ihn. »Mir ist so ziemlich alles bewusst. Danke für Ihren Anruf.«

Ich beendete den Anruf, kurbelte das Fenster runter und warf das Handy hinaus. Im Seitenspiegel sah ich, wie es hinter uns auf die Straße fiel und in ein Dutzend Stücke zerbrach.

Auf Evans Gesicht erschien ein Lächeln wie ein Sonnenaufgang nach einer dunklen Nacht. Dann fing er an zu lachen, ein tiefes Lachen, das von Herzen kam, und als er wieder verstummte, war seine Miene so liebevoll und erleichtert und froh, als wäre jetzt alles gut.

Ich legte den Kopf zurück und lächelte träge, während ich fühlte, wie noch mehr schwere Felsblöcke aus Zeit und Bedauern zerbröckelten und von mir abfielen.

26. KAPITEL

Evan

Nachdem Jo ihr Handy weggeworfen hatte, bog ich auf den Highway 35 W ab, der um Dallas herum führte. Ein Hochgefühl durchströmte mich, und ich ging aufs Gas. Ich wollte so schnell wie möglich an unserem Ziel angelangen.

Es war später Nachmittag, als wir in Denton, Texas, ankamen. Ich checkte uns in einem kleinen Motel im Zentrum ein und zahlte wieder bar.

»Wir brauchen Vorräte«, sagte ich. »Bleib du hier und ruh dich aus.«

»Ich kann mitkommen.«

Ich schüttelte den Kopf. »Etwa zu diesem Zeitpunkt wird die Polizei Fahndungsaufrufe mit Bildern und Beschreibungen rausschicken. Ich kann eine Sonnenbrille und eine Mütze aufsetzen, aber du …«

Sie berührte die Narbe auf ihrer Wange, nickte und verzog wieder das Gesicht, weil ihr Hals noch wehtat. »Stimmt wohl.« Sie legte sich auf eins der Betten. »Komm schnell zurück, okay?«

Ich beeilte mich. Ich hasste es, von ihr getrennt zu sein und sie schutzlos zurückzulassen. Ich ging zügig durch einen Walmart und warf alles Mögliche in den Einkaufswagen, wovon ich glaubte, sie würde es vielleicht brauchen. Was brauchten Frauen auf Reisen? Cremes? Hygieneprodukte? Make-up? Es sah aus, als würde Jo kein Make-up mehr benutzen. Gut. Sie brauchte keins. Sie war genauso ergreifend schön, wie ich sie in Erinnerung hatte – sogar noch schöner, jetzt, da sie bei mir war. Fleisch und Blut, nicht Traum und Erinnerung.

Ganz am Ende – und angetrieben von ziemlich heftigem Wunschdenken – warf ich noch ein Päckchen Kondome dazu. Jo musste sie ja nicht sehen. Vielleicht würden wir sie nie benutzen, aber wenn es so weit war, würde ich auf keinen Fall unvorbereitet sein.

Ich hielt an einer Pizzeria in der Nähe vom Walmart und wartete, während sie mir eine große Pizza mit allem machten. Dann fuhr ich schnell zurück zum Motel.

Jo regte sich, als ich hereinkam, setzte sich auf und schnupperte, als ich die Pizza auf die Kommode stellte. Ich kippte die Walmart-Tüten auf dem Bett aus. Tampons, Deo, Zahnpasta, Haarbürste und kleine Packungen Conditioner und Shampoo. »War mir nicht sicher, was du brauchst.«

Jo stützte das Kinn in die Hand und lächelte. »Da hat so offensichtlich ein Typ eingekauft.«

»Hab ich was vergessen? Ich kann noch mal los.«

»Nein, du hast an alles gedacht.« Sie hob die Tampons hoch. »Nicht viele Männer würden sich allein in den Gang mit weiblichen Hygieneartikeln vorwagen.«

Ich grinste. »Ist ja nicht so, dass jemand gedacht hätte, die wären für mich.«

Ihr Lächeln verschwand. »Danke für das alles, Evan, aber ich hab immer noch kein Geld. Und das ist immer noch scheiße.«

»Und ich hab dir gesagt, dass ich genug hab. Etwas über tausend Dollar.«

»Genug, um dahin zu kommen, wo wir hinmüssen?«

»Ich denk schon.«

Sie nickte, zuckte zusammen und rieb sich den Hals. Ich

brachte ihr ein paar Stücke Pizza, setzte mich auf das andere Bett, und wir aßen schweigend.

»Was ist mit den Nachrichten?«, fragte sie schließlich. »Ich bin neugierig, was bei dem Telefongespräch mit dem Detective rausgekommen ist.«

»Bist du sicher, dass du es wissen willst?«

»Sollten wir nicht im Blick haben, wie sehr wir am Arsch sind?«

»Ich will nur nicht, dass du dir Sorgen machst.«

Sie lächelte trocken. »Zu spät.«

Ich nahm die Fernbedienung und suchte nach einem Lokalsender. Innerhalb kürzester Zeit fand ich einen Bericht über uns.

»Das ist Patty«, sagte Jo mit vollem Mund.

Vor dem Diner, in dem ich Jo bei ihrer Arbeit aufgesucht hatte, interviewte ein Reporter eine dürre ältere Frau mit einer kurzen Dauerwelle. In einer wütenden und tränenreichen Tirade forderte Patty, dass Jo für den Mord an Lee verhaftet werden müsse. Hinter ihr stand ein halbes Dutzend brutal aussehender Kerle und nickte düster.

Jo hatte sich ans Kopfteil des Bettes gelehnt und drückte sich jetzt dagegen, als ob die Bilder sie bedrängen würden.

Die Szene änderte sich: Menschen trösteten Patty, dazu hörte man die Stimme des Reporters. »Was zuerst wie ein unglücklicher Hausbrand aussah, wird jetzt als mögliche Brandstiftung behandelt. Momentan stehen zwei Personen unter Verdacht: Josephine Clark und Evan Salinger – ein entflohener Strafgefangener.«

Zwei Bilder wurden nebeneinander eingeblendet: ein Porträt von Jo aus der Highschool und das Bild, das bei der Aufnahme in die Jugendstrafvollzugsanstalt North Central von mir gemacht worden war.

Die Kamera wechselte zu einem Mann in einer braunen Polizeiuniform mit der Bildunterschrift: Sheriff Griggs, Ouachita Parish.

»Ich kann momentan nicht viel sagen, aber es gibt ausreichend Beweise, die nahelegen, dass Mr. Stevensons Tod kein Unfall war. Für Mr. Salinger wurde ein Haftbefehl ausgestellt, und wir würden sehr gern mit Ms. Clark sprechen.«

Eine Stimme aus dem Off: »Und wenn Ms. Clark dem nicht nachkommt?«

Der Sheriff sah ernst aus. »Wir werden langsam ernsthaft in Betracht ziehen müssen, dass sie mitverantwortlich ist für Mr. Stevensons Ableben.«

Ich schaltete den Fernseher aus.

»Du hattest recht«, sagte Jo und stellte ihren Pappteller zur Seite. »Ich musste das nicht sehen.« Eine angespannte Stille trat ein, dann sagte Jo so leise, dass ich es fast nicht hörte: »Das ist meine Schuld.«

Ich warf mein Pizzastück in die Schachtel zurück. Der Appetit war mir vergangen. »Was ist deine Schuld?«

»Das da.« Sie deutete auf den Fernseher. »Alles. Das Chaos. Lee …« Sie schüttelte den Kopf und verzog das Gesicht. Sie hielt sich den Nacken und rieb ihn, als würde sie versuchen, sich Dreck von der Haut zu reiben. »Gott, das tut so weh. Alles. Es tut einfach weh.«

»Soll ich dich massieren?«

Sie sah mich an, und ich spürte, wie die Luft sich verdichtete. Ich hatte sie seit vier Jahren nicht berührt, und ich wollte es. Ich wollte es so sehr, ich konnte kaum atmen.

»Ja, bitte«, sagte Jo. Sie rutschte auf der Matratze nach vorn, und ich setzte mich hinter sie.

Sie trug ein weißes Tanktop und keinen BH. Ich starrte auf ihren anmutigen Hals. Mein Puls hämmerte, und im Schritt wurde mir die Hose eng, als ich ihre seidigen schwarzen Haare über ihre Schulter nach vorn schob und die glatte Haut ihres Rückens entblößte.

Dann legte ich die Hände auf ihren Nacken.

Ich musste die Augen schließen, als mich ein Sturm von Körpererinnerungen überflutete. Unsere ersten Berührungen, unsere ersten Küsse. Ich berührte dieselbe Haut, die unter Wasser nass und warm gewesen war …

Stockend atmete ich ein und zwang meinen Körper, sich zu beruhigen. Sanft knetete ich die angespannten Muskeln an Jos Hals, spürte unter meinen Händen, wie zerbrechlich ihr Körper war. Sie war klein und dünn. Unterernährt. Aber ich spürte auch ihre Kraft. Eine sanfte Hitze, die von ihrer Haut ausging. Ein inneres Feuer, das nie erlosch, egal wie sehr das Leben versuchte, es auszutreten.

Sie brauchte jetzt Ruhe und Sicherheit. Musste gut essen und viel schlafen. Musste sich sammeln und neu aufstellen, ihre Kräfte nähren und für sich nutzen, statt einfach nur zu überleben.

Ich wünschte, ich könnte sie für länger an einen sicheren Ort bringen, aber wir mussten nach Norden. Zum Zentrum. Sonst wären wir erledigt. Diesen letzten Teil hatte ich Jo nicht erzählt; es war ein Wunder, dass sie sich überhaupt mit meiner verrückten Geschichte zufriedengab. Auch wenn es für mich so real war wie mein eigener Körper. Das Bedürfnis, dem Traum zu gehorchen – den ich bisher nur in Teilen sah –, war so normal für mich wie der Herzschlag, der das Blut durch meine Adern pumpte.

Sanft rieb ich über die Verspannungen in ihrem Hals und ihren Schultern, löste die Anspannung, die sich in ihr festgesetzt hatte. Jo ließ sich ein bisschen fallen, ihre Schutzmauern kamen ein bisschen runter. Sie brachen nicht ein – sie hatte sie solide gebaut. Aber ich hörte Jo seufzen und spürte, dass sie mich etwas mehr an sich heranließ. Sie kam meinen Berührungen entgegen.

»Am Anfang war es okay mit Lee«, sagte sie. »Er war beim besten Willen kein Traumprinz, aber er war auch kein Monster. Damals nicht. Erst, als er mit Crystal anfing.« Ihr Atem stockte. »Die Drogen haben ihn fies gemacht ...«

»Es ist okay, Jo.«

»Ich sage dir das, weil ich nicht dumm bin. Ich will nicht, dass du denkst, dass ich dumm bin.«

»Du bist nicht dumm.«

»Ich bin schwach.«

»*Nein.*«

»Ich hab zugelassen, dass mein Körper ein Gefäß für Lee wird«, sagte sie elend. »Ein Punchingball, ein Spucknapf. Ich hab meine Seele gegen einen Unterschlupf getauscht, ein Dach über dem Kopf und Essen auf dem Tisch. Es war Überleben, kein Leben. Kein Leben ...«

Mit einem Schluchzer beugte sie sich vor, und ihre Schultern bebten unter meinen Händen. Ich wollte sie an mich ziehen, sie festhalten, während sie der Trauer nachgab. Ich massierte weiter ihren Hals und ihre Schultern und wartete, dass sie mir sagte, was sie wollte. Wofür sie bereit war.

»Ich war so erschöpft und komplett pleite und verzweifelt«, sagte sie. »Aber niemals hätte ich ... Wenn ich gewusst hätte, dass er mich schlagen würde, hätte ich niemals ...«

Sie ließ sich gegen mich sinken, drehte sich an meiner Brust zu mir um. Ich umarmte sie, schob ihren Kopf unter mein Kinn und streichelte ihr Haar. Es tat mir so leid, und gleichzeitig empfand ich für uns eine solche Freude.

»Du musst mir nichts erklären, Jo. Ich weiß das. Ich weiß, wie stark du bist.«

Sie schüttelte den Kopf, ihre Tränen durchnässten mein T-Shirt. »Nein …«

»*Doch*«, sagte ich und umarmte sie fester. »Du bist stark. Auch starke Menschen können sich nicht immer allein aus total beschissenen Situationen befreien.«

»Ein starker Mensch wäre gegangen.«

»Ein starker Mensch findet heraus, wie er überlebt. Und dann flieht er oder kämpft sich raus. Oder er gibt auf. Du hast nie aufgegeben.«

»Und jetzt ist er tot«, sagte sie. »Es ist meine Schuld. Ich weiß, dass es ein Unfall war, aber ich wünschte echt, du müsstest diese Last nicht tragen. Du bist zu gut, um das verantworten zu müssen.«

»Ich krieg das hin«, sagte ich. *Ich habe keine Wahl.*

Sie setzte sich auf und sah mich aus geröteten Augen an. Die Beule an ihrer Schläfe war grün mit einem dunkelroten Strich aus getrocknetem Blut. »Es tut mir leid, dass du in dieses Chaos reingezogen wurdest. Aber ich bin wirklich froh, dass du es beendet hast.«

Ich wünschte mit all meiner Kraft, ihr den Schmerz dauerhaft abnehmen zu können – alles, angefangen mit der Narbe bis hin zu diesem Moment –, damit sie ihn nie wieder spüren müsste.

»Es ist noch nicht vorbei, Jo«, sagte ich. »Erst muss ich dich an einen sicheren Ort bringen. Wo dich all das …«, ich deutete mit dem Kinn auf den Fernseher, »nicht treffen kann.«

Sie schwieg. Ein paar Sekunden vergingen, in denen keiner von uns sich bewegte. Ich wollte ihr Gesicht umfassen und sie küssen. Sie die ganze Nacht küssen. Aber ich hatte sie erst gestern wiedergefunden. Misshandelt, ängstlich … Ich fragte mich, wann das letzte Mal jemand freundlich zu ihr gewesen war. Oder sie sanft berührt hatte. Wann hatte sie das letzte Mal mit jemandem geschlafen? Mit Lee? War er gut zu ihr gewesen? Oder hatte er sie auch hinter der geschlossenen Schlafzimmertür misshandelt? Ich wollte danach fragen, aber konnte es nicht, und allein bei dem Gedanken verkrampften sich meine Muskeln vor Zorn.

Jo spürte das und löste sich von mir. »Ich würde jetzt gern schlafen«, sagte sie. Ihre Mauern waren wieder oben. »Mein Hals fühlt sich besser an. Danke.«

»Kein Problem.« Ich stand vom Bett auf, damit sie sich hinlegen konnte. »Es ist gut, wenn du schläfst. Wir fahren bei Tagesanbruch los.«

»Ist gut.«

Jo kroch zwischen die Laken und legte den Kopf aufs Kissen. Ich zog die billige, steife Polyesterüberdecke bis zu ihren Schultern hoch. Sie schloss die Augen, die Falten auf ihrer Stirn glätteten sich.

Dann machte ich die Nachttischlampe aus und legte mich auf mein Bett. Es war erst neun, aber auch ich spürte die Müdigkeit. Ich hatte gar nicht gemerkt, wie angespannt auch ich gewesen war – erst die Wochen auf der Flucht, dann der Versuch, Jo zum Mitkommen zu überreden. Jetzt war sie hier, und ich sank tief ins Bett. Wir hatten noch einen langen Weg vor uns, aber sie war bei mir.

Ich war schon an dem Ort, wo Gedanken auseinanderbrechen und sich in alle möglichen Richtungen zerstreuen, als ihre schläfrige Stimme über den Raum zwischen unseren Betten trieb.

»Ich kann fühlen, wie es näher kommt.«

»Was fühlst du, Jo?«

»Was auch immer kommen und dich mir wegnehmen wird.«

In der Dunkelheit konnte sie meinen Gesichtsausdruck nicht sehen. Vielleicht hatte sie gehört, wie mein Atem bei diesen Worten stockte. Vielleicht hatte sie gar nicht das gemeint, was mein Herz verstehen wollte, nämlich, dass sie den Gedanken nicht ertrug, wieder von mir getrennt zu sein. Vielleicht meinte sie meine bevorstehende Verhaftung. Oder vielleicht zerstreuten sich auch ihre Gedanken gerade, und sie wusste gar nicht, was sie wirklich meinte.

Aber ich hegte die Hoffnung, dass etwas von dem, was wir vor vier Jahren gehabt hatten, noch in ihr lebendig war, auch wenn sie es unter Verschluss hielt.

Ich wehrte mich noch ein paar Minuten gegen den Schlaf, wartete, bis ihr Atem tief und gleichmäßig war und ich sicher sein konnte, dass sie schlief.

»Gute Nacht, Jo«, sagte ich leise und dann, ein Flüstern: »Ich liebe dich.«

27. KAPITEL

Jo

»Wo fahren wir hin?«, fragte ich. »Ich meine, abgesehen von *nach Norden*?«

»Einfach nur nach Norden«, antwortete Evan. »Für den Moment.«

Die Sonne hatte sich komplett über den Horizont geschoben, und man sah auf allen Seiten nichts als meilenweit flaches Land, nur leicht gesprenkelt mit Vegetation. Evan lenkte den Pick-up über die zumeist leere Straße, der Motor das einzige Geräusch für lange Zeit. Die Stille war so drückend wie die Hitze. Ich wollte gerade sagen, wie heiß es schon war, dann verkniff ich es mir fluchend.

Evan sah mich an. »Alles okay?«

»Ich will keinen Smalltalk mit dir machen.«

Er grinste. »Dann lass es.«

»Mein Themenkatalog ist ziemlich beschränkt, und keins davon ist gut.«

»Was ist damals passiert, nachdem ich verhaftet worden war? Hast du den Schulabschluss gemacht? Ich glaube, du hast mir das in einem Brief geschrieben.«

»Ja, hab ich«, sagte ich. »Es war ein kleines Wunder, bei all der Scheiße damals. Ich glaub, meine Englischlehrerin hatte Mitleid mit mir. Ich hab ein Gedicht geschrieben und ...«

Plötzlich wurde ich rot, und als mir »Nie hab ich dir gesagt« wieder einfiel, flutete mich eine merkwürdige Kombi aus Trauer und Sehnsucht.

Ich verstummte und richtete den Blick auf die flache Landschaft.

»Ja? Wovon handelte das Gedicht?«, fragte Evan nach einer Minute.

»Ach, nichts.« Gott, ich war sogar zu verwirrt, um glaubhaft zu lügen. »Und … hältst du noch den Atem an?«

Läuft super, Josephine. Echt super.

Aber Evan fing an zu lachen. »Ja, mach ich. Aber nicht unter Wasser. Im Gefängnis gab es keinen Pool, aber ich hatte, gelinde gesagt, ziemlich viel Zeit totzuschlagen in meiner Zelle.«

»Wie lange?«

»Fast sechs Minuten.«

Meine Augen weiteten sich. »Kein Scheiß?«

»Kein Scheiß.«

»Das … ist wirklich lang.«

»Ja, ist okay.«

Ich runzelte die Stirn. »Wie lange muss es sein?«

»Elf Minuten«, sagte er todernst, den Blick nach vorn gerichtet.

»Das war keine echte Frage.«

Er zuckte die Achseln. »Tja. Aber das ist die Antwort.«

Ich starrte ihn eine Minute länger an, dann lachte ich. »Freak.«

Evan lachte auch und schüttelte den Kopf. »Ich hab dich vermisst, Jo.«

Mein Lachen erstarb, und mein Herz legte einen höheren Gang ein. »Ich hab dich auch vermisst«, sagte ich schwach.

Evan schüttelte den Kopf. »Es stimmt eigentlich nicht ganz. Es war mehr, als dich zu vermissen. Ich habe mich gefühlt, als wäre ein Stück von mir abgebrochen und ich hätte die letzten vier Jahre versucht, mich an das Leben ohne zu gewöhnen. Wie so ein Phantomglied. Es ist weg, aber man kann es noch fühlen und will es deshalb um so mehr zurück.«

Ich sah weg. Schamesröte stieg mir ins Gesicht. »Es tut mir leid, dass ich den Kontakt nicht gehalten habe. Ich wollte …«

»Tu das nicht, Jo«, sagte Evan, seine blauen Augen hart wie Glassplitter. »Es ist nicht deine Schuld.«

»Nicht? Es war so scheiße, wie sie dich behandelt haben. Was Shane damals gesagt hat, damit sie dich einsperren …« Ich schüttelte den Kopf und ballte die Fäuste. »Ich konnte nichts tun. Niemand hat mir zugehört.«

»Ich weiß. Es ist okay.«

»Ist es überhaupt nicht. Aber ich hab's versucht. Wirklich. Und dann ist mir das Leben … einfach in die Quere gekommen. Es klingt wie eine lächerliche Ausrede, aber es stimmt.«

»Was ist passiert?«, fragte Evan leise.

»Nach deiner Verurteilung hat Gerry mich nicht einfach vor die Tür gesetzt. Ich war total fertig. Wahrscheinlich hatte er Mitleid mit mir oder sich Sorgen gemacht.«

»Ich weiß das noch aus deinen Briefen«, sagte Evan. »Ich war so froh, dass du nicht auf dich allein gestellt warst.«

»Sechs herrliche Monate lang. Aber dann ist Gerry gestorben. Lungenembolie. Zu viel Sitzen und zu viel Truckerfraß. Danach … war's echt schwer.« Ich blickte über den flachen Horizont, zupfte an einem Faden am Saum meines T-Shirts. »Ich war eine Weile obdachlos, hab in meinem Auto gewohnt. Das war in Arkansas.«

»Du warst *obdachlos*?«

»Deshalb hab ich aufgehört zu schreiben. Ich hatte keine Adresse. Oder manchmal schon, aber nicht lange. Ich bin irgendwann Richtung Süden gefahren, hab Lee getroffen, und der Rest ist, wie man sagt, Geschichte.« Ich grinste schief. »Oder eine True-Crime-Story. Eins von beidem.«

»Gott, es tut mir leid, Jo.«

»Was?«, fragte ich bitter. »Ich hab mir mein Leben versaut, das sowieso schon scheiße war.«

»Ich war nicht für dich da. Ich hätte für dich da sein sollen.«

»Ich hätte für *dich* da sein sollen. Wir wurden … auseinandergerissen.«

Er sah aus, als würde er antworten wollen, aber dann hielt er inne und kniff die Augen zusammen, als wir uns einem Schild näherten: *Ausfahrt 51 77N Turner Falls Area.*

Und darunter: *Davis, Oklahoma, 2743 Ew.*

Wir waren einfach der 35N gefolgt und nach Oklahoma reingefahren, aber jetzt nahm Evan diese Ausfahrt nach Nordosten.

»Wo fahren wir hin?«, fragte ich.

»Äh, nach Davis«, antwortete Evan nach einer Minute. »Hast du Hunger? Lass uns was frühstücken.«

»Klar«, sagte ich langsam.

Es stimmte, ich konnte was essen, aber Evan war nicht deshalb von der 35 abgefahren. Was auch immer das für ein innerer Kompass war, der ihn lenkte, er hatte unseren Kurs geändert. Dessen war ich mir sicher.

Wir hielten am Boomerang Diner. Ich bestellte das Big-Ham-Country-Frühstück: Eier, Hash Browns, Biscuits und Soße, dazu Obst und Kaffee. Und ich aß es komplett auf. Auf der Flucht vor der Polizei zu sein bewirkte offensichtlich wahre Wunder hinsichtlich meines Appetits. Das Essen schmeckte wieder. Der Kaffee schmeckte eine Million Mal besser als die Plörre in Lees und Pattys Diner. Selbst die blasse, unreife Honigmelone schmeckte unglaublich.

Ich hörte lange genug auf zu essen, um Evan, der mir gegenüber saß, einen Blick zuzuwerfen. Er verschlang das gleiche Frühstück mit der gleichen Gier. Er ertappte mich dabei, wie ich ihn ansah, und wir lachten, als ich grunzte wie ein Schwein.

»Bin ich so schlimm?«, fragte er lachend.

»Nicht schlimmer als ich«, sagte ich. »Ich glaub, ich hab aus Versehen meine Gabel mitgegessen.«

Er lachte noch mehr und verschluckte sich fast an seinem Bacon.

Es kommt alles wieder, oder? Das mit ihm und mir?

Er erzählte, dass einer unserer Lieblingsfilme, *Arizona Junior*, im Gefängnis ein Kultfilm gewesen war und auf Bitten der Insassen jeden Samstag im Aufenthaltsraum gezeigt wurde.

»Neben *Die Braut des Prinzen* der zitierfähigste Film in der Geschichte des Kinos«, erklärte ich.

Evan machte einen gedehnten Südstaatenakzent nach. »Wenn es kein Geflügel gab, aßen wir Langusten, wenn es keine Langusten gab, aßen wir Sand.«

Ich fiel ein. »Was habt ihr gegessen?«

»Wir aßen Sand.«

»Ihr habt *Sand* gegessen?«

Vom Lachen nach dem riesigen Frühstück bekam ich so herrliche Bauchschmerzen, wie ich sie seit Jahren nicht gehabt hatte. Ich war so voll von Essen und Freude. Und ich hatte nur Augen für Evan.

Dies ist ein Traum. Es ist zu schön, um real zu sein.

Dann stellten sich zwei Polizisten an den Tresen, mit ihren glänzenden Marken und Waffen am Gürtel, und erinnerten uns daran, dass leider alles viel zu real war. Sie plauderten nur mit der Bedienung und lachten und schienen sich nicht im Lokal umzusehen. Aber Evan sah mich an und griff nach seiner

Brieftasche. Er legte genügend Bargeld auf den Tisch, und wir verschwanden unauffällig, aber schnell, aus dem Diner. Als ich im Pick-up saß, machte ich die Beifahrertür zu und verriegelte sie, und mein Puls raste ein bisschen wegen der Cops, aber das gute Gefühl blieb.

Wir hielten an einem kleinen Lebensmittelgeschäft, um etwas zu essen für die Fahrt zu kaufen. Aus einer Laune heraus warf ich noch eine rot-weiß karierte Picknickdecke dazu. Evan fuhr danach über eine ruhige Straße, die von Bäumen und Büschen gesäumt war, in Richtung Norden. Das Land war sommerlich grün. Der Himmel reines, wolkenloses Blau. Es fühlte sich an, als wären Evan und ich die letzten Menschen auf der Erde.

Ich warf ihm verstohlene Blicke zu: seine große Hand, als er nach einem Oldie-Sender im Radio suchte, sein Oberarm, der den Ärmel seines T-Shirts dehnte. Seine Gegenwart erfüllte die Kabine des Pick-ups. Er stieß seufzend die Luft aus, und ich atmete sie ein. Ich konnte seine Haut riechen, warm und sauber und vertraut.

Wir fuhren noch anderthalb Stunden in Richtung Norden, dann bog Evan vom Highway in Richtung Catoosa ab.

»Halten wir an?«, fragte ich, als er die Maut an der Ausfahrt zahlte.

Evans Blick war verträumt, als würde er jenseits der Straße etwas sehen.

»Ich glaube, es gibt da etwas, was du sehen willst«, sagte er.

»Glaubst du das, oder weißt du's?«

Er antwortete nicht. Ich sah ein Schild mit der Aufschrift *Route 66 Roadside Attraction!* Vor uns am Horizont tauchte langsam ein hellblauer Fleck in der grünen Landschaft auf. Ich kniff die Augen zusammen und begriff allmählich, dass es ein Wal war. Ein gigantischer Wal aus Metall, der neben einem kleinen Badesee gestrandet war. Mit Cartoon-Augen und einem offen stehenden Maul, in das man hineingehen konnte.

»Was ist das?«

Evan fuhr auf die Einfahrt und parkte. Er lächelte, als er den Motor ausmachte. »Das ist der Grund, weshalb wir hier sind.«

Ich stieg mit offenem Mund aus. Es war ein natürlicher See. Der Wal war etwa sechs Meter lang. Sein Maul stand sperrangelweit auf und lud Kinder ein, reinzukommen und zu spielen. An der Brustflosse fing eine Rutsche an und führte runter ins Wasser. Der Schwanz des Wals war zu einem kleinen Sprungturm ausgebaut. Obwohl das Schild nach einer eher berühmten Sehenswürdigkeit in Oklahoma geklungen hatte, war niemand hier und schwamm oder picknickte in der Sommerhitze.

Ich schützte die Augen vor der Sonne und sah Evan an. »Wir nehmen uns auf unserer Flucht vor dem Gesetz ein bisschen Zeit, um schwimmen zu gehen?«

Er grinste. »Warum nicht? Scheint ein guter Platz dafür zu sein.« Er griff hinter sich und zog sich das Hemd über den Kopf.

Ich hatte seinen nackten Oberkörper seit vier Jahren nicht gesehen. Mir stockte der Atem, als mein Blick über seine festen Bauchmuskeln wanderte, dann über die breite, glatte Fläche seiner Brust. Evan hatte schon mit achtzehn eine beeindruckende Statur gehabt, aber jetzt stand der massive und kräftige Körper eines Mannes vor mir.

Mit trockenem Mund sank ich auf eine der bunten Bänke, die um den kleinen improvisierten Strand des Badesees standen.

»Kommst du nicht mit rein?«, fragte Evan, zog sich bis auf die Boxershorts aus und nahm seine Uhr ab.

»Hab keinen Badeanzug«, brachte ich heraus. »Aber alles gut, danke.«

Er warf mir ein Lächeln zu und war sich meiner Qualen entweder nicht bewusst oder genoss es. »Wie du meinst.«

Er ging mit großen Schritten den kleinen künstlichen Strand hinunter, seine Haut sonnengebräunt, dann sprang er ins Wasser. Mit großen, langen Zügen schwamm er in die Mitte des Badesees und verharrte dort auf der Stelle. Das Sonnenlicht glitzerte in seinem Haar und verwandelte es in Gold.

»Soll ich deine Zeit stoppen?«, rief ich. »Um der alten Zeiten willen?«

»Gern«, sagte er.

Ich nahm seine Armbanduhr, die er oben auf den Stapel mit seinen Klamotten gelegt hatte. Es war eine alte Uhr; die wasserdichte, die ich ihm vor der Prom gekauft hatte, hatte unsere Trennung wahrscheinlich nicht überlebt.

Ich wartete, bis die nächste Minute anfing. »Und … los.«

Evan verschwand unter der Oberfläche, und die Sekunden summierten sich. Es war nicht wie im Funtown Erlebnisbad. Dies war ein natürlicher Badesee, ein Erdloch. Kein Licht, keine hellen Fliesen, kein klares bläuliches Wasser. Evan tauchte unter und verschwand.

Eine Minute. Ich wippte mit dem Bein und biss mir auf die Unterlippe.

Nach zwei Minuten stand ich von der Bank auf und kniete mich am Ufer ins Gras. Ich behielt die Uhr im Auge, starrte aber auf das stille, trübe Wasser.

Drei Minuten. Das Herz klopfte mit jeder Sekunde lauter in meiner Brust.

Nach fünf Minuten war ich sicher, dass er tot war. Mit der freien Hand schlug ich leicht aufs Wasser. Dann kräftiger. Dann panisch.

Evan kam an die Oberfläche und atmete geräuschvoll ein. Er keuchte und röchelte, und ich hatte ein etwas weniger schlechtes Gewissen, dass ich durchgedreht war und ihn dazu gebracht hatte, hochzukommen.

»Bist du okay?«, fragte ich.

Als er zu Atem gekommen war, schüttelte er sich das Haar aus den Augen. »Ja, alles gut. Was ist los?«

»Nichts, ich …« Ich stand auf, ging wieder zu der Bank und kam mir dumm vor. »Nichts.«

Evan schwamm in Richtung Strand. Seine Füße fanden Grund, und er kam aus dem Wasser und zu mir. »Jo? Bist du okay?«

»Ich fand's nicht gut, dass ich dich nicht sehen konnte.«

Evan war so deutlich ins Gesicht geschrieben, was er dachte, dass ich mir vorkam, als könnte ich Gedanken lesen. Er war gerührt, dass es mir etwas ausmachte, und er bedauerte, dass er mir Sorgen bereitet hatte. »Es tut mir leid, Jo.«

»Es ist okay in einem Pool, wo ich dich sehen kann. Aber hier draußen …« Ich verlor den Faden, als ich die Wassertropfen auf seiner Brust betrachtete. Verlangen meldete sich in mir. Ich hatte vergessen, wie mächtig es sein konnte – ein süßer Druck in meinem Unterleib wie ein warmer, schwerer Stein.

Ich hob den Kopf, und Evan sah mich vergnügt an. Ich wurde rot. »Was?«

»Nichts«, sagte er. »Hast du Hunger?«

»Wann habe ich keinen?«

Verstohlen sah ich zu, wie Evan sich anzog. Er sah so gesund aus. Perfekt. Im Gegensatz dazu fühlte ich mich dürr, blass und extrem unsexy in meinem Tanktop und der weiten Cargo-Hose. Ich wünschte, ich hätte meine Arme bedeckt, die dünn waren und auf denen man noch blasse Blutergüsse sah.

Evan holte das Essen aus dem Pick-up. Wir breiteten die rotkarierte Decke aus und verteilten darauf, was wir in Davis gekauft hatten: Sandwiches, Chips, Eistee und Obst. Ich hatte Riesenhunger, und wir aßen, ohne zu reden.

Satt und zufrieden schloss ich schließlich die Augen, hielt mein Gesicht in die Sonne und genoss etwas, was sich fast wie Frieden anfühlte. Als ich die Augen wieder öffnete, bemerkte ich, wie Evan mich über die Reste unseres Picknicks hinweg betrachtete.

»Woran denkst du?«, fragte er.

Ich sah mich um in dieser friedlichen kleinen Oase inmitten einer flachen und endlosen Landschaft. »Ich fühle mich gut.«

Mein Blick landete auf dem großen Blauwal mit dem lächelnden Mund und den handgemalten Cartoon-Augen. »Ich hatte mal so einen Wal, als ich klein war. Ein Stofftier, meine ich. Meine Mutter hatte ihn mir geschenkt. Ich liebte ihn. Ich hab ihn überall mit hingenommen. Ich hab ihn …«

Ich wandte mich in Gedanken der Erinnerung zu. »Moby«, sagte ich, total erschrocken, dass es mir wieder einfiel. »Mama hat ihn mir geschenkt und gesagt, ich sollte ihn Moby nennen. Weil so der Wal in einem berühmten Buch hieß, das ich irgendwann einmal lesen würde.«

Mir stockte der Atem, als die Erinnerungen in strahlenden, lebendigen Farben aus dem grauen Nebel aufstiegen. Ich lachte überrascht und sah Evan staunend an. Die Erinnerungen kamen eine nach der anderen, häuften sich.

»Meine Mutter hat mich immer ermuntert zu lesen. Ich weiß noch, wie sie gesagt hat, es wäre die beste Art, die Welt zu entdecken, wenn man nirgendwo hin könnte. Ihr Licht war so hell an dem Tag. *Mit einem guten Buch sitzt du nie irgendwo fest.* Genau das hat sie gesagt. Ich erinnere mich an die Worte. Und an ihre Stimme und ihr Lächeln …«

Ich lachte, atmete tief ein und trocknete meine Augen mit

einer Serviette. »Ich kann nicht glauben, dass mir das wieder eingefallen ist.«

Evan nahm wortlos meine Hand, und wir saßen dort lange Zeit und sonnten uns, und ich sonnte mich auch in dem kleinen Stück von meiner Mutter, an das ich mich jetzt erinnerte.

Irgendwann ging Evan noch mal baden. Doch er hielt nicht noch einmal den Atem an, machte Witze, der volle Bauch würde ihn sonst wie ein Anker am Grund halten. Die Sonne senkte sich gen Horizont, als wir zusammenpackten.

Als wir losfuhren, betrachtete ich den Blauwal im Rückspiegel. Berührte das kleiner werdende Spiegelbild mit den Fingerspitzen. Ich wünschte, ich hätte mein Handy, dann hätte ich ein Foto davon machen können. Stattdessen bewahrte ich ihn im Gedächtnis wie ein Gedicht, geschrieben in lebendigen, leuchtend blauen Worten.

28. KAPITEL

Evan

Wir kamen gegen fünf Uhr in Tulsa an und fanden ein Motel.

»Ich hab nur noch ein Zimmer«, sagte der Rezeptionist. »Nichtraucher, Doppelbett.«

Ich sah zu Jo und erwartete halb, dass ihre zufriedene und friedliche Miene sich angesichts dieses Schlaf-Arrangements misstrauisch verdüstern würde. Das Letzte, was ich wollte, war, das Glück auszulöschen, das sie beim Blauwal gefunden hatte. Es hatte auf der ganzen Fahrt so hell in ihren Augen geleuchtet. Ihr Lächeln war unverkrampft, und sie hatte oft gelacht. Auf dem Stück vom Wagen zum Büro des Motels war mir aufgefallen, dass sie aufrecht ging, nicht gebeugt, die Arme um den Körper gelegt.

»Ist ein Bett okay für dich? Wir können woanders hin.«

»Nein, kein Problem.«

Ich duschte, um mir das Seewasser von der Haut zu waschen. Als ich aus dem Bad kam, sah Jo Nachrichten.

»Gibt's was Neues?«

Sie schaltete den Fernseher ab. »Sie suchen nach uns. Sie deuten an, dass du mich vielleicht entführt hast.«

Ich ignorierte den letzten Teil. »Die werden uns nicht kriegen.«

»Woher weißt du das?«

»Weil ich es nicht zulasse.«

Jo hakte nicht nach. Für den Moment. Ich wusste, je weiter wir nach Norden kämen, desto mehr Fragen würde sie haben. Ich betete, dass sie mir vertrauen würde, wenn wir zum Zentrum kämen, und die Antworten akzeptieren würde. Ich betete, dass ich überhaupt Antworten haben würde. Im Moment befand sich das, was uns lenkte, gerade außerhalb meines bewussten Denkens.

Ich ging und holte uns was von einem chinesischen Takeaway, dann duschte Jo, während ich mit halber Aufmerksamkeit eine Wiederholung von *Bonanza* im Fernsehen guckte. Ich versuchte, mir Jo *nicht* nackt in der Dusche vorzustellen, wie das Wasser über sie lief und sie sich den nassen Körper einseifte …

Ich stöhnte und rückte mir den Schritt zurecht. *Gott, nicht jetzt.* Nicht, solange sie nicht bereit und ausgeruht war. Vielleicht nie. Wahrscheinlich war Sex das Letzte, woran sie dachte, nachdem sie in den letzten vier Jahren so viel Scheiß durchgemacht hatte. Ich konnte es ihr nicht verübeln.

Aber Gott, ich wollte sie. Als die Badezimmertür aufging und Jo in einer Dampfwolke herauskam, wollte ich sie packen und aufs Bett werfen und bis zur Besinnungslosigkeit vögeln. Oder sie langsam und zärtlich lieben. Was auch immer sie wollte. Alles, was sie wollte.

Sie hatte sich in ein Handtuch gewickelt, das sie von ihren kleinen perfekten Brüsten bis zur Mitte der Oberschenkel bedeckte. Ihr nasses Haar fiel wie schwarze Seide über ihre blassen Schultern. Ich saß auf dem Bett und wandte den Blick ab, bewegte die Beine, um die Erektion zu verbergen, die in meiner Jeans drückte.

Jo wühlte in ihrer kleinen Tasche. Sie holte einen Slip heraus, Shorts und ein Hemd. Mein Hemd. Das alte blau-schwarze Flanellhemd, das ich ihr in der Highschool gegeben hatte.

Du liebe Güte, das hat sie noch?

Ich erinnerte mich, wie sie mich gebeten hatte, darin zu schlafen, damit es nach mir roch, wenn ich es ihr zurückgab. Diese kleine Bitte war einer der wichtigsten Momente meines Lebens gewesen. Und jetzt ... Ich wusste, dass sie kaum mehr als drei Kleidungsstücke eingepackt hatte, bevor wir aus Dolores weggefahren waren. Mein Hemd war eines davon.

Mit den Sachen in der Hand ging Jo ins Bad zurück. Ich hörte Wasser laufen, das Geräusch, als sie sich die Zähne putzte. Irgendwie machte es mich an, ihr so nah zu sein, all die intimen Rituale vor dem Schlafengehen zu hören.

Als sie aus dem Bad kam, roch sie nach einer süßen Lotion und trug mein Hemd und ...

Verdammt, Jo ...

Ich starrte auf den Fernseher, während sie die Schublade des Nachttischs aufzog, darin herumstöberte und den Notizblock des Motels und einen Stift herausholte. Sie schlug die Decke zurück und setzte sich auf ihre Seite des Bettes. Da war höchstens ein halber Meter weißer Fläche zwischen uns, doch sie fühlte sich in etwa so breit an wie Texas. Jo tippte sich mit dem Stift gegen die Lippen – ohne zu ahnen, was das mit mir machte – und fing an zu schreiben. Zuerst stockend, dann etwas gleichmäßiger. Eine Pause. Ein Wort wurde gestrichen. Dann schrieb sie wieder. Im Fernseher lief weiterhin *Bonanza.*

»Ein Gedicht?«, fragte ich in einer Werbepause.

»Vielleicht«, sagte sie. »Es ist so lange her. Ich bin total aus der Übung.«

Ich erinnerte mich, dass sie gesagt hatte, sie habe seit einem Jahr nichts geschrieben. Heute folgte ein Sieg auf den anderen.

»Wovon handelt es?«, fragte ich. Sie zögerte, und ich fügte schnell hinzu: »Du musst es mir nicht sagen.«

»Es handelt von dem Schwimmbecken. Unserem Pool. In Planerville. Ich denke oft daran.«

Das tat ich auch. Der Pool, wo wir geschwommen waren und uns kennengelernt hatten. Wo wir uns geküsst und berührt hatten und sie zugelassen hatte, dass ich sie leckte. Mein ganzes Leben hatte sich in und an diesem Pool abgespielt. Jede Erinnerung an jede Minute, die ich in seinem Wasser verbracht hatte, war mir kostbar. Auch als sie geglaubt hatte, ich würde ertrinken.

Jo betrachtete die Worte auf dem Block. »Ich hab mich daran erinnert, als ich heute deine Zeit gestoppt hab. Ich bin immer ausgeflippt, wenn du zu lange unter Wasser geblieben bist. Irgendwie ist das immer noch so.«

Ich suchte angestrengt nach Worten, die keine heisere Bitte waren, sie berühren zu dürfen. Oder dass sie mich berührte. Der Qual endlich ein Ende machte.

Gib ihr Zeit, gib ihr Raum …

Es war das Mantra eines Mönchs, und ich war kein Mönch. Jungfrau, ja, aber das machte mich nicht ängstlich oder nervös. Ich wollte sie einfach.

Ihr Kopf beugte sich unter der Stille. Sie seufzte leise und ließ die Schultern hängen. Dann legte sie Stift und Block weg und machte die Lampe aus. Sie legte sich mit dem Rücken zu mir auf die Seite und zog die Decke bis zu den Schultern hoch.

Ich stellte den Fernseher aus. Das einzige Licht kam von der Straßenbeleuchtung, fiel schwach und gelb durch die Vorhänge. Ich zog die Jeans aus. Schlüpfte in T-Shirt und Boxershorts auf meiner Seite unter das Laken.

Minuten vergingen.

»Evan?« Jos Stimme war schwach in der Dunkelheit. »Denkst du je …« Ich hörte sie schlucken. »Denkst du an uns? An das, was wir hatten?«

Da war solche Sehnsucht in ihrer Stimme, dass mir die Brust wehtat. Ein ängstlicher Versuch, den Raum zwischen uns zu überbrücken.

»Jede Minute«, sagte ich. »Ich denke jede Minute meines Lebens an uns. Ich tue nichts anderes, als an uns zu denken.«

Sie drehte sich zu mir um. Im Halbdunkel konnte ich die Tränen in ihren Augen glänzen sehen.

»Ich versteh's«, sagte sie. »Ich weiß, warum du da bist und ich hier. Wirklich. Ich hab das Gefühl, dass es nicht genug Duschen auf der Welt gibt, um die letzten vier Jahre von mir abzuwaschen.«

Verblüfft setzte ich mich halb auf. »Was? Nein! Das ist nicht der Grund …«

»Warum berührst du mich dann nicht?«

»Ich wollte dir keinen Druck machen. Du hast so viel durchgemacht, ich wollte dir Raum geben.«

»Ich will keinen Raum. Ich will nicht von dir getrennt sein. Keine verdammte Minute länger.«

Gott sei Dank. Oh …

»Komm her«, sagte ich rau. »Gott, Jo, komm her.«

Wir trafen uns auf neutralem Boden in der Mitte des Bettes. Sie schmiegte sich weinend an meine Brust, und ich schlang die Arme um sie. Ihr Körper war so schmal, und sie erzitterte unter den Schluchzern. Ich hielt sie ganz fest. Ihre Tränen durchnässten mein T-Shirt, während ich darum kämpfte, meine eigenen Schluchzer zurückzuhalten. Einer musste ja stark sein. Aber es machte mich fertig, sie jetzt wirklich in den Armen zu halten. Der Duft ihrer gewaschenen Haare, die Wärme ihrer Haut. Augenblick für Augenblick, Atemzug für Atemzug löschte jeder unserer Herzschläge unsere Trennung aus. Die Lust, die mich den ganzen Abend verzehrt hatte, offenbarte sich als das, was sie wirklich war: mein Verlangen, für den Rest meines Lebens mit Josephine zusammen zu sein. Ich wollte nicht nur ihren Körper, ich wollte alles: ihre geschriebenen Worte, ihr einsames Herz und ihr Glück.

Ich streichelte ihr Haar, als sie sich an mich schmiegte. Sie entspannte sich. Passte sich an mich an. Unsere Körper griffen perfekt ineinander.

Sie hob den Kopf, um mich anzusehen. Ich hörte, wie ihr Atem stockte, als sie zitternd Luft holte.

»Ich will dich küssen, Evan. Willst du mich küssen?«

»Mehr als alles andere«, sagte ich, und ich liebte ihren Mut und ihre Ehrlichkeit. »Aber wenn ich dich küsse, werde ich nicht aufhören wollen.«

»Ich will nicht, dass du aufhörst. Hast du immer noch nicht …?«

Ich nickte heftig und wollte sie so sehr. »Ich war im Gefängnis. Und als ich rauskam, wollte ich nur dich finden.«

»Und du hast mich gefunden«, sagte sie und drückte ihren Körper fest an meinen. »Ich weiß nicht, wie, aber das hast du.« Ihre Hände legten sich um meinen Nacken. Ihre Finger spielten in meinem Haar, dann strichen sie an meinem Kiefer entlang und umkreisten meinen Mund. Ihr sanfter Blick folgte der Spur ihrer Fingerspitzen, machte sich wieder vertraut mit mir.

»Küss mich, Evan. Bitte. Bitte …«

Sanft legte ich die Lippen auf ihre, wollte es langsam angehen. Aber Jo öffnete für mich den Mund. Ein leises Keuchen kam aus ihrer Kehle, und mehr brauchte es nicht, um meine Zurückhaltung zu Asche zu verbrennen. Wir fielen unkontrolliert übereinander her, Beine und Arme schlangen sich umeinander, gierige Küsse und Hände löschten die vier Jahre aus, die man uns gestohlen hatte.

Ich griff in ihr Haar, neigte ihren Kopf, um sie tiefer küssen zu können. Ich wollte sie verschlingen. Sie leckte über meine

Zunge, fuhr mit den Zähnen über meine Lippen. Ihre Hände glitten an meiner Brust hinunter, über meinen Bauch und weiter und umfassten meine schmerzende Erektion.

»Nein, warte.« Ich packte ihre Hände und drückte sie über ihrem Kopf auf das Kissen. »Ich schaff es nie lange.«

»Ist mir egal. Das ist für dich.«

»Blödsinn. Es ist für uns. Wir haben viel zu lange gewartet.«

»Mach das Licht an«, flüsterte sie. »Ich will, dass du alles siehst.«

Ich schaltete die Lampe an und stöhnte beim Anblick ihrer dunklen, feuchten, auf dem Kissen ausgebreiteten Haare. Sie sah mich unter schweren Lidern an, ihr Mund war leicht geöffnet. Ihre Lippen waren rot und geschwollen von meinen Küssen.

»Langsam«, sagte ich mehr zu mir selbst als zu ihr.

Ich fuhr mit dem Mund über ihre Kehle, küsste eine Linie auf ihre warme, weiche Haut. Ich knöpfte ihr – mein – Hemd weit genug auf, um es ihr über den Kopf zu ziehen. Dann lagen ihre Brüste klein und perfekt in meinen Händen. Festes, echtes Fleisch, keine Fantasie, um mich im Gefängnis auf Kurs zu halten. Ein leises Stöhnen kam tief aus meiner Brust. Sie erzitterte und bog sich mir entgegen, als ich den Kopf senkte, um einen ihrer harten Nippel zu küssen. Ich saugte und leckte daran, dann nahm ich den anderen. Sie krallte die Hände in mein Haar, als ich vorsichtig zubiss, bis an die Grenze zwischen Lust und Schmerz, und dann sanft mit der Zunge darüber leckte.

»Gott, du bist wunderschön«, sagte ich heiser und legte die Stirn zwischen ihren Brüsten ab, um Atem zu holen. »Du bist so verdammt wunderschön. Und du bist mein.«

»Ja«, flüsterte sie atemlos. »Dein … nur dein.«

Ich ging halb auf die Knie, küsste sie mit offenem Mund den Bauch hinunter bis zu ihrem Slip. Dann hakte ich die Finger ins Bündchen und zog ihn runter.

»Vier Jahre«, murmelte ich und leckte sie einmal. »Vier Jahre hab ich darauf gewartet, dich wieder zu kosten.«

Sie stöhnte, als ich sie leicht auseinanderspreizte und mich über sie beugte, an ihrer Süße saugte und leckte. Zuerst stützte sie sich auf die Ellbogen, um zuzusehen, dann sank sie, sich windend, auf die Matratze. Ihre Hüfte hob und senkte sich an meinem Mund. Ich war unerbittlich. Sie kam einmal zuckend an meiner Zunge, dann ein zweites Mal. Ich hätte weitergemacht, aber sie hielt meine Handgelenke fest.

»Gott, Evan, hör auf ... Ich kann nicht mehr ...«

»Komm her.«

Ich legte mich neben sie auf den Rücken und zog sie auf mich. Sie setzte sich rittlings auf meine Hüfte, ihre feuchte Mitte glitt über meine Boxershorts und schmiegte sich um meine Erektion. Ich berührte mit einer Hand ihre Wange, legte ihr die andere ins Kreuz, wollte es genießen und langsam machen, damit es länger dauerte. Sie zog mir das T-Shirt über den Kopf und stützte die Hände sanft auf meine Brust. Die fieberhafte Energie zwischen uns köchelte.

Sie beugte sich vor und küsste mich. Ihr Atem war heiß in meinem Ohr. »Wie willst du mich?«

»So. Mit dem Gesicht zu mir. Ich will nach oben gucken und dich kommen sehen. Und ich will dich die ganze Zeit küssen.«

Ich zog ihren Mund an meinen, meine Zunge suchte ihre. Meine andere Hand fuhr über ihre Brüste und den Bauch dorthin, wo ihre Schenkel gespreizt waren. Ich schob zwei Finger in die nasse Hitze. Sie schrie in meinen Mund, und ich stöhnte in ihren zurück.

»Gott«, keuchte ich und kämpfte um Kontrolle, als das Verlangen unerträglich wurde. »Du fühlst dich so verdammt gut an ...«

Sie legte den Kopf zurück. Ich saugte an ihrer Kehle, während ich sie streichelte, bis sie noch einmal kam. Ich wollte ihr alles geben, es so gut machen wie möglich, weil ich nicht glaubte, dass ich lange durchhalten würde. Ich verlor jetzt schon die Kontrolle.

»Ich will dich, Evan. Jetzt. Bitte …«

Sie zog mir die Boxershorts aus. Ihr Blick war voller Verlangen und wanderte anerkennend über meinen Körper.

»Ich hole ein Kondom«, sagte ich und verfluchte mich dafür, dass ich sie im Badezimmer gelassen hatte. Die zehn Sekunden, die ich brauchen würde, um sie zu holen, waren viel zu lang.

Jo schüttelte den Kopf, ihre Haare fielen ihr über die blasse Haut. »Ich nehm die Pille. Und ich hab nichts. Versprochen. Im Krankenhaus haben sie mich getestet …«

»Ich glaub dir«, sagte ich, und mein Herz hämmerte noch heftiger, als sie mir das sagte. »Willst du das wirklich?«

»Ich will, dass du alles fühlst«, sagte sie. »Und ich will auch alles fühlen. Haut an Haut. Ich will fühlen, wie du in mir kommst.«

Gott, ich kam fast, allein bei diesen Worten.

Ich legte mich hin, und sie kroch auf allen vieren auf mich, die Knie zu beiden Seiten von mir. Einen Moment blieb sie so, und es war kaum auszuhalten.

Ich packte ihre Hüfte, und das Herz sprang mir fast aus der Brust. »Jetzt, Jo. Bitte …«

Ihre Haare fielen wie ein Vorhang um uns herum, als sie ihre Stirn an meine legte. »Ja, jetzt. Jetzt …«

Sie küsste mich. Ihre Lippen waren geöffnet und bebten. Ich schmeckte ihren Atem, dann sank sie mit einem leisen Schrei reinster Begierde auf mich herunter.

Ein völlig neuer Laut kam aus meiner Kehle. Empfindungen, die ich nie zuvor gefühlt hatte: heiß, feucht, eng, hart, weich. Dann war ich tief in ihr, von ihrem Körper umhüllt, und zitterte angesichts der Macht der Gefühle, die mich überfluteten.

»Evan«, sagte sie an meinem Mund. »Bist du bereit?«

Ich nickte. Sie fing an, sich zu bewegen, und mein Körper bewegte sich mit ihr. Er wusste, was zu tun war. Es war so leicht. Ich passte mich an ihren Rhythmus an, packte ihre Oberschenkel, stieß mich ihr hart entgegen. Jeder meiner Stöße eine Frage, jedes Kippen ihrer Hüften die perfekte Antwort.

»Fühlt es sich gut an?«, hauchte sie.

»Nein.« Ich legte die Arme um ihre Taille, rollte uns beide herum und brachte sie unter mich, ohne aus dem Takt zu kommen. »Es gibt kein Wort dafür, wie es sich anfühlt.«

Sie hob den Kopf, reckte sich nach einem Kuss, und ich legte meinen Mund auf ihren. Mein Körper war eine Welle, die sich immer wieder über ihr brach. Ich stützte mich auf einen Ellbogen, nahm ihre Hand und legte sie über ihren Kopf, wo wir die Finger verschränkten. Ich atmete ihren Atem, trank ihren Schweiß, küsste die Tränen weg, die ihr aus den Augen rannen. Sie legte die Beine um meine Taille, presste mich an sich, als meine Stöße tiefer und härter wurden. Ich konnte fühlen, wie sie kam, und kämpfte, um noch auszuhalten, um auf sie zu warten.

Ihr Körper verkrampfte sich unter meinem, und ich unterbrach unseren Kuss, um zu sehen, wie schön sie war, als sie jetzt alles losließ. Ihre grünen Augen weiteten sich, als die Ekstase sie plötzlich überflutete. Zuerst ein Keuchen, dann löste sich ein unkontrollierter Schrei aus ihrer Kehle. Und als ihr Orgasmus gerade abebbte, fühlte ich, wie ich selbst den Höhepunkt erreichte und mich tief in ihr ergoss. Sie nahm alles, nahm alles auf, was ich zu geben hatte, bis ich leer und erschöpft und in der Lust verloren war. In ihr verloren war, ganz und gar.

Dann war es, als würden wir tiefer ins Bett sinken, schwer und satt – für den Moment – und immer wieder seufzend, weil wir endlich hier angekommen waren.

Und da wusste ich ohne Träume oder Ahnungen, die mir das hätten sagen müssen, dass Jo die erste Frau war, mit der ich je geschlafen hatte, und auch die letzte sein würde.

29. KAPITEL

Jo

Evan ließ sich auf mich sinken und atmete schwer an meinem Hals. Ich umarmte ihn fest, als das Pulsieren meines Orgasmus schwächer wurde und mich erschöpft, aber elektrisiert und voller Lust nach mehr zurückließ.

Und obwohl er mich mit seinem Gewicht aufs Bett drückte und sein Schweiß sich mit meinem mischte, fühlte es sich irreal an. Er war hier. Bei mir. Wir waren zusammen.

Er will mich.

Nicht nur die Zeit und die geographische Distanz hatten uns voneinander getrennt. Ich hatte auch vier Jahre in meinem ganz eigenen Gefängnis verbracht. Nach der Zeit mit Lee hatte ich mich wertlos gefühlt. Ich konnte nicht einmal daran denken, Evan wieder in meinem Leben zu haben. Jemanden, der so sauber und so gut war … Wie konnte er mich wollen?

Und doch war er hier. Und ich war die erste Frau, mit der er geschlafen hatte. Er hatte auf mich gewartet. Hatte das hier gewollt. Und weil er so beharrlich gewesen war und sich wieder in mein Leben gedrängt hatte, konnte ich im Spiegel seiner Augen endlich wieder ertragen, mich anzusehen. Mich sogar bewundern.

»Ich kann mich nicht mehr rühren«, sagte er mit gedämpfter Stimme.

Ich lachte, strich mit den Händen über seinen muskulösen Rücken. »Dann lass es. Bleib für immer so.«

Er hob den Kopf und sah mich an.

Ich schob die Haare zurück, die ihm ins Gesicht fielen. »Was ist?«

»Wir sind hier. Das ist gerade wirklich passiert. Und du bist bei mir, Jo. Vor allem bist du bei mir.«

»Ich kann nicht glauben, dass du so lange gewartet hast«, sagte ich und rieb die Nase an seinem Hals.

»Auf mich.«

Er löste sich von mir, zog sich mit einem leisen Stöhnen aus mir raus. Ich vermisste ihn sofort.

»Natürlich hab ich auf dich gewartet. Ich war in Haft. Mit wem hätte ich im Gefängnis vögeln sollen? Du brauchst nicht zu antworten.«

Ich lachte, mir war überall warm, und ich kuschelte mich an ihn.

»Aber es wäre auch in Freiheit nicht anders gewesen. Ich hätte an keine andere Frau denken können. Ich wollte nichts, als dich finden.«

»Und wie hast du mich gefunden? Der Traum … Wie funktioniert das?«

Er blickte an die Decke und dachte nach. »Ich kann mich nicht an alles erinnern. Nur an Bruchstücke. Es lässt sich am besten als eine Art Déjà-vu beschreiben. Wenn ich das Gefühl hatte, schon einmal auf einer Straße gewesen zu sein oder das Ortsschild für eine Stadt schon gesehen zu haben, wusste ich, dass ich auf dem richtigen Weg war.«

Ich drängte ihn nicht, mehr zu sagen. Auf dem Weg hatten mich diese irrealen Momente genervt, und Evan hatte mir nur so viel gesagt, wie ich wissen musste. Aber jetzt vertraute ich ihm. Ich liebte ihn so, wie er war. Das wollte ich ihm sagen, aber die Worte blieben mir im Hals stecken, so sehr fürchtete ich mich vor dem, was vor uns lag.

Ständig sagte er, ich würde in Sicherheit und er würde frei sein. Inwiefern frei? Da war etwas Dunkles, das uns verfolgte, und damit war nicht die Polizei gemeint. Ich konnte es nicht sehen, aber ich spürte es, und in dieser Nacht wollte ich nicht daran denken. In dieser Nacht ging es nur um uns. Ich hatte mich verzweifelt am Rand eines tiefen Abgrunds festgeklammert. Evan hatte mir die Hand gereicht und mich hochgezogen. Jetzt lag ich in seinen Armen.

Evan machte das Licht aus. In seiner Umarmung sank ich in einen zufriedenen Schlaf. Als ich wieder aufwachte, waren ein paar Stunden vergangen, es war tiefste Nacht. Evan hielt mich noch im Arm. Mein Rücken lag an seiner Brust, und wir hatten unsere Finger verschränkt. Sein Atem wärmte meinen Nacken. Die Klimaanlage des Motelzimmers brummte, aber ich fühlte den Schweiß, wo unsere Haut sich berührte. Ich wollte mehr davon. Mehr Schweiß, mehr Küsse, geteilte Atemluft. Ich wollte ihn wieder in mir spüren. Wollte noch den letzten Rest seiner Männlichkeit, bis er erschöpft war und ich erfüllt.

Aber Evan wachte auf, bevor ich mich rühren konnte. Ich fühlte, wie er den Kopf hob, sein Körper war plötzlich angespannt und steif. Wachsam.

»Was ist?«, fragte ich.

Er antwortete nicht, löste sich stattdessen von mir und ging zum Fenster. Draußen war es dunkel und still, aber ich sah, wie Evan die Schultern anspannte und die Fäuste abwechselnd ballte und locker ließ.

»Evan?«

Er wandte sich vom Fenster ab, hob Boxershorts und Jeans vom Boden auf und zog sie an. »Ich muss los.«

Das Herz hämmerte mir dumpf gegen die Rippen. »Was meinst du damit, *du musst los?* Wo willst du hin?« Ich machte das Licht an und blickte auf die Digitaluhr auf dem Nachttisch. »Es ist zwei Uhr morgens.«

Er zog ein T-Shirt und die Stiefel an. »Hör zu, Jo«, sagte er. »Da ist eine Bushaltestelle an der Ecke. Du kannst sie vom Fenster aus sehen. Wenn ich in drei Stunden nicht zurück bin, musst du den Bus in Richtung Osten nehmen. Steig am Rastplatz am Stadtrand an der Route 412 aus.«

»Ich soll *was?*« Angst machte sich in meinem Bauch breit und drückte mir die Luft ab.

»Auf dem Rastplatz gibt es einen Diner. Setz dich da rein und warte auf mich.«

»Ich soll auf dich *warten?* Und wo zur Hölle willst du dann sein? Nein, antworte nicht. Vergiss es, ich komme mit dir.« Ich schlug die Decke zur Seite und sah mich nach meinen Klamotten um.

Evan kam zu mir und nahm meine Schultern. »Du musst tun, was ich sage, Jo. Versprich es mir.«

»Nein.« Ich stieß ihn weg. »Ich versprech gar nichts, bevor du mir nicht sagst, was los ist.«

»Ich glaub, es war die Maut. Ich glaub, die haben meinen Pick-up erkannt, als ich die Maut bezahlt hab, als wir vom Highway abgefahren sind.«

»*Glaubst du* oder weißt du? Evan, lass den Scheiß und …«

Er umfasste mein Gesicht und sah mich mit einer Intensität an, die ich nicht von ihm kannte. »Das ist kein Scheiß. Du bleibst hier bis fünf Uhr. Wenn ich dann nicht zurück bin, fährst du zu dem Diner und wartest auf mich. Versprich es.«

Tausend Arten, Nein zu sagen, fluteten meinen Kopf, aber ich stand nur stumm da, als er seine Jeansjacke überzog, eine

Basecap aufsetzte und seine Schlüssel vom Tisch nahm. Ich starrte ihn an, als er seine Brieftasche rausholte und ein paar Hundert Dollar auf das Bett warf.

»Geld für den Bus und alles andere.«

»Evan.«

Er kam zu mir und schob die Brieftasche in seine Gesäßtasche. Er legte die Hände um meinen Nacken, die Daumen unter mein Kinn. »Fünf Uhr, Jo. Keine Minute später. Okay?«

Ich nickte, unfähig, ein Wort zu sagen. Er drückte seine Lippen für einen harten Kuss auf meinen Mund. Ich packte seine Arme, um ihn festzuhalten, aber er riss sich los und war weg.

Ich starrte das leere Zimmer an, das ohne ihn noch leerer wirkte. Die Laken auf dem Bett, wo wir uns geliebt hatten, waren zerknüllt. Evan hatte dort mit mir gelegen, und jetzt … Ich zitterte.

Einfach nur zu warten fühlte sich falsch und sinnlos an. Ich zog mich an, dann verstaute ich unsere Habseligkeiten in seiner großen Tasche und meiner kleineren. Als ich das Geld in meine Tasche stopfte, glaubte ich, Lees Stimme zu hören:

Er hat dich gefickt und dir ein bisschen Geld dagelassen …

Ich brachte den heimtückischen Gedanken zum Schweigen und fing an, auf und ab zu gehen. Ich blickte aus dem Fenster, aber die Nacht war dunkel. Hier in den Außenbezirken und zu dieser späten Stunde kamen nur wenige Autos vorbei. Kein blinkendes Blaulicht, das mir sagte, dass es vorbei sei. Einfach … nichts.

Die Minuten vergingen so langsam, ich war sicher, dass ich bis fünf Uhr durchdrehen würde. Dann war es endlich so weit und kein Evan in Sicht.

5:01

5:03

In den letzten drei Stunden war die Zeit vorwärtsgekrochen, und jetzt rannte sie mir davon.

5:05

Es erinnerte mich viel zu sehr an den Abend unserer Highschool-Prom.

Um sechs nach fünf nahm ich unsere Taschen, doch meine Hände zitterten so heftig, dass ich sie beinahe fallen ließ. Ich stellte sie wieder hin. Ich konnte das nicht. *Noch nicht*, dachte ich. *Noch ein paar Minuten. Ich gebe ihm noch ein paar Minuten.*

Um zehn nach unterdrückte ich die lähmende Angst, um mein Versprechen zu halten. Ich ging ins Bad, spritzte mir kaltes Wasser ins Gesicht und atmete ein paar Mal tief ein, während ich mein Spiegelbild ansah. *Du schaffst das*, sagte ich der Frau im Spiegel. *Du hast es versprochen.*

Ein Schlüssel drehte sich im Schloss. Die Tür öffnete sich.

Ich erstarrte.

»Jo …?«

Mein Herz blieb stehen, dann galoppierte es los. Ich rannte aus dem Bad, mein Blick fiel auf die Uhr. Elf Minuten nach fünf.

Evan war außer Atem, die Haare hingen ihm ins Gesicht. Er schob sie zurück, und Erleichterung ließ seine panische Miene sanft werden. Dann verhärtete sie sich wieder und war schmerzlich und ängstlich und schön.

»Du bist spät dran«, flüsterte ich.

Er war mit vier großen Schritten bei mir und packte meine Schultern. »Du hättest um fünf losgehen müssen. Ich hab gesagt, wenn ich nicht zurückkomme …«

»Nein!«, schrie ich. »Es gibt kein *wenn du nicht zurückkommst.* Du musst zu mir zurückkommen.« Tränen traten mir in die Augen, schnürten mir die Kehle zu. »Du musst immer zu mir zurückkommen, Evan. Hörst du?«

Er zog mich an seinen starken Körper.

»Versprich es mir«, flüsterte ich an seiner Schulter. »Schwör es mir. Schwör, dass du immer zu mir zurückkommst.«

»Ich schwöre«, sagte er, hielt mich fest und schmiegte sich an mich. »Ich schwöre es, Jo. Ich komme immer zu dir zurück.«

Ich schlang ihm die Arme um den Hals und zog ihn an mich, öffnete den Mund für seinen Kuss und ließ ihn, so tief ich konnte, herein. In diesem Moment hatte ich auch eine Vorahnung, und sie fühlte sich nicht weniger real und mächtig an als Evans Träume: Mir war bestimmt, für den Rest meines Lebens nur ihn zu küssen.

Evan löste sich von mir und atmete heftig. »Wir müssen los, Jo. Wir müssen sofort los.«

»Warum? Was ist passiert?«

»Ich erklär's dir auf dem Weg.«

Wir nahmen die Taschen, und Evan öffnete einen Spaltbreit die Tür. Die Sonne stand jetzt am Himmel. Er spähte hinaus, blickte nach links und rechts. Als er feststellte, dass die Luft rein war, bedeutete er mir, ihm zu folgen. Ich fühlte mich wie eine Einbrecherin, die sich mit einem Sack voll Diebesgut davonschlich, als wir den Parkplatz in Richtung Hauptstraße überquerten.

Als Evan mich bei dem Kautionsverleiher neben dem Motel hinter die Mauer zog, schrie ich leise auf. Hinter ihm sah ich ein Polizeiauto auf den Motel-Parkplatz rollen. Das Herz hämmerte mir gegen die Rippen.

»Sind die unseretwegen hier?«, flüsterte ich.

Er nickte und nahm meine Hand. »Komm.« Er führte mich hinter den Läden der kleinen Einkaufsstraße über Parkplätze und leere Grundstücke, bis wir an einen Maschendrahtzaun mit Stacheldraht obendrauf stießen und wieder zur Hauptstraße vorgingen.

»Was ist mit dem Pick-up passiert?«

»Ich hab ihn sozusagen verschrottet«, sagte Evan und blickte über die Schulter. »Ich hab ihn etwa zwanzig Kilometer südlich von hier in einen Straßengraben gefahren. Dann bin ich zurückgejoggt. Es wird sie nicht lange täuschen, aber es könnte uns ein bisschen Zeit verschaffen.«

»Es tut mir leid. Ich weiß, dass du deinen Pick-up geliebt hast. *Ich* habe deinen Pick-up geliebt.«

Er sah mich von der Seite an, sein Lächeln jetzt wärmer. »Ein geringer Preis.«

Wir stiegen in einen Bus und fuhren zu dem Rastplatz. In dem Diner kauften wir ein paar Thunfisch-Sandwiches und Wasser für die Fahrt. Dann liefen wir zu den Parkbuchten für die großen Laster, wo die Fernfahrer tankten und Pause machten. Evan nahm meine Hand und führte uns zu den Lastern, die als erste weiterfahren würden.

»Welchen?«, fragte ich.

»Einen, der nach Norden fährt. Nach Kansas City.«

»Fahren wir nach Kansas City?«

»Nein.« Evan suchte die Reihe ab. »Was ist mit dem?« Er deutete mit dem Kopf auf einen Typen, der in einen Hühner-Laster kletterte. Der Geruch breitete sich in der Hitze aus, und Federn fielen wie Schnee aus den Käfigen.

Ich zog eine Grimasse. »Nee, echt nicht. Ich würde die ganze Zeit darüber nachdenken, einen Unfall zu verursachen, um die Hühner zu befreien.«

»Uns läuft die Zeit davon.«

Mein Blick fiel auf einen stämmigen, kleinen Trucker mit Bart, kariertem Hemd und einer abgetragenen alten Mütze auf dem Kopf. Er füllte Benzin in einen Tanklastzug. »Der da«, sagte ich und nahm Evans Hand. Wir gingen langsam rüber, taten unser Möglichstes, um nicht schuldig und wie wahnsinnig in

Eile auszusehen. Ich versicherte mich, dass meine Haare meine Narbe verdeckten, als wir uns ihm näherten.

»Morgen!«, sagte ich fröhlich, als der Typ wieder in sein Führerhäuschen kletterte. »Schöner Tankwagen.« Ich zeigte auf den Laster. »Mein Onkel Gerry hat genau so einen gefahren.«

»Ja?« Der Trucker sah uns und unsere Taschen von oben bis unten an.

»Fahren Sie zufällig nach Norden?«, fragte Evan.

»Das tu ich.«

»Könnten Sie uns vielleicht ein Stück mitnehmen?«

Der Trucker rieb sich widerstrebend den Bart. »Wo wollt ihr hin?«

»Kansas City, Sir«, sagte Evan. »Wir haben da Familie.« Sein Blick wanderte über die lange Reihe von Trucks, und ich sah, wie sich seine Augen leicht weiteten. Ich weigerte mich nachzusehen, weshalb, und lächelte einfach weiter.

»Meine Mutter«, warf ich ein. »Unser Wagen ist in Dallas liegengeblieben, und seitdem versuchen wir es per Anhalter.«

Der Trucker nahm seine Mütze ab und kratzte sich mit quälender Langsamkeit am Kopf, bevor er sie wieder aufsetzte. »Ich fahr über Wichita. Ich denk, ihr könnt ein Stück mitfahren.«

»Danke, Sir. Vielen Dank.«

Wir rannten auf die Beifahrerseite und sprangen praktisch in die Kabine. Evan warf einen Blick in den breiten, viereckigen Rückspiegel und biss die Zähne zusammen. Kein Blaulicht, aber ich glaubte, weiter hinten einen Polizeiwagen gesehen zu haben. Mein Herz hämmerte, als wir warteten, während unser Trucker es sich in aller Seelenruhe auf dem Fahrersitz gemütlich machte, seine Anzeigen checkte, das Funkgerät testete und tat, was Trucker sonst noch so taten, bevor sie endlich losfuhren.

Die Kabine des Typen war bis auf ein paar Fast-Food-Verpackungen sauber und aufgeräumt. Keine Kippen verstopften den Aschenbecher, keine Nacktfotos waren an Armaturenbrett und Decke geklebt, anders als bei Gerrys altem Sattelschlepper. Wir hatten Platz, um unsere Taschen zu unseren Füßen zu verstauen. Ich saß zwischen den beiden Männern, und Evan hatte fest den Arm um mich gelegt. Ich hörte auch sein Herz pochen.

»Ich bin Cal«, sagte unser Trucker, als er endlich den Motor anließ. Er zischte und stöhnte, und jeder Gangwechsel riss uns nach vorn, als Cal langsam – unendlich langsam – seinen Truck vom Parkplatz runtersteuerte. »Habt ihr auch Namen?«

Ich erstarrte, dann sagte ich schnell: »Jack und Diane.«

»Freut mich, euch kennenzulernen, Jack und Diane. Ha! Wie der Song?«

Evan hustete, und ich zwang mich zu lachen. »Ja, oder? Totaler Zufall. Unsere Freunde verarschen uns ständig damit.«

Cal lächelte dünn, und ich beschloss, die Klappe zu halten, bevor ich es übertrieb.

»Hatte lange keine Anhalter mehr«, sagte Cal.

»Wir sind Ihnen wirklich dankbar, Sir«, sagte Evan.

Cal winkte mit einer fleischigen Hand ab. Er fuhr aus Tulsa raus, und ich spürte, wie Evans Anspannung nachließ. Cal war ein ruhiger Typ. Oder er war vielleicht keine Gesellschaft gewöhnt. In jedem Fall sagte er nicht viel während der Fahrt, und wir fingen auch kein Gespräch an.

Nachdem wir der Polizei anscheinend entkommen waren, sank mein Adrenalinspiegel, und ich wurde müde. Vielleicht lag es auch am Sex von letzter Nacht. Ich kuschelte mich an Evan. Sein linker Oberschenkel war an meinen rechten gedrückt, und selbst hier, im Lastwagen eines Fremden und mit den Cops an den Hacken, musste ich mich zusammenreißen, um die Hände bei mir zu lassen.

Du bist lächerlich, dachte ich, dann nahm ich es zurück. Es war nicht lächerlich, Evan so sehr zu wollen. Es war lächerlich, dass wir so lange hatten warten müssen.

Eine Stunde verging, und es wurde selbst Cal zu still. Wir machten ein bisschen Small Talk, und langsam wurde er freundlicher. Wir erfuhren, dass er seit sechs Jahren als Trucker arbeitete. Meistens fuhr er Tankwagen und meistens Milch, manchmal aber auch Benzin oder Öl. Ich erzählte ihm von Gerry und wie er oft für längere Zeit weg gewesen war.

»Ja, das kommt mir bekannt vor«, sagte Cal. »Ich habe Frau und Kind – eine Tochter – in Oklahoma City. Ich seh sie nicht mal halb so viel, wie ich gern würde. Ich bin neun Monate im Jahr unterwegs.«

»Muss hart sein«, sagte ich.

»Sicher. Aber man muss für seine Frau sorgen. Stimmt's, Jack?«

Jack lächelte und zog mich an sich. »Ja, Sir.«

Der CB-Funk knisterte. Ein Trucker meldete sich, redete in der kodierten Sprache der Straße.

Cal zog das Handgerät an einem Spiralkabel von seinem Platz neben der Sonnenblende runter. »Uvb, was gibt's?«

»Bist du aus Tulsa raus?«, fragte der andere Trucker.

»Etwa seit 'ner Stunde«, antwortete Cal.

»Glück gehabt. Ich sitz hier fest. Abfangjäger 10–35 auf der 412.«

Ich drückte Evans Hand. Ich verstand nur ein bisschen Truckersprache von meiner Zeit mit Gerry. Abfangjäger hieß Polizei. Wahrscheinlich hatten die eine Straßensperre errichtet.

»Weswegen?«, fragte Cal und warf uns einen Seitenblick zu.

»Personenfahndung. Zwei Kids. Großer blonder Typ, Mädchen mit schwarzen Haaren und 'ner Narbe im Gesicht.«

Evan versteifte sich, sein Arm um mich war angespannt.

»Mehr wissen wir nicht«, sagte der Trucker über den CB-Funk. »Aber es legt hier den kompletten Verkehr lahm. Wollte nur wissen, ob du gut rausgekommen bist.«

»Ich bin auf dem Weg«, sagte Cal, und seine Hand umklammerte das Lenkrad, bis seine Knöchel weiß wurden. »Ich bin auf der 35 Richtung Norden. Grade an Billings vorbei.«

Ich tauschte Blicke mit Evan. Uns war beiden nicht entgangen, dass Cal gerade seinen Standort genannt hatte.

»Okay. 10–12«, sagte Cal ins Mikrofon. Er ließ das Gerät sinken, legte es aber nicht zurück. Er behielt es in der Hand und fuhr ohne ein Wort auf die rechte Spur, wurde langsamer mit einem Zischen der Luftbremsen und hielt dann an.

»Weiter fahr ich euch nicht«, sagte er schließlich, ohne uns anzusehen. »Ich will keine Probleme.«

»Wir auch nicht, Sir«, sagte Evan ehrlich. »Wir sind Ihnen sehr dankbar. Noch dankbarer, wenn niemand erfahren würde, dass wir hier waren.«

Cal blickte geradeaus. »Ihr habt euch Ärger eingehandelt?«

»Ja, Sir.«

»Weswegen?«

Als Evan zögerte, drehte ich mich zu Cal um. Ich wusste, dass er ein guter Mensch war, und wahrscheinlich war es besser, ehrlich zu ihm zu sein, statt zu lügen. »Ich war in einer schlimmen Lage, Sir, und Evan hat mich da rausgeholt. Wir wollten niemandem etwas tun.«

Cal sah Evan an. »Stimmt das, Junge?«

»Ja, es stimmt, Sir. Ich hab jemanden verletzt, der ihr wehtun wollte. Und ich würde es wieder tun, wenn ich müsste. Um sie zu beschützen.«

Cal sah meine Wange und wie Evan den Arm um mich legte. »Je weniger ich weiß, desto besser. Ich kann euch nicht weiter mitnehmen. Aber ich hab euch nicht gesehen.«

»Danke, Cal«, sagte ich, als Evan unsere Taschen nahm und auf seiner Seite die Tür öffnete.

Zur Antwort ließ Cal einen kleinen Grunzer hören, die Augen geradeaus, als wäre er mitschuldig, wenn er uns zu lange ansähe. Bevor wir die Tür schlossen, beugte er sich über den Sitz und sagte: »Halt dich von Ärger fern, Junge. Pass auf dein Mädchen auf, und mach nichts Dummes.«

»Werd ich nicht, Sir.«

Cal nickte, gab sich widerstrebend zufrieden. Evan schlug die Tür zu, und wir sahen den Tanklaster davonfahren.

Nachdem er weg war, war die Straße leer und einsam an diesem neuen heißen Morgen. Die Sonne knallte auf das dunkelgrüne Dickicht der Bäume. Ein Fluss in einem kränkeren, schlammigeren Grün floss langsam neben dem Highway dahin.

Evan blickte sich um. »Wir sollten von der Straße runter. Eine Weile von der Bildfläche verschwinden, bevor wir versuchen, weiter zu trampen.« Ein Truck kam auf dem Highway auf uns zugerollt. Evan nahm unsere Taschen. »Komm.«

Als der Truck an uns vorbei war, überquerten wir die Straße und gingen am Flussufer entlang. Nach anderthalb Kilometern machte der Fluss eine Kurve von der Straße weg in Richtung Westen, sein Grün war jetzt kräftiger, und es sah aus, als würde es am anderen Ufer sauberer und klarer werden. Hier fühlte ich mich sicherer. Versteckt. Die Geräusche des Highways verloren sich über der langsamen Strömung des Flusses, und im Wald um uns herum sangen Vögel.

Wir fanden ein trockenes Stück Ufer, und Evan breitete die rotkarierte Decke aus. Wir hatten nicht viel Essen eingepackt, aber wir aßen die Sandwiches und tranken Wasser.

Evan hatte den Blick auf den Fluss gerichtet. Er war in Gedanken verloren oder sah etwas, was nur er sehen konnte. Ich betrachtete ihn einen Moment, dann fragte ich: »Was machen wir jetzt?«

»Ich muss tauchen«, sagte er und deutete mit dem Kinn auf das Wasser.

»Hier?« Mir wurde flau im Magen. »Das gefällt mir nicht. Ich werde dich nicht sehen können.«

»Komm mit. Halt meine Hand. Ich muss das tun, Jo. Ich brauche mehr Minuten.«

Ich nickte widerstrebend und stand auf. Wir zogen uns bis auf die Unterwäsche aus. Er holte seine alte Uhr aus der Tasche und legte sie mir um. Sie war viel zu groß für mich, und ich hielt den linken Arm hoch, damit sie trocken blieb. Evan nahm meine rechte Hand, und wir wateten hinein. Das Wasser war warm und schlammig am Ufer, und als es tiefer wurde, konnte ich absolut nichts darin sehen. Ich rieb die Zehen an dem weichen, fast schleimigen Boden. Evan packte meine Hand fester.

»Ich lass dich nicht los. Versprochen. Aber lass mich unten bleiben, bis ich auftauchen muss. Okay?«

Ich nickte und machte die Uhr bereit. »Los«, sagte ich, kaum ein Flüstern.

Evan tauchte unter. Das schlammige Wasser verbarg ihn vor mir, aber ich hielt seine Hand. Die Minuten addierten sich, und meine Angst wuchs. Bei vier Minuten dachte ich, dass er gleich keuchend hochkommen würde. Tat er nicht. Fünf Minuten.

Sechs Minuten.

»Sechs verdammte Minuten, Gott, Evan«, flüsterte ich. Ich musste mich zusammennehmen, um ihn nicht hochzureißen. Ich packte seine Hand fester und spürte, wie er meine drückte.

Bei sieben Minuten klammerte ich mich so an seiner Hand fest, dass mir die Knochen wehtaten. Auch seine Hand verkrampfte sich, und ich spürte, wie er kämpfte, um unten zu bleiben. Ich war an meiner Grenze angekommen und war kurz davor, ihn hochzureißen, als er prustend an die Oberfläche kam.

Ich merkte mir die Zeit. 8:02.

»Das ist unmöglich«, flüsterte ich. Dann verwandelten sich meine Erleichterung und mein Staunen in Panik. Evan griff sich an die Brust, schnappte krampfhaft nach Luft und fing laut und heftig an zu husten, während seine Füße auf dem Grund des Flusses nach Halt suchten.

»Evan!«

Panisch ließ ich die Uhr in das trübe Wasser fallen und zerrte ihn ins Flache. Er hatte sich eine Hand an die Brust gepresst, während er sich mit der anderen auf meine Schulter stützte und röchelte. Sein Gesicht war eine schmerzerfüllte Grimasse, und ein Hilfeschrei bildete sich in meiner Kehle. Wir brauchten eine Ewigkeit, um das Ufer zu erreichen, wo Evan noch im Wasser auf die Knie fiel und die Schultern vorbeugte. Langsam wurden seine keuchenden Atemzüge tiefer, und der trockene Husten ließ nach.

Er hob den Kopf und krächzte: »Wie lange?«

Ich kniete mich neben ihn, das warme Wasser floss über meine Beine. »Acht Minuten. Und zwei Sekunden«, fügte ich hinzu, und meine Stimme wurde mit jeder Silbe lauter. »Wie ist das? Acht Minuten, zwei Sekunden. Reicht das? Willst du neun versuchen? Wie wär's mit *zehn*? Kannst du zehn beschissene Minuten schaffen, Evan? Wird das endlich reichen?«

Er hatte sich jetzt erholt, sein Atem ging gleichmäßig und tief, und er schüttelte den Kopf. »Tut mir leid, dass ich dir Angst gemacht habe.«

»Gut.« Ich stand mit einem Platschen auf. »Weil du das nicht noch einmal machst. Ich hab deine Uhr in den Fluss fallen lassen, und ich bin *froh* drüber. Nie wieder, Evan. Nie. Wieder.«

Evan stand auf. Er sagte nichts, aber seine Miene war plötzlich hungrig. Fast wild. Ich trat einen Schritt zurück, obwohl mir plötzlich am ganzen Körper heiß wurde.

»Warum machst du das? Sag mir, warum du so lange unter Wasser bleiben musst.«

»Ich weiß es noch nicht«, sagte er und umarmte mich. Ich versteifte mich zuerst, wollte ihn wegstoßen. Aber ich konnte seine nasse Haut überall spüren. Er war so stark und roch grün, und ich wollte seine Nähe.

»Du weißt es nicht?«

»Nein«, antwortete er und strich mit den Händen über meinen Rücken. »Aber es ist wichtig. Ich spüre das.«

»Ich versteh's nicht«, sagte ich und zog seine Hüften an mich. »Und ich hasse es.«

»Tut mir leid«, sagte er, seine Stimme rau. Seine Lippen berührten die Haut unterhalb meines Ohres, dann fuhr er mit den Zähnen über die Stelle.

»Du hast mir Angst gemacht.« Mein Körper war ein Verräter, verwandelte meine Wut in Lust. Ich konnte spüren, wie sein Körper sich anspannte. Wie er hart wurde.

»Ich hab doch gesagt, dass es mir leid tut.« Er streichelte mein Haar, sein Mund suchte meinen. Rau und tief.

»Es tut dir gar nicht leid«, stieß ich hervor, während er mich grob küsste und mir die Kraft meiner Beine raubte. Ich hatte noch eine bissige Antwort parat, aber die Worte erstarben, als Evan mir ins Haar griff, als ich das blaue Feuer in seinen Augen sah. Und ich konnte es spüren – er war kurz davor, sich auf mich zu stürzen. Das Hochgefühl, weil er acht verdammte Minuten unter Wasser gewesen war, hatte sich irgendwie in ungezügeltes Begehren verwandelt.

Mein eigenes Verlangen brannte genauso heiß. Nicht nur, weil Evan mich mit Händen und Mund berührte, sondern weil mir diese urtümliche Lust gehörte, die ich in ihm weckte. Ich war der Grund dafür.

Er will mich …

»Bist du bereit für mich?«, knurrte er an meinen Lippen.

Ich bog den Hals durch, als er mit dem Mund einen brennenden Pfad auf meiner Kehle hinterließ. »Sieh selbst.«

Jeder rationale Gedanke verschwand aus meinem Kopf, als Evan die Hand zwischen meine Beine schob. Seine Finger schlüpften unter den Saum meines Slips, er legte die Hand auf mich, seine Finger rieben köstlich und rau über die empfindliche Haut.

»Du bist bereit«, sagte er.

»Ja«, hauchte ich. »Und diesmal …«

»Hart.«

Ja.

Der zärtliche Sex letzte Nacht war wunderschön gewesen. Evan hatte mich vorsichtig berührt, seine Brust und seine Arme waren weich gewesen, als er mich gehalten hatte. Jetzt wollte ich die Kraft seines Körpers erleben. Ich konnte sein mächtiges Verlangen spüren, das in seinen Muskeln wartete, über seine Haut surrte wie elektrischer Strom. Ich wollte diese rohe, pulsierende Stärke fühlen, wollte jeden Zentimeter von ihm auf mir und in mir, bis ich auseinanderbrach.

Er zog seine Hand zwischen meinen Beinen hervor und hob mich hoch. Ich schlang die Beine um seine Taille, als er mich zur Decke trug. Er stellte mich hin, dann schob er die Finger in mein Haar und riss mich an sich für einen rauen Kuss. Elektrisierende Lust durchströmte mich. Es war genau, was ich wollte. Und er wusste es.

Er öffnete meinen BH, warf ihn zur Seite und schob mir den Slip runter. Ich starrte ihn ohne Scham an, als er seine Boxershorts auszog, spürte bei dem Anblick noch mehr feuchte

Hitze zwischen meinen Beinen. Mein Körper war bereit für ihn.

Evan legte mich auf die Decke, hakte sich ein Bein von mir in die Armbeuge und hielt meine Hüfte fest. Ich erwartete, dass er mit einem schnellen Stoß in mich eindringen würde, um die Wildheit zu entfesseln, die sich in ihm aufgestaut hatte. Stattdessen drang er langsam in mich ein. Ich schrie auf bei dem intensiven Druck, so heiß und schwer und gut. Dann war er fertig damit, zärtlich zu sein. Er fing an, sich in mir zu bewegen.

»Oh Gott«, stöhnte ich, packte die Decke, versuchte mich festzuhalten bei seinen harten Stößen. Ein warmes, pochendes Glühen wuchs in mir. Evan hob auch mein anderes Bein hoch. Jetzt ruhten beide Waden auf seinen Schultern. Evan stieß noch tiefer in mich hinein, stützte sein Gewicht auf den Händen neben mir ab. Es war genau, was ich wollte. Ich hätte es mir niemals vorstellen können.

»Ist es zu viel?«, brachte er keuchend hervor. »Sag es, dann hör ich auf.«

»Gott, Evan«, hauchte ich und packte seinen Hals. Meine Fingernägel gruben sich in seine Haut. »Es ist zu viel, aber wag ja nicht, aufzuhören.«

In diesem Moment ließ er jede Kontrolle fahren, ließ sich komplett gehen. Ich rutschte über die Schwelle der Realität in eine andere Dimension, wo nur Empfindung existierte. Keine Gedanken, keine Kohärenz, nur die immer schnellere Bewegung, keuchender Atem, geknurrte Flüche und wimmernde Schreie. Sein Körper war so stark, er war so tief in mir. Ich warf den Kopf zurück und kam heftiger als jemals zuvor im Leben – eine Flutwelle, tosend vor dem schwarzen Hintergrund meiner geschlossenen Augen. Ich streckte die Hände über den Kopf, griff in den warmen Sand hinter der Decke.

Evan kam kurz nach mir. Er stieß hart in mich, bewegte sich

nass vor Schweiß zwischen meinen Beinen, und mein Körper war so weit offen für ihn. Er grunzte durch die zusammengebissenen Zähne, dann stieß er einen kehligen Seufzer aus, als er sich mit ein paar letzten Stößen in mich ergoss.

Ich öffnete die Augen. Evan war über mich gebeugt, die Sonne hatte ihn mit einer goldenen Aura umgeben. Er blieb noch in mir, ließ jedoch meine zitternden Beine vorsichtig auf den Boden hinunter. Schweißbäche liefen ihm über die braune Haut, das Haar klebte ihm im Nacken.

Ich spürte, wie er langsam wieder runterkam. Noch halb benommen, stützte er sich auf einen Ellbogen und sah mich an, seine hungrige, fast wilde Miene wurde weich.

»Du hast das auf keinen Fall gestern Nacht zum ersten Mal gemacht«, erklärte ich und atmete schwer. »Keine Chance.«

Er lachte und wischte sich die von Schweiß und Flusswasser feuchten Haare aus der Stirn. »Ist nicht gerade was, worüber man als Typ lügen würde.«

»Dann bist du ein Naturtalent.«

»Es liegt einfach nur an dir.«

Ich setzte mich blinzelnd auf, selbst ein bisschen benommen. »Was ist da eben passiert?«, fragte ich und zeigte auf unsere Nacktheit. »Ich war so wütend. Und hatte Angst. Und dann …«

»Leben und Tod«, sagte Evan. »Die Nähe des Todes bringt uns dazu, das Leben zu schätzen, Dinge zu tun, bei denen wir uns lebendig fühlen. Wie Sex. Bei Sex fühlt man sich lebendig.« Er lächelte mich an. »Oder?«

Ich lächelte nicht zurück. »Warst du da unten dem Tod nah?« Ich deutete mit dem Kinn zum Fluss. »Ich hatte das Gefühl.«

»Sozusagen. So lange den Atem anzuhalten, keine Luft zu bekommen, meinen Körper nicht damit zu versorgen? Das ist eine Art Tod, oder?«

Ich zitterte, obwohl der Tag immer heißer wurde. »Machst du das deshalb?«

»Nein. Ich weiß es nicht. Die Legenden der amerikanischen Ureinwohner besagen, dass die Geister der Toten im Traum mit dir kommunizieren können. Um dich vom Jenseits aus zu leiten. Wenn du dem Tod nah bist, bist du auch ihnen näher. Und du kannst sie besser hören, wenn du ihnen näher bist.«

»Glaubst du an so was? An Legenden von amerikanischen Ureinwohnern über Geister, die dich führen? Machen wir … deshalb diese Reise?«

Ich probierte den Gedanken im Kopf aus. Er ergab keinen Sinn, aber das Gegenteil war auch wahr. Diese ganze Reise war wie ein verrücktes Rennen zu einem mythischen »Zentrum«, bei der kein vernünftiger Mensch mitmachen würde, während es mir gleichzeitig so vorkam, als wäre es genau richtig.

Evan wandte sich mir zu, nackt und wunderschön in der Sonne. »Vielleicht. Ich weiß es nicht, Jo. Ich weiß nur, dass es für uns ist. Alles, was ich tue, ist für uns. Für dich. Reicht dir das?«

»Ich denke schon«, sagte ich. »Für den Moment.«

»Danke Jo. Dass du mir vertraust.«

»Ich vertraue dir. Ich würde dir mein Leben anvertrauen.«

Das war die Wahrheit, und ich atmete zitternd ein, als mir jetzt auffiel, wie völlig anders ich mich bei Evan fühlte im Vergleich dazu, wie ich bei Lee gewesen war.

»Woran denkst du?«, fragte Evan.

»Nichts«, sagte ich. Ich schüttelte mich. »Jedenfalls nichts, worüber du in diesem konkreten Moment reden willst.«

Evan zog mich an sich, und wir legten uns auf die Decke, mein Kopf auf seiner Schulter. »Sag es mir. Was auch immer es ist, du kannst es mir sagen.«

»Es ist nicht schön. Ist vielleicht nicht der richtige Augenblick …«

»Sag schon, Jo.«

»Ich habe an Lee gedacht.« Ich spürte, wie Evan sich versteifte. Ich lächelte ein bisschen. »Ich hab's ja gesagt.«

»Nein, rede weiter. Ich will es hören. Ich will alles von dir wissen.«

»Ich hab daran gedacht, wie anders ich mich bei dir fühle. Lee hat mir das Gefühl gegeben, wertlos zu sein. Wie Jasper …«

»Du bist nicht wertlos«, sagte Evan rau. »Das ist echt das Allerletzte, was du bist.«

»Das weiß ich. Jetzt. Und nicht, weil du es mir sagst, sondern weil du mir die Kraft gibst, es selbst zu glauben«, sagte ich und strich mit den Fingerspitzen über seine Brust. »Du gibst mir das Gefühl, schön zu sein, Evan. Und heil. Und lebendig. All der alte müde Schmerz wegen Jasper und der neue Schmerz aus der Zeit mit Lee … Wenn ich bei dir bin, verschwindet er.« Ich hob den Kopf, um ihn anzusehen. »Wie machst du das?«

Evan schüttelte leicht den Kopf. »Da gibt es kein Geheimnis, Jo. Ich liebe dich.«

Ich fühlte, wie die sanfte Wärme dieser Worte meine Brust berührte und in mich einsank. »Du liebst mich?«

»Spürst du das nicht?«

Ich nickte, Tränen traten mir in die Augen. »Ich hatte … es gehofft.«

Evans Augen schimmerten blau und tief wie unser Pool damals.

»Oh, Süße, ich hab dich immer geliebt. Seit der Highschool. Seit dem Tag, an dem du mir von deiner Mutter und der Narbe erzählt hast … Und ich hatte dir gerade erzählt, warum ich in Woodside gewesen war, und du hast mich nicht ausgelacht oder verrückt genannt. Du hast mir geglaubt. Oder vielleicht nicht, aber du hast mich *akzeptiert*. Und das war mir zuvor nie passiert.«

Er stützte sich auf einen Ellbogen, sah mich jetzt eindringlich an.

»Aber verliebt hab ich mich, weil du bist, wie du bist. Nicht nur, weil du das erste Mädchen warst, das ich je berührt oder geküsst habe. Ich hab mich in deine Stärke und dein Feuer verliebt. Du bist durch die Hölle gegangen.« Er berührte die Narbe und fuhr leicht mit dem Finger darüber. »Und du hast nie aufgegeben.« Jetzt berührte er meine Wange mit der ganzen Hand, umfasste sie. »Ich liebe dich, Josephine. Das tue ich. Und ich werde nie damit aufhören.«

Mir liefen Tränen über die Wangen. Er zog mich an sich, um mich zu küssen, und als seine Lippen mich berührten, flüsterte ich: »Ich liebe dich auch, Evan. Ich liebe dich, und ich werde nie damit aufhören.«

Unsere Worte waren wie ein Ehegelübde. Als würden wir eine Verbindung eingehen an diesem Ufer unter der heiß und golden strahlenden Sonne. Wir hörten nicht auf, uns zu küssen, und Evan seufzte bei unserem Kuss, als wäre er vollkommen zufrieden. Und ich … ich war glücklich. Wegen Evan. Evan hauchte mir seine Liebe ein, und ich war glücklich.

30. KAPITEL

Jo

Wir verließen den Fluss am Nachmittag, weil wir fürchteten, das Glück würde uns wahrscheinlich verlassen, wenn wir noch länger trödelten. Ich hätte ewig dort nackt mit ihm in der Sonne liegen können, aber Evan hatte schon wieder diesen Blick, seine Miene war von dieser namenlosen Dringlichkeit erfüllt. Es war Zeit zu gehen.

Wir wuschen uns, so gut es ging, im Fluss, zogen uns an und wanderten zum Highway zurück. Die Wolken verdichteten sich über uns in der Hitze. Wir trampten bis Wichita mit einem Rechnungsprüfer, der kleinen Firmen half, ihre Steuerprobleme in den Griff zu bekommen. Es war nicht die beste Zeit im Jahr, aber ein paar riefen trotzdem noch an. Er meinte, wir hätten Glück gehabt, dass er vorbeigekommen sei. Und das dachte ich auch, weil er kein Fan von Nachrichtensendungen war und nichts von der polizeilichen Fahndung nach zwei Trampern gehört hatte. Trampern, die genau wie seine beiden Passagiere aussahen. Er redete ohne Unterlass, war begeistert über die Gesellschaft, und als wir in Wichita ausstiegen, schien er enttäuscht zu sein, dass wir nicht weiter mitkamen.

Wir blieben am Rand der Stadt, und irgendwann fand Evan ein Motel, das relativ nah an öffentlichen Verkehrsmitteln war und gleichzeitig klein genug, um der Polizei nicht aufzufallen.

Ein gelangweilt aussehender dunkelhaariger Typ Mitte zwanzig saß an der Rezeption hinter einer Glasscheibe und blickte ständig zu einem vor ihm aufgestellten Tablet. Den schrägen Gitarrenriffs und den gebrüllten Texten nach zu urteilen, sah er sich Deathcoremetal-Videos an. Hätte ich raten müssen, hätte ich getippt, dass er der Sohn des Besitzers war und den Sommer über im Familienbetrieb aushelfen musste.

Wie immer zahlte Evan Cash für ein Zimmer im Erdgeschoss nach hinten raus. Vor Erregung lief mir ein Schauder über den Rücken, als er diesmal auf einem Doppelbett bestand.

»Ich rieche nach Algen«, sagte ich, während Evan die Tür aufschloss. »Ich brauch eine Dusche. Und was zu essen.«

»Ich will auch duschen, aber geh du zuerst. Ich besorge was zu essen. Ich sterbe schon vor Hunger.«

»Wahrscheinlich hast du dich allzu sehr angestrengt«, sagte ich, als wir eintraten.

Er zog mich an sich. »Ich werde mich die ganze Nacht allzu sehr mit dir *anstrengen*«, sagte er und lachte, als ich die Augen verdrehte. »Ach, komm, das war ein witziger Spruch!«

»Das war ein furchtbarer Spruch«, sagte ich und schubste ihn spielerisch. »Essen. Los.«

»Irgendwelche Vorlieben?«

»Egal. Such du was aus.« Ich war schon halb im Badezimmer, als ich innehielt. »Shit, ich hätte längst Del anrufen müssen. Sie ist bestimmt krank vor Sorge. Meinst du, das geht, ohne dass sie Probleme kriegt?«

»Ich frag den Typen an der Rezeption, ob es hier irgendwo einen Elektronikladen gibt«, sagte Evan. »Ich kann so ein Prepaid-Handy kaufen. Das man einfach wegwirft, wenn man fertig ist.«

»Ein Burner-Handy«, sagte ich. »Sind die teuer?«

»Glaub ich nicht. Ich hab genug. Und dabei fällt mir was ein.«

Evan holte seine Brieftasche raus und warf das ganze Geld aufs Bett. Dann holte er noch ein kleines Portemonnaie aus seiner Reisetasche, und es kamen noch ein paar hundert Dollar zu den Scheinen auf der Matratze dazu. Ich sah, wie er alles zählte und das Geld in zwei Haufen teilte.

»Was ist das?«, fragte ich.

»Dein Anteil.«

»Mein Anteil?«

»Etwa vierhundert für jeden. Wir machen das zusammen, oder? Du sollst nicht das Gefühl haben, mich wegen allem fragen zu müssen. Wenn du etwas haben willst, solltest du es dir kaufen können.«

»Danke«, sagte ich leise.

Evan kam und küsste mich sanft. »Pass auf dich auf. Schließ die Tür ab. Ich bin in einer Stunde zurück.«

»Das hast du sehr gut erfasst«, sagte ich zu ihm. »Eine Stunde. Keine Minute länger.«

Er küsste mich noch einmal. »Ich werd immer zu dir zurückkommen.«

Ich hatte geduscht und meine Schlafshorts und ein Tanktop angezogen, als Evan zurückkam. Er hatte neben dem Elektronikladen ein Mom-&-Pop-Barbecue entdeckt und war schwer beladen mit Grillhähnchen, Coleslaw, Biscuits und Kartoffelsalat. Nachdem wir gefuttert hatten, gab Evan mir die Tüte aus dem Elektroladen mit dem Prepaid-Handy.

»Und wenn es schiefgeht?«, fragte ich. »Wenn wir wegen des Anrufs geschnappt werden oder Del Probleme kriegt?«

»Vertraust du ihr?«

»Voll und ganz.«

»Dann ruf sie an. Mach's kurz. Sag ihr, dass du okay bist, und nicht mehr. Dann ist es sicher für alle.«

Ich nickte und holte Luft. Evan ging duschen, damit ich ein bisschen Privatsphäre hatte.

Ich gab die Nummer ein.

»The Rio, Del am Apparat.«

»Del, ich bin's, Jo.«

»Jo?« Meine beste Freundin schnappte nach Luft, und ihre professionelle Telefonstimme verwandelte sich in ein geflüstertes Quietschen. »Baby, wo zum Teufel bist du? Die Cops schnüffeln überall herum und fragen nach dir. Geht es dir gut? Sag mir das zuerst.«

»Es geht mir gut.«

»Gelobt sei Gott«, sagte sie und im nächsten Atemzug: »Ich muss dir wohl nicht sagen, *was* die Cops fragen, oder?«

»Nein, musst du nicht. Ich weiß genau, was sie fragen, und Del …«

»Dann sag nicht mehr, Süße«, sagte Del schnell. »Kein Wort. Ich werd nicht abgehört, aber Gott weiß, was für CSI-Tricks die mit mir veranstalten.«

»Ja, okay. Du hast recht. Ich will auf keinen Fall, dass du Probleme kriegst, weil du mit mir redest.«

»Die können mich wohl kaum verhaften, weil ich mich mit jemandem unterhalte. Ich weiß nichts, und du sagst nichts. Du hast dich nur gemeldet.«

»Ja.« Ich erlaubte mir einen winzigen Erleichterungsseufzer. »Genau das wollte ich, Del. Ich wollte deine Stimme hören.«

»Ich auch, Süße. Ich hab mir solche Sorgen gemacht. Ich hab die Nachrichten gesehen über diesen Salinger. Patty Stevenson hat Reden geschwungen, dass er an dem Nachmittag, an dem Lees Haus abgebrannt ist, im Diner war. Sie erzählt überall rum, du wärst ziemlich vertraut mit ihm gewesen. Die Cops sagen, du bist jetzt bei ihm.«

»Ja. Evan. Ich bin bei ihm.«

»Freiwillig oder was, Mädchen? Das muss ich wissen, in den Nachrichten kommt er nämlich nicht so gut weg.«

»Natürlich freiwillig«, sagte ich und setzte mich auf. »Was sagen die denn, verdammt?«

»Erstens ist er aus dem Knast ausgebrochen.«

»Das stimmt. Aber er hätte gar nicht erst drin sein sollen.«

»Zweitens sagen sie, dass er verrückt ist. War mal in einer psychiatrischen Klinik.«

Mein Gesicht wurde heiß. »Das stimmt auch, aber deshalb ist er noch lange nicht … Hör zu, Del, glaub nichts von dem, was sie über Evan sagen. Okay? Tu's für mich. Er ist der beste Mann, den ich je im Leben getroffen habe. Er würde mir nie etwas tun. Ich bin nicht von einem sinkenden Schiff auf das nächste gesprungen, versprochen.«

»Okay, Mädchen, wenn du das sagst, glaub ich dir.«

»Und was ist mit der Polizei? Die sind uns ziemlich auf den Fersen.«

Dels Stimme wechselte in eine tiefere Stimmlage. »Es sieht gar nicht gut aus, Süße. Es läuft eine Großfahndung nach euch. Sie sind sicher, dass Lee nicht in dem Brand gestorben ist. Sie sind sich wirklich *sicher*.«

Meine Stimme war schwach. »Es war ein Unfall.«

»Sag nicht mehr. Ich frag dich nichts über Lee, und ich will auch nicht, dass du was sagst. Du sollst nur wissen, wie ernst die Lage ist. Aber eins sage ich noch, damit du das nicht musst: Ich weiß, dass du nie absichtlich jemanden verletzen würdest. Typen wie Lee … Nun, wie man sich bettet, so liegt man. Und wenn's im Grab ist. Aber je länger du wegläufst, desto schwieriger wird's, denen irgendwas zu erklären.«

Es wird unmöglich sein, dachte ich und hatte plötzlich Angst. Ich blickte zur Badezimmertür, hinter der noch das Wasser lief.

Falls man uns schnappte, würde Evan lebenslänglich ins Gefängnis gehen.

Und wenn man uns nicht schnappt? Was passiert, wenn das Geld alle ist oder wir zu diesem Zentrum kommen, wo auch immer das ist? Was passiert, wenn diese Reise irgendwann vorbei ist? Wenn wir am Ende der Straße ankommen?

»Weißt du noch, worüber wir geredet haben, bevor ich weg bin?«, fragte ich Del. »Über das Geld, das zu sparen du mir geholfen hast?«

»Natürlich, Schätzchen. Und mein Angebot steht. Sag mir wann und wie, und ich werde dafür sorgen, dass mein Kontakt an die Arbeit geht. Für euch beide.«

Erleichterung und Liebe zu meiner Freundin durchströmten mich. »Du wirst Ärger kriegen, weil du das gesagt hast, Del«, erwiderte ich rau.

Sie schnaubte. »Ein geringer Preis, wenn du dafür in Sicherheit bist. Endlich.«

»Das bin ich.«

»Dann weiter so. Melde dich, wenn du kannst, und ich verfolge die Nachrichten über dich und bete.«

»Ich hab dich lieb, Del.«

Ich hörte sie am anderen Ende der Leitung schniefen. »Das sollte besser kein Abschied sein, sondern heißen, dass du mich samt meinem herrlichen Arsch liebst. Verstanden.«

»Kein Abschied«, sagte ich. »Aber ich muss jetzt trotzdem auflegen, Del.«

»Pass auf dich auf, Süße. Hab dich lieb.«

Ich legte auf und fragte mich, ob ich vielleicht das letzte Mal mit ihr gesprochen hatte.

Ich spürte, wie meine Wangen heiß wurden, als ich daran dachte, was sie über Evan sagten. Selbst wenn wir das alles irgendwie geregelt bekamen und sie davon überzeugten, dass

Lees Tod ein Akt der Notwehr gewesen war, würde Evan niemals zur Feuerwehr gehen können mit so furchtbaren Vorstrafen. Unmöglich.

Es sei denn, er wurde jemand anders.

Wenn Dels Kontakt uns neue Dokumente besorgte, könnte Evan ganz neu anfangen. Er wäre frei, genau wie er sagte.

Von meinem Plan gestärkt, aß ich den Rest meines Kartoffelsalats und spülte ihn mit Diet Coke runter. Ich hatte immer noch Hunger. Anscheinend waren alle meine Gelüste doppelt so stark zurückgekommen.

Evan trat aus der Dusche. Er hatte ein Handtuch tief um die Hüften geschlungen, und ich starrte seinen nackten Bauch an, das Sixpack und weiter unten das herrliche V. Eine tödliche Kombination, die eine Frau – zumindest diese Frau – in ein tollwütiges Sexmonster verwandeln konnte.

Aber Evan bemerkte gar nicht, wie ich ihn anschmachtete. Er rubbelte sich die Haare trocken und fragte: »Wie war's? Wie geht es deiner Freundin?«

»Gut«, sagte ich. Ich erzählte ihm von den gefälschten Papieren. »Wenn wir auf diese Weise zusammen ein neues Leben anfangen könnten, sollten wir das tun, oder? Wir haben das Geld.«

»Noch nicht«, sagte Evan. »Wir können noch nicht zurück nach Louisiana. Wir fahren nach Norden. Zum Zentrum. Jetzt zurückzufahren wäre ... falsch. Und es würde auch deine Freundin in Gefahr bringen.«

»Dann fahren wir zum Zentrum ...« Das Wort klang so merkwürdig in meinen Ohren. »Und dann machen wir uns auf den Weg zurück nach Louisiana und holen die Ausweise von Del. Abgemacht?«

Evan ging wieder ins Bad, ohne zuzustimmen. »Hat sie irgendwas über uns gesagt?«, rief er. »Was macht die Polizei?«

»Ich glaube, ihre genaue Formulierung war *Großfahndung*.«

Evan kam ohne das kleinere Handtuch zurück. »Hab ich mir gedacht. Wir brauchen unbedingt ein Auto. Lass uns morgen nach einem Schrottplatz oder etwas Ähnlichem suchen. Ich wette, es gibt irgendwo eine alte Rostlaube, die ich billig kaufen und reparieren kann.«

»Wir haben nur noch achthundert Dollar. Wenn wir zu viel für ein Auto ausgeben, können wir uns die Papiere von Dels Kontakt nicht mehr leisten.«

»Wir kaufen einfach ein superbilliges Auto«, sagte Evan, ein kleines Lächeln im Gesicht. Er hatte sich immer noch nichts angezogen. »Unser Fluchtauto. Aber das ist morgen.«

Ich stand vom Bett auf und stellte mich vor ihn, legte die Hände über dem Handtuch auf seine Hüften. »Okay.« Ich zog das Handtuch weg und ließ es auf den Boden fallen. »Morgen das Fluchtauto. Heute …«

»Heute verhalten wir uns ruhig«, sagte Evan. Er zog mir das Tanktop über den Kopf, warf es zur Seite und legte mich aufs Bett. Sein Mund brannte zwischen meinen Brüsten einen heißen Pfad abwärts.

»Ja«, sagte ich und stöhnte, als mir heiße Schauder über die Haut jagten.

»Sehr ruhig«, sagte Evan, wanderte jetzt mit dem Mund über meinen Bauch und tiefer … »Keiner darf wissen, dass wir hier sind. Du musst leise sein, Jo. Ganz, ganz leise …«

Ich gab mir Mühe. Aber als Evan mit mir fertig war, war ich mir sicher, dass das gesamte Dreistaateneck unseren Aufenthaltsort kannte.

Wir blieben liegen und genossen die köstliche Erschöpfung danach, und ich dachte, dass dieser letzte ekstatische Orgasmus es wert wäre, geschnappt zu werden. Hinterher von Evan umarmt zu werden war es wert und wie er mich ansah und küsste und die Worte, die er mir zuflüsterte, als der Schlaf uns einholte.

Aber in der Nacht träumte ich schlecht. Träumte von unheimlichem Gelächter, Blutspritzern auf dem Teppich und Lees totem Körper zu meinen Füßen.

Stell mich nicht auf die Probe, Frau.

Das hatte er ständig gesagt, normalerweise, wenn er sich in einen Wutanfall reinsteigerte. *Stell mich nicht auf die Probe, Frau, wenn du weißt, was gut für dich ist.*

In meinem Traum setzte der tote Lee sich auf wie ein Vampir, der aus seinem Sarg steigen will. Blut lief aus seinem eingedellten Kopf, und er lachte meckernd durch die wegen der Drogen verfaulten Zähne.

Stell mich nicht auf die Probe, Frau. Du hast diese Sauerei angerichtet. Er hob die blutige Pfanne vom Boden auf. *Mach das weg, Jo, wenn du weißt, was gut für dich ist.*

31. KAPITEL

Jo

Ich wachte zitternd auf. Ein böser Traum schwebte am Rand meiner Erinnerung. Evan legte im Halbschlaf die Arme um mich, bis mir wieder warm war und der Traum vergessen.

Ohne unsere Handys oder einen Computer hatten wir kein Internet, und mir war nie so klar gewesen, wie sehr ich den Zugang zu Informationen als gegeben hinnahm. All die Informationen, normalerweise mit einem Klick verfügbar, waren jetzt außer Reichweite. Wir brauchten einen Schrottplatz und einen Waschsalon und hatten nicht die geringste Ahnung, wo wir suchen sollten. Der schmierige Typ an der Rezeption war keine große Hilfe, also machten Evan und ich einen Spaziergang.

Der Waschsalon war leicht zu finden, aber uns wurde schnell klar, dass wir alles waschen mussten – auch das Zeug, das wir anhatten. Wir fanden einen Second-Hand-Laden, und ich kaufte ein Tanktop und eine zweite Cargo-Shorts. Auf dem Weg zur Kasse entdeckte ich ein fliederfarbenes Sommerkleid. Es war aus Viskose – billiger, aber weicher Stoff. Und es kostete nur zehn Dollar. Ich kaufte es von dem Geld, das Evan mir gegeben hatte, und stopfte es unten in die Tasche, bevor er es sah. Ich hatte keinen konkreten Plan, wann ich es anziehen würde, nur den vagen Gedanken, dass ich mich irgendwann mal für ihn hübsch machen wollen würde.

Evan kaufte eine Jeans und ein paar T-Shirts, und ich kapierte, dass er so wenig ausgab wie möglich. Achthundert Dollar hatten sich nach viel angehört, aber jetzt mussten wir davon ein Auto kaufen. Ich glaube, wir machten uns beide keine großen Hoffnungen, dass wir selbst die allerklapprigste Schrottkarre für weniger kriegen würden.

Während unsere Klamotten in der Wäsche waren, gingen wir in ein kleines mexikanisches Restaurant und aßen in einer Ecke weit weg von den Fenstern. Als Evan zahlte, kam er mit dem Typen an der Kasse ins Gespräch. Der erzählte Evan von einem Schrottplatz ein paar Kilometer südlich außerhalb der Stadt, wo man gelegentlich gebrauchte Autos bekam. Wir dankten ihm für den Tipp, brachten die frisch gewaschenen Sachen ins Motel zurück und machten uns auf den Weg.

Im Bus zum Schrottplatz war ich mir der Blicke der Leute bewusst. Evan zog sich die Basecap tief ins Gesicht, aber ich konnte wegen meiner Narbe nicht viel tun, außer sie hinter meinen Haaren zu verstecken. In Evans Nähe vergaß ich die Narbe oft. Jetzt war sie ein deutlicher Hinweis für jeden, der regelmäßig Nachrichten guckte oder Polizeiwebsites las. Ich lehnte mich mit der Wange an Evans Brust, um sie zu verbergen, und lauschte seinem Herzschlag.

Evans Puls war gleichmäßig. Er war vorsichtig, aber nicht nervös. Ich beschloss, seine Intuition als Barometer zu nutzen: Sobald er sich Sorgen machte, würde ich mir auch Sorgen machen. Bis dahin würde ich es genießen, mit ihm zusammen zu sein. Ihn berühren zu können, wann immer ich wollte. Seinen Körper neben mir zu spüren.

Der Schrottplatz war nicht ganz ein Fußballplatz voll zerbeultem Metall. Unter dem bedeckten Himmel stand Reihe um Reihe ramponierter Schrottkisten. Der Benzingeruch einer Feuergrube erinnerte mich an Lee, und ich biss die Zähne zusammen. Ein Schatten des Traums der letzten Nacht zog an meinem geistigen Auge vorbei und verschwand wieder.

Evan nahm meine Hand, und wir gingen zum Büro – einem Wohnwagen in der Nähe des Eingangs. Ein junger, nervöser Typ mit dem Namen Travis auf dem Hemd rieb sich nachdenklich die ölige, stoppelige Wange, nachdem Evan seine Frage gestellt hatte.

»Wie viel willst du noch gleich ausgeben?«

»So wenig wie möglich«, sagte Evan. »Ich kann auch ein bisschen was reparieren. Falls du einen Wagen hast, kann ich Ersatzteile besorgen und selbst einbauen.«

Travis kratzte sich am Hals. Er beäugte mich von oben bis unten auf eine Weise, die mir nicht gefiel, während er mit Evan verhandelte. Schließlich bot er ihm einen fünfundzwanzig Jahre alten Kombi mit Fließheck an. Der brauchte einen Steuerriemen, neue Zündkerzen und eine neue Lichtmaschine und hatte noch ein paar andere Probleme, so dass er sich anhörte wie eine Autoleiche, die Evan als eine Art Doktor Frankenstein von den Toten aufwecken müsste.

»Ich kann ihn dir für vierhundert Dollar geben«, sagte Travis. »Die Ersatzteile kriegt ihr für etwa hundert von Mike, ein Stück die Straße rauf. Wenn ihr sagt, dass ich euch geschickt hab, macht er euch ein Angebot. Reparieren kannst du hier.«

Ich fand fünfhundert Dollar zu viel, aber Evan schlug ein, und es war abgemacht. Eine Stunde später saß ich auf einem umgedrehten Eimer auf dem Schrottplatz und sah zu, wie Evan versuchte, ein Wunder zu vollbringen. Der Kombi musste einmal strahlend weiß gewesen sein. Jetzt schmollte er in einem vergilbten Hellgrau. Ich war gnädig und nannte ihn Schneeball.

Ich sah Evan bei der Arbeit zu, bewunderte, wie sich seine Armmuskeln bewegten, wenn er Dinge hochhob, drehte und

Schrauben festzog. Er griff nach dem Lappen, den er in seiner Gesäßtasche hatte, um sich die Hände abzuwischen, und lenkte so meine Aufmerksamkeit auf seinen Arsch.

Evan Salinger hatte einen wirklich feinen Arsch.

»Siehst du irgendwas, was dir gefällt?«, fragte er grinsend, ohne von der Arbeit aufzusehen.

»So einiges«, sagte ich. »Sind wir bald fertig? Ich hab das Gefühl, wir sind schon zu lange an einem Ort.«

»Fast.«

Ich kniff die Augen zusammen und blickte zum Himmel, versuchte zu schätzen, wie spät es war. Etwa zwei Uhr. Ich hatte keine Möglichkeit, das zu überprüfen, seit mir Evans Uhr in den Fluss gefallen war. Evan schien es nicht besonders eilig zu haben. Und er war auch nicht besorgt, dass unsere Fluchtkasse auf dreihundert Dollar geschrumpft war.

»Wo fahren wir als Nächstes hin?«, fragte ich. »Mit Schneeball besitzen wir einen schicken fahrbaren Untersatz, haben aber ein Liquiditätsproblem.«

»Ich denke, wir kriegen es hin«, sagte Evan und grunzte, als er sich an irgendeiner schwergängigen Schraube oder Mutter zu schaffen machte.

»Weniger als dreihundert Dollar.« Ich kaute am Daumennagel. »Wie viele Tage können wir damit überleben? Wollen wir's danach machen wie *Thelma und Louise*? Schnapsläden überfallen?«

»Ich bin kein Dieb und du auch nicht.«

»Das ist keine Antwort.«

Er kam unter der Motorhaube hervor. »Wir schaffen das«, sagte er wieder. »Und wenn nicht, können wir uns als Freelancer in einem Strip-Club ein paar Dollar dazuverdienen.«

»Ich will dich ungern enttäuschen, aber ich bin ganz schlecht darin, mich sexy an einer Stange zu räkeln.«

Er knallte die Motorhaube zu. »Da bin ich anderer Ansicht.«

Ich stöhnte. »Sehr witzig.«

Evan lachte leise und warf mir die Autoschlüssel zu. »Versuch's mal.«

Der Kombi roch nach Zigarettenkippen und Hundehaaren. Ich drehte den Zündschlüssel, und der Motor erwachte stotternd zum Leben.

»Es lebt!«

Evan lehnte sich mit einem zufriedenen Lächeln ins Fenster.

»Du kannst das ziemlich gut«, sagte ich und stieg aus, damit er sich hinters Steuer setzen konnte. Ich war ehrlich beeindruckt, dass der Schrotthaufen von der Stelle kam. »Ich denke, du hast eine große Zukunft als Automechaniker.«

»In diesem Leben bin ich Mechaniker. Im nächsten Feuerwehrmann.«

»Was bedeutet das?«

Evan legte mir den Arm um die Schultern. »Du nennst ihn Schneeball?« Er betrachtete den kleinen weißen Kombi. »Ziemliche Ironie. Würd mich wundern, wenn er mehr als achtzig Sachen schafft, ohne dass der Motor zu heiß wird.«

»Alter, du hast ihn zum Laufen gekriegt«, sagte Travis plötzlich hinter uns. Ich ließ mir die Haare vor die Wange fallen, bevor ich mich umdrehte.

»Er läuft«, sagte Evan.

»Vielleicht hab ich ihn dir doch zu billig gegeben.« Travis' Lächeln war aufgesetzt. Sein Gesicht erinnerte mich an ein Wiesel oder ein Opossum. Ich wollte hier so schnell wie möglich weg.

Evan hielt ihm die Hand hin. »Danke noch mal. Auch dass wir den Platz nutzen durften. Weiß ich zu schätzen, Mann.«

»Klar, klar, kein Problem«, sagte Travis und nahm die Hände nicht aus den Taschen. »Dann geht's los? Wo wollt ihr hin?«

»Hier und dort«, sagte Evan ausdruckslos. Er warf mir einen

Blick zu und deutete mit dem Kopf auf die Beifahrertür. Ich war schon auf halbem Weg. »Mach's gut.«

Wir fuhren von dem Schrottplatz runter, und Evan sah ziemlich genauso oft in den Rückspiegel wie durch die Windschutzscheibe.

Ich behielt den Seitenspiegel im Auge. »Glaubst du, er weiß es?«

»Keine Ahnung. Ich glaube, er ist vor allem sauer, dass er uns den Wagen so billig gelassen hat. Am Ende war er ein bisschen zu neugierig.«

Wir fuhren zehn Minuten, ohne zu reden. Ich kannte Wichita nicht, aber ich ging davon aus, dass Evan uns zurück ins Motel brachte.

»Irgendwie kommt's mir vor, als würden wir in die falsche Richtung fahren«, sagte ich.

»Ich weiß. Ich glaube, wir ...« Er verstummte an einer Kreuzung und kniff die Augen zusammen. Dann blinkte er und nahm die Ausfahrt zur 135 South.

»Nach *Süden*? Wo fahren wir hin?«

Evan fuhr ein paar Minuten schweigend weiter. Nach Süden, obwohl er ständig darauf beharrte, dass wir nach Norden mussten. Immer nach Norden. Dann sah ich das Schild. Ein hohes, blaues Rechteck, auf dem von oben nach unten mit schiefhängenden Buchstaben *Joyland* stand. Ein Pfeil wand sich s-förmig zwischen *Joy* und *Land* hindurch und zeigte auf den Eingang des Vergnügungsparks.

»Ich war hier schon mal«, sagte ich.

»Sieht aus, als wäre es schon seit Jahren geschlossen«, sagte er und lenkte Schneeball auf die unkrautbewachsene Einfahrt voller Schlaglöcher.

»Aber ich war hier.« Ich starrte aus dem Fenster und griff nach seiner Hand. »Ich war mit meiner Mutter hier.«

Er drückte meine Hand, während er parkte. »Komm.«

Hand in Hand schlenderten wir durch den alten Vergnügungspark. In der sinkenden Nachmittagssonne war er wie eine stille und leblose Geisterstadt. Die Fahrgeschäfte standen still, und über dem Rost blätterte die Farbe ab. Die Spielbuden waren entweder verrammelt oder komplett ausgeräumt, ohne Preise auf den Regalen. Imbisswagen lagen umgekippt im Unkraut, und auf den Wegen lag getrocknetes Laub.

Ich blieb stehen und schloss die Augen. Meine Ohren stellten sich lachende Kinder vor, das metallische Knirschen alter Karrussels sowie Schausteller, die Passanten beschwatzten, ihr Glück bei einem Spiel zu versuchen. Ich roch Zuckerwatte und Popcorn aus großen Metallkesseln, Hot Dogs und Grillsauce, eine Wolke Jahrmarktsduft in der windstillen Luft eines Sommerabends.

Hinter meinen geschlossenen Lidern blitzten Lichter auf, und ich fühlte, wie ich die Hand meiner Mutter hielt. Jetzt hörte ich ihr Lachen. Sie lachte, als sie mich an der Hand von einer Bude oder Fahrt zur nächsten zog. Ihre Lichter waren an und strahlten heller als alle Glühbirnen auf dem Hauptweg.

Ich öffnete die Augen. Der Park war ein ausgebrannter Traum. Es roch nur nach rostigem Metall und vermodertem Holz. Evan hielt meine Hand.

Wir gingen weiter über das raschelnde Laub. Wir kamen zu dem Schild mit dem Clown, der die Besucher mit seinem manischen Lächeln weiter ins *Joyland* lockte. Ich erinnerte mich an ihn. Er war jetzt verrostet, stand schief auf einem kaputten Bein. Die Farbe blätterte ab und war verblasst von zehn Jahren Sonne. Aber in meiner Erinnerung wurde er restauriert, bekam seinen kegelförmigen Hut und die Punkte auf seiner Kleidung zurück.

»Mama hat gesagt, ich soll die Augen schließen«, sagte ich.

»*Augen zu und Mund auf.* Dann hat sie mir ein bisschen Zuckerwatte auf die Zunge gelegt. Ich hatte noch nie zuvor welche gegessen. Ich weiß noch, ich dachte, dass es genau so schmeckt, wie es heißt – ein Wattebausch aus schmelzendem Zucker.«

Evan lächelte mich an, aber er sagte nichts.

»Ich wollte mehr, und meine Mutter lachte und hielt mir eine ganze Tüte hin. Ich riss ein rosa Stück davon ab und stopfte es mir in den Mund. Statt mir zu sagen, dass ich langsamer essen oder kleinere Bissen nehmen sollte, lachte meine Mutter nur und umarmte mich und zog mich zum Breakdancer. Und mir war auf der ganzen Fahrt schlecht. Und hinterher war mir ganz schwindelig, und wir haben zu der Zuckerwatte Icecream-Soda getrunken, und auf dem Nachhauseweg hab ich geschlafen. Hab auf dem Beifahrersitz gedöst und den Kopf an den Sicherheitsgurt gelehnt. Im Radio lief Patsy Clines ›Crazy‹, und meine Mutter hat mitgesungen. Sie hatte eine schöne Stimme …«

Evan drückte sanft meine Hand. »Und was ist dann passiert?«

»Als wir nach Hause gekommen sind, hab ich so getan, als würde ich schlafen. Damit sie mich ins Bett tragen musste. Sie wusste, dass ich nur so tat, aber sie hat mitgespielt. Sie hat mich mit dem Blauwal im Arm ins Bett gelegt. Dann hat sie mich auf die Stirn geküsst und gesagt: ›Das war ein guter Tag, Josie.‹ Da konnte ich nicht mehr so tun, als würde ich schlafen. Ich hab ihr die Arme um den Hals gelegt, sie festgehalten und gesagt: ›Nein, das war der allerbeste Tag.‹«

Ich atmete die Abendluft ein, atmete sie wieder aus und wartete, dass die Erinnerung wieder grau wurde. Aber das tat sie nicht. *Joyland* war wie eine Geisterstadt, aber in meinem Kopf war es bunt und glitzerte und strahlte. Und meine Mutter war mir näher. Ich konnte ihr Gesicht so viel klarer sehen.

Im wachsenden Dunkel sah ich zu Evan auf. »Wie machst du das? Woher weißt du, dass du mich an diese Orte bringen musst?«

»Ich weiß es gar nicht«, sagte er.

»Evan …«

»Macht es dich glücklich? Hier zu sein?«

Ich starrte ihn an. »Äh … natürlich! Ich bekomme meine Mutter zurück. Immer ein bisschen mehr. Es ist wie ein Wunder. Aber, Evan …«

»Dann ist das der Grund. Aber wie das geht?« Er zuckte die Achseln. »Ich bringe dich nicht wissentlich an diese Orte, Jo. So funktioniert das nicht. Ich habe es geträumt, kann mich aber nur an Bruchstücke erinnern. Es kommt erst wieder hoch, wenn wir in dem Moment sind. Ich warte und höre zu, und wenn es da ist, handele ich entsprechend.«

Ich nickte, wusste nicht, was ich sagen sollte. Er gab mir wirklich meine Mutter zurück, ein kleines Stück nach dem anderen. Ein Geschenk, das wertvoller war, als ich in diesem Moment in der hereinbrechenden Dunkelheit mit Worten ausdrücken konnte.

Evan kam näher, berührte sanft meine Wange. »Mehr als alles andere will ich, dass du glücklich bist. Wenn es eine treibende Kraft gibt, dann ist es das. Dein Glück.«

Er umarmte mich, umgab mich genau wie vor vier Jahren mit seiner Wärme.

Ich lehnte mich an ihn. »Ich bin glücklich. Mehr als je zuvor.«

»Dann bring ich dich genau dorthin, wo du sein musst.«

32. KAPITEL

Evan

Ich wachte erschrocken auf und fuhr hoch. Der Traum entglitt mir, bevor ich ihn ganz sehen konnte. Wie immer. Aber diesmal blieben ein paar Bruchstücke.

Das Burner-Handy.

Rapid City

Der Detective.

Wie eine Bauanleitung ohne ein Bild des fertigen Gegenstands.

Auf der Uhr stand zwei, Jo schlief friedlich. Ich schlüpfte aus dem Bett und nahm das Prepaid-Handy vom Nachttisch, wo Jo es liegengelassen hatte. Sie hatte vor, es wegzuwerfen, wollte das aber nicht im Hotel tun.

Ich ging, so leise ich konnte, zur Tür. Sah mich einmal um, ob Jo aufwachte. Tat sie nicht. Ich trat auf die kleine Veranda vor unserem Zimmer und rief die Information an. Dann tätigte ich einen zweiten Anruf. Zu dieser späten Stunde erreichte ich nur den Anrufbeantworter. Ich hinterließ eine Nachricht und legte auf. Sobald ich den Anruf beendet hatte, spürte ich, wie mich ein Schauder überlief. Ich sah in unser Zimmer. Jo bewegte sich im Bett. Schnell ging ich wieder hinein und schob das Handy in das Innenfach meiner Reisetasche, mit dem Plan, es morgen an einem sicheren Ort wegzuwerfen.

Ich legte mich wieder ins Bett und umarmte Jo. Sie sank tiefer in den Schlaf, und ich folgte ihr problemlos. Ich hasste es, etwas vor Jo zu verbergen, aber ich war ruhig, weil ich das Richtige getan hatte, auch wenn sie das niemals so sehen würde.

Im Morgengrauen wachte ich mit Jo im Arm auf. Ihr nackter Rücken lag an meiner Brust, ein dünner Schweißfilm dazwischen. Sie roch nach Mandarinen: süß und herb zugleich. Ich lächelte an ihrem Haar, weil sie auch so schmeckte: süß und herb. Dann rührte sie sich und drehte sich in meinen Armen zu mir um. Mit dem Finger strich ich über ihre Narbe. Obwohl ich hasste, woher sie die hatte, und auch den Schmerz hasste, den die blasse Linie barg, liebte ich sie als ein Symbol für ihr Überleben. Die Narbe eines Kampfes.

Ich spürte unter den Fingerspitzen Jos Lächeln. Sie küsste mich, dann erklärte sie, dass der Kaffee im Motel scheiße schmeckte.

»Ist das eine indirekte Forderung?«, fragte ich lachend.

»Ich mach mir nur Sorgen um dein persönliches Wohl. Ich bin nicht sehr freundlich ohne Kaffee.«

»Mir kommst du ziemlich freundlich vor«, sagte ich und küsste die Vertiefung unter ihrem Ohr. »Aber ich hol dir trotzdem Kaffee.«

Sie schlug die Decke zurück und setzte sich auf. »Du bist ein Heiliger. Ich hüpfe schnell unter die Dusche und packe.«

Ich zog mich an, und Jo ging im Zimmer umher und summte leise, während sie unsere Sachen zusammensuchte. Seit dem Joyland gestern Abend sah sie aus, als wäre eine weitere schwere Last von ihr abgefallen oder als hätte sich ein Schatten gelichtet. Ich fragte mich, ob sie auch in unserer eigenen Wohnung so zufrieden wäre. In unserem Zuhause statt in einem schäbigen Motel. Ich nahm ihre Schönheit in mich auf, dann ging ich.

Ich prüfte zwei Mal, ob die Tür auch zu war.

Ich hätte ihr sagen sollen, sie solle die Kette vorlegen.

Ich war nur fünfzehn Minuten weg. Als ich die Kaffeebecher mit dem Arm gegen den Bauch drückte, um den Schlüssel zu suchen, merkte ich, dass die Tür nur angelehnt war. Dann hörte ich drinnen einen gedämpften Schrei, ließ den Kaffee fallen und stieß mit der Schulter die Tür auf.

Der Typ hatte Jo an eine Wand gedrückt. Seine eine Hand lag auf ihrem Mund, und sie drehte und wand sich in seinem Griff. In nur einer Sekunde war ich bei ihr, zog ihn von ihr weg und schleuderte ihn zu Boden. Erst da sah ich, dass es der dürre Rezeptionist war, bei dem wir vorgestern Abend eingecheckt hatten.

»Hinter dir«, schrie Jo. »Da ist noch …«

Ich wirbelte herum, und ein zweiter Mann hatte schon ausgeholt und traf mich unter dem linken Auge. Adrenalin und Zorn rasten durch meinen Körper, und ich packte den Typen vorn am Hemd und legte meine ganze Kraft in den Schlag. Schmerz explodierte in meinen Knöcheln, als ich ihn am Kiefer traf. Blut spritzte, als sein Kopf nach links geschleudert wurde. Sein Körper folgte, und er fiel stöhnend auf den Boden.

Jo schrie meinen Namen, dann bohrte sich ein Schmerz wie ein Splitter in meine Seite. Der Typ vom Empfang hatte mir in die Niere getreten. Ich wirbelte herum, rammte ihm die Rechte in den Bauch, und er knickte ein.

Der zweite Typ hatte sich halb wieder aufgerappelt und kroch auf allen vieren zur Tür. Er würde um Hilfe rufen oder die Cops holen, und dann wären wir am Arsch. Ich wollte hinter ihm her, als ich hinter mir ein dumpfes Geräusch und einen erstickten Schrei hörte.

Jo stand mit der Nachttischlampe in der Hand über dem Rezeptionisten. Der Typ war weggetreten, eine Beule entstand auf seiner Stirn. Aus Jos Gesicht war jede Farbe gewichen, und sie riss die Augen auf.

»Oh mein Gott, ist er tot?«, flüsterte sie.

»Er ist nicht tot«, sagte ich und nahm ihr die Lampe ab. »Haben sie dich verletzt? Hat einer der Arschlöcher dir wehgetan?«

Sie schüttelte den Kopf. »Aber sie wussten über uns Bescheid. Der da …« Sie zeigte auf den Rezeptionisten. »Er hat gesagt, er wüsste, wer wir wären. Dass wir garantiert Geld von einem Bankraub hätten oder so.« Sie sah mich mit geweiteten Augen an. »Er sagte, er würde die Cops rufen, aber er wollte zuerst eine Be-Belohnung. Unser Geld. Ich hab ihm gesagt, wir hätten nichts, aber sie haben mir nicht geglaubt.«

»Schsch.« Ich umarmte sie für einen Moment, hielt sie fest, damit sie nicht durchdrehte. »Wir müssen los. Wir fahren jetzt direkt.«

Unsere Sachen waren auf dem Bett und dem Fußboden verstreut. Ich schnappte mir, was ich sah, und stopfte es in meine Tasche. Erwartete, dass jeden Moment die Cops zur Tür reinkämen.

Jo hatte sich nicht von der Stelle gerührt. Sie starrte auf den bewusstlosen Mann hinunter und murmelte: »Irgendwas stimmt nicht.«

»Pack deine Sachen, Jo«, sagte ich.

»In der Küche«, murmelte sie. »Lee … Er hat mich in der Küche geschlagen. Aber ich hab die …« Sie hob den Blick und sah mir in die Augen. »Nein, du hast sie gehalten. Die Bratpfanne. Im Wohnzi…«

»*Josephine!*«, schrie ich.

Ihre Augen wurden klar, und sie schüttelte den Kopf und kam in die Gegenwart zurück.

»Pack deine Sachen«, sagte ich. »Wir müssen sofort los, verdammt. Jetzt.«

Sofort setzte sie sich in Bewegung und half mir, unsere restlichen Sachen in die Taschen zu stopfen, dann rannten wir raus auf den Parkplatz. Ich konnte den Komplizen des Empfangstypen nicht sehen und betete, dass er in die andere Richtung weggelaufen war. Falls er das Modell unseres Autos und unser Nummernschild gesehen hatte, wären wir geliefert. In der Ferne hörte ich Sirenen.

Ich warf unsere Taschen auf die Rückbank, als Jo in den Wagen stieg. Sie war noch dabei, sich anzuschnallen, als ich den kleinen Kombi startete. Wir fuhren auf die East Douglas Avenue, und ich zwang mich, das Tempolimit zu beachten, und hoffte, dass wir mit dem morgendlichen Verkehr verschmolzen. Im Rückspiegel sah ich nur anderthalb Blocks hinter uns ein Polizeiauto auf die Einfahrt des Motels rasen.

Unser dämlicher Wagen soff schon bei der ersten Ampel ab, sprang aber zum Glück nach ein paar Versuchen wieder an und ruckelte über die Kreuzung. Ich betete, dass die Ampeln grün blieben. Solange wir in Bewegung blieben, schaffte Schneeball es gut. Bei Stop-and-Go-Verkehr soff er ab.

Wir hatten Glück, und ich nahm die Auffahrt zum Highway. Erst als wir mit fünfundachtzig Stundenkilometer in Richtung Norden unterwegs waren, atmete ich leise auf. Keine Cops im Rückspiegel, wobei sich das ändern konnte. Aber schneller zu fahren wagte ich nicht, um den Motor nicht zu überhitzen.

»Bist du okay?«, fragte ich Jo. »Sag mir die Wahrheit. Hat einer von denen dich angefasst?«

Ihre Hände zitterten in ihrem Schoß, aber es schien ihr gutzugehen. »Nein. Die waren hinter unserem Geld hier. Du bist reingekommen, bevor sie es gefunden haben, aber … Oh, Mist, Evan. Das Burner-Handy. Wo ist es?«

»Weg«, sagte ich. »Ich hab mich drum gekümmert.«
»Wann?«
»Letzte Nacht.«
Jo atmete auf.
Und ich auch.

33. KAPITEL

Jo

Snowball brachte uns etwa vier Stunden lang nach Norden, dann kletterte die Temperaturanzeige hoch.

Als wir kurz hinter der Grenze zu Nebraska durch eine kleine Stadt namens Franklin kamen, drohte der Wagen bei jeder Ampel abzusaufen, und Rauch kam aus den Lüftungsschlitzen.

Evan fuhr auf den Parkplatz des ersten Motels, das er sah.

»Glaubst du, hier ist es sicher?«

»Wir haben keine Wahl. Das Auto schafft es heute nicht weiter. Es ist besser, sich hier zu verkriechen, als am Straßenrand liegen zu bleiben.«

Er parkte auf der Rückseite des Motels und setzte auf dem Parkplatz so weit zurück, dass man das Nummernschild nicht sah. Es war nicht gerade legal gewesen, Schneeball auf dem Schrottplatz zu kaufen, und wer wusste schon, was auftauchte, wenn irgendein Cop auf die Idee käme, das Kennzeichen abzufragen.

Franklin, Nebraska, erinnerte mich an Planerville, nur mit mehr Persönlichkeit. Und einem gewissen Stolz: Obwohl unser Motel billig war, hatte es eine urige Würde. Die Lady an der Rezeption – Mary Ellen Hildebrand – ging auf die sechzig zu und sah aus wie die Verkörperung einer perfekten Oma. Ihre freundliche Art und ihre einladende Höflichkeit wirkten beruhigend auf meine Nerven.

Mary Ellen brüllte ihrem Mann Hank – auch er ein Bilderbuch-Opa – zu, er solle die Rezeption besetzen, während sie uns zu unserem Zimmer begleitete und auf dem Weg ein paar Besonderheiten des alten Gebäudes zeigte.

»Den Pool haben wir vor etwa zehn Jahren eingebaut, wobei ich sagen muss, dass er leider nicht beheizt ist. Aber, meine Güte, wer braucht schon einen beheizten Pool bei diesem heißen Sommer?«

»Ganz Ihrer Meinung«, sagte ich und warf Evan einen trockenen Blick zu. »Wer braucht schon einen Pool?«

Als wir ausgepackt hatten, meinte Evan, er würde einen Deli suchen und Sandwiches besorgen.

»Ein Sandwich«, sagte ich. »Wir teilen es.«

Er widersprach nicht. Uns ging das Geld aus. Ich überlegte, Del anzurufen, damit sie uns die vierhundert Dollar überwies, die ich auf ihrer »Bank« hatte, aber ich fürchtete, dass sie das belasten würde und sie verhaftet werden könnte.

In der Zeit, in der Evan weg war, sah ich ständig zur Tür und fuhr bei jedem Geräusch zusammen. Er kam genauso verschreckt zurück, und wir aßen schweigend, in unseren Gedanken verloren.

Ich dachte an Wichita zurück. An den Überfall. Da war … irgendwas aufgeblitzt, genau in dem Augenblick, in dem die Lampe auf den Kopf des Rezeptionisten getroffen war. Es fiel mir nicht wieder ein, und ich war mir auch nicht sicher, ob ich es wissen wollte.

Evan schaltete den Fernseher ein, und wir kuschelten uns aneinander und sahen uns Wiederholungen von den *Munsters* und den *Beverly Hillbillies* an. Die Folge der *Hillbillies* handelte davon, wie die Clampetts zu einem Jahrmarkt in der Nähe fuhren. Das erinnerte mich an Joyland, und trotz des schrecklichen Vorfalls in Wichita schwelgte ich in meiner wiederhergestellten Erinnerung.

Evan machte den Fernseher aus. Er hatte mir den Arm um den Hals gelegt, und ich hob den Kopf und sah ihn an. »Erzähl mir etwas über deine Kindheit. Deine glücklichste Erinnerung.«

»Meine glücklichste Erinnerung.« Er rieb sich das Kinn, fuhr über die Stoppeln. »Ich hab mir mal einen Smoking geliehen, um mit dir zur Prom zu gehen.«

»Da warst du eigentlich kein Kind mehr.«

»Nein, aber es ist eine schöne Erinnerung, weil meine Eltern sich um mich gekümmert haben. Sie haben etwas für mich getan.«

Ich kuschelte mich an ihn. »Das musst du genauer erklären.«

»Norma hat darauf bestanden, dass ich mir einen genauso schicken Anzug aussuchte wie Merle und Shane. Sie hat dafür gesorgt. Sie hat sogar ein Sträußchen für dich gekauft, weil ich es vergessen hatte.«

»Das hat sie getan?«

»Hat sie. Natürlich ist Merle dann draufgetreten …«

»Irgendwie komisch, dass deine beste Erinnerung zum schlimmsten Abend meines Lebens gehört.«

»Es war auch mein schlimmster Abend. Aber der Tag war wunderbar. Die ganze Woche war unglaublich. Mit Merle und Shane war es immer noch scheiße, aber ich fühlte mich Harris und Norma näher. Vor allem Norma. Eine ganze Woche lang hatte ich richtige Eltern. Und am Wochenende würde ich dich haben. Du würdest ein schönes Kleid für mich anziehen, mit mir auf den Ball gehen. Du würdest vor der ganzen Schule an meinem Arm dort hingehen, und ich wusste, du würdest unvergleichlich aussehen. Und danach würden wir zusammen sein. Ich würde mit dir schlafen. Ich … ich war einfach noch nie so glücklich gewesen. Ich hatte mich nie im Leben so normal gefühlt.«

»Man hat uns alles genommen«, sagte ich, und meine Augen brannten. »Sie haben mir dich weggenommen. Uns getrennt.« Ich drehte mich in seinen Armen um. »Ich wollte diese Zukunft mit dir. Am Grand Canyon. Kommt das noch, Evan? Gehört das irgendwie zu dem Plan, den du für uns hast?«

»Ich kann nicht so weit voraussehen. Ich glaube, der Grand Canyon wartet auf uns, aber es ist noch nicht so weit. Bevor wir nach Hause können, müssen wir das Zentrum erreichen.«

Nach Hause. Ich hatte, seit ich ein Kind gewesen war, kein Zuhause gekannt, und die Erinnerungen daran waren noch immer in dem grauen Nebel verborgen. Das Zuhause, das ich mit dreizehn gehabt hatte, war von Onkel Jasper beschmutzt und vergiftet worden. Ich konnte »Zuhause« nicht definieren, bis ich ihn nicht aus mir verbannte. Und nicht nur ihn, sondern auch meine Mutter in der Badewanne und die Überzeugung, dass mein aufgeschlitztes Gesicht sie in den Selbstmord getrieben hatte.

Ich erschauderte, und Evan legte den Arm fester um mich. »Wir müssen mal raus hier«, sagte er.

»Und wohin?«

»Wir gehen auf ein Date.«

»Ein Date?«

»Das hat man uns am Abend der Prom genommen, oder? Also holen wir es uns jetzt. Würdest du mit mir essen gehen, Jo?«

»Ist das nicht zu riskant?«

»Es wird schon gehen. Ich will mit dir ausgehen, Jo. Nichts Schickes. Nur irgendwohin, wo es nett ist.«

Ein Lächeln breitete sich auf meinem Gesicht aus. »Liebend gern.«

Wir duschten und zogen uns an. Evan trug Jeans und sein bestes T-Shirt – eins der neueren aus dem Second-Hand-Laden in Oklahoma. Es war von dem gleichen hellen Blau wie seine Augen und spannte ziemlich sexy über seiner Brust und seinen Armen.

Ich zog das fliederfarbene Kleid an, das ich in Oklahoma gekauft hatte, und bürstete mir das Haar, bis es glänzte. Make-up hatte ich nicht – ich hatte alles in Dolores gelassen. Ich war mir meiner Narbe bewusst und wie sie mein Gesicht zerteilte. Aber als Evan mich ansah, als ich aus dem Bad kam, flatterten die Schmetterlinge in meinem Bauch alle gleichzeitig los.

»Du bist so wunderschön«, murmelte er.

Wir ließen Schneeball ausruhen und gingen Franklins kleine Hauptstraße zu Fuß hinunter. Wir fanden einen Diner mit dem Namen *Smokey Joe's*, der an die Drive-ins der 1950er erinnerte. Weiße Kunstledersitze und viel rote Farbe. An den Wänden hingen alte E-Gitarren und LPs, daneben Szenenfotos aus Filmen wie *American Graffiti* und *Grease*. In der Ecke stand eine Jukebox, und Elvis sang über seine »Blue Suede Shoes«. Der Duft nach gegrillten Burgern, Kaffee und Eiscreme hing in der Luft, und ich fühlte mich, als wären wir in der Zeit zurückgereist.

Es fühlte sich sicher an.

Wir bestellten Burger, Zwiebelringe und Schokomilchshakes und gaben wahrscheinlich mehr Geld aus, als wir sollten. Aber Evan hatte recht: Es war das Date, das wir nie hatten. Wir redeten und lachten, verhakten unter dem Tisch unsere Füße miteinander und hielten auf dem Tisch Händchen.

»Tanz mit mir«, sagte Evan.

»Hier?« Ich sah mich um. Das Restaurant war zur Hälfte

voll – Familien und Stammgäste, die die wunderbar klare Sommernacht nutzten.

»Wo sonst.«

Evan ging zur Jukebox in der Ecke, und einen Moment später erklang Patsy Clines ergreifend schöne Stimme und sang »Crazy«.

Er grinste und reichte mir die Hand. Wir tanzten in dem schmalen Gang neben unserem Tisch, und ein paar Gäste drehten sich zu uns um und sahen zu. Ich wusste, es war nicht klug, sich so auffällig zu verhalten, aber in diesem Augenblick, als ich den Kopf an Evans Brust legte, unsere Körper sich wiegten und Fremde uns anlächelten, wich alles Böse und Beängstigende zurück.

Zurück im Motel, als Evan den Zimmerschlüssel aus seiner Tasche holen wollte, hielt ich ihn davon ab. Wenn das ein Date war, würde ich es auch richtig machen.

»Es war ein schöner Abend«, sagte ich und lehnte mich an die Tür. »Danke für das Essen. Und den Tanz.«

»Gern geschehen«, sagte Evan, der verstand, was ich tat. »Ich fand auch, dass es ein schöner Abend war.«

Er beugte sich vor und küsste sanft meine Lippen. Der Gutenachtkuss nach einem ersten Date, süß und perfekt. Ich konnte ein bisschen Schokoladenmilchshake auf seinen Lippen schmecken.

»Würdest du gern mit reinkommen?«, fragte ich.

»Ja, würde ich«, flüsterte er. Sein nächster Kuss war nicht mehr so gentlemanlike. Heiße Schauder überliefen mich.

Ich schaffte es, den Schlüssel ins Schloss zu stecken und Evan hereinzuziehen. Er schloss die Tür, und dann lag ich in seinen Armen, und er küsste mich intensiv und feurig.

Wir unterbrachen den Kuss nicht, als wir uns auszogen. Die einzigen Geräusche waren unser rauer Atem, das Klappern seiner Gürtelschnalle, die Kleider, die raschelten und herunterfielen. Evan legte mich aufs Bett. Sein Körper war so herrlich schwer auf mir. Er küsste mich überall, berührte mich tausend Mal, bis ich mich in ihm verlor und er sich in mir.

Als ich einschlief, träumte ich nur von ihm.

Mitten in der Nacht wachte ich auf. Evan löste sich aus meiner Umarmung und schlug die Decke zurück.

»Was ist los?«, flüsterte ich.

Er küsste mich sanft. »Ich gehe in den Pool.«

»Warum?« Aber ich wusste, warum.

»Bleib hier«, sagte er. »Schlaf. Ich bin bald zurück.«

Die Tür schloss sich klickend hinter ihm. Ich legte mich wieder hin und versuchte, wieder einzuschlafen, konnte es aber nicht. Er brauchte jemanden, der seine Zeit stoppte. Er konnte unter Wasser keine Sekunden zählen; das würde seine Konzentration stören.

Der Wecker auf dem Nachttisch war einer dieser altmodischen Dinger mit zwei Schellen und einem Schlüssel zum Aufziehen auf der Rückseite. Es war praktisch eine Antiquität. Hank und Mary Ellen mussten sehr großes Vertrauen zu ihren Gästen haben. Ich schwor, besonders vorsichtig zu sein, als ich leise damit zum Pool runterging.

Die Nacht war heiß ohne den geringsten Luftzug. Das Hotel war als ein L angelegt, und der beleuchtete Pool lag nierenförmig im Hof. Die Fenster, die auf den Pool gingen, waren dunkel. Ich hoffte, das würde so bleiben.

Evan war im Wasser, sein Gesicht im Profil zu sehen, seine Miene gelassen. Er guckte mich nur kurz an, als ich mich an den Rand setzte.

»Fertig?«, fragte ich.

»Ja.«

Er fing an, schnell und flach zu atmen, sog den Sauerstoff tiefer und tiefer in seine Lungen. Dann atmete er ein letztes Mal ein, ohne wieder auszuatmen, und tauchte unter.

Ich blickte auf das Ziffernblatt des Weckers und sah zu, wie die Sekunden sich summierten. Dann die Minuten.

Fünf Minuten. Sechs Minuten.

Sieben …

Ich kaute auf meiner Lippe, bis sie fast blutete.

Acht Minuten. Unter der gekräuselten Wasseroberfläche konnte ich erkennen, wie Evan die Arme bewegte. Er kämpfte jetzt, um unten zu bleiben.

Neun Minuten, und ich begann zu zittern.

Neuneinhalb Minuten, und Evan kam keuchend an die Oberfläche und griff sich an die Brust.

Vorsichtig stellte ich den Wecker weit vom Rand des Pools weg, dann glitt ich ins Wasser. Es zog an meinen Shorts und dem T-Shirt, als ich Evan in die Arme nahm. Sein Kopf lag an meiner Schulter, während er heftig hustete. Es waren raue, erstickte Laute, die ihn innerlich zerrissen. Er hielt sich an mir fest, bis das Husten nachließ, und wir blieben im Flachen stehen und umarmten uns.

»Bitte sag mir, dass es das wert ist«, flüsterte ich an seinem Hals.

»Das ist es«, krächzte er heiser. »Das ist es.«

34. KAPITEL

Jo

Am folgenden Morgen erwachte ich mit einer bleischweren Angst im Bauch. Ich hatte schon wieder von Lee geträumt. Diesmal war er in unserer Küche in Dolores, kochte in der gusseisernen Pfanne Meth. Er hatte Blutflecken am Kragen, und sein Kopf war eingedellt.

»Stell mich nicht auf die Probe, Frau«, sagte er. Er kippte den Inhalt der Pfanne auf den Boden und übergab sie mir, mit dem Stiel voran. Dann gab es so was wie einen Schnitt oder einen Zeitsprung, und wir waren im Wohnzimmer. Lee lag mit dem Gesicht nach unten auf dem dreckigen grünen Teppich.

»Du bist eine Lügnerin«, sagte er mit gedämpfter Stimme. »Ich kann sie an dir riechen, die Lügen.« Er setzte sich auf und grinste mit seinen vergammelten Zähnen. »Mach deinen Dreck weg!«

Ich wachte auf und unterdrückte einen Schrei.

Und dann wusste ich es. Es fiel mir ein. War wie einer von Evans Träumen, zuerst fern und gedämpft und dann plötzlich da.

Dolores. Das Feuer. Lee …

»Ich hab in der Küche das Bewusstsein verloren«, murmelte ich. »Ich bin im Wohnzimmer aufgewacht.«

Und dann kam auch diese Erinnerung in prächtigen Farben –

schmutzigem Grün und Blutrot – aus dem Nebel zurück. Sie traf mich wie ein Schlag gegen die Brust, aber ich hatte es gewusst. Irgendwo tief in mir hatte ich es die ganze Zeit gewusst.

Ich drehte mich um und rüttelte Evan wach, Panik erfüllte meine Worte. »Ich war es, oder? Ich hab ihn umgebracht. Ich hab Lee umgebracht. Ich hab ihn mit der Pfanne erschlagen. Nicht du. Ich bin im Wohnzimmer aufgewacht, und er lag tot am Boden. Ich war es, nicht du.«

Evan wachte erschrocken auf, dann schüttelte er den Kopf, als wäre er traurig, dass ich es wusste.

»Es war ein Unfall, Jo. Du wolltest ihn nicht umbringen. Du warst so neben der Spur, nachdem er dich verprügelt hatte, und du hast geglaubt, er würde mir wehtun. Du hast geglaubt, du würdest mir das Leben retten.«

Ich nickte und zuckte zusammen, als ich mich erinnerte, wie die Pfanne Lees Kopf getroffen hatte. Das Gefühl, wie sein Schädel nachgegeben hatte …

»Oh Gott …« Ich sah Evan mit geweiteten Augen an. »Aber … du hast gesagt, du wärst es gewesen. Du hast gesagt, du würdest dafür bezahlen. Aber du warst es gar nicht. Du würdest für mich ins Gefängnis gehen? Lebenslänglich? Evan, ich bin dafür verantwortlich …«

»Nein, Jo. Nicht du. Du wirst auf keinen Fall für Lees Tod bezahlen. Niemals.«

»Aber …«

Er umfasste mein Gesicht. »Ich habe gesagt, ich sorge für deine Sicherheit, und das meinte ich so. Okay?« Er wartete nicht auf eine Antwort. »Komm. Wir müssen los.«

Ich werde in Sicherheit sein und er frei.

Die Hälfte des kleinen Puzzles hatte ich jetzt. Aber der Rest?

Ich wollte es nicht wissen. Dieses namenlose Gefühl, dass etwas Mächtiges kommen und mir Evan wegnehmen würde, war wieder da, und während er duschte und ich unsere Sachen packte, hing diese Angst über mir. Wir hatten jetzt nur noch seine Reisetasche. Ich rollte mein fliederfarbenes Kleid zusammen und stopfte es hinein. Dabei stieß ich auf etwas Hartes. Bei näherer Untersuchung entdeckte ich ein Innenfach mit einem rechteckigen Gegenstand darin.

Ich machte den Reißverschluss auf und fand das Burner-Handy, mit dem ich Del in Oklahoma angerufen hatte. Ich blickte verwirrt zur Badezimmertür. Evan hatte gesagt, er hätte es in Wichita weggeworfen.

Ich machte das Handy an und ging zur Anrufliste. Da waren drei Nummern. Die erste, der früheste Anruf, war Dels Nummer. Es hätte die einzige sein sollen.

Ich hatte einen Anruf getätigt, dann hatte Evan das Handy weggeworfen. Das hatte er gesagt.

Eine zweite Nummer stand über Dels Nummer. Die Auskunft. 411.

Die dritte Nummer hatte eine 605 als Vorwahl.

Mit zusammengekniffenen Augen und einem Knoten im Magen warf ich wieder einen Blick zur Badezimmertür. Das Wasser lief noch. Ich ging auf die 605er-Nummer und rief an.

Es klingelte zwei Mal, dann antwortete eine Männerstimme. »Polizei Rapid City, Apparat von Detective Sams.«

Ich erstarrte.

»Hallo?«

»Ich …«

»Hallo, kann ich Ihnen helfen? Rufen Sie wegen eines Notfalls an?«

Ich legte auf und warf das Handy aufs Bett, als hätte ich mich verbrannt. Wo war Rapid City? Warum zur Hölle rief Evan die Polizei an?

Das Wasser in der Dusche wurde abgestellt, und schnell

steckte ich das Handy wieder in das Innenfach der Reisetasche. Dann überlegte ich, es rauszuholen. Evan zur Rede zu stellen. Warum nicht?

Weil ich es nicht wissen will.

Evan kam, in ein Handtuch gewickelt, ins Zimmer. Ich murmelte etwas von wegen, er hätte das ganze heiße Wasser verbraucht, dann ging ich, ohne ihn anzusehen, ins Bad. Ich stand lange unter der Dusche und riss mich zusammen.

Ich vertraue ihm. Ich vertraue ihm. Ich würde Evan mein Leben anvertrauen.

Das war die Wahrheit, aber alles, was ich ihn nicht gefragt oder einfach abgetan hatte, war inzwischen so hoch aufgestapelt wie bei diesem Jenga-Spiel. Wenn man das falsche Klötzchen rauszog – die falsche Frage stellte –, würde der ganze Turm einstürzen.

Wir zogen uns an und packten den Rest ein, verabschiedeten uns von Mary Ellen und verließen Franklin, Nebraska. Ich verlangte keine Antworten. Die Furcht hatte an Gewicht gewonnen. Sie drückte mich nieder, machte meine Zunge schwer. Evan war auch ungewöhnlich still und bedrückt. Ich fragte mich, ob er dieselbe Unruhe empfand, dasselbe namenlose Etwas spürte, das vor uns am Horizont lauerte.

Ich erwartete, dass wir weiter nach Norden fahren würden – immer nach Norden –, aber er lenkte Schneeball auf die 80 West Richtung Wyoming.

Ich hätte fragen können, warum, aber ich wusste, dass er es mir nicht sagen konnte.

Irgendwann bog er auf die 26 West ein, und wir fuhren durch eine flache, menschenleere Landschaft. Endlose Weiten in Gelb und Grün. Insgesamt waren wir drei Stunden in fast völliger Stille unterwegs, mit Ausnahme von Schneeball: Er gab ein stetiges hohes Jaulen von sich, als hätte er Schmerzen.

Als wir anhielten, um zu tanken und uns etwas zu essen zu besorgen, sprang er nicht wieder an. Evan füllte Kühlwasser nach. Ich bezweifelte, dass der Wagen uns auch nur zwei Meter, geschweige denn zwei Kilometer weitertragen würde. Aber der Motor startete mit einem Stöhnen, und es ging weiter.

Noch zwei Stunden flaches, menschenleeres Land und Schweigen. Dann ragte vor uns ein Schild auf: Chimney Rock National Historic Site.

Ein etwa hundert Meter hoher Hügel aus blassgelbem Fels erhob sich vor uns. In seiner Mitte ragte eine ungewöhnliche, schmale Spitze empor. Der Name passte – es sah aus, als hätte jemand auf dem Hügel einen Schornstein gebaut. Aber ich musste an etwas völlig anderes denken.

Ich wusste, warum wir hier waren.

Evan parkte, und ich stieg aus und ging zu einem Schild. Darauf wurde erklärt, dass der Fels eine nationale Sehenswürdigkeit aus Sandstein und Lehm war. Er hatte Trappern und Händlern auf dem Oregon Trail als Orientierung gedient.

Aber ich sah weder Fels noch Lehm, keinen Sandstein und keine historische Bedeutung.

Ich sah nassen Sand.

»Es ist eine Kleckerburg«, sagte ich, als Evan sich zu mir auf das grasbewachsene Plateau stellte. »Als ich fünf war, ist meine Mutter mit mir nach Tybee Island gefahren. In Georgia. Und am Strand haben wir Kleckerburgen gebaut.«

Er wartete. Hörte zu. Ich reichte ihm die Hand, und er nahm sie.

»Statt Mauern und Burggräben anzulegen und Eimer als Form zu benutzen, nimmt man eine Handvoll nassen Sand und lässt ihn von den Fingern runterkleckern wie geschmolzenes Wachs. Man tropft einfach immer mehr obendrauf und kann so wunderschöne Burgen mit hohen Turmspitzen bauen.«

Ich starrte Chimney Rock an, und die Erinnerung überrannte mich warm und hell, mit Ton und in Farbe, als ich auf die Felsformation zeigte.

»Die besten Turmspitzen sahen so aus. Genau so. Ich hab zuerst einen Berg gemacht und ihn festgedrückt, dann hab ich mit der Turmspitze angefangen. Sie wurde immer höher, ohne einzustürzen oder unter ihrem eigenen Gewicht nachzugeben. Meine Mutter …« Tränen brannten mir in den Augen, und der Fels vor uns verschwamm. »Meine Mutter hat gelacht und gesagt, es wäre der beste Turm, den sie je gesehen hätte. Sie sagte, sie wäre stolz auf mich und dass ich vielleicht eines Tages Architektin oder Ingenieurin werden würde. Oder auch Künstlerin oder Bildhauerin. Was auch immer ich tun würde, ich wusste damals, dass sie mich dafür lieben und stolz auf mich sein würde …«

Meine Stimme brach. Evan bewegte sich nicht.

»Ich erinnere mich«, sagte ich unter Schluchzern. »Ich erinnere mich an meine Mutter, Evan. Ich kann mich an alles erinnern. An ihr Lachen, ihren Geruch. Wie sie aussah, bevor ihre Lichter ausgingen und ihre Stimmung einen Tiefpunkt erreichte. Welche Angst mir das gemacht hat. Ich erinnere mich an die Freude und Erleichterung, wenn ihre Lichter wieder angingen und es aufwärts ging. Und ich erinnere mich daran, dass sie mich geliebt hat.«

»Natürlich hat sie das«, sagte Evan heiser.

»Und jetzt weiß ich es wieder … Ich weiß, dass sie nicht bleiben konnte, nachdem sie erfahren hatte, was Jasper mir angetan hatte. Auch wenn ich mir nicht die Wange aufgeritzt hätte, wenn ich ihr einfach gesagt hätte, was er getan hatte, wäre sie gegangen. Weil sie nicht stark genug war, um zu bleiben.« Ich berührte mit zitternden Fingern meine Narbe. »Das war nicht der Grund. Mein Leben lang hab ich die Narbe wie ein Schandmal getragen. Ich hab mir die ganze Zeit selbst die Schuld gegeben und mich bestraft. Aber sie wäre sowieso gegangen. Jasper hat sie umgebracht, nicht ich. Es war nicht meine Schuld.«

»Nein, war es nicht.« Evans Stimme klang rau. Der Wind schnappte sich seine Worte und trug sie über das Plateau davon.

Ich schniefte. Dann entfuhr mir ein Laut, der halb Lachen, halb Schluchzen war, da mir eine unglaubliche Last von den Schultern glitt. Nun, da die Bürde der Vergangenheit endlich fort war, konnte ich die Reise bis hier als ein Ganzes sehen. Nicht als willkürliche Reihe von Zufällen, sondern als Plan. Zuerst der Blauwal. Dann Joyland. Jetzt Chimney Rock.

Das war so völlig unmöglich, es traf mich wie ein heftiger Windstoß. Wankend drehte ich mich auf schwachen Beinen um und sah Evan an. Als würde ich ihn zum ersten Mal wirklich sehen.

Meine Stimme zitterte, als ich sprach. »Du hast gesagt, wenn wir beim Zentrum ankommen, wäre ich in Sicherheit.«

»Ja«, sagte Evan, und an dem Schmerz in seinem Blick konnte ich sehen, dass er wusste, was kam. »Du wirst in Sicherheit sein und …«

»Du bist frei«, beendete ich seinen Satz. »Was bedeutet das, Evan? Sag mir die Wahrheit. Sag mir, wie du das machst. Wie bringst du mich an genau die richtigen Orte, damit ich genau die richtigen Erinnerungen zurückbekomme? Und sag mir, was in diesem Zentrum passiert. Ich weiß, du wirst frei sein. Frei wovon?«

Er schüttelte den Kopf, seine Augen waren düster. »Tu das nicht, Jo. Bitte. Wir sind fast da.«

»Fast wo?«, schrie ich. »Und wer wird auf uns warten, wenn wir da ankommen? Detective Sams von der Polizei in Rapid City?«

Evan rieb sich mit den Händen das Gesicht. »Gott …«

»Warum hast du die Polizei angerufen?«

»Ich musste.«

»Warum, Evan?«

»Ich weiß es nicht, Jo. Es ist Teil des Plans. Aber ich weiß es nicht, bis wir zu einer Autobahnausfahrt kommen oder ein Straßenschild sehen. Ich sehe nicht den ganzen Plan. Ich bekomme ihn in Bruchstücken, kurze Traumbilder, an die ich mich kaum erinnere. Oder ein Gefühl, ein Drang. Halt hier an. Fahr da hin. Bieg links ab. Ruf diese Nummer an. Zum Wal. Nach Joyland. Nach Chimney Rock. Für *dich.* Alles, was ich getan habe, ist für dich.«

»Aber was ist mit dir? Was ist mit deiner Freiheit? Was bedeutet das?«

Evan blickte zu der Felsformation, über das Plateau. Der Wind pfiff, blies ihm in die Haare, brannte ihm in den Augen.

»Sie werden mich niemals gehen lassen, Jo.« Seine Stimme klang seltsam hohl. »Nach Woodside hätte ich noch etwas retten können, aber nachdem ich im Gefängnis war …« Er schüttelte den Kopf. »Ich kann mich nicht mein Leben lang ständig umsehen oder versuchen, mit dir irgendwo ein Leben aufzubauen, und mich immer fragen, ob sie uns irgendwann alles wieder wegnehmen. Ich kann das nicht.«

Er drehte sich zu mir um, sein Blick flehend. »Ich liebe dich mehr als alles andere. Mehr als mein eigenes Leben. Nein, das stimmt nicht. Du *bist* mein Leben. Du bist in mir, Jo. In meinen Knochen, meinen Muskeln, in meinen Träumen und meiner Zukunft und jedem winzigen Teil von mir. Und ich bitte dich jetzt, halt noch ein bisschen aus. Lass uns das durchziehen. Für mich. Die Reise war für dich, Jo. Um dir deine Mutter zurückzugeben. Das sehe ich jetzt. Aber das Ziel … das ist für mich.«

»Ich habe Angst«, flüsterte ich, und der Wind riss meine Worte fort.

»Ich auch«, sagte Evan und kam näher. »Aber wir müssen es zu Ende bringen.«

»Im Zentrum.«

Er nickte.

Ich blickte zum Chimney Rock. Die Formation ragte so hoch und massiv und leuchtend in den Himmel wie die Erinnerungen an meine Mutter. Evan hatte sie mir zurückgegeben. Diese verrückte Reise, die von Intuition oder Instinkt oder irgendeiner übernatürlichen Gabe gelenkt worden war … hatte mir meine Mutter zurückgegeben.

Und derselbe Führer würde jetzt Evan an den richtigen Ort geleiten, um ihn zu befreien. Ich hatte Angst um ihn – um uns. Große Angst. Aber wie konnte ich ihn aufhalten?

Ich nahm seine Hand. »Gehen wir.«

35. KAPITEL

Jo

Die 385 Nord durchquerte flaches, von der unerbittlichen Sonne braun gewordenes Land. In einem Ort namens Rapid City, South Dakota, lenkte Evan den Wagen auf eine andere Landstraße, die 90 West, die aber immer noch nach Norden führte. Immer nach Norden. Schneeball jaulte und japste. Als wir auf die 85 Nord fuhren, stieg die Temperaturanzeige des Wagens in den roten Bereich und blieb dort. Evan hielt nicht an.

Schneeball gehorchte uns noch weitere zehn Kilometer, dann hörten wir ein schreckliches Knirschen unter der Motorhaube. Rauch drang durch die Lüftungsschlitze in den Innenraum des Autos und versiegte, als der Motor versagte. Wir befanden uns etwa zehn Kilometer vor einer Stadt namens Belle Fourche in South Dakota.

Wir ließen Schneeball am Straßenrand stehen und gingen Hand in Hand am Rand des Highways weiter. Über der westlichen Prärie wanderte die Sonne dem Horizont entgegen.

Belle Fourche lag an den nördlichen Ausläufern der Black Hills zwischen zwei Armen des Redwater River. Auf dem Weg in die Stadt überquerten wir den südlichen Arm, aber Evan meinte, wir müssten weiter nach Norden. Immer nach Norden. Wir hatten zusammen eine Tasche, kein Geld und kein Auto.

Wir gingen durch die Stadtmitte, an Läden und Kneipen,

Imbissen und Gaststätten vorbei. Als die Dämmerung sich senkte und den Himmel lila und golden färbte, kamen wir zum Touristenzentrum, vor dem uns eine Gedenktafel begrüßte. Ich las die Worte darauf mit einem merkwürdigen Gefühl zwischen Furcht und Heiterkeit.

Willkommen in Belle Fourche,
dem geographischen Zentrum der Vereinigten Staaten.

Auf der Tafel stand weiter, dass sich der genaue geographische Mittelpunkt der Vereinigten Staaten durch die Aufnahme von Hawaii und Alaska von einem Punkt in Kansas zu einem Punkt etwas nördlich von Belle Fourche verschoben hatte.

Evan sah mich an, und ich sah ihn an.

»Nicht einfach *ein* Zentrum«, sagte ich und brachte ein schwaches Lächeln zustande. »*Das* Zentrum. Der Mittelpunkt des ganzen Landes.«

Evan grinste. »Geh aufs Ganze oder geh nach Hause.«

»Ich würd mich für *nach Hause* entscheiden.«

»Noch nicht.«

Wir betraten das Touristenzentrum, sahen uns Karten und Modelle und Schaukästen an. Wir erfuhren, dass Belle Fourche von französischen Entdeckern benannt worden war. »Schöne Gabel« war ein Handelsposten für Rancher und Farmer aus dem Tal gewesen und für Leute, die tief in den Black Hills nach Gold gegraben hatten.

Ein Schaukasten zeigte den Redwater River, der neben dem Markierungsstein des geographischen Zentrums vorbeifloss. Der Fluss war ein beliebtes Ziel für Kajak- und Bootsport, obwohl ein Abschnitt gesperrt war. Zu viele Menschen waren dort ertrunken, las ich, weil das Wasser durch tiefe Strudel und turbulente Stromschnellen unberechenbar war.

Ein Typ von der Security hatte uns die ganze Zeit aufmerksam beobachtet. Als er in das Walkie-Talkie an seiner Schulter sprach, wusste ich, dass er über uns redete. Ich sah Evan an, und der nickte.

Wir verließen das Touristenzentrum. Draußen heulte der Wind, und am Himmel drohte ein Gewitter. Die Luft war kalt, und an einer Ecke blieben wir stehen, damit ich Evans kariertes Hemd überziehen konnte und er seine Jacke. Ein Polizeiauto näherte sich der Kreuzung. Angst legte sich um meine Brust und ließ nicht locker, obwohl der Wagen wendete und in die entgegengesetzte Richtung weiterfuhr.

Wir gingen nach Norden aus der Stadt, über eine vertrocknete Wiese, die felsiger und auch grüner wurde, je näher wir dem Fluss kamen.

Natürlich, der Fluss. Wasser zog Evan an. Er ging voran, und ich folgte ihm.

Die Markierung des geographischen Zentrums war nicht so dekorativ wie die am Besucherzentrum in der Stadt. Nur eine schwere Metallplatte im Boden mit ein paar Landvermessungszeichen und -symbolen. Wir standen davor, der Wind riss an unserer Kleidung, und die ersten Regentropfen fielen.

»Was passiert jetzt?«, fragte ich.

»Es dauert nicht mehr lange«, sagte Evan und blickte über meine Schulter. »Es ist fast vorbei.«

Ich drehte mich um. Polizeiwagen bogen in die unbefestigte Straße ein, die parallel zum Fluss verlief. Eins, zwei, drei, vier Streifenwagen rasten durch den dunkler werdenden Abend. Sie kamen auf uns zu.

»Komm«, sagte Evan.

Wir rannten am Fluss entlang. Die gischtige, schnelle Strömung unter uns krachte gegen den Fels. Wir suchten uns einen Weg näher zum Ufer, stolperten über Steine, blieben an Büschen hängen. Ich starrte in das tosende Wasser. Es regnete jetzt heftig.

»Das ist es, Jo«, schrie Evan, um das Donnern des Flusses und den Regen zu übertönen. »Alles wird gut werden.«

»Nein«, schrie ich und packte ihn vorn an der Jacke. Hier war es zu Ende, aber das hielt ich nicht aus. Kalte Angst schüttelte mich, stieg in mir auf wie eine tödliche Flut. »Wir hätten niemals herkommen dürfen. Es ist ein Fehler. Ein schrecklicher Fehler.«

»Es ist kein Fehler. Es ist richtig. So wirst du in Sicherheit sein.«

»Sicher? Vor der Polizei?«, rief ich. »Die werden mich verhaften, und ich werd sie lassen, denn ich kann dich nicht gehen lassen, Evan. Was auch immer du vorhast …«

»Dann werden wir nie zusammen sein, Jo«, schrie Evan. »Ich muss das auf mich nehmen; Lee und den Brand … Ich muss das mit mir nehmen, sonst gibt es kein Wir. Kein kleines Leben. Kein Zuhause.«

Ein Stück entfernt war ein Wald, in dem jetzt kegelförmige Strahlen von Taschenlampen und bellende Hunde näher kamen.

Ich starrte auf das strudelnde Wasser, das so kalt und schwarz und gnadenlos aussah. »Du wirst frei sein«, murmelte ich mit tauben Lippen.

»Ja.« Evan zog mich an sich. »Sie würden mich nicht gehen lassen, Jo. Sie würden mich niemals in Ruhe lassen. Ich könnte niemals werden, was ich will. Lass mich das tun.«

Ein Blitz zerriss den Himmel, und es regnete wie aus Eimern. Unter uns brüllte der Fluss wie ein hungriges Tier. Die Lichter kamen näher, sie warfen ihr Netz breiter aus. Evan löste sich von mir. Das Regenwasser tropfte von seiner Nase und seinem Kinn.

»Weißt du noch, was ich dir gesagt hab? Was ich dir geschworen hab?«

»J-ja.«

»Sag es.«

Mein Herz hämmerte gegen meine Rippen, während der Regen sich mit meinen Tränen vermischte. »Du kommst immer zu mir zurück.«

»Und es ist immer noch wahr«, sagte Evan. »*Ich komme immer zu dir zurück*. Sag mir, dass du das glaubst. Ich muss hören, dass du mir glaubst, Jo.«

»Treten Sie von der Frau zurück!«, schrie eine Männerstimme. Aus dem Wald traten ein Dutzend Männer in Uniform und richteten ihre Waffen auf uns.

»Sag es, Jo«, schrie Evan über dem Brüllen des Wassers. »Wenn du mich liebst, dann sag, dass du mir glaubst. Sag es, bitte«, flehte er. »*Bitte.*«

Ich nickte, mein Kopf bewegte sich stumm, dann fand ich meine Stimme. »Ich glaube dir.«

Er nahm meine Schultern. »Dann bist du jetzt in Sicherheit. Sie können dir nichts nachweisen. Sobald du diesen Ort verlassen kannst, will ich, dass du nach Hause gehst.«

»Treten Sie von der Frau zurück, und heben Sie die Hände!«

Die Polizei kam näher, machte große Schritte über Felsen und Gestrüpp, die Pistolen auf die Hände gestützt, in denen sie die Taschenlampen hielten.

»Geh *nach Hause*, Jo.« Er berührte meine Narbe. »Versprich es mir.«

Nach Hause.

Der Ort, wo der Fluss sich ins Antlitz der Erde gegraben hatte und eine breite und tiefe und wunderschöne Narbe entstanden war.

»Lassen Sie sie los! Hände hoch!«

»Ich verspreche es«, schrie ich.

Evan lächelte, Erleichterung machte sich auf seinem Gesicht breit. »Ich liebe dich, Jo«, sagte er und schubste mich sanft vom Flussufer weg, von ihm weg.

Ich weigerte mich, ihn loszulassen. »Ich liebe dich. Ich liebe dich, Evan. Bitte tu das nicht …«

Den Cops wurde es zu dumm, uns zu warnen. Sie stürmten vor, Evan schubste mich kräftiger, und ich stolperte einen Schritt rückwärts. Das matschige Ufer gab nach, und Evan rutschte aus. Er taumelte über dem Wasser. Ich stürzte vor, packte seine Jacke, um ihn zurückzureißen.

»Jo, nein!«, schrie Evan, aber ich hatte seinen Arm gepackt. Er stürzte rückwärts in den reißenden Fluss und nahm mich mit.

Das Wasser traf mich hart und eiskalt und zog mich nach unten. Kalte, nasse Schwärze umgab mich, schleuderte mich hin und her wie ein Hund, der ein Spielzeug zwischen den Zähnen schüttelt. Zog mich tiefer nach unten. Ich konnte die Oberfläche nicht sehen, konnte gar nichts sehen, spürte nur, dass ich vom Ufer weggerissen wurde. Der eisige Druck presste meine Lungen zusammen. Ich bewegte die Beine, um nach oben zu kommen, meine Glieder waren taub und schwer in dem unbarmherzigen Wasser.

Evan!

Fast hätte ich geschrien und Wasser eingeatmet, während ich gegen die Strömung ankämpfte. Dann spürte ich es … Etwas drückte von unten gegen meinen Oberschenkel. Evans Hand. Evan schob mich in Richtung Oberfläche, während der Sog des Wassers ihn nach unten zog.

Ich kam mit einem Keuchen hoch. Andere Hände zogen mich aus dem Fluss. Sobald ich wieder stand, schrie ich und wollte zurück ins Wasser rennen. Die Polizei hielt mich zurück. Panisch vor Angst blickte ich über die Stromschnellen, sah aber nichts. Kein Zeichen. Nur weißen Schaum und Strudel aus schwarzem Wasser, das gierig die Welt in seine Tiefen zog. Und alles mit sich nahm, was ich liebte.

»*Evan!*« Ich schrie seinen Namen. Schrie, bis mir die Stimme versagte. Angst und Panik zerrten an meinem Verstand, meinen Gedanken, aber Evans Worte waren hell und klar in meinem Geist.

Ich komme immer zu dir zurück.

Und ich hatte gesagt, ich würde ihm glauben. Ich hatte es versprochen. Ich musste von ihm ablassen. Und die Polizisten, die überall am Ufer standen, mussten ihn verloren geben. Sie mussten sehen, wie er unterging, und glauben, dass er tot war. Sie mussten die Zeit vergehen sehen, sehen, wie das Wasser ihn nicht wieder hergab, und dann aufgeben.

Denn wer konnte schon länger als ein paar Minuten den Atem anhalten?

Evan. Er ist der Einzige. Ich muss an ihn glauben …

Ich sank in die Arme eines Cops, als wäre ich besiegt, aber ich hatte auch wirklich vor Angst weiche Knie. Er war fast sanft, als er mich ein paar Schritte vom Ufer weg führte und mir half, mich zu setzen.

Der Rest der Polizei beobachtete das Wasser, die Hunde liefen schnüffelnd am Ufer auf und ab.

Wie viel Zeit war jetzt vergangen?

Eine Minute? Zwei? Mindestens zwei Minuten. Ich fing an zu zählen, ein imaginärer Sekundenzeiger drehte sich in meinem Kopf.

Drei Minuten. Drei war gar nichts.

Vier. Der Cop legte mir sein Regencape über die Schultern. Ich sank darunter zusammen, zog die Knie an die Brust.

Fünf Minuten. Fünf Minuten schaffte Evan locker.

Sechs. Der Cop blieb neben mir stehen, klopfte mit den Fingern auf seine Dienstwaffe.

Jetzt waren es sieben Minuten.

Taschenlampen wanderten hin und her, warfen gelbes Licht auf das schwarze Wasser.

Acht Minuten. Ich sammelte mich, erhob die Stimme zu einem leisen Klagelaut. Es war Zeit, dass wir gingen. Ich stand wankend auf, stöhnte leise. Trauerte.

Der Cop half mir hoch, hielt fest meinen Arm gepackt.

Neun Minuten, und ein paar Polizisten gingen den Fluss entlang, folgten der Strömung, um zu sehen, wo sie Evan wieder ausspuckte oder wo er versuchte, ans Ufer zu klettern. Aber ich hörte, wie sie Feierabend machten.

Zehn Minuten, und da hörte ich auf zu zählen.

Sie würden ihn nicht finden. Er war fort.

Evan Salinger war tot.

Er war frei.

3. TEIL

Traumfänger

Die älteste und stärkste Emotion der Menschheit ist Angst.
Und die älteste und stärkste Form der Angst
ist die Angst vor dem Unbekannten.

H. P. Lovecraft

36. KAPITEL

Jo

Calhoun, Louisiana
Einen Monat später

Dels Experte für gefälschte Dokumente, James (Nachname blieb geheim), sah nicht zwielichtig aus. Oder schmierig. Auch passte kein anderes der widerwärtigen Adjektive, die mir einfielen, wenn ich mir einen Verbrecher aus der Unterwelt vorstellte. Er war jung und sah eher nach Hipster aus mit dem getrimmten Bart und der Hornbrille. Wenn man mich gefragt hätte, sah er *zu* jung aus, aber Del hatte gesagt, er sei okay, und ich vertraute ihr. Trotzdem musste ich mich ziemlich zusammenreißen, um ihm den Umschlag mit den fünfhundert Dollar zuzuschieben – die zweite Hälfte der tausend, die mich der Auftrag gekostet hatte.

Del war heute inkognito, trug eine Hose, ein weißes Oberhemd und ihren Geburtsnamen, Dellison Jones. Sie drückte ermunternd meine Hand unter dem Tisch, als James das Geld zählte, ohne es aus dem Umschlag zu nehmen. Er nickte und steckte es in eine Innentasche seiner Lederjacke. Aus einer Aktentasche holte er eine Mappe.

»Das Bild von deinem Mann sah aus wie ein Polizeifoto«, fing er an.

»Es war ein Polizeifoto«, sagte ich.

James zuckte nicht einmal. »Ich meine nur, dass ich den Hintergrund etwas manipulieren musste. Zu deinem Glück sehen die meisten Passfotos wie Polizeifotos aus. Ich denke, auch jemand, der genauer hinsieht, wird es nicht bemerken.« Er schob mir die Mappe rüber, hielt inne. »Die Namen sind, wie sie sind. Ich musste eine Identität, passend zu deinem Alter, deiner Größe, Augen- und Haarfarbe basteln. Mein Job ist, dafür zu sorgen, dass alles zusammenpasst, nicht, ein perfektes Alias zu erschaffen. Also mecker nicht, wenn dir die Namen nicht gefallen.«

Ich wollte endlich die Mappe haben. Ihr Inhalt war Leben. Mein Leben und Evans.

»Die Namen sind ihr egal, Jimmy«, sagte Del. Dann grinste sie trocken und beugte sich vor. »Mir allerdings nicht. Ich lach mich kaputt, wenn du jetzt Mildred P. Hufflestuff aus Hoboken, New Jersey bist.«

Ich klappte die Mappe auf und betrachtete den ersten Satz Dokumente. Eine Sozialversicherungskarte und ein Führerschein aus Arizona. Ein Führerschein mit meinem Bild, meiner Größe, meinem Gewicht und meinem neuen Geburtstag.

»Amy Price«, sagte ich. »Ich heiße Amy Price.« *Hörst du das, Mama?*, dachte ich mit einem kleinen Lächeln. *Vorher war ich Jo, jetzt bin ich Amy.*

»Amy Price«, sagte Del probehalber. Sie schniefte. »Es ist gar nicht komisch.«

»Es wird nicht gemeckert, hab ich gesagt.« James nippte an seinem Rum Cola.

Ich holte den zweiten Satz Karten aus der Mappe. Mein Herz zog sich schmerzhaft zusammen, und mir traten Tränen in die Augen. Ich blinzelte heftig, als ich Evans schönes Gesicht betrachtete. James hatte es wirklich gut hingekriegt. Der Hintergrund der Jugendstrafanstalt North Center war in das Hellblau eines Passbildautomaten verwandelt.

»Justin Hollister«, murmelte ich.

»Der Name ist auch nicht komisch«, sagte Del. »Ich hatte auf Herbert oder Adolf gehofft.«

Ich stieß ihr den Ellbogen in die Rippen und sah James an. »Danke. Die sind perfekt.«

»Ich weiß.« James schniefte. »Hundertprozentig. Saubere Sozialversicherungsnummern, Laserperforation, funktionierende Barcodes und ultraviolette Stempel.«

Ich nickte und betrachtete staunend das holographische Bild auf meinem neuen Führerschein. »Und die Sozialversicherungsnummern funktionieren, wenn wir uns für Jobs bewerben? Keine Macken?«

James schnaubte. »Meine Arbeit hat keine Macken. Das ist jetzt dein Leben. Nimm es oder lass es bleiben.«

Ich nahm es. Nahm alle vier lebensspendenden Dokumente und packte sie in meine Tasche. Dann umklammerte ich meine Tasche, als könnte irgendein Fremder angerannt kommen und sie sich schnappen.

Eine Woche später verabschiedete ich mich von Del. Sie war für die Arbeit angezogen – glitzernde Pailletten und toupiertes Haar – und trocknete sich die Augen, während ich meinen Pick-up belud.

Ich hatte den Wagen mit einem Teil des Geldes gekauft, das ich beim jährlichen Wettbewerb des Midwest Poetry Journals gewonnen hatte. Das Gedicht, das ich vor zwei Wochen eingereicht hatte, hatte den ersten Preis gekriegt: dreitausend Dollar. Ich war in Tränen ausgebrochen, als der Scheck gekommen war. Ein Preis des MPJ war eine echte literarische Auszeichnung, man konnte absolut damit angeben. Aber ich weinte eher vor Erleichterung. Das Geld hieß, dass ich mir für die Fahrt nach Westen einen Wagen leisten konnte und noch etwas übrig hatte, um am Lake Powell eine Wohnung zu suchen.

»Fahr nach Hause«, sagte Evan.

Ich machte die Beifahrertür zu. Mein ganzes Leben passte auf den Vordersitz: Zwei Taschen mit Klamotten, ein paar Bücher und die Notizbücher mit meinen Gedichten. Auf das Armaturenbrett hatte ich ein Foto von Del und mir geklebt, wie wir im *Rio* hinter der Bar arbeiteten.

Ich drehte mich um, und mir brach das Herz, als ich meine beste Freundin ansah. Sie hatte mir nach meiner Anhörung vor einem Monat nicht nur einen Job gegeben, sondern mich auch mietfrei bei sich wohnen lassen.

Der Bezirksstaatsanwalt hatte versucht, Anklage zu erheben, aber der Richter befand – unter dem kreischenden Protest von Patty Stevenson –, dass es nicht genügend Beweise gab, um mir den Tod von Lee Stevenson anzulasten. Der Brand in Lees Meth-Küche hatte alles zerstört, was mich hätte belasten können. Und der einzige richtige Beweis in dem ganzen Fall half mir: Evan Salinger hatte ein Geständnis abgelegt, und zwar telefonisch mit einem Burner-Handy bei der Polizei in Rapid City.

Mein (vom Gericht gestellter) Anwalt hatte den Geschworenen die Aufnahme des Geständnisses vorgespielt, und ich war erschaudert, als ich Evans kalte, leblose Stimme hörte, die ein winziges bisschen manisch klang. Einen Hauch psychotisch. Es passte genau zu seiner Strafakte – der gewalttätigen Vorgeschichte und den psychischen Problemen, der Verurteilung wegen tätlichen Angriffs und der Gefängnisstrafe in der North Central. Er war aus dem Gefängnis ausgebrochen, hatte ein Auto geklaut und war nach Dolores gefahren, wo er meinen Verlobten ermordet hatte. Dann hatte er mich durch das halbe Land geschleift, bevor er versuchte, mich im Redwater River zu ertränken. Nur dass er selbst dabei umgekommen war. In dem Abschnitt des Flusses, der für die öffentliche Nutzung gesperrt war, war er vom heftigen Sog der Stromschnellen erfasst worden.

Es war eine furchtbare und hässliche Verdrehung der Wahrheit, und es brach mir das Herz, sie so über ihn reden zu hören. Aber er hatte es gewusst. Er hatte sein Leben lang mit ihrer hässlichen Wahrnehmung gelebt. Und dann hatte er sie benutzt, um sich zu befreien. Ich war so stolz auf ihn, und deshalb schaffte ich es, den Mund zu halten und mitzuspielen. Um ihn nicht in Gefahr zu bringen.

»Bist du sicher, Mädchen?«, fragte Del jetzt. »Du weißt, ich hab dich lieb. Und ich frage nur immer wieder nach, *weil* ich dich lieb hab.«

»Das weiß ich. Ich hab dich auch lieb. Und ich liebe ihn. Ich habe ihm etwas versprochen und werde es halten. Ich liebe ihn mehr als alles andere, Del, also halte ich mich an den Plan. Ich werde nach Hause fahren und auf ihn warten.«

Del sah mich an, als wäre ich ein Teenager, der behauptete, auf dem Dach der Nachbarn den Weihnachtsmann gesehen zu haben. Ich hatte ihr – ohne die intimen Details – von unserer Reise erzählt, und sie hatte genau so reagiert, wie ich erwartet hatte: mit Sorge und Skepsis und auch besorgt um meinen Verstand. Langsam ahnte ich, wie Evan sich sein ganzes Leben lang gefühlt haben musste.

Del betrachtete mich noch einen Moment länger mit ihren klugen, dunklen Augen. Sie seufzte. »Du liebst ihn, Schatz. Und das ist das Einzige, was zählt, oder? Liebe darf man nicht aufgeben. Nie.«

»Nie«, stimmte ich zu. »Und eine weise Frau hat mir einmal

gesagt, es wäre das Beste, etwas vor sich zu haben. Worauf man hoffen könnte.«

»Ich weiß, Süße, aber du hoffst …«

Sie verstummte, doch ich konnte die unausgesprochenen Worte hören. Ich hoffte auf ein Wunder.

»Ich muss los«, sagte ich zu Del und umarmte sie. »Ich werde dich vermissen. So sehr.«

»Ich werde dich auch vermissen, Süße«, sagte sie an meinem Hals. »Ruf mich jedes Mal an, wenn du eine Pause machst. Und ruf an, wenn du an diesem blöden See angekommen bist.«

»Er heißt Lake Powell«, sagte ich und wischte mir die Augen.

»Wie auch immer.« Sie umarmte mich noch einmal. »Pass gut auf dich auf. Das meine ich ernst. Und falls es nicht …«

»Sag es nicht!«

»Falls es, was Gott verhüten möge, nicht so läuft, wie du willst, kommst du einfach zurück, okay?«

»Das mache ich«, sagte ich, tief gerührt von ihrem Angebot, auch wenn ich betete, es niemals annehmen zu müssen.

Ich nahm die 20 West in Richtung Dallas, dieselbe Route, die Evan auf unserer Flucht aus Dolores eingeschlagen hatte. Die Fahrt bis zum Lake Powell würde acht Stunden dauern. Ich konnte das an einem Tag schaffen, aber ich wollte kein Risiko eingehen. Ich glaubte zwar nicht, dass ich noch unter Beobachtung der Behörden stand – nicht nach einem ganzen Monat –, aber ich ging lieber auf Nummer sicher.

Vor Dallas hielt ich an einer kleinen Drogerie, um mir einen Kamm und eine Schere zu kaufen, dann checkte ich in einem kleinen Motel ein. Ich holte mir was zu essen und eine Diet Coke in einem Barbecue-Imbiss, und nach dem Essen stellte ich mich vor den Badezimmerspiegel und schnitt mir die Haare ab.

Ich verpasste mir einen kinnlangen Bob, was mein Aussehen veränderte, aber mir immer noch erlaubte, die Narbe zu verdecken. Es tat weh, als die Strähnen ins Waschbecken fielen, aber nur ein bisschen. Wenn ich an all das dachte, was Evan für mich geopfert hatte, waren ein paar Haare gar nichts.

Außerdem hat sich auch Jo March die Haare abgeschnitten.

Nur dass ich nicht mehr Jo war. Ich war Amy. Allerdings nicht Amy March. Nein, wenn ich eine literarische Amy sein musste, war ich Amy Dunne aus *Gone Girl*. Die auf der Flucht war und sich in Motels versteckte.

Ich lächelte mein Spiegelbild an. »Hi, ich bin Amy Price.«

Ich streckte die Hand für ein Händeschütteln aus. »Hi. Amy. Freut mich, dich kennenzulernen.«

Es gefiel mir nicht. Es klang falsch. Wie ein Pseudonym, das ich mir nicht selbst ausgesucht hatte.

Für Evan werde ich Jo sein, dachte ich. *Ich werde immer seine Jo sein.*

Am nächsten Morgen machte ich mich früh auf den Weg und schaffte es noch vor Mittag bis Page in Arizona. Der Wüstensand hatte genau die Farbe, die ich mir vorgestellt hatte: ein blasses, verbranntes Orange, und das Wasser des Lake Powell war im Kontrast dazu von einem kräftigen, fast explosiven Blau.

Page war eine kleine touristische Stadt. Die meisten Geschäfte waren auf den Stausee und den nahegelegenen Grand Canyon ausgerichtet. Hier machte ich mich daran, ein Leben aufzubauen.

Ich hatte geplant, in der kleinen Stadt eine Wohnung zu mieten oder vielleicht meine Traumhütte am See zu finden. Aber als ich an der Antelope Point Marina mit ihren schaukelnden Hausbootreihen vorbeifuhr, überlegte ich es mir anders.

Evan würde ein Hausboot lieben.

Ein Zuhause auf dem See. Nicht am, sondern *auf* dem Wasser. Der See würde uns jede Nacht beim Einschlafen in seinen Armen wiegen.

Ich fand einen Hausboot-Makler, Nick Burton, einen rundlichen Mann mit einem sonnengebräunten Gesicht. Er zeigte mir seine Objekte. Die meisten waren zu groß – zweistöckige Kolosse, die ich niemals steuern, geschweige denn bezahlen könnte. Dann zeigte Nick mir sein kleinstes Hausboot: acht Meter lang, weiß mit blauen Zierleisten. Es hatte ein Bad, ein Schlafzimmer, einen kleinen Wohnbereich und ein Außendeck mit gerade genug Platz für zwei Stühle. Küche und Bad waren total veraltet – Nick meinte, das Boot sei 1994 gebaut worden.

»Wie viel?«, fragte ich.

»Zwei fünf.«

Mir fiel die Kinnlade runter. »Mehr nicht? Sind Sie sicher?«

Nick lächelte. »Ich würde gern mal mit Ihnen Poker spielen, Miss Price.«

Meine Wangen röteten sich. »Es ist perfekt. Ich nehme es.«

Wobei ich es nicht wirklich *nehmen* konnte, da ich immer noch absolut arbeitslos war. Doch immerhin konnte ich von meinem Preisgeld fünfhundert Dollar als Anzahlung auf den Tisch legen, und das machte Nick ein bisschen flexibel. In seinem Büro mit Blick auf die Marina arbeiteten wir zusammen einen Plan aus, wie ich das Boot mieten und sofort einziehen – und wenn ich eine Einkommensquelle hätte, den Kauf vollenden könnte. Er gab mir auch einen Haufen Infos über den Hausbootsbesitz und erklärte mir, wie man ein Gefährt dieser Größe steuerte.

»Kann ich hier liegen bleiben, bis ich ein bisschen Routine habe?«, fragte ich, als Nick mich zur Tür begleitete.

»Ich würde das sogar empfehlen. Die Liegegebühren sind

günstig. Und im Winter ist es ohnehin das Beste, das Boot im Hafen zu lassen. Aber für den Rest des Jahres kann man überall in der Gegend ankern. Es gibt viele kleine Buchten. Sobald unser Geschäft abgeschlossen ist, können Sie damit hinfahren, wo Sie wollen. Dann gehört es ganz Ihnen.«

Mir und Evan, berichtigte ich ihn stumm. Unser Zuhause.

Da ich nun eine Behausung hatte, machte ich mich daran, Arbeit zu suchen. Es war Juni und Hochsaison für den Tourismus. Ich fand schnell einen Job an der Kasse eines Bootsverleihs. Sie vermieteten Kajaks, Tretboote und Kanus. Es war nicht der spannendste Job der Welt, aber Marjorie Tate, die Besitzerin, war eine liebe, ausgelassene Mittfünfzigerin mit einem silbernen Zopf, der ihr über den Rücken hing, und einem ständigen Lächeln im Gesicht. Sie war das absolute Gegenteil von Patty Stevenson und gab alles, um mir das Gefühl zu geben, willkommen zu sein. Und obwohl ich ihren neugierigen Blick spürte, fragte sie mich kein einziges Mal nach meiner Narbe.

»Ich hatte einen Unfall«, sagte ich schließlich. »Vor sehr langer Zeit.«

Ich sagte es mit einem beruhigenden Lächeln, um zu zeigen, dass es weder ein Geheimnis noch ein Thema für künftige Gespräche war. Ich fügte kein *Auto* zu dem Unfall hinzu, erklärte nichts von toten Onkeln oder verängstigten Müttern. Es war jetzt nur noch ein Unfall. Ein bedauernswertes Ereignis.

An meinem zweiten Tag machte ich in der Mittagspause einen Spaziergang durch Page. Genau wie Marjorie hatte die kleine Stadt etwas Einladendes. Ich mochte das touristische Treiben mitten in der Stille der Wüste. Mit dem See im Norden und dem Canyon im Süden. Im Osten gab es ein Navajo-Reservat, sagte Marjorie, und ich sah mehrere Läden, die Kunsthandwerk von amerikanischen Ureinwohnern verkauften.

Spontan betrat ich einen dieser Läden. Die grelle, trockene Hitze der Wüste – so anders als Louisianas grüne, stickige Feuchtigkeit – wurde sofort von einer brummenden Klimaanlage und weichem Licht gedämpft.

Der Laden war voll von der wunderbaren Kunst der First Nations. Ich wanderte an Regalen mit Türkis-Schmuck, großartiger Keramik und aus Stein und Holz gearbeiteten Tieren vorbei. An einer Wand hingen kleine Wandbehänge und Teppiche mit schlichten, aber wunderschönen Mustern. An der Decke hingen Traumfänger. Hunderte davon.

Hinter der Theke stand ein dunkelhaariger Mann in einem türkisfarbenen Bolero und einer Weste mit Lederfransen. »Sagen Sie Bescheid, wenn ich Ihnen helfen kann«, rief er mir zu.

Ich lächelte und wollte ihm gerade sagen, dass ich nur gucken würde, als ich an der Wand über der Kasse einen Druck entdeckte. Ich trat näher und betrachtete die moderne Graphik. Es war ein Mann mit geschlossenen Augen. Die Details des Gesichts waren nur schwarze Linien vor einem rauchigen roten Hintergrund. Über den Augenbrauen waren schattenhafte Figuren dargestellt, mit Pfeil und Bogen und Federkopfschmuck, der ihnen über den Rücken fiel.

»Das ist wunderschön«, sagte ich. »Was ist das?«

»Ein Traumwandler«, sagte der Mann. »Der Schläfer träumt, und die Geister, die auf die andere Seite gegangen sind, zeigen ihm einen großen Kampf, der vor langer Zeit stattgefunden hat.«

»Der Schläfer ist der Traumwandler?«

Der Mann nickte, und als er weitersprach, klang seine Stimme alt. Älter als sein richtiges Alter. »Ein Mann – oder eine Frau – in größerem Einklang mit den Sphären, die unter der Oberfläche unseres wachen Lebens existieren.«

»Unter der Oberfläche«, sinnierte ich. »Muss jemand ein

amerikanischer Ureinwohner sein, um ein Traumwandler zu sein?«

Der Mann rieb sich das Kinn. »Man muss nur leben, um zu schlafen. Und im Schlaf träumen wir alle. Und wenn wir alle schlafen und träumen, dann liegt es nahe, dass viele von uns wandeln.«

Ich dachte sofort an Evan und lächelte. »Das denke ich auch.«

Ich hob den Blick zu den Traumfängern. Einer hatte ein Netz so zart wie ein Spinnennetz. An Schnüren mit hellblauen Perlen hingen drei Federn. Das Blau war so vertraut. Ich hatte nicht vorgehabt, Geld auszugeben, aber ich konnte nicht ohne diesen Traumfänger aus dem Laden gehen. Nach der Arbeit nahm ich ihn mit zum Hausboot und hängte ihn über das Bett. An dem Abend sah ich die ganze Zeit zu ihm hoch, während der See mich wiegte.

Ich bin hier, dachte ich. *Ich bin zu Hause. Und warte auf dich. Komm zu mir zurück.*

In dem dämmrigen Moment kurz vor dem Einschlafen stellte ich mir im Himmel über mir Traumwandler vor, die meine Worte in ihren Netzen fingen und sie zu Evan brachten, um ihn nach Hause zu geleiten.

37. KAPITEL

Jo

Zwei Wochen vergingen. Ich konnte den Kauf des Hausboots abschließen und hatte noch ein bisschen Geld, um zu kaufen, was ein Zuhause brauchte: Töpfe und Pfannen, Handtücher und Bettzeug. Wegen der veralteten Einbauten konnte ich nichts machen, aber ich konnte allem eine persönliche Note verleihen, soweit mein kleines Budget es zuließ. Ich legte jedes Tischset und Geschirrhandtuch und Seifenschälchen an seinen Platz, als könnte ich damit die Lecks stopfen, die der Damm um meinen Vorrat an Optimismus bekam. Mit den Tagen, die in Page vergingen, wurde meine Hoffnung trotzdem rissig. Ströme von *Wenns* rannen außen an der Staumauer hinunter.

Was, wenn Evan seine Freiheit mit dem Teuersten bezahlt hatte? Wenn ich seine kryptischen Worte falsch verstanden hatte? Wenn der Fluss zu reißend gewesen war und ihn nicht losgelassen hatte? Das war das größte *Wenn* von allen.

In guten Nächten lag ich im Bett, spürte das Boot unter mir schaukeln und lauschte auf Schritte auf dem Anleger. Ich stellte mir vor, wie das Handy klingelte. Tat so, als hätte der Hafenmeister mir gesagt, ein Besucher würde auf mich warten. Ich erinnerte mich an Evans Versprechen und schickte den Traumwandlern meinen stummen Ruf, bis ich einschlief.

In schlechten Nächten rief ich Evan tränenüberströmt zu,

dass er nach Hause kommen solle, und näherte mich immer mehr der Verzweiflung. Die kalte Realität jenes Flusses war stärker als die Hoffnung. Der Sog unter Wasser war zu mächtig gewesen. Er war ein Narr gewesen, die Natur herauszufordern. Weil sie immer gewinnt. Ich weinte mich in den Schlaf und schreckte aus Albträumen hoch, einen stummen Schrei in der Kehle und mit dem Gefühl, wie Evan mich durch das schwarze Wasser geschoben hatte. Ich klammerte mich an diese Quadratzentimeter Haut an meinem Bein, an die Sinneserinnerung an Evans letzte Berührung, und fragte mich, ob ich seine Hände je wieder spüren würde.

Am Ende der dritten Woche überwogen die schrecklichen Nächte zahlenmäßig die hoffnungsvollen. Die Angst verschlimmerte sich zu einer panischen Trauer. In meinem Damm entstanden mehr Lecks, als ich den Willen hatte zu stopfen. Ich verbrachte meine Freizeit zusammengerollt auf dem Bett und weinte, bis mein Innerstes nach außen gekehrt war. Manchmal war mir sogar regelrecht schlecht vom Weinen. Ich musste mich zwingen, zu duschen, mich anzuziehen und zu essen. Meinen Teil der Abmachung einzuhalten. Evan hatte mich nie aufgegeben. Ich durfte ihn nicht aufgeben. Aber es war schwer. So verdammt schwer.

Eines Abends saß ich beim Sonnenuntergang auf dem kleinen Deck des Hausboots, in Evans Flanellhemd gewickelt, und schickte meinen Ruf in den Himmel. Ich betrachtete die Blautöne des Sees, die orangen und gelben Farbtöne der Wüste dahinter. Langsam verschwand die Sonne, und ich zählte die Sterne, die erschienen.

Ich entdeckte das Sternbild des Orion und das der Zwillinge. Meine Mutter hatte sie mir gezeigt, als ich sechs war, und die lebendigen Farben meiner Erinnerung riefen mir ins Gedächtnis, dass alles möglich war.

Alles.

Gleichmäßige Schritte auf dem Anleger. Um diese Zeit. Als alle vermieteten Boote schon angelegt hatten und in der schaukelnden Wiege des Sees schliefen.

Ich drehte mich auf dem Stuhl um. Ein Mann kam näher. Die Beleuchtung des Anlegers befand sich hinter ihm, ließ sein Gesicht im Schatten.

Bevor meine Augen es bestätigen konnten, wusste mein Herz, dass er es war. Es setzte aus und fing mit schwindelerregender Wildheit wieder an zu schlagen.

»Evan.« Meine Stimme war kaum mehr als ein Flüstern.

Er blieb stehen und ließ die Tasche aus seiner Hand auf die Planken fallen. Ich sprang auf und kletterte eilig vom Boot, als er anfing zu laufen. Fünf Meter trennten uns. Ich überwand die Distanz in Sekunden und stieß mit ihm zusammen. Warf ihm die Arme um den Hals, schlang ihm die Beine um die Taille und klammerte mich mit all meiner Kraft an ihn.

Er drückte sein bärtiges, kratziges Gesicht an meinen Hals. Umarmte mich, drückte mir die Luft aus den Lungen. Sein Körper zitterte an meinem, dann verharrten wir ganz still. Sagten kein Wort. Warteten, bis wir glauben konnten, dass es real war.

Er stellte mich ab, und wir betrachteten und betasteten einander. Er umfasste meine Wange, fuhr mit den Fingern durch mein kinnlanges Haar, über die Narbe, um die Lippen herum, bevor er sich vorbeugte und seinen Mund für einen vorsichtigen Kuss auf meinen drückte. Als würde er immer noch versuchen zu begreifen, dass wir wirklich hier waren.

Ich klammerte mich an ihn, fuhr ihm mit den Fingern durch das Haar, das ihm bis an den Kragen reichte, und küsste ihn wild. Als er stöhnte und den Mund für meinen Kuss öffnete, rutschte ich ihm fast aus den Armen vor Erleichterung.

»Evan«, hauchte ich. »Du bist hier. Du bist zu mir zurückgekommen.«

»Ich bin nach Hause gekommen.«

Ich führte ihn auf unser Boot. Er blickte sich staunend darin um, sein Blick warm und voller Fragen.

Aber zuerst brauchten wir einander.

Ich schob ihm die Jacke von den Schultern, während seine Hände unter das abgetragene Flanell seines alten Hemds glitten, sich um meine Brüste legten. Seine Handflächen waren rauer, anders, aber in ihnen lag immer noch das vertraute Verlangen nach meiner nackten Haut. Ich konnte eine ganze Reise an ihm riechen: Staub und Dreck von Straßen und Raststätten, Zigarettenrauch und verbrannter Kaffee. Er unterbrach unseren Kuss und atmete schwer.

»Ich muss das alles abwaschen«, sagte er, als hätte er das Bild direkt aus meinem Kopf übernommen.

Die Dusche war gerade groß genug, dass wir beide darin stehen konnten. Ich seifte einen Waschlappen ein und schrubbte Dreck und Schweiß von ihm ab, sah Muskeln, die größer waren als in meiner Erinnerung, Haut, die dunkler war von der Sonne. Er drehte sich um, damit ich ihm den Rücken waschen konnte, und ich fuhr mit der Seife über ein kleines schwarzes Tattoo auf seinem rechten Schulterblatt. Zwei Striche in einer krakeligen Schrift.

II

»Warum elf?«, fragte ich, obwohl ich es eigentlich genau wusste.

»So lange war ich unter Wasser«, sagte er mit ernster Stimme. »In der Regel hab ich nicht mitgezählt, aber in jener Nacht ging es nicht anders.«

Ich schloss die Augen. Elf Minuten in dem schwarzen, kalten Wasser, in den Wirbeln und Strudeln, die alles in die Tiefe zogen. Ich konnte mir nicht vorstellen, wie er so lange die Luft anhalten und dann noch die Sekunden zählen konnte. Mich hätte diese Tortur sicher wahnsinnig gemacht.

Ich drückte die Lippen auf die Tätowierung. »Ich habe unterdessen die Stunden gezählt. Ein Monat, zwei Wochen, fünf Tage und sechzehn Stunden sind vergangen, ehe du den Anleger betreten hast.« Er drehte sich in meinen nassen Armen um, während das Duschwasser auf uns herabregnete. »Plus minus fünf Minuten.«

»Ich liebe dich, Jo.« Langsam strich er mit den Händen über meine Haut. »Ich werde dich immer lieben und niemals damit aufhören.«

Ich nickte und unterdrückte die Tränen. »Ich liebe dich auch, Evan. Ich habe es nicht oft genug gesagt. In der Highschool gar nicht und nur ein einziges Mal an diesem Flussufer. Ich liebe dich. Ich werde dich immer lieben und nie damit aufhören.«

Sein Mund fand meinen erneut, und er drückte seinen harten, muskulösen Körper an mich.

»Hier drin kann man sich nicht bewegen«, sagte er, und seine Stimme klang wie ein Knurren. »Aber wir müssen uns bewegen.«

Ich stellte das Wasser ab, und wir kamen aus der Dusche. Zwei Schritte, Wasser tropfte auf den sanft schaukelnden Fußboden, dann legte Evan mich aufs Bett, wo wir uns warm und nass umschlangen, unsere Haut sich aneinander rieb.

Er küsste mich, als wäre ich die Luft, die er zum Atmen bräuchte. Ich hielt ihn fest, als wäre ich die Schwerkraft, die ihn an mich band. Er brauchte keine Hilfe, um meinen Eingang zu finden, legte mir seine Hand ins Kreuz, hob mein Becken an, zog mich seinen langsamen Stößen entgegen. Er konnte nicht tief genug kommen. Wir würden uns niemals genug berühren oder genug küssen. Aber in jener Nacht versuchten wir es. Unsere Schreie hallten durch das kleine Hausboot, unser Zuhause. In irgendeinem ekstatischen Augenblick – ich hatte den Rücken durchgedrückt, und Evan brachte mich zum nächsten überwältigenden Höhepunkt – sah ich den Traumfänger über mir. Meine Tränen mischten sich in den Schweiß unserer gierigen Körper, und als der Orgasmus abklang, blieben wir mit verschlungenen Armen und Beinen nebeneinander liegen. Das Hausboot schaukelte sanft unter uns, der See wiegte uns in den Schlaf.

Im Schlaf träumten wir. Und auch in unseren Träumen waren wir zusammen.

EPILOG
Evan

Zwei Jahre später

Jo packt Brote, Chips, Obst und Thermosflaschen mit heißem Kaffee in zwei Rucksäcke. Sie packt auch eine kleine Flasche Champagner und zwei Plastikbecher ein, und ein sanftes Lächeln umspielt ihre Lippen.

Heute gibt es etwas zu feiern. Nach zwei Jahren intensiven Lernens – Brandschutztechnikkurse im Rathaus von Page und Sanitäterkurse im örtlichen Krankenhaus – habe ich letztes Wochenende in Mesa meine Abschlussprüfung gemacht. Die Ergebnisse waren gestern Abend in der Post: ein Glückwunschschreiben mit meinen Testergebnissen und einer offiziellen Urkunde, auf der fettgedruckt der Name **Justin Hollister** stand.

Jo – Amy Price für unsere Freunde und Nachbarn – hatte vor Freude geschrien und mich in den Schwitzkasten genommen, als ich ihr die Unterlagen gezeigt hatte.

»Oh mein Gott, Baby, du hast es geschafft. Du hast es endlich geschafft!« Sie lief rot an und fächelte sich mit dem Umschlag Luft zu, während sie las. »Und die ganze Zeit hast du gesagt, dass der Test so schwer sei. Und du hast dir so einen Kopf gemacht, dass du vielleicht nicht bestehst. Aber du hast bestanden und … Hey, ich bin einfach so stolz auf dich.«

Sie warf die Papiere beiseite und fing an, ihre Arbeitskleidung auszuziehen. Ich lachte, auch wenn mein Körper sofort reagierte und mir Hitze durch die Adern schoss. »Was machst du?«

»Machst du Witze?« Jo warf ihr T-Shirt beiseite und schlang mir die Arme um den Hals, presste ihre mit einem BH bekleideten Brüste an mich. »Feuerwehrmänner sind wahnsinnig sexy.«

»Ich bin noch kein Feuerwehrmann«, sagte ich und ging mit ihr in den Armen zum Bett.

»Aber bald«, sagte sie, küsste mich sanft und dann leidenschaftlich.

Wir haben die ganze Nacht gefeiert. Und heute Morgen fahren wir zum Canyon.

Es ist eine Stunde Fahrt nach Süden. Wir kennen den Weg gut: Wir machen die Fahrt, sooft wir können, durch die goldgelbe Wüste. Der Himmel, normalerweise so blau wie der Lake Powell, ist heute bedeckt und kühl. Die Novemberkälte hat eingesetzt.

Ich blicke aus dem Fenster auf der Fahrerseite in Richtung Osten und Navajo-Reservat. Ich war noch nicht dort. Ich weiß nicht, ob ich je hingehen werde. Etwas rät mir, es besser zu lassen. Ich habe jetzt ein neues Leben, ein perfektes kleines Leben mit Jo. Vielleicht ziehe ich eines Tages los, und vielleicht öffnet sich ein Weg vor mir. Ich werde wissen, wo ich abbiegen, welchen Zeichen ich folgen, welche Straße ich nehmen und an welchen Häusern ich klopfen muss.

Jo hat Kurse am Community College gemacht. Man hat ihr angeboten, Poesie in dem Erwachsenenbildungsprogramm dort zu unterrichten. Es ist ehrenamtlich, aber sie hat sich trotzdem wahnsinnig über die Chance gefreut. Ich hab mich einmal hinten in den Kursraum geschlichen, um ihr beim Unterrichten zuzusehen. Sie hat vor zwanzig Leuten gestanden, zwanzig Leute haben ihr ins Gesicht gesehen und sich gefragt, woher ihre Narbe stammte. Nur ich wusste, wie viel Mut sie brauchte, um sich so zu zeigen, und Stolz und eine grimmige Liebe durchströmten mich.

Immer wenn ich glaubte, sie nicht noch mehr lieben zu können, sagte oder tat Josephine etwas, was mir den Atem nahm. Sie hatte auf mich gewartet. Sie hatte gesehen, wie ich in dem schwarzen Wasser untergetaucht war, und sie hatte gewartet, dass ich wieder auftauchte. Das Warten hatte sie beinahe zerrissen, aber sie hatte ausgehalten. Sie glaubte an mich. Sie vertraute mir und liebte mich genau wie ich sie.

Wir parken den Pick-up und wandern über den Grat. Der Grand Canyon öffnet sich neben uns, der Colorado River eine kleine blaue Schlange in seiner Mitte. Der Fluss scheint so klein von hier oben, man kann sich kaum vorstellen, dass er sich in die Erde gegraben hat, um diese Schönheit zu offenbaren.

Jo und ich bleiben an unserem Lieblingsaussichtspunkt stehen. Eine Familie ist da: Vater, Mutter und Sohn. Der Junge sieht etwa wie drei aus. Er sitzt auf den Schultern seines Vaters. Der Vater hält die Beine des Jungen fest, während sie die Schlucht betrachten. Die Mutter hat den Arm um die Taille des Mannes gelegt und blickt zu ihrem Sohn hoch. Sie lächelt und erzählt etwas über den Canyon. Erzählt ihrem Sohn, wie groß der Canyon ist, wie breit, wie schön und wie alt.

Ihre Stimme lässt in meinem Gehirn etwas aufblitzen.

Ein kleiner Riss im Nebel der Zeit.

Ich selbst war einmal so hoch oben. Ich saß auf den Schultern eines großen Mannes, und er hielt meine Beine fest, damit ich nicht herunterfiel. Mein kleiner Zeigefinger deutete auf den gigantischen Abgrund, der die Erde weit und tief spaltete. Atemberaubender als ein Bilderbuch, aufregender als eine Abenteuergeschichte. Die Stimme einer Frau, kräftig und schön, erzählte mir unglaubliche Dinge über das, was ich sah.

Ich kann die Worte nicht hören. Sie sind gedämpft und leise, als kämen sie aus großer Ferne. Aber ich weiß mit absoluter Sicherheit, dass ich einmal geliebt wurde. Egal was später kam, was für eine Tragödie oder Katastrophe mich meiner Familie entrissen hat, ich war einmal hier am Grand Canyon. Und die Menschen, die mich hochgehoben und mit mir diesen Moment erlebt haben, liebten mich.

So schnell, wie sie gekommen ist, so schnell verschwindet die Erinnerung wieder im Nebel. Die kleine Familie geht weiter, und nur noch Jo und ich stehen auf dem Felsvorsprung.

Ich umarme sie und lege mein Kinn auf ihren Kopf. Sie hält meine Arme fest, und wir betrachten das langsame Spiel des Sonnenlichts auf den violetten und orangen Felsen.

»Wirst du nie müde, herzukommen?«, frage ich sie.

»Nie«, sagt sie. »Und nach diesem Wochenende haben wir vielleicht nicht mehr so oft die Möglichkeit.« Sie drückt meine Hände. »Du wirst damit zu tun haben, Leben zu retten und Feuer zu löschen.«

»Wir werden uns Zeit dafür nehmen«, sage ich.

Ein kühler Wind kommt auf, und ich umarme sie fester. Meine Hand streicht über ihren Pulli, wandert zu ihrem Bauch. Bleibt dort liegen, nur für einen Augenblick.

Sie weiß es noch nicht, aber ich weiß es schon.

Er ist ein Lichtpunkt an einem sicheren, dunklen Ort, wird im Wasser nicht die Luft anhalten, sondern das Wasser atmen, bis es Zeit ist.

Statt mich nach mehr Erinnerungen an meine verlorene Kindheit zu sehnen, schwöre ich, Erinnerungen für unseren Sohn zu schaffen. Eines Tages wird er auf meinen Schultern sitzen, hier am Ende der Welt. Ich werde seine kleinen Beine festhalten, während seine Mutter ihm unglaubliche Dinge erzählt.

Und er wird wissen, dass er geliebt wird.

DANKSAGUNG

Ich möchte mich wahnsinnig bei meiner Formatiererin Angela Shockley bedanken. Sie hat ihren Zeitplan so freundlich umgeordnet, um meinen Irrsinn unterzubringen und dafür zu sorgen, dass dieses Buch (mit Hängen und Würgen) die Deadline schafft. Sie ist weit über das hinausgegangen, was eine Formatiererin aushalten können sollte, und ich stehe in ihrer Schuld.

Dank auch Erin Thomasson Cannon. Ihre konstante Unterstützung und Ermutigung sind der Treibstoff, mit dem ich fünf Romane zu *Ende* gebracht habe.

Dank Elaine Glynn und Jennifer Balogh für die Unterstützung und Freundschaft und vor allem für die Spielverabredungen, die meine Kinder vor stumpfer Langeweile bewahrt haben, während ich tippte, und durch die ich Zeit hatte, die ich sonst nicht gehabt hätte.

Dank meinen Testleserinnen Dawn DeShazo Goehring und Priscilla Perez. Euer Input und eure Ermutigungen haben mir so viel bedeutet.

Dank meinen fantastischen Assistentinnen – Melissa Panio-Petersen, weil sie meine Website mit Leben erfüllt hat, während ich bis zum Hals in meinem Buch steckte, und weil sie immer für mich da war, wenn ich etwas brauchte, sei es ein Aufmacher, eine Grafik oder nur ein freundliches Ohr. Und

Nathalie Raven, weil sie meine Termine organisiert, an alles gedacht hat, was ich vor Erschöpfung nicht im Kopf behalten konnte, und von Anfang an für mich da war. Ich liebe mein Team!

Und ich danke Suanne Laqueur. Es gibt keine Worte, um zu beschreiben, was sie mir bedeutet. Es war eins der größten Privilegien meines Lebens, von ihrer Kunst, ihrem redaktionellen Genie und ihrer emotionalen Stabilität zu profitieren, als ich sicher war, ich würde untergehen und mit mir das Buch. Und vor allem danke ich ihr für ihre Freundschaft. Vielen, vielen Dank.

Triggerwarnung

A Whisper Around Your Name enthält Elemente, die triggern können.

Diese sind:
sexualisierte Gewalt (off the page),
häusliche Gewalt (on the page)

»Du bist das Licht in meiner Dunkelheit ...«

Emma Scott
THE LIGHT IN US
Aus dem amerikanischen
Englisch von
Inka Marter
416 Seiten
ISBN 978-3-7363-1044-5

Charlotte Conroy stand am Anfang einer großen Karriere als Geigerin, doch dann zerbrach ihr Leben, und die Musik in ihr verstummte. Aus Geldnot nimmt sie den Job als Assistentin für einen jungen Mann an, der sein Augenlicht bei einem Unfall verloren hat. Noah Lake war Fotograf und Extremsportler, immer auf der Jagd nach dem nächsten Adrenalinrausch. Nun stößt er alle Menschen von sich, unfähig, sein Schicksal anzunehmen. Doch Charlotte ist entschlossen, ihm zu beweisen, dass das Leben noch so viel mehr zu bieten hat ...

»Atemberaubend und einzigartig!« MARYSE'S BOOK BLOG

LYX

Manchmal braucht man die Worte eines anderen, um seine Geschichte zu erzählen ...

Emma Scott
NEVER DOUBT
Aus dem amerikanischen Englisch von Inka Marter
496 Seiten
ISBN 978-3-7363-1280-7

Für das, was vor einem Jahr geschah, hat Willow keine Worte. Erst als sie die Rolle der Ophelia am städtischen Theater bekommt, sieht sie eine Chance, ihren Schmerz mit den Zeilen Shakespeares in die Welt zu schreien. Ihr Hamlet ist Isaac Pearce, der Bad Boy der Stadt. Instinktiv versteht Isaac ihren Hilferuf, und mit jeder Konfrontation der tragischen Liebenden auf der Bühne kommen Willow und Isaac sich näher. Doch um wieder wirklich zu leben, muss Willow ihre eigenen Worte finden ...

»Es gibt nicht genug Worte, die beschreiben könnten, welche Gefühle Emma Scotts Geschichten in einem auslösen.« TOTALLY BOOKED BLOG

LYX